Uma ideia de você

Robinne Lee

UMA IDEIA DE VOCÊ

Tradução: Gabriela Peres Gomes

GLOBOLIVROS

Copyright © 2023 by Editora Globo S.A.
Copyright © 2017 by Robinne Lee

Todos os direitos reservados. Nenhuma parte desta edição pode ser utilizada ou reproduzida —
em qualquer meio ou forma, seja mecânico ou eletrônico, fotocópia, gravação etc. —
nem apropriada ou estocada em sistema de banco de dados sem a expressa autorização da editora.

Texto fixado conforme as regras do Acordo Ortográfico da Língua Portuguesa
(Decreto Legislativo nº 54, de 1995).

Título original: *The Idea of You*

Editora responsável: Amanda Orlando
Assistente editorial: Isis Batista
Preparação de texto: Jane Pessoa
Revisão: Mariana Donner, Aline Canejo e Bruna Brezolini
Diagramação: Abreu's System
Capa: Equatorium Design
Imagens de capa: ©unsplash/olesia-bahrii; ©depositphotos/serezniy;
©envato elements/melis82; ©envato elements/nd3000

1ª edição, 2023

CIP-BRASIL. CATALOGAÇÃO NA PUBLICAÇÃO
SINDICATO NACIONAL DOS EDITORES DE LIVROS, RJ

L519i
    Lee, Robinne
      Uma ideia de você / Robinne Lee ; tradução Gabriela
Peres Gomes. – 1. ed. – Rio de Janeiro : Globo Livros, 2023.
      416 p. ; 23 cm.

      Tradução de: The idea of you
      ISBN 978-65-5987-137-7

      1. Romance americano. I. Gomes, Gabriela
Peres. II. Título.

23-82872
        CDD: 813
        CDU: 82-31(73)

Meri Gleice Rodrigues de Souza – Bibliotecária – CRB-7/6439

Direitos exclusivos de edição em língua portuguesa para o Brasil
adquiridos por Editora Globo S.A.
Rua Marquês de Pombal, 25 — 20230-240 — Rio de Janeiro — RJ
www.globolivros.com.br

Para Eric, que me amou melhor que qualquer um.

Las Vegas

Acho que posso pôr toda a culpa em Daniel.

Dois dias antes das miniférias que eu tinha planejado passar em Ojai, ele apareceu na porta de casa, de smoking, com nossa filha Isabelle a tiracolo. O carro ainda ligado junto à calçada.

— Eu não posso ir para Las Vegas — declarou, antes de enfiar um envelope vaivém na minha mão. — Ainda estou tentando fechar o acordo com a Fox, e isso vai se arrastar por um bom tempo.

Devo ter lhe lançado um olhar de pura perplexidade, porque ele tratou de acrescentar:

— Por favor, me perdoe. Eu sei que prometi que ia levar as meninas, mas não posso. Vá você no meu lugar. Ou eu posso simplesmente jogar os ingressos no lixo. Para mim, tanto faz.

A embalagem com os pincéis Da Vinci Maestro Kolinsky ainda permanecia intacta sobre a mesinha do vestíbulo, ao lado de um kit de trinta e seis aquarelas da marca Holbein. Eu tinha gastado uma fortuna na Blick comprando os suprimentos necessários para meu retiro artístico. Assim como a viagem para Ojai, eles tinham sido um presente para mim mesma. Quarenta e oito horas dedicadas à arte, ao sono e ao vinho. Mas aí meu ex-marido resolveu aparecer na sala de estar da minha casa, de terno e gravata, para dizer que houvera uma mudança de planos.

— Ela já está sabendo? — perguntei.

Isabelle, que tinha ido direto para o quarto — com certeza para ficar grudada no celular —, não havia escutado a conversa.

Ele negou com a cabeça.

— Ainda não tive tempo de contar a ela. Achei que seria melhor esperar para ver se você podia levar as meninas.

— Ah, assim fica fácil para você, né?

— Nem comece com isso. — Ele se virou em direção à porta. — Se você não puder ir, fale para Isabelle me ligar, e eu vou compensá-la na próxima vez em que a banda tocar na cidade.

Era a cara dele ter sempre uma resposta pronta. Desvencilhar-se dos compromissos sem o menor remorso. Quem me dera ter nascido assim.

Isabelle e as duas amigas estavam contando os dias para ir ao show da August Moon, uma banda formada por cinco rapazes bonitos da Grã-Bretanha que cantavam músicas pop gostosinhas e levavam as adolescentes à loucura. Daniel "ganhara" os ingressos no leilão silencioso da escola. Tinha desembolsado uma fortuna para comprar quatro passagens de avião para Las Vegas e bancar a hospedagem no Mandalay Bay, tudo para que as garotas assistissem ao show e fossem ao *meet & greet* da banda. Cancelar os planos àquela altura do campeonato não seria nada bom.

— Eu já tenho compromisso — declarei, seguindo-o até o carro.

Ele deu a volta na BMW e tirou uma bolsa grandalhona do porta-malas. Os aparatos de esgrima de Isabelle.

— Eu imaginei que você teria mesmo. Sinto muito, Sol.

Por um momento, Daniel permaneceu em silêncio, admirando-me dos pés à cabeça: as leggings, os tênis ainda úmidos depois de correr por oito quilômetros. Em seguida, disse:

— Você cortou o cabelo.

Assenti e levei as mãos ao pescoço, constrangida. As mechas mal batiam nos ombros. Fruto de um ato de rebeldia.

— Já estava na hora de mudar.

Ele esboçou um sorriso.

— Você não consegue deixar de ser linda, né?

A janela com película escura do carro se abriu bem nesse instante e, do banco do carona, uma criatura parecida com uma sílfide acenou. Eva. Minha substituta.

Usava um vestido verde-esmeralda, os longos cabelos cor de mel presos em um coque, um brinco de diamantes dependurado em cada orelha. Era uma jovem deslumbrante, com ascendência holandesa e chinesa, e uma das sócias bem-sucedidas da firma em que Daniel trabalhava. E, como se tudo isso não bastasse, ela estava sentada na BMW do meu ex-marido, parecendo uma princesa saída dos contos de fadas, enquanto eu suava em bicas. Isso, sim, doeu.

— Tudo bem. Eu levo as meninas.

— Obrigado — agradeceu Daniel, entregando-me a bolsa. — Você é demais.

— É o que todos os caras dizem.

Ele se deteve e, em seguida, franziu o nariz aristocrático. Fiquei esperando a resposta, mas ele não disse nada. Limitou-se a abrir um breve sorriso e tascar um beijo na minha bochecha, a típica despedida constrangedora dos divorciados. Percebi que estava usando perfume, algo que nunca tinha feito em todos os anos que passara ao meu lado.

Fiquei olhando enquanto ele se dirigia ao banco do motorista.

— Para onde você vai todo arrumado assim?

— A um evento beneficente — respondeu, entrando no carro. — Do Katzenberg.

E, com isso, deu partida no carro e foi embora, deixando-me sozinha para lidar com toda a bagagem.

Eu não era muito fã de Las Vegas, aquela cidade barulhenta, gordurosa, suja. O submundo dos Estados Unidos, estirado como uma mancha espalhafatosa no meio do deserto. Já tinha visitado a cidade uma vez, anos antes, para participar de uma despedida de solteira que eu ainda estava tentando esquecer. O cheiro de clubes de strip-tease, perfume barato e vômito... Essas coisas ficam impregnadas na pele. Mas eu não estava ali para viver uma aventura. Dessa vez, não passava de uma acompanhante. Isabelle e as amigas tinham deixado isso bem claro.

As meninas passaram a tarde zanzando pelo resort para ver se encontravam os ídolos, e eu as segui obedientemente. Já estava acostumada com isso: minha filha era uma entusiasta por natureza e tentava fazer um pouquinho de tudo. Isabelle era obstinada e abria o próprio caminho sozinha, dotada daquele espírito tipicamente americano de fazer e acontecer. Fazia aulas de trapézio e patinação artística, de teatro e esgrima... Ela era destemida, e eu adorava esse seu traço, até invejava. Adorava como ela estava sempre disposta a correr riscos, sem esperar pela permissão de ninguém, sempre seguindo seu coração. Isabelle gostava de levar uma vida que desafiava os limites.

Eu estava com esperança de convencer as meninas a dar um pulo no Centro de Artes Contemporâneas. Seria bom acrescentar um pouquinho de cultura àquele fim de semana — cultura de verdade. Incutir algo de valor naquelas cabecinhas sugestionáveis. Quando eu era criança, passava horas a fio perambulando atrás de minha mãe pelo Museu de Belas Artes de Boston. Seguindo o clique-clique de seus saltos Vivier, o aroma do perfume que ela comprava em Grasse todo verão, feito sob encomenda só para ela. Como minha mãe me parecia inteligente àquela época, como me parecia feminina! Os corredores daquele museu me eram tão familiares quanto as salas de aula do terceiro ano da escola. Mas Isabelle e as amigas nem quiseram saber da minha proposta.

— Mãe, você sabe que eu teria topado sem problemas em qualquer outro dia. Mas esta viagem é especial. Por favor?

Elas tinham embarcado naquela viagem para Las Vegas com um único propósito em mente, e nada ficaria em seu caminho.

— Nossa vida começa hoje — declarara Georgia, dona de uma pele morena sedosa, durante o voo. Rose, a ruiva, tinha concordado, e as três logo adotaram a frase como mantra.

Nenhuma expectativa era alta demais para aquelas meninas de doze anos. Elas ainda tinham a vida inteira pela frente.

O *meet & greet* estava marcado para as seis da tarde. Não sei exatamente o que eu estava esperando. Talvez um evento um tanto elegante, civilizado, mas não foi nada disso. Eles nos amontoaram em uma salinha de espera cheia de luzes fluorescentes nos cafundós da arena. Havia cerca de cinquenta fãs em estágios variados da puberdade: garotas de aparelho, garotas em cadeiras de rodas, garotas ávidas. Apaixonadas, com olhos arregalados e prestes a entrar em combustão. Era lindo e desesperador ao mesmo tempo. E era duro perceber que Isabelle tinha se juntado a essa tribo. A esse grupo tão variado que buscava a felicidade naqueles cinco rapazes da Grã-Bretanha que não as conheciam, jamais as conheceriam, e que nunca retribuiriam tamanha adoração.

Pais e mães estavam espalhados pelo cômodo. Uma pequena amostra da região central dos Estados Unidos: jeans, camisetas, sapatos confortáveis. Rostos avermelhados graças ao sol implacável de Las Vegas. Percebi que me colocariam no mesmo balaio daquela gente. Seria tachada de "Augie" — o nome que a mídia escolhera para o *fandom*. Ou, pior ainda, seria uma "Mãe Augie".

As garotas já estavam começando a ficar inquietas quando a porta lateral se abriu, revelando um homem corpulento e careca com uma porção de credenciais penduradas no pescoço.

— Quem quer conhecer a banda?!

O ar se encheu de gritos estridentes, e logo percebi que tinha esquecido meus tampões de ouvido no quarto do hotel. Quando estava na galeria no dia anterior, Lulit, minha sócia, a pessoa para quem eu contava todas as coisas dignas de nota, dissera que seria loucura ir a um show lotado de Augies e não levar algo para tapar os ouvidos. Ela acompanhara a sobrinha a um show certa vez. "Os rapazes são uma graça, mas, nossa, como os fãs são barulhentos", contara-me.

Isabelle, que estava bem ao meu lado, começou a tremer da cabeça aos pés.

— Está animada? — Dei um apertãozinho em seus ombros.

— Estou é com frio. — Desvencilhou-se do meu toque. Arisca como sempre.

— Os rapazes vão chegar daqui a cinco minutos — continuou o homem corpulento. — Vão passar uns vinte minutos aqui. Preciso que vocês formem uma fila bem ali, do lado esquerdo da sala. Quando chegar a vez, cada uma poderá cumprimentar os rapazes rapidinho e tirar uma foto com eles. Nada de selfies. O fotógrafo vai tirar as fotos, e vocês poderão baixá-las mais tarde. Vamos passar o link do site. Todo mundo entendeu?

Tudo parecia tão impessoal. Daniel certamente poderia ter gastado aquele dinheirão em coisas bem melhores. Enquanto nos conduziam para a fila, fitei meus sapatos Alaïa e percebi que estava arrumada demais para a ocasião. Que estava muito bem produzida, nos trinques, e que, mais uma vez, para o bem ou para o mal, eu me destacava em relação aos outros. Isso, conforme minha avó paterna me explicara diversas vezes, era meu direito de nascença: "Você é francesa, bem lá no seu âmago. *Il ne faut pas l'oublier*". Não havia *mesmo* como esquecer meu lado francês. E era por esse motivo que estava tão reticente a ser posta no mesmo balaio daquelas mulheres, mas ao mesmo tempo não podia deixar de notar seu altruísmo, sua paciência. Os sacrifícios que fazemos pelos filhos… Que tipo de mãe eu seria se me ressentisse de Isabelle por viver aquele momento?

E então os rapazes chegaram. Os cinco. O ar parecia fervilhar de agitação e alguém desmaiou. Rose deixou escapar um ganido estridente, como um filhotinho depois de ter a cauda pisada. Georgia lançou-lhe um olhar que dizia "recomponha-se, garota", e foi exatamente o que ela fez.

A primeira coisa em que reparei foi como eles eram jovens. Tinham uma pele viçosa, orvalhada, como se tivessem sido criados em uma fazenda orgânica. Eram mais altos do que eu imaginava, e esguios. Como os rapazes da equipe de natação da Universidade Brown, só que mais bonitos.

— Então, quem é quem? — perguntei, e Isabelle fez um gesto pedindo que eu ficasse quieta. Ora, então tá.

Seguimos para onde os garotos estavam, bem diante de uma faixa com o logo da banda: grandes letras amarelas sobre um fundo cinzento. Eles pareciam felizes, talvez até empolgados, por interagir com as fãs. Um caso de amor correspondido. Faziam poses exageradas para a câmera e deixavam as adolescentes tímidas mais à vontade; flertavam com as fãs mais velhas — dissimulados, mas sem passar dos limites —, entretinham as pré-adolescentes e deixavam as mães encantadas. Era uma arte. E eles a dominavam como ninguém.

Quando estava quase na nossa vez, Isabelle chegou mais perto e cochichou:

— Da esquerda para a direita: Rory, Oliver, Simon, Liam e Hayes.

— Entendido.

— Não me faça passar vergonha, hein?

Prometi a ela que não faria isso.

E, em seguida, chegou nossa vez.

— Ora, ora, e aí, garotas? — rugiu Simon, com os olhos arregalados, os braços estendidos. Ele tinha uma envergadura impressionante. No avião, Isabelle havia comentado que ele fizera parte da equipe de remo na escola. — Venham, venham, não fiquem com vergonha!

Nem precisou dizer duas vezes. Georgia se jogou nos braços de Simon e Rose se acomodou ao lado de Liam, o mais novinho da banda, um rapaz com olhos verdes e sardas. Só Isabelle titubeou, correndo os olhos por todos eles, de um lado para outro. *Uni-duni-tê...* Parecia que estava em uma loja cheinha de doces.

— Não consegue escolher? — perguntou o altão que estava parado em uma das pontas. — Venha cá, fique perto de mim. Eu juro que não mordo. Mas veja só... Rory talvez morda, e Ollie é meio imprevisível, então... — Ele abriu um sorriso deslumbrante. Boca larga, lábios carnudos, dentes perfeitos, covinhas. Hayes.

Isabelle sorriu e rumou para perto dele.

— Arrá! Eu ganhei! Fui o escolhido... Qual é o seu nome, meu anjo?

— Isabelle.

— Fui escolhido por Isabelle! — Ele enlaçou os ombros estreitos dela com um dos braços, como se quisesse protegê-la, e depois olhou para mim. — E você deve ser a irmã mais velha?

Isabelle riu e cobriu a boca com a mão. Tinha feições delicadas, como um passarinho.

— Esta é minha mãe.

— Sua mãe? — Hayes arqueou uma das sobrancelhas, mantendo o olhar fixo ao meu. — *Jura?* Então tá. Oi, *mãe da Isabelle*. Não quer aparecer na foto?

— Não, não precisa. Obrigada.

— Tem certeza? Eu vou fazer valer a pena, prometo.

Dei risada.

UMA IDEIA DE VOCÊ 13

— Vou adorar ver você tentar.

— Vou adorar *mostrar* a você. — Abriu um sorriso ousado. — Venha cá. Você vai querer uma lembrança de nossa noite alucinante em Las Vegas.

— Ora, assim fica difícil de recusar...

Minha primeira foto com Hayes é aquela em que estamos em nove, no porão do Mandalay Bay. Ele está com um dos braços ao meu redor e, no outro braço, está Isabelle. Eu tinha encomendado duas cópias do retrato. Com o passar do tempo, Isabelle acabaria rasgando a dela.

— Não acredito que vocês vieram até aqui de avião só para ver a gente.

Os rapazes estavam batendo papo com as meninas, fazendo valer ao máximo os noventa segundos a que tínhamos direito. Liam perguntou a Rose sobre nossa jornada até a Cidade do Pecado, e Simon passou os dedos pelo cabelo de Georgia.

— Eu amei seus cachos.

— Jura? — Georgia não era boba nem nada. Tinha aprendido com a irmã mais velha.

— Vieram até aqui de avião só para passar o dia? Que luxo! — Hayes estava conversando com Isabelle, apoiando-se no ombro dela como um irmão mais velho. Como se a conhecesse desde sempre. Eu sabia que ela devia estar surtando por dentro.

— Vamos ficar dois dias — esclareceu Isabelle.

— Foi um presente do pai dela — comentei.

— O pai dela? — Hayes olhou para mim. Lá estava aquela sobrancelha arqueada outra vez. — Não é *seu marido*?

— Ele *era* meu marido. Agora é só o pai dela.

— Hum... — Fez uma pausa. — Mas que acaso mais feliz.

Dei risada.

— O que isso quer dizer?

— Sei lá. Por que você mesma não me diz?

Havia alguma coisa nele naquele momento. A tranquilidade. O sotaque. O sorriso presunçoso. Encantador.

— Próximos!

Nosso tempo acabou.

Ele voltou a nos agraciar com sua presença quando o *meet & greet* terminou. Depois que todo mundo já tinha tirado suas respectivas fotos e a banda estava distribuindo autógrafos, abrimos caminho até eles em meio a um mar de corpos em movimento. Como peixes nadando rio acima. Por todos os lados, ouviam-se suspiros e gritinhos de "Hayes, posso pôr a mão no seu cabelo?", mas meu grupo estava firme e forte. Talvez o fato de sermos de Los Angeles tenha contribuído: as meninas já estavam cansadas de ver os filhos de David e Victoria Beckham nos parques da cidade, ou então o "Homem-Aranha" dirigindo na via expressa. Não ficavam alucinadas por qualquer coisinha. E, embora tivessem passado a tarde rodando o resort em busca dos ídolos, elas estavam surpreendentemente calmas.

— Eu estou gostando muito do álbum *Petty Desires*. É tão profundo… — comentou Georgia.

— É mesmo — concordou Rose, entrando na conversa. — As letras são tão inteligentes… Eu amo "Seven Minutes".

— Ah, você gosta mesmo? — Ele ergueu o olhar, desviando a atenção da camiseta que estava autografando.

— É que vocês… É que parece que vocês entendem a nossa geração. É como se falassem por todos nós. — Isabelle jogou o cabelo para o lado, numa tentativa de flerte, mas o sorriso desajeitado de lábios franzidos entregava sua idade. Ela ainda usava aparelho. Oh, minha doce menina, sua hora vai chegar…

Ela era a minha cara. Olhos grandes e amendoados, lábios carnudos, com o biquinho francês, e pele morena. O cabelo era grosso e castanho, quase preto.

Fiquei observando Hayes entreter as meninas. Seus olhos passando de uma para outra, divertindo-se. Imaginei que já estivesse acostumado com isso. Por fim, seu olhar recaiu em mim.

— Onde é que vocês vão se sentar durante o show, garotas?

As meninas falaram os números das nossas cadeiras.

—Apareçam nos bastidores depois do show. Vou pedir a alguém para buscá-las. Não vão embora. — Ele olhou para mim. Olhos azuis-esverdeados penetrantes e um aglomerado de cachos escuros. Não devia ter mais do que dezenove anos. — Tudo bem?

Assenti.

— Tudo bem.

Era um tanto alucinante sair de uma conversa cara a cara com um dos membros da maior *boy band* da década e logo depois ser empurrada para uma arena tomada pelos gritos estridentes de doze mil fãs. Era como se acontecesse uma mudança no equilíbrio, como se algo se desconectasse. Por um instante, não fazia ideia de onde estava, de como tinha chegado ali, de qual papel devia desempenhar. As meninas, fervilhando de empolgação, correram para encontrar nossos assentos, e minha mente espiralava. Não estava preparada para aquele rompante: o clamor, o som, a energia que emanava de todas aquelas adolescentes no auge da avidez. E me parecia inconcebível que aquilo — tudo aquilo — fosse causado pelos rapazes que tínhamos acabado de conhecer no porão. Rapazes encantadores, isso era inegável, mas ainda assim de carne e osso.

A gritaria começou antes mesmo de a banda subir ao palco e se estendeu, sem interrupções, pelas duas horas e meia seguintes. Lulit estava certa. Era quase impossível se acostumar com aquela algazarra toda. Especialmente para uma mulher que estava beirando os quarenta anos.

Quando eu tinha dezesseis anos, assisti ao New Kids on the Block no Estádio Foxboro, em um dos shows da turnê *Magic Summer*. Eu e alguns conhecidos fomos até lá para comemorar o aniversário de Alison Aserkoff. O pai da garota tinha conseguido ingressos para a primeira fila e acesso aos bastidores. O ambiente era barulhento e pesado e não tinha nada a ver comigo. Ser fã de *boy bands* não era comum entre os alunos da escola que eu frequentava. Crescemos ouvindo os Stones, U2, Bob Marley. O tipo de música que nunca saía de moda. Por isso, em teoria, cinco rapazes da classe operária de Dorchester, em Massachusetts, não deveriam ter nenhum apelo para nós.

Mas havia algo no ar. A agitação, os hormônios, o calor do palco. A ideia de que eles eram alvo de desejo e cobiça por parte de tantas pessoas acabava por torná-los mais atraentes. E, por um instante, achei que poderia me deixar levar por aquele delírio, que poderia entrar na onda. Mas logo percebi que aquilo seria indelicado, impróprio. E me lembrei de quem eu deveria ser, bem lá no âmago. Assim, tratei de mitigar qualquer devoção desenfreada antes mesmo que pudesse criar raízes. Bem antes do bis no show do New Kids.

Quase vinte e cinco anos depois, aquilo ameaçava se repetir.

Tirando o barulho e os hormônios correndo soltos pelo Mandalay Bay, não tinha como negar que a banda estava dando um show — mas eu não sabia ao certo se um grupo musical poderia mesmo se chamar de banda se nenhum dos integrantes tocasse instrumentos. Rory tocou alguns acordes de guitarra em um punhadinho de músicas, e Oliver dedilhou o piano uma ou duas vezes, mas, fora isso, toda a parte instrumental ficava a cargo da banda de apoio. Na maior parte do tempo, os garotos ficavam cantando e saltitando pelo palco como pula-pulas, dando mostras de virilidade e juventude. Ficavam brincando e fazendo palhaçadas entre si e quase não dançavam, mas os fãs não pareciam dar a mínima para isso.

— Eu amo todos eles! Amo! Aaaamo! — exclamou Georgia depois de uma performance arrebatadora de "Fizzy Smile", a faixa-título do primeiro álbum da banda. Lágrimas escorriam por seu rosto de boneca, e os cachos se enchiam de frizz por conta da umidade. — Eles tocaram bem lá no fundo da minha *alma*.

Rose estava claramente de acordo, pois se punha a berrar toda vez que Liam perambulava pela plataforma estendida diante do palco, que o trazia para mais perto de onde estávamos. Isabelle estava em transe, profundamente absorta em cantar e dançar ao som da música. Elas estavam radiantes. E, naquele momento, perdoei Daniel por sempre pisar na bola, porque graças a esse deslize pude testemunhar o arrebatamento daquelas meninas. Isso não tinha preço.

Assim que a banda saiu do palco depois do último bis, um homem negro grandalhão de crachá se aproximou de onde estávamos. Hayes tinha cumprido a promessa.

— Alguma de vocês se chama Isabelle?

O zumbido incessante em meus ouvidos estava tão intenso que mal consegui entender o que ele estava dizendo. Era como tentar conversar com alguém debaixo d'água. Mas o seguimos até o portão, onde fomos agraciadas com pulseiras e credenciais que nos permitiam acesso total a qualquer lugar.

O silêncio reinou entre nós durante a longa caminhada pelos bastidores. Meu palpite era de que as garotas não queriam estragar aquele momento, temendo acordar de um sonho. Os rostos estavam sérios, cheios de expectativa. Estavam tão empolgadas que mal conseguiam olhar umas para as outras. *Nossa vida começa hoje.*

Fiquei com a impressão de que o segurança estava acostumado a buscar garotas na plateia e entregá-las de bandeja para a banda. De repente, fiquei com medo. Onde é que estávamos nos metendo? Para onde é que ele estava nos levando? E até que ponto eu poderia ser culpada por negligência infantil? Porque, sem dúvidas, entregar três garotas de doze anos para usufruto da banda deveria ser algum tipo de infração, até mesmo um crime. Nada disso. Eu não as perderia de vista. Estávamos em Las Vegas, afinal.

Quando chegamos à festinha, porém, ficou evidente que meus temores eram infundados. Não parecia haver muitas garotas para usufruto da banda por ali, só duas modelos que não reconheci, a dinamarquesa da última edição da *Sports Illustrated*, uma estrela de reality show e uma atriz da nova série da Netflix. Fora isso, os demais convidados pareciam ser a família e os amigos próximos da banda: um bando de britânicos e figurões da indústria, além de um punhado de fãs jovens, comportadinhos e sortudos. Parecia um ambiente bem seguro.

Por fim a banda apareceu, todos de banho tomado, com cabelos úmidos e despenteados. Seguiram-se uma salva e aplausos e assobios, e alguém estourou um champanhe. Fiquei me perguntando se aquela comemoraçãozinha para celebrar a si mesmos se repetia todas as noites. Isabelle e as amigas não perderam tempo: logo foram atrás de Simon e Liam, que estavam bem no meio do cômodo. Uma vez recuperada a compostura, a missão das meninas estava de pé. Mas eu não sabia muito bem que missão era essa. "Fazer o membro tal da August Moon se apaixonar por mim" parecia um bom palpite, mas não é possível que elas não tenham percebido que esse era um cenário muito improvável. Naquele momento, Rory conversava com a modelo de revista em um dos cantos. O gorro estava puxado para baixo, cobrindo-lhe a testa, as mãos enfiadas nos bolsos da calça jeans preta, fazendo o cós baixo descer ainda mais. A cabeça inclinada e a linguagem corporal deixavam claro: já tinha decidido que aquela modelo seria só dele.

Oliver estava absorto em uma conversa com alguém que devia ser um figurão de alguma gravadora, um homem de terno cinza cintilante que poderia muito bem estar dando em cima dele. O rapaz era o mais elegante da banda. Esbelto e gentil, com olhos castanho-esverdeados e cabelos dourados. Exatamente o tipo de cara por quem eu teria me apaixonado na faculdade, só para depois descobrir que ele era gay. Ou que era profundo demais para se relacionar com alguém que cursava história da arte. De um jeito ou de outro, o tipo de cara que teria partido meu coração.

E lá estava Hayes. Fazendo sala, assim como Simon e Liam, mas de uma forma que parecia mais deliberada, mais intensa. Do meu lugar privilegiado no outro canto do cômodo, onde estava batendo papo com um redator da *Vanity Fair*, eu observava Simon jogando conversa fora e Liam esbanjando juventude, ambos cativando os fãs. Hayes, por outro lado, era mais difícil de ler. A atenção que ele despendia parecia mais sincera. Mesmo de longe, tive a impressão de que nutria conversas mais genuínas com seu séquito de bajuladores.

Mais ou menos meia hora depois, quando já tinha quase esvaziado uma taça de Perrier-Jouët e me desvencilhado do redator, Hayes veio na minha direção.

— Ora, ora, se não é a mãe da Isabelle...

— Meu nome é Solène.

— So-lè-ne... — repetiu, analisando a sonoridade da palavra. — Tipo: "Nossa, ela é uma pessoa muito *solene*?".

Dei risada.

— Isso mesmo.

— So-lè-ne — repetiu outra vez. — Gostei. É francês? Você é francesa?

— Meus pais são de lá. São *bem* franceses.

— So-lè-ne. — Ele assentiu. — Eu sou Hayes.

— Eu sei quem você é.

— Pois é. Que coisa, não? — Esboçou um sorriso, o canto esquerdo da boca curvando-se ligeiramente e deixando aquelas covinhas preciosas à mostra. A boca era grande demais para o rosto, larga e incontrita. Mas lá estavam as covinhas, que tornavam encantadora qualquer coisa que pudesse passar por arrogância. — Está se divertindo?

— Estou, sim, obrigada.

— Que bom! — Ficou parado ali, um sorriso no rosto, os braços cruzados sobre o peitoral largo. Estava com as pernas afastadas, algo que os caras altos faziam de vez em quando para ficar na altura dos meus olhos. — Você gostou do show?

— Foi… interessante.

Seu sorriso ficou mais amplo.

— Você não gostou.

— Foi bem mais barulhento do que eu imaginava — comentei, rindo.

— Ninguém tinha avisado? Puxa! Sinto muito por isso, Solène.

O jeito como pronunciava meu nome — a voz rouca, o olhar fixo ao meu, o movimento da língua — parecia muito… íntimo.

— Ah, me avisaram, sim, mas não adiantou. Seus fãs são…

— Muito empolgados.

— É, essa é uma forma de ver as coisas.

Ele riu, jogando a cabeça para trás. Tinha um belo maxilar.

— Eles são uma turma descontrolada. Da próxima vez, vamos arranjar uns fones de ouvido para você.

— Da próxima vez?

— Sempre há uma próxima vez. — Disse isso com uma expressão séria, mas algo ali me fez titubear.

— Quantos anos você tem, Hayes?

— Vinte.

— Vinte — repeti, tomando o resto do meu champanhe em um único gole. Bem, pelo menos vinte era melhor que dezenove.

— Vinte. — Ele mordiscou o lábio inferior e abriu um sorriso.

Teria sido o momento ideal para pedir licença e ir embora. Para chamar as meninas e dar aquela noite por encerrada. Mas eu podia ver a expressão estampada no rostinho delas. Simon estava acariciando o cabelo de Georgia outra vez, e Liam exibia seus passos de breakdance. Estavam tomadas por uma euforia quase palpável. Estávamos lá havia menos de uma hora. Seria cruel arrastá-las de volta tão cedo.

— Você está pensando em ir embora, não está? — A voz de Hayes despertou-me de meu torpor. — Fique, por favor. Vou pegar outra bebida para você.

— Não precisa, obrigada. Estou bem.

— Pfff, balela. Estamos em Las Vegas. — Ele piscou, apanhou a taça vazia que eu segurava e foi até o bar improvisado.

Não saí com muitos caras depois do divórcio. Tive vários encontros com um dos pais da equipe de esgrima de Isabelle e um namorico de dois meses com um roteirista que conheci na aula de spinning. Não transei com nenhum dos dois. Sempre que as coisas ameaçavam ficar um pouco mais sérias do que um flertezinho aqui e outro ali, eu me retraía. Saía de perto. E os três anos de celibato involuntário tinham sido puxados, é claro, mas isso não significava que eu me jogaria na cama de um astro do rock com metade da minha idade só porque ele tinha piscado para mim depois do show. Eu me recusava a ser um clichê ambulante.

Mal tive tempo de planejar minha fuga e Hayes já apareceu com outra taça de champanhe para mim e uma garrafa de água para ele. O cabelo já estava seco e pendia em uma cascata de cachos sedosos. Havia vários blogs dedicados ao cabelo de Hayes — isso eu viria a descobrir mais tarde —, mas ali, nos recônditos do Mandalay Bay, tive que resistir ao desejo de acariciar suas madeixas.

— Então, Solène, o que mais você faz da vida, além de ir aos shows da August Moon?

— Você é muito engraçadinho, Hayes Campbell.

— Rá! Você sabe meu sobrenome…

— Claro que sei. Eu moro com uma adolescente de doze anos.

— Mas não com seu ex-marido, certo?

— Certo — respondi, rindo. — Você sabe que eu tenho idade para ser sua mãe, né?

— Mas não é.

UMA IDEIA DE VOCÊ 21

— Mas eu poderia ser.

— *Mas não é.* — Ele manteve o olhar fixo no meu e abriu aquele sorriso de canto de boca.

Foi bem aí que senti aquele friozinho na barriga, aquele anúncio de que, o que quer que aquele rapaz de vinte anos estivesse fazendo, estava funcionando.

— Você não vai me dar a taça de champanhe? Ou só a trouxe até aqui para me provocar?

— Só para provocar você, é claro — respondeu aos risos, tomando um golinho do champanhe antes de estender a taça para mim. — Um brinde.

Fiquei ali, olhando para ele, sem tomar um único gole. Apenas saboreando o momento.

— Você é mau…

— Só de vez em quando…

— E isso funciona mesmo?

Ele deu risada.

— Na maioria das vezes. Não está funcionando agora?

Abri um sorriso e balancei a cabeça.

— Não tanto quanto você imagina.

— Ai, essa doeu. — Varreu o cômodo com os olhos, procurando alguma coisa. — Oliver!

Oliver olhou em nossa direção. Ainda estava encurralado pelo cara de terno cintilante e parecia ávido por uma desculpa para dar o fora dali. Observei enquanto ele pedia licença e seguia até onde estávamos.

— Ollie, esta aqui é a Solène.

— Oi, Solène. — Oliver abriu um sorriso charmoso.

Os dois ficaram me olhando de cima, altos e confiantes em igual medida. Estava arrependida da minha escolha de calçados para aquela noite porque, mesmo com um metro e setenta de altura, eu parecia minúscula perto deles.

— Ollie, por favor, me responda uma coisa. Por acaso Solène poderia ser minha mãe?

Oliver arqueou uma das sobrancelhas e, em seguida, lançou-me um olhar demorado da cabeça aos pés.

— Definitivamente não. — Virou-se para Hayes. — E olhe que sua mãe é uma mulher muito bonita.

— Minha mãe é *mesmo* uma mulher bem bonita.

— Mas ela não tem essa aparência.

— Não mesmo. — Hayes sorriu.

Os olhos de Oliver captaram minha atenção.

— O que uma mulher como *você* veio fazer nessa *espelunca* que é Las Vegas?

Tomei um golinho de champanhe. Hora do show.

— Fui obrigada a assistir a uma apresentação da August Moon. E você?

Os dois permaneceram em silêncio por um instante. Hayes foi o primeiro a rir.

— E de quebra ainda é toda espertinha. Ollie, você já pode ir andando.

— Você acabou de me convidar para a festa, cara.

— Bem, pois se considere desconvidado.

— Hayes Campbell, você não sabe mesmo jogar em equipe — declarou Oliver, impassível.

— Eu acabei de salvar você daquele imbecil do terno horrível. Você está me devendo uma.

Oliver balançou a cabeça e me estendeu a mão com um movimento gracioso.

— Solène, foi um prazer conhecê-la, não obstante a brevidade.

Não obstante a brevidade? Quem eram esses caras? Mas que quinteto mais charmoso. Isabelle e os outros milhões de adolescentes ao redor do mundo estavam no caminho certo.

— Não sabe jogar em equipe, hein? — perguntei assim que Oliver se afastou.

— Eu jogo muito bem. Só não gosto de dividir.

Sorri para ele, arrebatada. Seu rosto parecia uma obra de arte. A boca era um poço de distração. E os pensamentos que me inundavam a cabeça não eram de todo puros.

— Então — continuou ele —, conte-me mais sobre você.

— O que você quer saber?

— O que você está disposta a compartilhar comigo?

Dei risada. Hayes Campbell, vinte anos, e me deixando toda sem jeito.

— O mínimo possível.

Ele abriu aquele sorriso de canto de boca.

— Sou todo ouvidos…

— Se você diz… — Tomei um gole de champanhe. — Hum, por onde começar? Eu moro em Los Angeles.

— Você é de lá?

— Não. Nasci na Costa Leste. Em Boston. Mas já faz um bom tempo que moro em Los Angeles, então… é meu lar, acho. Tenho uma galeria de arte junto com Lulit, minha parceira.

— Parceira? — Ele arqueou uma das sobrancelhas.

— Parceira *comercial*.

Ele sorriu e encolheu os ombros.

— Não que eu fosse julgar ou algo assim…

— Mas ia fantasiar?

Ele soltou uma risada alta.

— Tem certeza de que a gente acabou de se conhecer?

— Você quer que eu continue contando ou não?

— Eu quero que você me conte tudo.

— Enfim, nós temos uma galeria especializada em arte contemporânea em Culver City.

Hayes deixou o assunto pairar por um segundo e, em seguida, perguntou:

— Arte contemporânea é diferente de arte moderna?

— Arte moderna abrange uma gama de movimentos diversos que aconteceram em um período de mais ou menos cem anos. Arte contemporânea é a atual.

— Então imagino que seus artistas ainda estejam vivos?

Sorri.

— Na maior parte do tempo, estão, sim. Então… — Eu precisava de mais champanhe. — O que é que *você* faz quando não está assistindo aos shows da August Moon?

Ele riu e cruzou os braços.

— Hum, não sei se me lembro. A música meio que tomou conta da minha vida nos últimos anos. Fazer turnês, compor, gravar, dar entrevistas…

— Você compõe suas próprias músicas?

— A maioria.

— Isso é bem impressionante. Você sabe tocar piano?

Ele assentiu.

— Guitarra também. E baixo. E um pouquinho de saxofone.

Abri um sorriso. Claramente eu tinha subestimado os integrantes da banda.

— Você nunca, sei lá, vai para casa e passa o dia à toa?

— Quase nunca. E você?

— Bem menos do que eu gostaria.

Ele assentiu devagar, tomou um gole de água e perguntou:

— E a sua casa? Como é?

— É moderna. Com arquitetura simples. Muitos móveis de meados do século passado. Fica em Westside, no topo das colinas, e tem vista para o mar. As paredes são de vidro, então a iluminação natural vive mudando. Os quartos se transformam ao raiar do dia e ao cair da noite. É como morar no meio de uma aquarela. Eu amo essa sensação.

Quando parei de falar, vi que Hayes me olhava de um jeito que não deveria ser permitido. Ele era tão, tão jovem… E eu tinha uma filha. E era impossível que alguma coisa boa saísse disso.

— Uau… — disse ele baixinho. — Parece a vida dos sonhos.

— É… Tirando a parte do meu…

— Tirando a parte do seu ex-marido — concluiu Hayes, arrematando o que eu ia dizer.

— É. E tudo o que isso traz.

Bem nessa hora, Isabelle se materializou do nosso lado, feliz e com os olhos arregalados.

— Mãe, essa é a melhor festa da *história*! Eu e as meninas estávamos conversando, e a gente chegou à conclusão de que é melhor até que o bar-mitzvá do Harry Wasserman.

— Quê? Não me diga! Melhor que o bar-mitzvá do Harry? — Hayes tinha despertado de seu torpor, qualquer que tenha sido, e entrado no modo ídolo adolescente outra vez.

Minha filha corou e cobriu a boca com as mãos.

— Oiiii, Hayes.

— Oiiii, Isabelle.

— Você se lembrou do meu nome?

— Um palpite de sorte. — Ele deu de ombros. — O que Liam está aprontando ali? Por acaso está fazendo a dança da minhoca? Você sabe que fui eu quem ensinou tudinho o que ele sabe, né? Hum... Que tal uma competição de dança? Liam! — Hayes chamou o amigo, que estava do outro lado do cômodo. — Competição de dança da minhoca! Agora!

Hayes passou o braço em volta dos ombros de Isabelle e começou a guiá-la pelo salão. Eu sabia que ela devia estar explodindo por dentro.

— Por favor, Solène, nos dê licença. Há uma competição em andamento.

A visão daqueles dois — minha filha desajeitada e o astro do rock deslumbrante — atravessando o cômodo lado a lado era tão bizarra e irônica que não pude conter o riso.

Hayes estava mais do que à vontade. Logo já tinha se tornado o centro das atenções: estava prostrado no chão, preparando-se psicologicamente para a competição de dança, rodeado pelos fãs e pelos outros rapazes da banda. A compleição esguia e os movimentos repentinos podiam fazer de Liam um dançarino nato, mas Hayes exercia um fascínio muito maior. Havia uma certa graça em seus movimentos. Deslizava pelo chão com calça jeans preta e botas. Lançava as pernas para o ar, içando os quadris do chão entre uma investida e outra. Retesava os músculos dos braços a cada impulso. Um vislumbre do abdômen se insinuava por baixo do tecido fino da camiseta. Era um exemplo tão perfeito de virilidade que até olhar para ele parecia algo pecaminoso.

Houve vaias e assobios, e, quando Hayes enfim se pôs de pé, Simon o puxou para um abraço de urso.

— Olhem só para este cara! — rugiu ele, com os olhos azuis bem abertos, os cabelos louros arrepiados. — Existe alguma coisa no mundo que ele não consiga fazer?!

Hayes jogou a cabeça para trás e riu, com o cabelo todo bagunçado, as covinhas em evidência.

— Não, não existe — declarou com um sorriso.

Bem nessa hora, seus olhos foram de encontro aos meus, e foi um momento tão intenso que fui obrigada a desviar o olhar.

* * *

Fomos embora pouco depois da competição de dança. Àquela altura, uma morena esbelta que não parecia ter mais que dezoito anos já havia se acomodado no colo de Liam; Rory estava enroscado com a modelo da revista em um dos cantos, os lábios colados ao pescoço dela, e pelo menos uma dúzia de pessoas da equipe tinha desaparecido e depois retornado com os olhos vidrados. Então, achei que era uma boa hora para tirar as meninas de lá. O redator da *Vanity Fair* já tinha ido embora fazia um tempão.

— A gente se divertiu tanto! Muito obrigada pelo convite.

Estávamos todos reunidos perto da porta. Rose parecia cada vez mais murcha, Isabelle não parava de bocejar e o cabelo volumoso de Georgia se espalhava para todos os lados.

— Não há nada que eu possa fazer para convencê-las a ficar mais um tempinho?

— Já está bem tarde, e nosso voo é amanhã cedinho.

— Você poderia mudar o horário do voo.

Percebi que estava estreitando os olhos, um tique involuntário que devo ter aprendido com minha mãe.

— Certo, tudo bem. Já vi que isso não seria uma boa ideia — declarou Hayes, voltando atrás.

— Não. Provavelmente não.

Logo depois, as três meninas resolveram falar ao mesmo tempo:

— Esta foi a melhor noite da história!

— Maravilhosa!

— Épica!

— Fico feliz que vocês tenham se divertido. — Hayes sorriu. — Vamos repetir a dose algum dia, hein?

Minha comitiva concordou em uníssono.

— Então, hum… — Era ele quem não queria nos deixar ir embora. Estava enrolando, lançando olhares para todos os cantos, deslizando os dedos pelos cabelos volumosos. — Como é que é o nome da sua galeria mesmo? Sabe, para o caso de eu ir para a Califórnia um dia e ficar com vontade de ver umas obras de arte contemporânea…

— Marchand Raphel — respondi, com um sorriso.

— Marchand Raphel — repetiu Hayes. — E qual dos dois é o seu…

— Ela é a Marchand — respondeu Georgia.

— Solène Marchand. — Ele abriu um sorriso largo, e percebi que não tinha os dentes tortos tipicamente associados aos ingleses. Eram grandes, brancos e alinhados. Alguém tinha gastado um dinheirão para cuidar daquele sorriso. — Então… Até a próxima, certo?

Assenti com a cabeça, mas a sementinha já tinha sido plantada. Se não fosse pelas meninas…

Em seguida, com plena consciência do que estava fazendo e, para a minha surpresa, quase sem hesitação, lancei a isca:

— Sempre há uma próxima vez.

Bel-Air

Ele me ligou.

Cinco dias depois da viagem a Las Vegas, alguém tinha deixado uma mensagem na caixa postal da galeria. Era a voz de Hayes: rouca e elegante, com aquela cadência britânica encantadora. "Oi, Solène. Aqui quem fala é Hayes Campbell. Vou passar uns dias aqui em Los Angeles e queria saber se você está a fim de sair para comer alguma coisa comigo."

Devo ter escutado a mensagem umas cinco vezes.

Hayes Campbell. Deixando uma mensagem de voz para mim. Apesar de todo o seu flerte tímido e calculado em Las Vegas, eu realmente fui pega de surpresa. Não imaginei que haveria uma continuação. Quando exposto à luz do sul da Califórnia, o flerte que parecera inofensivo nos recônditos do Mandalay Bay de repente adquiria matizes lúgubres. *Sair para comer alguma coisa*. Com um rapaz de vinte anos. Que fazia parte de uma banda. Em que mundo uma conduta dessas poderia ser vista como aceitável?

Tentei deixar aquilo de lado e me concentrar no trabalho. Mas o pensamento rondou minha cabeça o dia todo. Sutil, tentador, como o último pedacinho de chocolate que deixamos guardado para mais tarde. Um presente que eu não queria compartilhar com mais ninguém. Nem cheguei a contar para Lulit, e eu contava praticamente tudo para ela.

Tínhamos nos conhecido quinze anos antes em Nova York, em um programa de treinamento oferecido pela Sotheby's. Lulit me chamou a atenção mesmo em uma sala lotada de pessoas extraordinárias. Braços e pernas morenos e esguios como os de uma sílfide, sotaque etíope melodioso, um grande amor por Romare Bearden. Eu adorava a forma como ela gesticulava ao falar, principalmente quando o assunto era arte: "Basquiat é tão cheio de *raiva* que os dentes estão sempre à mostra!". "Um bando de ovelhas mortas dentro de uma caixa não é arte! Basta colocar um pãozinho do lado e, pronto, virou uma *refeição*."

Quando nos conhecemos, ela tinha acabado de se formar em Yale e eu já concluíra meu mestrado, mas compartilhávamos um olhar sensível para a arte contemporânea e o desejo de criar algo emocionante e inesperado. Na florescente cena artística de Los Angeles, encontramos uma forma de dar vazão a esse desejo.

Foi Lulit quem teve a ideia de só representar artistas mulheres e pessoas não brancas. Depois do nosso treinamento, ela passou três anos trabalhando no departamento de arte contemporânea da Sotheby's, e eu permaneci um ano na Galeria Gladstone antes de me mudar para Los Angeles com Daniel. Estávamos casados havia cinco meses quando fiquei grávida de Isabelle e abri mão de tudo aquilo que me fazia ser quem eu era. Quando Lulit chegou à Costa Oeste, cheia de empolgação e determinada a mudar o mundo da arte, deixei-me levar por seu entusiasmo, já que a vida de casada e a maternidade tinham começado a embotar o meu. "Vamos agitar um pouco as coisas! Que tal?", exclamara ela enquanto comíamos sushi no restaurante Sasabune. "Homens brancos são muito superestimados, sabia?"

Naquela época, todos os meus dias eram dedicados a cuidar da minha bebezinha teimosa de um ano e meio, enquanto Daniel estava fora trabalhando. Eu estava muito propensa a concordar com Lulit. Um ano depois, nasceu a Marchand Raphel.

No dia em que Hayes me deixou a mensagem de voz, vendemos a última peça da exposição da vez. A artista, uma argentina chamada Pilar Anchorena, era conhecida por suas colagens arrebatadoras, que misturavam várias técnicas diferentes. Eram obras contemplativas em cores vibrantes, sempre dotadas de alguma mensagem ligada a raça, classe ou privilégio. Não eram indicadas para quem buscava artes brandas e belas, mas eram perfeitas para os colecionadores mais experientes.

Lulit e eu nos reunimos com Matt, nosso diretor de vendas, e com Josephine, a gerente da galeria, e abrimos uma garrafa de Veuve Clicquot para comemorar. Um momento sereno de celebração antes de começar a pensar na exposição seguinte, prevista para maio.

No fim da tarde, quando todos já tinham ido embora, tranquei-me no meu escritório e provei um pedacinho daquele chocolate metafórico.

— Então você conseguiu me encontrar, é?

— Consegui, sim — respondeu a voz grave de Hayes do outro lado do telefone.

— Muito engenhoso de sua parte.

— Eu tenho uma assistente…

—Ah, é claro que tem.

— O nome dela é Siri, e ela é muito boa no que faz.

Ri daquela piada.

— Ponto para você, Hayes Campbell. O que você quer de mim?

— Oh, céus… — Ele pigarreou. — Você me chamou pelo nome e sobrenome. É o prenúncio do fim.

— Ora… Por quê?

— Muito formal.

— E como você quer ser chamado?

— Hayes já está de bom tamanho.

— Você é bem alto mesmo — gracejei e dei risada. — Brincadeira. Perdão. Foi um dia muito, muito longo.

Dei uma olhada no relógio. Faltavam quarenta e cinco minutos para Isabelle sair da aula de esgrima. Eu demoraria de doze minutos a uma hora para chegar lá. Ah, o trânsito de Los Angeles…

— Quero levar você para jantar. — Era uma afirmação, não uma pergunta.

Jantar? Eu estava considerando ir ao Starbucks. No máximo, no máximo ao Le Pain Quotidien…

Meu coração começou a bater mais rápido.

— Eu não posso... hoje. Está muito em cima da hora e eu não tenho babá.

Isso era verdade, ao menos em parte. Isabelle já tinha doze anos. Não precisava de babá. Mas sair para jantar parecia algo muito oficial. Algo muito *sério*.

— Talvez a gente possa sair amanhã para tomar uns drinques — sugeri a título de concessão, mas logo percebi minha gafe. Ele ainda não tinha vinte e um anos, a idade legal para beber nos Estados Unidos.

Hayes nem se abalou.

— Não posso amanhã. Vamos tocar no Staples Center.

— Oh. — Sim, é claro. Staples Center. Ele dissera isso com a maior naturalidade. Sem nenhuma presunção na voz. Como Daniel quando anunciava que ia ter que trabalhar até mais tarde. — Bem, então acho que amanhã não vai dar mesmo, né?

— Não — respondeu aos risos, uma risada gutural que o fazia soar mais velho do que era. Ou talvez eu só quisesse muito acreditar nisso. — Eu meio que não posso faltar. Que tal se a gente sair para almoçar?

Eu tinha combinado de almoçar com um cliente na sexta-feira e disse isso a Hayes.

— Café da manhã?

Ele não podia. A banda tinha algumas entrevistas marcadas em programas matinais. Sugeri jantarmos no sábado ou no domingo, mas ele também não podia. Iam fazer quatro shows no Staples Center e depois seguiriam para São Francisco. Tentei imaginar quantas garotas estridentes seriam necessárias para lotar o Staples Center quatro dias seguidos, mas estava além da minha compreensão.

— Por que a gente não combina de sair na próxima vez em que você estiver por aqui, Hayes?

— Porque eu quero ver você agora.

— Bem, nem sempre se pode ter tudo... Ou as regras que regem o mundo não se aplicam a você?

Ele deu risada.

— Você vai me fazer implorar?

— Só se você achar que precisa.

Eu nem sabia por que estava dando trela para Hayes. Era uma situação absurda. Se eu fosse uma pessoa mais ousada, se não ligasse para a opinião dos outros, talvez pudesse entreter a ideia de me envolver com um astro do rock de vinte anos. Mas a questão é que eu não era ousada e ligava, sim, para a opinião dos outros, então talvez só estivesse me deixando levar pela adrenalina de *saber* que poderia me envolver com ele. Só íamos sair para almoçar e, depois, pronto, acabou.

A ligação estava muda, mas algo me dizia que ele ainda estava do outro lado da linha.

— Tudo bem — disse ele, por fim. — Eu imploro. Vamos almoçar amanhã. *Por favor*.

Conferi o relógio outra vez. Eu ia perder a hora. Não seria a primeira vez que me atrasaria para buscar Isabelle. Ela estaria me esperando na academia de esgrima, em meio ao tilintar de metal se chocando contra metal, ao ruído dos ventiladores e ao barulho estridente da máquina de pontuação. Meu passarinho perambulando por aquele lugar desconhecido, preenchido pelos gritos dos treinadores russos. Mas ela lidava muito bem com tudo isso. E, a meu ver, Isabelle alcançava o ápice da graciosidade quando estava esgrimindo. Parecia controlada, poderosa, elegante.

— Tudo bem. Vamos almoçar amanhã — concordei. — Vou dar um jeito de encaixar na minha agenda.

Cancelar o almoço com o cliente não era uma conduta muito responsável, mas tentei ver as coisas de um jeito mais racional. O cliente em questão era um amigo de longa data de Daniel, desde a época de Princeton. Certamente não iria a lugar nenhum. Além do mais, eu tinha acabado de vender a última peça de uma exposição. Por acaso tirar um diazinho de folga seria o fim do mundo?

— Isso! — Hayes comemorou do outro lado da linha, e fiquei imaginando seu sorriso, com covinhas e tudo. — Que tal o restaurante do Hotel Bel-Air? Meio-dia e meia. Já vou reservar nossa mesa.

É claro que ele tinha que escolher um lugar todo refinado e que exalava romantismo. *Sair para comer alguma coisa* uma ova!

— Hayes — apressei-me a dizer antes que ele desligasse —, isso é só um almoço e nada mais.

Ele permaneceu em silêncio por um instante, e cheguei a pensar que não tinha me escutado.

— Ora, Solène... E o que mais seria?

Ele já estava no restaurante quando cheguei, acomodado em uma daquelas alcovas recuadas na extremidade do terraço, dotada de uma parede de vidro com vista para o jardim. Imaginei que ele chegaria atrasado, que faria uma entrada triunfal digna de um astro do rock, ostentando um sorriso encantador e confiante. Mas tinha chegado na hora marcada, até antes. E ao vê-lo sentado ali, com uma camisa de botão cinza e branca (por acaso era uma estampa floral Liberty?) e os cabelos bem penteados, percebi que ele estava levando aquilo a sério. Quando me aproximei da mesa, Hayes fitava o cardápio, compenetrado, e rodopiava os óculos Wayfarer da Ray-Ban entre o polegar e o indicador. Na entrada do restaurante, o maître dera uma única olhada para mim antes de dizer: "Você deve ser a srta. Marchand". Então me conduziu até a mesa de meu acompanhante tão improvável.

Ah, a expressão no rosto de Hayes quando ergueu o olhar e me avistou. Parecia manhã de Natal. Alegria, surpresa, promessa e descrença se misturaram de uma só vez. Os olhos azuis-esverdeados cintilaram, e os lábios largos deram lugar a um sorriso arrebatador.

— Você veio mesmo — disse ele, levantando-se para me cumprimentar.

Parecia ainda mais alto à luz do dia. Devia ter um metro e oitenta e oito, talvez um e noventa.

— Você achou que eu não fosse aparecer?

— Fiquei na dúvida.

Dei risada e me aproximei para cumprimentá-lo. O típico beijo bochecha com bochecha, tão comum no mundo da arte. E que não ocupava uma posição muito elevada no quesito intimidade.

— Você não me parece o tipo de cara acostumado a levar um bolo.

— Também não sou o tipo de cara que precisa implorar para sair com alguém. Acho que existe uma primeira vez para tudo.

Ele sorriu e deu um passo para o lado, de modo que eu pudesse me acomodar à mesa.

— Você gostou do lugar? Só depois que eu me toquei que não fazia ideia de onde ficava Culver City, então não sabia se o restaurante ficava muito fora de mão para você. Mas, ao que parece, tudo é longe em Los Angeles...

— E é mesmo. Mas não se preocupe. Está tudo bem.

—Ah, que bom. É um lugar bem bonito. Parece até que estou de férias — comentou Hayes, contemplando o terraço banhado pelos raios de sol perfeitos que a Califórnia proporcionava. Havia vasos com árvores frutíferas e palmeiras, orquídeas roxas estampadas em toalhas de mesa brancas e galhos de buganvílias fúcsia enrodilhados nas ripas do teto.

— Sim, é lindo mesmo. Obra do Grupo Rockwell.

— Quê?

— Grupo Rockwell. Eles foram os responsáveis pela revitalização do restaurante Wolfgang. Um ótimo equilíbrio entre espaços internos e externos. Ganharam uma porção de prêmios. E tem um quadro maravilhoso de Gary Lang no salão principal. Uma pintura de círculos concêntricos. Agressivo. Inesperado.

Hayes voltou sua atenção para mim, o canto esquerdo da boca se curvando em um sorriso.

— Círculos agressivos? Isso parece sexy.

Dei risada.

— É, pode ser. Se você gosta desse tipo de coisa...

Ele permaneceu em silêncio por um segundo, encarando-me fixamente.

— Eu amo o fato de você saber tanto sobre arte.

"Ah, meu doce rapaz", fiquei com vontade de dizer, "se eu pudesse lhe mostrar tudo o que sei..."

Em vez disso, porém, acabei dizendo:

— O que foi que você disse ao maître? Como ele conseguiu me identificar logo de cara?

Hayes abriu a boca e tornou a fechá-la. Por fim, apenas balançou a cabeça e riu.

— Você é dura na queda.

— Vamos, pode me contar.

— Eu disse a ele... — começou a falar com a voz baixa, vagarosa, chegando mais perto de mim. — Eu disse a ele que ia me encontrar com uma amiga e que ela tinha cabelos escuros e olhos deslumbrantes e que provavelmente estaria bem-vestida. Que ela parecia uma estrela do cinema clássico. E que tinha uma boca e tanto.

Fiquei parada ali, inerte.

— No sentido figurado ou literal?

— A boca?

— É.

— Nos dois.

Ele estava tão perto que eu conseguia sentir o cheiro de sua pele. Um aroma de sândalo ou cedro. E limão. Isso mexeu comigo. O jeito como ele me olhava mexia comigo. Mas isso não estava nos planos. Não que eu tivesse algum plano, para ser sincera. Mas definitivamente não planejava ficar toda abalada depois de apenas cinco minutos de encontro. Ainda nem tínhamos pedido as bebidas.

— Em que você está pensando? — Ele abriu aquele sorriso capaz de desarmar qualquer um.

— Eu quero saber quais são suas intenções, Hayes Campbell.

— Quais são as *suas* intenções? Você veio até aqui para tentar me convencer a comprar arte?

— Talvez.

— Hum… — continuou ele, sem tirar os olhos de mim. — Bem… Eu vim para comprar qualquer coisa que você estiver vendendo.

Naquele momento, não importava quantos anos ele tinha nem quantos fãs o idolatravam. Naquele momento, ele tinha me ganhado. E me dei conta de que só *saber* que eu poderia me envolver com ele não bastaria.

Hayes assentiu com a cabeça, como se estivesse selando algum acordo tácito. Em seguida, voltou sua atenção para o salão principal e chamou o garçom com um aceno.

— Vamos fazer o pedido?

— Como vai Isabelle? — perguntou ele, assim que o garçom se afastou.

— Ela vai bem, obrigada.

— O que ela disse quando você contou que ia almoçar comigo?

— Eu não contei.

Hayes me olhou com a sobrancelha arqueada.

— Não contou?

Ele sorriu.

Eu não me orgulhava nem um pouco disso. Não gostava de guardar segredos.

— Ora, ora, isso é *bem* revelador.

Eu tinha preparado uma xícara de chocolate quente para Isabelle naquela manhã, como costumava fazer quando ela era pequena, como minha mãe fizera por mim, e minha avó fizera por ela. E com isso veio uma enxurrada de lembranças: verões no sul da França em um terraço rodeado por pinheiros, a xícara de chocolate quente acompanhada de baguetes e geleias, o aroma das laranjeiras e do mar. Aquele ritual matinal era ainda mais reconfortante depois de uma noite passada em claro graças aos ventos mistrais que, como monstros tentando se esgueirar pela janela, sacudiam as persianas.

— *Chocolat.* — Os olhos de Isabelle tinham se iluminado quando adentrara a cozinha. — É uma ocasião especial?

Eu tinha ficado diante do forno, sem reação. Minha culpa estava mesmo tão evidente?

Minha filha me envolvera com seus bracinhos finos e me puxara para um abraço.

— Já fazia um tempão que você não preparava chocolate quente. Obrigada.

— Você está rindo da minha cara? — perguntei a Hayes.

— Nããão, claro que não. Eu jamais faria uma coisa dessas.

Ele estava reclinado na cadeira, as duas mãos entrelaçadas atrás daquela cabeça linda. Era um pouco adorável ver como ele se sentia confortável na própria pele. Como se sentia à vontade em relação ao próprio corpo. Era confiante. Satisfeito com a própria aparência. Os homens são muito diferentes das mulheres.

— Como vai sua *mãe*? O que ela disse quando você contou que ia almoçar comigo?

— Rá! — Hayes jogou a cabeça para trás e caiu na gargalhada. — Essa foi boa!

— Eu também sou. — Não tinha planejado dizer aquilo em voz alta, mas escapuliu.

— Ei, você acabou de...? Você está *flertando* comigo!

— Eu estou esgrimando, não flertando.

— E eu tenho que perceber a diferença logo de cara?

— Sei lá. Depende de sua sagacidade.

Ele se empertigou na cadeira e, em seguida, sem um pingo de malícia, declarou:

— Eu gosto de você.

— Eu sei que gosta.

— Hayes! — chamou um rapaz de terno, a caminho da mesa.

Não era muito comum ver pessoas de terno em Los Angeles. A cada dez engravatados, nove trabalhavam como agentes. E nunca se podia confiar em metade deles. Ou pelo menos era o que Daniel dizia.

Uma expressão aborrecida cruzou as feições de Hayes antes de ele se virar para ver quem o estava chamando. E, quando o fez, tratou de ativar o charme.

— Oiiii...

— Max Steinberg, da agência WME.

— Claro, claro. Eu sei quem é você. Como vai, Max?

— Como vai *você*? A turnê está indo de vento em popa, hein? Estamos todos na maior euforia. Vou dar uma passadinha no Staples Center amanhã. Vou levar minhas sobrinhas ao show. Elas estão que não se aguentam de felicidade. Ah, eu assisti à entrevista da banda no programa do Jimmy Kimmel ontem à noite. Todo mundo só quer saber de vocês...

Jimmy Kimmel? Será que isso tinha sido antes ou depois de conversarmos ao telefone? Hayes nem tinha tocado no assunto. Abri a boca para tecer um comentário, mas achei melhor ficar quieta.

— É, correu tudo bem.

— Eles ficaram *malucos* por vocês. Todo mundo está maluco por vocês. Essa música nova, "Seven Minutes", é uma maravilha. Bem descontraída. Olá, sou Max Steinberg. — O engravatado estendeu a mão para me cumprimentar, tendo enfim reparado que eu estava ali.

— Max, essa é Solène Marchand.

Max inclinou a cabeçona oval para o lado, tentando se lembrar se me conhecia de algum lugar.

— Você trabalha na Universal?

— Não.

— Na 42West?

Neguei com a cabeça.

— Solène tem uma galeria de arte em Culver City.

— Ah… que legal. — Ele fez o que todas as pessoas de Hollywood faziam quando descobriam que eu não trabalhava no ramo: parou de me dar bola. — Bem, então tá. Não vou ficar alugando você, Hayes. Boa sorte hoje à noite, hein, campeão? A gente se vê amanhã. Estarei acompanhado de duas adolescentes barulhentas. Mas acho que você já está acostumado, não é? Sempre rodeado de garotas e tudo o mais… Bem, aproveite. — Deu uma piscadela. — Solène, foi um prazer conhecê-la. Se ainda não tiverem feito o pedido, sugiro o linguado. Derrete na boca.

Assim que o homem sumiu de vista, comentei:

— Então, esse tal de Max Steinberg…

— Max Steinberg — repetiu Hayes, rindo. — Desculpe, isso foi bem indelicado. Aquele comentário sobre as garotas foi totalmente sem noção… Nem sei o que ele tinha em mente.

— Para ser sincera, não sei nem se *tem* alguma coisa na mente dele — respondi. — Parece que os homens desta cidade nem *enxergam* as mulheres a partir de uma determinada idade. E, quando enxergam, tratam logo de tachá-las ou de "mãe" ou de "empresária". Ele deve ter pensado que eu trabalhava para você, o que só mostra como isto aqui é inapropriado.

Hayes estava boquiaberto.

— Eu nem sei o que dizer… Desculpe.

— Ora, ainda bem que isso é só um almoço e nada mais. — Abri um sorriso. — Não é?

Ele não disse nada. Limitou-se a me encarar com uma expressão inescrutável. Fiquei tentada a estender a mão e acariciar aquele rosto jovem, mas não queria ser mais contraditória do que já estava sendo.

— Em que você está pensando, Hayes?

— Ainda estou processando as coisas.

— Sem problemas. Nunca é tarde demais para mudar de ideia.

Bem nessa hora, o garçom apareceu com nossos pedidos.

Assim que voltamos a ficar a sós, Hayes se virou para mim.

— Escute, eu não vou perguntar quantos anos você tem, porque sei que é falta de educação, mas quero deixar claro que não há muito o que você possa fazer para me dissuadir. E não dou a mínima para a opinião de pessoas como Max. Caso contrário, não a teria convidado para vir aqui. Então, caso você esteja se perguntando, saiba que não vou mudar de ideia.

— Tudo bem.

— Tudo bem mesmo?

— Tudo bem — repeti.

— Ótimo. Fico feliz.

— Trinta e nove. E meio.

Hayes baixou seu copo, cheio de água Pellegrino, e pude ver que sorria de orelha a orelha.

— Tudo bem. Posso lidar com isso.

Oh, céus, onde é que eu fui me meter?

— Então — começou ele, entre uma garfada e outra de seu frango *jidori* grelhado —, como é que seus pais "muito franceses" foram parar em Boston?

Abri um sorriso. Ele tinha se lembrado.

— Vida acadêmica. Meu pai é professor de história da arte em Harvard.

— Nossa! Quase nenhuma pressão.

— Pois é — concordei, rindo. — E minha mãe era curadora de arte.

— Então a arte está no seu sangue?

— É por aí mesmo. E você? A música está no seu sangue? Seu pai era um dos Beatles?

— Um Rolling Stone, na verdade… — brincou Hayes, e o sorriso deixou os cantinhos dos olhos enrugados. — Não, isso está bem longe de ser verdade. Ian Campbell é um ilustre Conselheiro da Rainha. Eu venho de uma longa linhagem de pessoas muito ilustres, de ambos os lados. E então, de alguma forma, algo deu errado.

— Havia algo diferente na água de Notting Hill?

Ele sorriu.

— Quase. Em Kensington. É, talvez. Eu nasci com o dom de cantar. E de compor músicas. Minha família não ficou muito feliz.

Ele se mexeu na cadeira, e sua perna resvalou no meu joelho desnudo. Um gesto casual, mas que parecia calculado. Hayes se demorou ali por um instante, e então, com a mesma casualidade, afastou a perna.

— Você estudou em Harvard?

— Não, estudei na Brown. E depois fiz um mestrado em administração de artes na Universidade Columbia.

— Isso tirou seu pai, o professor de Harvard, do sério?

— Um pouquinho. — Sorri.

— Aposto que não tanto quanto abrir mão de Cambridge para montar uma banda.

Dei risada.

— Foi isso que você fez? Alguém juntou vocês?

— Ora, *eu* mesmo.

— Sério?

— Seríssimo. Ficou impressionada? Vou mandar imprimir uns cartões de visita: Hayes Campbell, aquele que uniu a banda.

Dei risada e pousei o garfo e a faca na mesa.

— Então, como você conseguiu essa façanha?

— Eu estudei no Westminster, que é um colégio bem refinado de Londres, e lá metade da turma acaba sendo aprovada em Oxford ou em Cambridge. Em vez de seguir por esse caminho, decidi convencer alguns amigos a montar uma banda. Já tínhamos cantado juntos algumas vezes antes disso. A princípio ia ser uma banda pop, mas vivíamos tendo que achar um novo baterista. E Simon toca muito mal o baixo... E nós cinco queríamos ser o vocalista principal — contou, aos risos. — Então a banda começou de um jeito bem interessante. Mas tivemos sorte. A gente deu muita sorte *mesmo*.

Os olhos dele brilhavam. Estava tão à vontade, tão animado, tão feliz.

— Todas essas informações estão na internet?

— Hum, é bem provável que estejam.

UMA IDEIA DE VOCÊ 41

— Humm… — Dei uma garfada na minha omelete. — Então me conte alguma coisa que não esteja na internet.

Ele abriu um sorriso e recostou-se na cadeira.

— Você quer saber todos os meus segredos, é?

— Só os maiores.

— Os maiores segredos? Tudo bem. — Ele começou a deslizar o dedo pelo lábio inferior. Parecia um hábito involuntário, mas tinha conseguido a proeza de chamar a minha atenção para aquela boca carnuda. — Eu perdi a virgindade aos catorze anos com a irmã do meu melhor amigo. Ela tinha dezenove anos na época.

— Nossa… — Era assustador e impressionante ao mesmo tempo. — Como… Como você era quando tinha catorze anos?

— Acho que não mudei muito, só era mais baixo. E eu tinha acabado de tirar o aparelho — contou, rindo. — Então, sabe como é, eu estava me achando o máximo.

— Catorze anos… Tão novinho. — Eu estava me esforçando muito para não pensar em Isabelle. Logo, logo ela ia fazer catorze anos.

— Eu sei, foi bem atrevido. *Eu* era bem atrevido.

— *Ela* era bem atrevida. Dezenove anos? Isso não é crime lá na Inglaterra?

— Bem, eu tinha passado dois anos esperando e rezando para que aquilo acontecesse, então não é como se eu tivesse saído correndo para prestar queixa. — Abriu um sorriso lascivo. — Enfim, isso definitivamente não está na internet e, se vazar, vai acabar com tudo: com as amizades, com a banda…

— Com a banda? — repeti. E então caiu a ficha. — Você dormiu com a irmã de quem, Hayes? Quem é o seu melhor amigo?

Ele ficou em silêncio por um instante, tamborilando os dedos nos lábios, absorto em pensamentos.

— Oliver — respondeu, por fim.

Ele esticou o braço para pegar os óculos no meio da mesa e, depois, os pôs no rosto.

O garçom se aproximou para recolher nossos pratos. Hayes não quis sobremesa, mas pediu uma xícara de chá-verde, assim como eu.

— Só aconteceu uma vez?

Ele balançou a cabeça, com um sorriso travesso despontando nos lábios.

— Quem mais sabe disso?

— Ninguém. Eu. Penelope... Esse é o nome da irmã do Ollie. E, bem, agora você também sabe.

De repente, me dei conta da grandiosidade do que ele tinha acabado de me contar.

— Eu preciso ver seu rosto — declarei, estendendo as mãos em direção aos óculos dele. Então, fui pega de surpresa quando Hayes me agarrou pelos pulsos. — O que foi?

Ele não disse nada, apenas baixou minhas mãos, deixando-as apoiadas sobre o assento entre nós. Enganchou o polegar na pulseira de couro do meu relógio e então, em gestos lentos, deliberados, acariciou meu pulso.

— O que foi? — repeti.

— Nada. Eu só queria tocar em você.

Ouvi minha respiração acelerar, ciente de que ele também podia escutá-la. E lá estava eu, parada, em transe, enquanto Hayes fazia carinho no meu pulso. Era um toque inocente, casto, mas pelo efeito que exercia sobre mim, parecia até que estava com a mão no meio das minhas pernas.

Droga...

— Então — começou ele um tempo depois. — Você veio até aqui para me vender arte?

Neguei com a cabeça. Era isso que ele fazia quando queria seduzir alguém? Agia de forma sutil, eficaz, completa? Devia haver algum quarto por ali, certo? Afinal, estávamos em um hotel.

Hayes sorriu e soltou meus pulsos.

— Não? Ora, Solène, achei que era isso que você queria.

Eu adorava o jeito como ele pronunciava meu nome. A forma como saboreava a segunda sílaba. Como se pudesse sentir seu gosto.

— Você, Hayes Campbell, é um cara muito perigoso.

— Não sou, não. — Ele sorriu e tirou os óculos de sol. — Eu simplesmente sei o que quero. E de que adianta ficar fazendo joguinhos?

O garçom chegou trazendo nosso chá. A apresentação era impecável, como uma natureza-morta.

— Você está em turnê — comentei, assim que o garçom se afastou.

— Eu estou em turnê — repetiu ele.

UMA IDEIA DE VOCÊ 43

— E depois daqui, para onde você vai? Londres?

— Para Londres, para Paris, para Nova York... Eu vou para todo canto.

Contemplei o jardim através da janela, tentando pôr meus pensamentos em ordem. Nada fazia sentido.

— E como a gente vai fazer?

Hayes deslizou a mão por baixo da mesa outra vez e enrodilhou o dedo na pulseira do meu relógio.

— O que você quer que a gente faça?

Como não respondi, ele acrescentou:

— Podemos ir decidindo conforme as coisas acontecerem.

— Então a gente só sai para almoçar quando você estiver em Los Angeles?

Ele assentiu, mordiscando o lábio inferior.

— E em Londres. E Paris. E Nova York.

Ri e desviei o olhar. A ficha começou a cair. Dei-me conta dos planos que estava traçando.

Aquilo não tinha nada a ver comigo.

— Isso é uma maluquice. Você sabe disso, não sabe?

— Só se alguém se machucar.

— Alguém sempre sai machucado, Hayes.

Ele permaneceu em silêncio e entrelaçou os dedos aos meus, apertando minha mão. A intimidade do gesto me pegou de surpresa. Eu não ficava de mãos dadas com um homem desde o divórcio com Daniel, e a mão de Hayes não era nada familiar. Grande, macia, hábil... Senti o toque frio de um anel.

Eu me remexi na cadeira, as pernas grudando no assento de couro. Eu precisava dar o fora dali... E, no entanto, não queria que tudo aquilo acabasse.

Terminamos de tomar o chá assim, os dedos entrelaçados por baixo da mesa, escondidos de olhares curiosos, e cientes de que tínhamos feito uma promessa.

Depois que pagamos a conta, o maître retornou à mesa. Perguntou se tinha corrido tudo bem. Em seguida, com a maior naturalidade do mundo, declarou:

— Lamento informar, sr. Campbell, mas parece que alguém descobriu que o senhor estava aqui. Tem uns paparazzi à sua espera em frente ao restaurante. Peço desculpas por isso. Eles não estão aqui dentro, mas estão esperando do outro lado da rua. Achei melhor avisar, para o caso de o senhor querer tomar providências na hora de ir embora.

Hayes digeriu a informação por um instante e em seguida assentiu.

— Obrigado pelo aviso, Pierre.

— E agora? O que isso quer dizer? — perguntei, assim que o maître se afastou.

— Quer dizer que, a menos que você esteja a fim de virar notícia em todos os blogs amanhã, é melhor ir embora antes de mim.

—Ah… Tudo bem. Agora? — Estendi a mão para pegar minha bolsa Saint Laurent.

Hayes deu risada e me puxou de volta para a mesa.

— Você não precisa ir neste exato momento.

— Mas seria melhor, não?

— Veja só — começou ele. — Se *não* sairmos juntos do restaurante, corremos o risco de parecer suspeito. Mas, se chegarmos juntos ao manobrista e as câmeras nos flagrarem, corremos o risco de isso parecer suspeito para uma audiência muito maior.

— Então é tipo um jogo?

— Exatamente. — Ele pôs os óculos escuros. — Está preparada?

Comecei a rir.

— Como é que eu vim parar aqui mesmo?

— Solène — respondeu ele, com um sorriso no rosto —, isso é só um almoço e nada mais.

Durante aquelas duas horas, eu quase tinha conseguido me esquecer de que Hayes era famoso, mas, quando atravessamos o terraço do restaurante do Hotel Bel-Air, foi impossível ignorar. Lá estava ele, um metro e oitenta e oito de altura, vestindo uma calça jeans preta e botas da mesma cor. Os clientes se viravam para olhar, de olhos arregalados, e gesticulavam entre si, e Hayes parecia alheio a tudo isso. Já estava acostumado a fingir que não estavam ali.

Na passarela, pouco antes de chegarmos à ponte do hotel, ele pôs a mão na minha cintura e me fez parar. O toque era íntimo.

— Vá na frente. Eu vou matar um tempo no saguão.

Uma decisão prudente. Eu sabia que, se fosse necessário, poderia dizer a amigos curiosos que Hayes só estava interessado em comprar uns quadros na galeria. Mas não sabia se Isabelle cairia nessa ladainha.

Ele pareceu se dar conta de que estávamos quase colados e deu um passo para trás, soltando os dedos aos poucos de minha cintura.

— Obrigado por ter vindo — disse Hayes. — Foi perfeito.

— Foi mesmo.

Nós nos detivemos ali por um momento, a um braço de distância um do outro, sem conseguir ignorar a atração inegável que nos rodeava.

— A mãe da Isabelle — murmurou ele, sorrindo.

Eu não sabia se ele estava apreciando o apelido ou a ideia.

— Hayes Campbell.

— Eu não posso beijá-la aqui — declarou com a voz grave, rouca.

— E quem disse que eu quero que você me beije?

Ele deu risada.

— Bem, *eu* quero.

— Ora, isso é um pouco problemático, não? Porque, nesse caso, você deveria ter escolhido um lugar mais reservado.

Hayes pendeu a cabeça para o lado, boquiaberto.

— Quê? Você está falando sério?

— Eu só estou tirando uma com a sua cara — respondi, rindo. — Isso foi adorável.

— Porque, assim, se você quiser, eu poderia arranjar um quarto para nós…

Ele sorriu.

— Eu sei muito bem que você poderia.

— É que eu pensei que você fosse uma dama respeitável.

— Só de vez em quando. — Cheguei mais perto para plantar um beijo em sua bochecha. Não aquele beijo de bochecha com bochecha do mundo da arte, e sim um de verdade. Uma oportunidade de sentir sua pele, seu cheiro, e deixar tudo registrado na memória. Quase como um roubo. — Obrigada pelo almoço, sr. Campbell. Até a próxima…

E, com isso, dei as costas e caminhei em direção aos paparazzi, que estavam alheios à minha presença.

NOVA YORK

NÃO HAVIA UM plano definido. Nós nos despedimos sem deixar nada combinado. Voltei a viver minha vida normalmente, assim como ele. E, no entanto, quase que de imediato, senti vontade de ver Hayes mais uma vez.

A cada três dias, mais ou menos, ele me ligava de onde quer que estivesse. "Venha me encontrar em Seattle, Solène... Vamos sair aqui em Denver, Solène... Em Phoenix... Em Houston..."

E eu sempre recusava. Estava atolada de trabalho: tínhamos que organizar a mostra de maio, uma exposição do pintor conceitual Nkele Okungbowa, e preparar as peças que iriam para a Art Basel. Isabelle ia ter um recital na escola. Então, por mais que eu quisesse, não podia entrar em um avião de uma hora para outra e me deixar levar. Tinha que arcar com minhas responsabilidades. Tinha que arcar com minhas preocupações acerca do que os outros iriam pensar.

Em meados de maio, porém, calhou de a Frieze, uma feira de arte em Nova York, cair no mesmo fim de semana em que a August Moon ia dar uma entrevista ao programa *Today*. A viagem já estava marcada na minha agenda havia meses, e foi ótimo perceber que eu poderia ter a satisfação de ver Hayes sem precisar enfrentar o dilema moral de atravessar o país única e exclusivamente por causa dele. Não havia mistério por trás desse raciocínio. Faria sentido até para minha filha.

Busquei Isabelle na escola naquela sexta-feira, e ela ainda estava radiante por conta de sua atuação em *Sonho de uma noite de verão*, encenada no início da semana.

— Scott, o professor de teatro da escola, veio conversar comigo no corredor... Ele falou que nunca viu uma Hérmia *tão* convincente! Eu nem acredito!

Ela estava transbordando de felicidade quando dei partida no carro. Sorria de orelha a orelha, os olhos cintilando.

— Que bom, filha! Sua atuação foi bem convincente *mesmo*. Você mandou muito, muito bem.

— É, mas você é *obrigada* a dizer isso porque é minha mãe. Ah, e Jack, que interpretou o Lisandro, tem uma irmã chamada Ella Martin. Ela está no penúltimo ano do ensino médio e é linda e inteligente e popular... e ela veio me dar parabéns pela atuação!

— Que maravilha! — respondi, e me virei para observá-la. Vi aqueles cabelos compridos, rebeldes, livres. — E a prova de matemática, como foi?

— Blergh! — Ela pôs a língua para fora. — Foi uma tortura. Eu nunca vou ser boa em matemática. Está mais do que claro que não puxei ao papai.

— Peço desculpas por isso — declarei, rindo.

— Você não tem culpa. Ok, talvez tenha um pouquinho de culpa, sim. — Ela sorriu. Sincronizou o iPhone com o som do carro e se pôs a esquadrinhar as inúmeras playlists enquanto eu cortava o trânsito na Olympic. Enfim, achou a música que procurava.

A introdução ao piano começou, melancólica, vagamente familiar. Isabelle se recostou no banco e fechou os olhos.

— Eu amo essa música. Amo muito, muito.

Nem precisei perguntar o nome da banda. De súbito veio aquela voz profunda, rouca, inconfundível.

— "Seven Minutes" — disse ela. — Hayes tem a voz mais sexy de todos os tempos...

Eu não disse nada por medo de me entregar. Ficamos ali, em silêncio, enquanto Hayes preenchia o espaço entre nós duas. *Você vai me pegar se eu cair?* Senti meu rosto arder, lembrei-me do toque de Hayes no meu pulso. Dos pensamentos impuros.

— Meu campeonato de esgrima vai ser em San Jose no fim de semana que vem, né? — Isabelle inclinou o corpo para a frente, despertando-me daquele torpor. — Quem vai me levar: você ou meu pai?

— Seu pai. Eu vou para Nova York na semana que vem, esqueceu? Para a feira de arte.

Ela suspirou e tornou a se afundar no banco.

— Eu tinha esquecido.

— Desculpe, filha.

— Você não para em casa...

— Izz...

— Eu sei, eu sei. Coisas de trabalho.

Estendi o braço e dei um apertãozinho na mão dela.

— Eu vou dar um jeito de compensar. Prometo.

A viagem a Nova York seguiu como uma dança, coordenando itinerários para que pudéssemos passar algumas horas juntos. Hayes estava hospedado no centro da cidade, e meu hotel ficava no Soho, mas eu tinha que me deslocar até Randall's Island para ir à feira. A galeria não fazia parte da exibição daquele ano, então Lulit ficou na Califórnia cuidando das coisas enquanto eu me reunia com alguns clientes em Nova York. Compareci a alguns almoços de negócios e jantares comemorativos e confraternizei com um punhado de pessoas fora do ambiente de trabalho. Perto da agenda de Hayes, porém, a minha parecia fichinha.

Ver a importância que Hayes tinha mesmo em um lugar tão grande e movimentado como Manhattan me afetou de jeitos inesperados. Uma imagem promocional do álbum na lateral de um ônibus. A foto da banda em uma posição de destaque na Times Square. Um adolescente ou outro perambulando com a camiseta da turnê do álbum *Petty Desires*, que se tornara tão familiar. O rosto de Hayes assomando, de repente, quando eu dobrava alguma esquina. Era adorável e inquietante ao mesmo tempo.

Na sexta-feira de manhã, saí para tomar um café com Amara Winthrop, uma antiga colega de turma que trabalhava na Galeria Gagosian. Cheguei quinze minutos atrasada ao Peninsula e pedi mil desculpas, culpando o trânsito implacável.

— Ah, que isso! — disse ela, abanando a mão. — É sexta-feira. Vai ter gravação do programa *Today*. Eu deveria ter avisado. Acho que aquela banda britânica vai tocar. A cidade toda está em polvorosa. Quer um café?

Até aquele momento, não tinha me ocorrido que, quando Hayes comentara sobre o evento, estava falando sobre se apresentar diante de quase vinte mil pessoas no meio do Rockefeller Plaza. Que aquela apresentação ao ar livre, em plena sexta-feira de manhã, desencadearia um efeito dominó que acabaria por afetar a mim e a milhões de pessoas que tentavam se deslocar pela cidade. Eu tinha nutrido uma ideia ingênua de que, se ignorasse a fama de Hayes, ficaria imune a ela; que seria como se ela nem existisse. Mas é claro que eu estava errada.

Tínhamos feito planos para almoçar juntos. Eu sairia para encontrá-lo no Four Seasons, depois de passar a manhã na feira Frieze. Hayes tinha me avisado que as coisas poderiam ser um pouco caóticas, mas eu não estava preparada para o mar de fãs em frente ao hotel. Parecia haver mais de trezentas pessoas ali, aglomeradas, rendendo-se aos desmaios, esperando por um mero vislumbre de seus ídolos. Augies com fotos e celulares em riste. Paparazzi reunidos e a postos. Barricadas tinham sido erguidas ao redor da entrada do hotel e do outro lado da rua. Ao menos uma dúzia de seguranças da banda zanzava por ali, todos de preto e com crachás pendurados no pescoço. Fora isso, havia mais uns sete seguranças engravatados de prontidão em frente ao hotel. E mais ou menos uma dúzia de policiais. Meu coração ameaçava sair pela boca quando desci do Uber. Como se, de alguma forma, também tivesse sido invadida pela empolgação que permeava as garotas ao meu redor. Os fãs presentes ali eram mais velhos que Isabelle e suas amigas. Mais fervorosos, mais determinados. Ficar perto deles me encheu de um sentimento que eu mal conseguia compreender. Além do corre-corre e dos nervos à flor da pele, pairava uma sensação que não era muito diferente do medo.

Não foi difícil entrar no hotel. Hayes tinha comentado que seria assim mesmo. Os seguranças achariam que eu não passava de uma hóspede e não barrariam minha entrada. Tinha a idade e o nível socioeconômico certos para não levantar suspeitas, e imaginei que a maioria das fãs não usava as roupas de luxo da The Row. Ainda assim, Hayes pedira que uma pessoa da equipe de segurança da banda me encontrasse no saguão do hotel: Desmond, um ruivo atarracado que me cumprimentou com uma mesura antes de me escoltar até o elevador, que nos levou ao trigésimo segundo andar. Não sabia se ele desconfiava dos motivos da minha visita, mas, se presumiu algo inapropriado, não deixou transparecer.

Havia mais dois seguranças patrulhando o corredor daquele andar. Reunir-se com um chefe de Estado deveria ser mais ou menos daquele jeito. Ou com alguém do Pentágono. Comecei a transpirar.

No fim do corredor, Desmond tirou um cartão magnético do bolso e abriu a porta da suíte de Hayes. Eu não estava preparada para o que me aguardava do lado de dentro. O quarto estava apinhado de arranjos florais, bandejas repletas de frutas e minigarrafas de água Pellegrino, mas a comida parecia intocada. Um rapaz sul-asiático, com ares de profissional, perambulava pelo cômodo falando ao telefone; duas mulheres com pinta de assessoras de imprensa, sentadas no sofá, digitavam freneticamente no celular; uma figurinista segurava um terno em cada mão e dava ordens à sua assistente em um sotaque jamaicano que se assemelhava ao britânico; a assistente em questão zanzava pelo cômodo carregando sacolas e mais sacolas de compras; um sujeito elegante usava um laptop na escrivaninha; e, no meio disso tudo, lá estava ele: Hayes. Nossos olhares se cruzaram. Ele estava do outro lado do cômodo, os braços estendidos como os de Jesus na cruz, enquanto a figurinista tratava de enfiá-lo em um paletó.

— Oi — sussurrou ele, e os lábios se curvaram em um sorriso radiante.

— Oi — sussurrei de volta.

Cabeças se viraram na minha direção, e fui alvo de um escrutínio não muito discreto por parte daquela comitiva. Tentei ler suas expressões sem deixar transparecer as minhas. Não era uma tarefa fácil.

— Pessoal, essa é Solène, uma amiga minha. Solène, esse é o pessoal — anunciou Hayes.

Houve sorrisos genuínos por parte das estilistas e o rapaz ao telefone me cumprimentou com um aceno de cabeça, mas a hospitalidade parou por aí. O sujeito na escrivaninha me tratou com desdém, e as mulheres no sofá me encararam com a maior frieza. Era um tanto alarmante perceber que minha presença tinha sido avaliada e reprovada com tamanha rapidez. Era exatamente o que eu temia.

Ocorreu-me, então, que eu certamente não parecia com uma fã, de modo que, para terem me tratado com tamanha displicência, era bem provável que Hayes Campbell tivesse um "tipo".

— Desculpe, só vai demorar mais uns minutinhos — disse ele.

— Não tem problema.

— Hum, não gostei dessa camisa, querido. Maggie, dê uma olhada na sacola da Prada e veja as camisas que eles mandaram.

— Qual é o problema desta? — quis saber Hayes, franzindo a testa. — Beverly não gostou da minha camisa.

—Acho que o caimento não está muito legal. — Beverly puxou o tecido que estava sobrando para os lados, ajustando a camisa ao abdômen de Hayes e salientando a cintura estreita. — Olhe isto aqui. Veja quanto tecido sobrando! Posso até dar um jeito, mas primeiro vamos ver se não encontramos algo com um caimento melhor.

—A banda vai a um jantar chique hoje à noite — explicou Hayes. — Na sede do Consulado Geral Britânico. É só isso, né? — Ele se virou para as mulheres no sofá.

— Sim, é só isso mesmo. —A mais loira entre as duas sorriu. — Estou enviando um e-mail com todo o itinerário, junto às suas anotações sobre a instituição Alistair.

Eu tinha acertado em cheio: elas eram assessoras de imprensa. Duas mulheres de trinta e poucos anos com roupas e acessórios elegantes e penteados idênticos. Max Steinberg deve ter me visto como uma delas. Talvez não estivesse ciente de que Hayes tinha um tipo.

— Eu acho que esse terno vestiu muito bem, mas a camisa não está legal — ponderou Beverly. — Maggie!

A assistente apareceu com uma camisa social em cada mão. Beverly deu uma olhada rápida nas peças, agarrou a da direita e pediu a Hayes que tirasse a roupa.

Primeiro, ele tirou o paletó e desabotoou a camisa. Só depois estendeu a mão para pegar a outra peça. Por um bom tempo, ficou ali, sem camisa, no meio do cômodo. Os outros estavam absortos em seus próprios afazeres, mas não pude resistir à tentação de devorá-lo com os olhos. Era uma visão e tanto: pele suave e macia, ombros largos, abdômen definido e braços esculpidos. Sem defeitos à vista. Então essa era a aparência de um corpo de vinte anos. Aquele período maravilhoso entre a adolescência e o ponto em que as coisas começam a desandar.

— Perfeito — declarou Beverly, quando fechou o último botão da camisa. — Você precisa usar mais as marcas italianas, querido. O corte se ajusta melhor ao seu corpo. Maggie, se você puder me fazer a gentileza de pegar aquela gravata fininha que está em cima da cama…

Fiquei observando enquanto Beverly dava os arremates finais em Hayes. Ajustou o colarinho, alisou as lapelas, deu o nó na gravata. Parecia uma mãe… Se Hayes tivesse uma mãe jamaicana de quarenta e poucos anos.

— Pronto. Estou satisfeita com o resultado. Vou deixar um par de sapatos sociais separado para você.

— Não posso ir com minhas botas?

— Não — declararam Beverly, Maggie e o sujeito elegante na escrivaninha em uníssono.

— Definitivamente não — acrescentou uma das assessoras de imprensa.

Hayes deu risada e, em seguida, estreitou os olhos, com uma expressão matreira.

— Já decidi. Vou usar minhas botas mesmo.

Beverly fez um muxoxo de desaprovação. Depois, começou a recolher as roupas e sacolas com a ajuda de Maggie.

— Deixa as roupas penduradas no armário. Quero passá-las antes do evento. Vou pedir que alguém venha engraxar suas botas mais tarde.

— Obrigado, Bev. Hum, de quem é esse terno aí?

— Do Oliver.

— Por que é que Ollie sempre fica com os ternos mais descolados? Talvez eu também queira me vestir como um dândi. Ele vai usar gravata-borboleta? Eu também quero uma gravata-borboleta.

— Você quer uma gravata-borboleta *agora*?

— Talvez.

— Valha-me Deus — respondeu Beverly, com o sotaque jamaicano mais pronunciado do que antes.

— Eu sei, eu sei... Sou muito descolado. — Ele riu, virando-se para encontrar meu olhar. — Solène, você sabia que eu era "descolado" assim? É o meu arquétipo oficial na banda. Assim você não me confunde com os outros. É isso que você pensa quando me vê, não é? Deve pensar: "Ah, ele deve ser o descolado da banda".

Comecei a rir, assim como todas as outras mulheres no recinto. Hayes e suas leais súditas.

De repente, o rapaz que estivera ao telefone durante todo aquele tempo soltou uma exclamação empolgada, e todos nos viramos para olhar.

— Você, meu caro, me deve uma das grandes.

— TAG Heuer? — perguntou Hayes.

— TAG Heuer. Oi, me chamo Raj. É um prazer conhecê-la. — Ele se aproximou para apertar minha mão e em seguida voltou-se para Hayes. — A marca vai enviar um representante às três da tarde para lhe mostrar alguns relógios. Você pode escolher um para o jantar desta noite e um mais casual para usar no dia a dia.

— Bom trabalho, Raj — elogiou o sujeito na escrivaninha.

— Isso pode ser um baita negócio, Hayes. Se eles oferecerem um acordo, você não pode recusar — comentou uma das assessoras.

— Eu sei, mas não foge muito do estilo da banda?

— Não combina com o estilo da August Moon, mas combina com o estilo de Hayes Campbell.

Hayes repetiu aquele gesto que fizera no restaurante, beliscando o lábio inferior com a ponta dos dedos, absorto em pensamentos.

— Sei lá, me parece um pouco elitista. Quer dizer, não é como se garotas de catorze anos comprassem relógios da TAG Heuer.

— As de Dubai compram, sim. — Isso veio do sujeito da escrivaninha.

— Você não pode mirar só em adolescentes de catorze anos, cara. Precisa estender seu alcance. Você está expandindo sua marca. Redefinindo quem você é. Não vai fazer parte de uma *boy band* pelo resto da vida.

Nesse instante, Hayes se virou para me encarar. Estava tão elegante com aquele terno... Será que aquelas pessoas não iam dar o fora nunca?

— Eles querem que eu faça uma campanha publicitária para a TAG Heuer. Sozinho, sem a banda. O que você acha?

Todos os olhares se voltaram para mim, e presumi que estavam se perguntando se minha opinião deveria ser levada em conta, e por quê.

— Quem mais já fez campanha para eles?

— Brad, Leonardo — respondeu Raj.

— E quem vai tirar as fotos?

— Eles trabalham com uma equipe variada nos projetos. Pessoas competentes que fazem um trabalho impecável, mas nenhuma é muito famosa.

— Então Hayes não pode requisitar fotógrafos como Meisel, Leibovitz ou Ruven Afanador?

— Perdão, mas quem é você mesmo? — O sujeito na escrivaninha parou de batucar no laptop.

Hayes abriu aquele sorriso de canto de boca tão característico.

— Solène tem uma galeria de arte em Los Angeles. — Parecia quase orgulhoso. — Eu confio no gosto dela de olhos fechados.

Eu teria caído na gargalhada se ele não tivesse me lançado um olhar tão intenso. Lá se vão os segredos.

— Bem — declarei, depois de um momento carregado de tensão —, se foi bom o bastante para Brad e Leo... Vá em frente. Mostre a eles o que é ser descolado.

— Eu estava com saudade.

Pouco depois de a comitiva ter ido embora e Hayes ter trocado de roupa, nós dois nos acomodamos no sofá. A sós. A atmosfera de celebridade que ele emanava se dissipou sem a presença daqueles cuja função era bajular, paparicar e servir. Por mais que a fama pudesse vir acompanhada de certa emoção, havia algo arrebatador quando ele não tinha que ser "Hayes, o astro pop". Algo bruto, desnudo, acessível.

— Só faz duas semanas que a gente não se vê — respondi.

— Para você, foram duas semanas. Para mim, foram dez cidades. — Ele segurou minha mão, entrelaçando os dedos aos meus. Insinuante.

— Ora, se é assim que você está medindo o tempo...

— Dez cidades... Fiz o quê? Uns treze shows? Trezentas e cinquenta mil garotas aos berros... E nenhuma era você.

— Não. Nunca fui uma dessas garotas que gritam.

— Bem, acho que vamos ter que mudar isso, não?

Céus, como ele era bom nisso! A facilidade que tinha para deslizar por essas frestinhas, para soltar frases que pareciam inocentes, mas eram carregadas de significados...

O cantinho de sua boca estava se curvando daquele jeito que eu tinha passado a adorar.

— Por que você está sorrindo, Solène?

— Por nada — respondi, rindo.

— Eu sei em que você está pensando.

— Sabe, é?

Ele assentiu e esticou a outra mão para acariciar meu cabelo. Senti o aroma de sua pele. Amadeirado, ambarino, cítrico.

— Está pensando: "Meu Deus, eu daria tudo por um almoço agora".

— Isso mesmo. É exatamente nisso que eu estava pensando.

Hayes permaneceu em silêncio por um instante, e pude ouvir as batidas do meu coração enquanto ele deslizava o polegar pelo meu queixo. Um toque tão suave que poderia ter sido fruto da minha imaginação.

— Tudo bem... Então vamos sair para comer alguma coisa.

Ele já estava do outro lado do cômodo antes que eu me desse conta do que estava acontecendo.

— Sair?

— É — respondeu, parado junto do armário. — Tem um restaurante de sushi excelente aqui perto. Você gosta de comida japonesa? A gente pode até ir andando. O dia está tão bonito...

Percebi que Hayes, até então confinado na fortaleza do Four Seasons, não devia estar a par da comoção que ele havia causado na rua 57.

— Você ainda não viu o estado da rua?

Ele voltou para perto de mim, com um par de botas pretas na mão. Imaginei que aquelas eram as infames botas.

— Não, por quê? Tem muitos fãs lá fora? Mas não tem problema. Posso pedir a Desmond que nos leve de carro...

— O problema não é ir a pé... Eu só acho que não é uma boa ideia você sair do hotel agora.

Eu estava aterrorizada só de imaginar como seria atravessar a multidão ao lado de Hayes, um dos objetos de desejo daqueles fãs.

— Está tão ruim assim? — Seu olhar buscou o meu antes de ele se aproximar da janela. A vidraça não abria muito, então não tinha como ver a rua daquele ângulo.

— Bem, isso é um saco — reclamou ele, atirando as botas no chão. — Fomos seguidos depois do show no Rockefeller. Os fãs se amontoaram em volta dos carros... Uma maluquice sem fim. — Virou-se na minha direção. — Eu sinto muito por isso...

— Não precisa.

— Eu odeio ficar trancafiado aqui. Odeio *mesmo*... Mas então vamos lá. Plano B. Que tal pedirmos serviço de quarto? Que droga! Isso não é nem um pouco romântico.

Dei risada.

— E você está tentando ser romântico?

— Esse era o plano. Hum... se bem que... — Ele arregalou os olhos. — Venha cá. — Segurou minha mão e me conduziu em direção ao quarto. Ah, sim, o romantismo em pessoa.

Eu o segui até o quarto, passando pela cama e pelo baú de viagem etiquetado como AUGUST MOON/H. CAMPBELL, até chegarmos a um terraço amplo. Uma vista espetacular de Upper Manhattan e do Central Park se estendia à nossa frente em toda a sua glória primaveril. Um oásis verdejante sob o céu azul-claro.

— Então... — Hayes deu um apertãozinho na minha mão. — O que acha de almoçarmos aqui?

— Eu acho que vai ser perfeito.

Hayes não perdeu tempo: tratou de interfonar para fazer o pedido e, em seguida, se juntou a mim na balaustrada para apreciar a vista, o aroma de primavera e os raios do sol. Havia algo extremamente reconfortante em estar ali ao seu lado. Sentir meu corpo colado ao seu, que era tão mais alto. Sentir aquela proximidade, que já se tornara familiar.

— O que aconteceria se a gente cancelasse todos os compromissos e passasse o dia inteiro juntos?

— Seus empresários não iam ficar nada satisfeitos. E minha sócia também não.

— Mas pense em como a gente ia poder se divertir. — Seus olhos brilharam. À luz do sol, tinham passado de verdes para azuis. Mutáveis, assim como a água. — Podemos sair nos metendo em encrencas. Correr soltos por Nova York...

— Nem podemos sair daqui! Você está parecendo até a... *Rapunzel*. Trancafiado no alto de uma torre... Cabelo para dar e vender... Hayes Campbell, a Rapunzel do século XXI.

— Rapunzel do Hotel Four Seasons... — declarou ele, e caímos na gargalhada.

Ele se virou para me encarar por um instante, olho no olho, e senti aquela sensação inusitada. A percepção de que a atração já não era apenas física. Tinha ido além. Eu começara a gostar dele.

— Eu tinha dez anos quando vim a Nova York pela primeira vez, acompanhado dos meus pais. Ficamos hospedados em um hotel na Times Square, conhecemos a Estátua da Liberdade e fizemos todos os passeios típicos de turista. Visitamos o local onde ficavam as Torres Gêmeas... Na época, tinham acabado de começar a reconstruir...

Percebi que ele estava falando sobre algo que tinha acontecido apenas dez anos antes. Na época, eu morava em Los Angeles, ainda vivia um casamento relativamente feliz e tinha uma filha de dois aninhos. Nossas perspectivas eram tão distintas... Quando o atentado às Torres Gêmeas aconteceu, Hayes ainda estava na terceira série.

— Certa tarde — continuou ele —, fomos passear no Central Park. Só ficamos lá, andando de bobeira. Mas havia muita coisa acontecendo ao nosso redor. Famílias latinas numerosas fazendo piquenique e tocando música. Pessoas andando de patins. Uns caras jogando futebol... Era tudo tão vivo e cheio de energia e de *felicidade*... E eu estava radiante porque, pelo menos por uma tarde, eu também fazia parte daquilo.

Fez uma pausa antes de recomeçar:

— Eu estava batendo um papo com Rory hoje de manhã e comentei que era maravilhoso passar um dia à toa no Central Park. Ele nunca teve essa oportunidade, porque nunca tinha vindo para cá antes de montarmos a banda. Mas aí a minha ficha caiu. *A gente não pode fazer esse tipo de coisa.* Eu não posso mais fazer esse tipo de coisa. Talvez Rory nunca tenha a oportunidade de fazer isso. Isso é muito estranho, você não acha? É como uma troca...

Hayes se deteve por um instante e contemplou a vista em silêncio. Tinha um rosto impressionante. Uma estrutura óssea linda.

Ele se virou de frente para mim, apoiando as costas na balaustrada.

— Estou tagarelando sem parar, né? Desculpe. Às vezes eu abro a boca para falar uma coisa e quando vejo...

Hayes estava no meio da frase quando o beijei. Senti seus lábios cálidos, carnudos, convidativos. Chamavam por mim, e não pude resistir à isca. A juventude de Hayes, a beleza. E todos os aspectos daquele instante foram maravilhosos, do início ao fim.

— Hum, tudo bem — declarou ele, quando enfim permitiu que eu me afastasse. — Por *essa* eu não esperava.

— Desculpe. É que... Sua boca.

— Sério? — Abriu um sorriso. — Não foi por causa do cabelo?

Comecei a rir.

Ele envolveu minha cintura com as mãos, puxando-me para mais perto.

— Não foi porque comecei a contar sobre minhas férias de infância? Porque teve uma vez que fomos a Maiorca e...

— Fique quieto, Hayes.

— Você sabe que isso significa que eu ganhei, né? Porque consegui resistir à tentação por mais tempo.

— Eu não sabia que estávamos competindo.

Ele encolheu os ombros.

— Eu não sabia que *não* estávamos competindo.

— Claro, você só tem vinte anos.

— Ora... Você até que parece gostar disso.

Ele parou de falar e se aproximou para mais um beijo. Foi deliberado, intenso. Céus, eu tinha sentido tanta saudade disso! De descobrir novas sensações ao lado de um novo alguém.

Por fim, ele se afastou, com um sorriso estampado naquele rosto maravilhoso.

— Entãããão, vamos almoçar?

O almoço transcorreu em um piscar de olhos. O tempo se dobrava e se comportava de formas imprevisíveis. E Hayes me atraía cada vez mais para perto.

— Onde você passava as férias quando era criança? Na França?

— A maioria. — Meus olhos estavam fixos em seus dedos, que tracejavam a borda do copo. Hayes mal tocara no sanduíche. — Eu passava o Natal em Paris com a minha avó paterna, e os verões no sul da França com minha família por parte de mãe.

— Eles ainda moram lá?

— Meus avós já faleceram.

—Ah, meus sentimentos…

— Está tudo bem. É o que acontece quando se chega aos noventa.

Ele sorriu.

— É, acho que faz sentido.

— Eu tenho uns primos em Genebra, mas não os vejo tanto quanto gostaria.

— Isso não é necessariamente uma coisa ruim — resmungou ele, com a voz ainda rouca por conta do show daquela manhã. — Os meus primos são um lembrete cruel de que não estou dedicando minha vida a causas mais nobres.

Abri um sorriso.

— Você ainda tem tempo de sobra.

— Não quer dizer isso para os meus pais, não? Assim, não é como se eu achasse que eles não sentem orgulho de mim ou coisa do tipo. Eu realmente acho que eles estão genuinamente orgulhosos. Mas também acho que enxergam o que faço como algo temporário. Meio que: "Ah, veja só Hayes e sua bandinha. Não é bacana?".

— O fardo de ser filho único…

— Nem me diga. A única pessoa em quem eles podem projetar todos seus sonhos. É a maior tortura.

Abri um sorriso, mas no fundo eu entendia. Se fizesse as contas de quanto tempo e energia Daniel e eu tínhamos despendido para criar Isabelle, todo o esforço para fazer dela uma pessoa extraordinária — aulas de imersão em língua francesa para crianças, escola particular, aulas de esgrima, acampamento de férias, balé, teatro, o pacote completo —, acho que também ficaria um pouco chocada se ela decidisse largar a escola e fugir com o circo. (O que é um pouco irônico, considerando que a matriculamos em um curso de trapézio.)

— O quê? — Hayes tinha deixado o sanduíche de peito de peru de lado e se acomodara contra o encosto da cadeira. — Estou vendo pela sua cara que você está tomando o partido deles.

— Não estou tomando o partido de ninguém. Não é bem assim...

— Mas?

Dei risada.

— Mas eu tenho uma filha. Os pais acabam criando expectativas. Mas isso não quer dizer que eu também não tenha me rebelado contra os planos que meus pais tinham traçado para mim, ou que não tenha ido atrás das coisas que realmente queria, porque eu fiz essas duas coisas. Com o tempo, acabei me arrependendo de algumas delas, mas de outras, não. Mas acho que é meio necessário passar por essas coisas. Faz parte do amadurecimento.

Hayes não disse nada por um tempinho.

— Do que você acabou se arrependendo?

— De me casar aos vinte e cinco anos de idade... O que não é uma coisa *tão* absurda assim, mas para mim foi cedo demais...

— Foi por isso que não deu certo?

— Em parte, sim. Nós éramos muito jovens. *Eu* era muito jovem. Ainda estava tentando descobrir quem eu era, o que queria para minha vida. E, no fim das contas, calhou que nós dois queríamos coisas diferentes. Acho que ninguém teve culpa. Só éramos muito diferentes um do outro.

Ele assentiu.

— E o que você quer, Solène?

Hesitei. Havia mais de uma forma de interpretar essa pergunta.

—Acho que o mesmo que todo mundo: ser feliz. Mas ainda estou definindo o que a felicidade significa para mim. Eu tive que me *redefinir*.

Não queria mais ser apenas a "esposa do Daniel" ou a "mãe da Isabelle". Eu queria voltar a trabalhar, e Daniel não queria que eu fizesse isso.

— E você começou a se ressentir dele?

— Depois de um tempo, sim. E, mesmo hoje, não quero ser rotulada. Quero fazer coisas que me estimulem. Quero me cercar de arte e de pessoas fascinantes e de experiências instigantes... e de beleza. Eu quero me surpreender.

Hayes abriu um sorriso, vagaroso, compreensivo.

— É como ver uma flor desabrochar.

— Quê?

— Você, se revelando aos poucos. Você mesma, que jurou que ia compartilhar o mínimo possível.

Por um instante, permaneci sentada ali, em completo silêncio.

— Isso foi meio brega, né? — As bochechas de Hayes estavam vermelhas. — Tudo bem, finja que eu nunca falei nada disso.

Dei risada e respondi:

— Tudo bem.

Hayes adentrou o bar lotado do Crosby Street Hotel com toda a pinta de "o descolado da banda". Alto e esbelto, com os cabelos penteados e um terno de caimento perfeito. Atraindo olhares por onde passava, como de costume. Tínhamos combinado de sair tarde da noite, depois do meu jantar e da festa de gala no Consulado Britânico. Ele tinha se oferecido para me encontrar no Soho, já que eu estava hospedada por lá. Não que eu duvidasse de que ele manteria a promessa, mas ainda me impressionava quando Hayes aparecia conforme tínhamos combinado.

— Eu sei por que você escolheu este lugar — comentou ele, deslizando pelo assento listrado da mesa, que ficava escondidinha nos fundos do estabelecimento.

— Sabe, é?

O ambiente estava escuro e melancólico, iluminado por globos de luz multicoloridos dependurados no teto.

Ele assentiu.

— Por causa da arte. E aquela *cabeçona* gigantesca na entrada? Quem é? Martin Luther King?

Caí na gargalhada.

— Não. Você é hilário. É um Jaume Plensa.

— Um quem? Um o quê? — perguntou, afrouxando a gravata.

— Jaume Plensa, um escultor espanhol. Ele é muito bom.

— Bem, pois eu acho que é um pouco perturbador.

Ele tinha certa razão. A cabeça esculpida assomava de uma altura de três metros no saguão do hotel. Era um pouco desproporcional em relação ao ambiente, o que a tornava ainda mais impactante.

— E tem os cachorros também. Parece até que tem uma matilha de cães selvagens lá fora, todos feitos de papel. Cachorros de papel machê.

— Obra de Justine Smith. Ela é britânica.

— Bem que eu imaginei. — Começou a tirar o paletó, mas de repente se deteve para me observar. — Você sabe tudo isso de cabeça?

Assenti.

— Já trabalho com isso há muito tempo. Além do mais, já me hospedei aqui antes.

— Rá! — Ele pareceu desacelerar por inteiro, como se permitisse que o corpo se recuperasse da onda de adrenalina que o acompanhara do lugar de onde viera. Em seguida, seu olhar recaiu sobre mim. — Você está maravilhosa.

— Você também não está nada mal.

— Meu Deus! Uau!

Eram roupas novas, da marca Jason Wu. Compradas especialmente para aquela viagem. Uma regata de lantejoulas de madrepérola e uma saia lápis cor de marfim. Arrematadas com saltos Isabel Marant. Sexy, porque eu sabia que veria Hayes. E, para ser honesta, também porque queria deixá-lo com gostinho de quero mais. Queria deixá-lo atormentado.

— Eu nem acredito que você está comigo — declarou ele, rindo. Depois, desabotoou os punhos da camisa e arregaçou as mangas.

— Por que você acha isso?

— Porque eu sou, sei lá, uma *criança*. Ao contrário de você. E, por favor, entenda isso como um elogio.

— Tudo bem, mas nunca mais toque nesse assunto.

— Certo. — Estendeu as mãos para apanhar o cardápio de bebidas.
— A gente vai beber?

— Esse era o plano.

Fiquei observando enquanto ele analisava o menu. Ao contrário de Daniel, Hayes não precisava apertar os olhos para enxergar, mesmo à meia-luz.

Depois de um tempo, o garçom veio à nossa mesa. Escolhi um drinque de tequila, pêssego e pimenta. E, sem titubear, Hayes pediu uma dose de Laphroaig dez anos. Puro. O garçom, um homem de trinta e poucos anos, nem pestanejou.

— Uísque? — perguntei assim que o garçom se afastou da mesa. — Quantos anos você tem? Sessenta?

Hayes riu e passou as mãos pelo cabelo, bagunçando-o de forma estratégica. Estava se desarrumando, pouco a pouco, desde que tinha chegado. Desgrenhado, mas de um jeito elegante ou coisa parecida.

— Percebi que, aqui nos Estados Unidos, tem menos chances de pedirem minha identidade se eu soar convincente. E gosto do sabor do uísque — acrescentou. — É interessante.

Ele deixou o assunto pairar e sorriu, acanhado.

— Você é perigoso.

— Eu achei que você já soubesse disso...

— Como eu poderia saber? Lendo um dos inúmeros blogs sobre você? Ou no Tumblr?

Ele riu.

— Ah, por favor, não leia aquelas baboseiras. Jura que não vai ler?

— Não tenho o menor interesse em fazer isso — respondi.

A bem da verdade, eu deveria ter dito: "Não tenho o menor interesse em fazer isso *de novo*".

Depois do nosso almoço no Hotel Bel-Air, enquanto os rapazes pulavam de um lado para outro no palco do Staples Center, eu havia me trancado no meu quarto à noite e pesquisado "Hayes Campbell" no Google. A busca gerou trinta milhões de resultados, o que me pareceu surreal. Em seguida, atualizei a página. Duas vezes. E então, nas três horas seguintes, esvaziei meia garrafa de vinho Shiraz enquanto acessava um site atrás do outro em busca de informações sobre Hayes: notícias, fotos, vídeos, blogs, *fanfics*, inúmeros elogios a seu cabelo.

Durante todo esse tempo, Isabelle estivera do outro lado do corredor, conversando com uma amiga ao telefone, sem imaginar que a mãe mergulhava de cabeça naquele buraco sem fim.

Mas ali, na intimidade de um bar de hotel, não fui invadida por aquela ansiedade que as buscas na internet haviam me despertado. Não tive a impressão de que estava dividindo Hayes com seus vinte e dois milhões de seguidores no Twitter. Ali, naquela noite e naquele local, Hayes era todo meu. E ele tinha deixado isso muito claro.

— Você não está usando seu relógio — comentou ele.

A essa altura, já tínhamos tomado dois drinques cada e o bar começava a esvaziar. O ambiente era inundado por um trip-hop suave e envolvente.

— Não mesmo.

Sua mão escorregou para o assento entre nós e envolveu meu pulso.

— Cadê?

— Está lá no meu quarto.

— Passei a depender do seu relógio para certas coisas.

— Não é um TAG Heuer.

— Não, é Hermès — respondeu ele.

— Uau! Você é bom nisso.

Ele sorriu, acariciando meu pulso com a ponta do polegar.

— Virei especialista em relógios nos últimos tempos.

Fiquei em silêncio por um instante, deixando-me ser hipnotizada por seu toque. Quando sua mão deslizou do meu pulso em direção à coxa, estremeci.

— Relógios, é?

— Exatamente.

— E em que mais você é bom?

Hayes arregalou os olhos e abriu um de seus sorrisos dissimulados.

— Isso é uma pegadinha? Tudo bem, vou me arriscar. Sou bom em futebol… tênis… esqui… xadrez… caça à raposa…

Caí na risada.

— Caça à raposa?

— Eu só queria ver se você estava prestando atenção. — Seus dedos enveredaram pela barra da minha saia, roçando meu joelho. Eu *definitivamente* estava prestando atenção.

— Remo… squash… badminton… poesia… breakdance…

— Dança da minhoca?

— Dança da minhoca — concordou, rindo. — Ah, então você se lembra disso? Acho que foi assim que conquistei você, hein? — Os dedos deslizavam por minha pele, lânguidos.

— Hum, não sei. "Conquistar" parece forte demais. — Descruzei as pernas e fitei sua mão, que encontrava o caminho por entre meus joelhos. Hayes tinha mãos grandes, lindamente esculpidas, com dedos longos.

— Mas você está interessada.

— Talvez.

— Você está interessada neste exato momento.

Assenti com a cabeça. Meu coração batia mais acelerado. Tomei a liberdade de virar o restinho da minha bebida. Hayes chegou mais perto, mas não me beijou. Afinal, não estávamos sozinhos. Imaginei que fosse esse o motivo. Havia outro casal a umas mesas de distância, e alguns desconhecidos ainda perambulavam pelo ambiente, todos certamente munidos de celulares. Provavelmente era melhor assim.

— Sua vez, Solène. Por favor, me conte em que você é boa.

— Aquarela. Francês. Balé.

— Balé? — A mão tinha enveredado um pouco mais além, os dedos roçando a parte interna da minha coxa.

— Eu fazia balé e era boa nisso.

— E por que não faz mais?

— Porque eu não era boa o bastante.

— Hum. — Assentiu com a cabeça, os dedos avançando cada vez mais. — Pode continuar.

— Hum… — Eu não estava conseguindo manter o foco. — Corrida. Cozinha. Pilates. Spinning.

— Estou tentando imaginar você fazendo todas essas coisas ao mesmo tempo…

Dei risada, inquieta, arrebatada por seu toque. Trêmula, inebriada, molhada.

— Ah, eu canto. Mencionei isso? Caramba, como fui esquecer? — disse ele, rindo. — Eu sei cantar. E mando bem nisso. Também componho músicas. E toco. Lido bem com pessoas e gosto de crianças.

— Não sei se é apropriado falar de crianças enquanto sua mão está enfiada por baixo da minha saia.

Ele abriu aquele sorriso de canto de boca.

— Ah, está embaixo da sua saia?

— Bastante.

— Quer que eu pare? — Fez menção de se afastar, mas agarrei o pulso dele.

— Não.

Ele chegou mais perto e me beijou. A boca macia, com gosto de uísque; a língua suave. Foi breve, mas o suficiente para provar seu argumento.

Os dedos continuaram avançando, o toque por vezes suave, por vezes intenso.

— Você sabe em que mais sou bom?

Assenti com a cabeça bem devagar.

— Tudo bem. — Ele sorriu. — Vamos arranjar um quarto?

— Eu tenho um quarto.

— Vamos para lá, então?

— Não.

Hayes deu risada.

— Você não confia em mim?

— Eu não confio em *mim*.

— Prometo que não vou deixar você fazer nada que não queira.

Não consegui evitar de rir.

— Eu não vou transar com você, Hayes Campbell.

— Aaaah! — Ele baixou a cabeça. — Voltamos com essa história de me chamar por nome *e* sobrenome?

— É quem você é, não?

— Sim, mas é mais como a *ideia* que as pessoas têm de mim do que... Deixe pra lá — declarou, e parou de falar. — Olhe só, não precisamos transar... Podemos só ficar abraçadinhos. — Enquanto dizia isso, a mão inteira deslizava por entre minhas coxas. Tomava o cuidado de não tocar minha calcinha, só para me provocar ainda mais. *Abraçadinhos* uma ova.

— Tudo bem — concordei, ofegante. — Eis o que vai acontecer. Nós vamos para o meu quarto. Vamos curtir. Mas *não* vamos transar. E você *não* vai dormir aqui. Combinado?

— Combinado.

* * *

Os quartos do Crosby Street Hotel eram suntuosos: individuais, aconchegantes, ecléticos. Estampas inesperadas sobrepostas em cores suaves. Manequins como expressões artísticas. O ambiente estava à meia-luz quando entramos, com um clima convidativo. Apropriado para um encontro.

— Gostei daqui — declarou Hayes, estendendo o paletó sobre o braço do sofá e se abaixando para tirar as botas.

— Você está bem à vontade, hein?

— Ué, não posso ficar? Ou isso não está dentro do combinado?

Ri diante dessa pergunta. Era evidente que ele estava mais acostumado com esse tipo de coisa do que eu. Desnudar-se de corpo e alma diante de alguém que você mal conhece. Nem quis pensar em quantas vezes ele já tinha feito isso.

— Só mais isso aqui. — Abriu um sorriso e esvaziou os bolsos da calça. Pôs um iPhone, uma carteira, um protetor labial e uma embalagem de chicletes sobre a mesinha de centro. Nenhuma camisinha à vista. Ou talvez estivesse guardada na carteira. Ou no bolso do paletó. Eu estava dando muita importância a esse detalhe.

— Quero dar uma olhadinha na vista. Quer ver também? — enrolei. Depois, atravessei o cômodo e abri as cortinas, revelando janelas industriais que iam do chão até o teto. Havia um certo fascínio em observar Manhattan à noite: luzinhas cintilantes em meio ao céu anil.

Detive-me ali por um momento, com as mãos pressionadas contra a vidraça fria, me perguntando como eu tinha ido parar ali, em um quarto de hotel com o garoto que estampava os pôsteres da minha filha. Não sabia de que forma isso afetaria minha relação com Isabelle. Ela certamente me odiaria, e ainda assim...

— Você está nervosa? — Hayes se aproximou por trás, as mãos acariciando meus braços.

— Não — menti.

— Não precisa ficar nervosa, Solène. Sou só eu.

Sim, era aí que residia o problema.

Aquela proximidade, que parecera tão reconfortante no terraço do Four Seasons, parecia imprudente ali. De súbito me dei conta de sua altura, de seu poder. De que talvez eu já não estivesse mais no comando.

Hayes percebeu. Entrelaçou os dedos aos meus e segurou minhas mãos enquanto meus nervos se acalmavam. Em seguida, quando já tinha passado tempo suficiente, ele me envolveu em seus braços, puxando-me para mais perto. Senti seu corpo — todas as partes dele — colado às minhas costas.

— Oooi — disse Hayes, fazendo-me rir. — Está tudo bem?

Assenti, e nossos olhares se cruzaram no reflexo do vidro.

— Está, sim.

— Tem certeza? — Ele baixou a cabeça e tascou um beijo no meu ombro desnudo.

— Tenho.

— Que bom.

Hayes me beijou mais uma vez. E de novo e de novo. Os lábios deslizaram por meu ombro, subindo em direção ao pescoço, até a curvinha logo atrás da orelha. A respiração absorvia cada pedacinho de mim, e senti os dedos dos pés formigarem. Senti seus lábios, a língua, os dentes se afundando na minha pele. A mão roçando as lantejoulas da blusa enquanto abria caminho até meu pescoço, inclinando minha cabeça em direção à dele. Hayes cheirava a sabonete e uísque e tinha um gosto... cálido. Virei-me de frente para ele, devorando sua boca. E, ah, a sensação de seu cabelo entre meus dedos: grosso, macio, cheio. Devo ter puxado um pouco forte demais.

Seguimos em direção à cama.

Hayes sentou-se na beirada e me fez ficar de frente para ele.

— Quero olhar para você — declarou.

E assim ficamos, minhas mãos no cabelo dele, as dele nos meus quadris, os dedos acariciando o tecido da saia.

— Meu Deus, você é *tão* sexy! — acrescentou.

Cheguei mais perto para beijar aquelas covinhas, que chamavam por mim desde Mandalay Bay. Era impressionante o charme que aquela falha genética lhe conferia.

— Aposto que você diz isso para as mães de todos os seus fãs — respondi.

Ele riu, as mãos deslizando por cima da minha bunda, ao redor das coxas, até chegar à barra da saia.

— Nem tanto.

Senti o toque metálico frio de seus anéis na parte de trás dos meus joelhos, provocativo. Eu não tinha decidido até que ponto estava disposta a chegar naquela noite. Não sabia ao certo se existia um protocolo a seguir quando o assunto era sexo pós-divórcio. Só no segundo encontro? No terceiro? Imaginei que era uma dinâmica diferente daquela adotada quando se está na casa dos vinte. A necessidade de se sentir respeitada na manhã seguinte parecia menos premente. Talvez nada disso tivesse mais importância. Talvez tudo se resumisse a sentir emoção. E não havia dúvidas de que astros do rock tinham suas próprias regras. Estávamos sendo pioneiros, Hayes e eu. Desbravando novos territórios. Decidindo o que fazer à medida que avançávamos.

— Sabe... — começou ele, as mãos deixando um rastro de calor por minha pele. — Eu acho essa saia linda. Linda mesmo. Mas acho que ela vai ficar ainda mais bonita quando estiver jogada no chão.

Dei risada.

— Ora, isso seria muito propício, não?

Ele assentiu, levando os lábios de encontro aos meus.

— Mas para ser sincera... — continuei. — Estou mais interessada em descobrir o que você consegue fazer enquanto ainda estou vestida.

Hayes riu, jogando a cabeça para trás.

— Gostei desse desafio.

— Eu sabia que você ia gostar.

Ele afrouxou o nó da gravata e a atirou na cama, onde se deitou de costas.

— Vem cá — ordenou.

Obedeci, mas primeiro parei para desamarrar as tiras das sandálias dos tornozelos. Elas já tinham provado seu valor.

Hayes me puxou para seu colo, e logo percebi como minha escolha de roupa tinha sido inconsequente. Embora ainda estivesse de saia, conseguia sentir a solidez de seu corpo debaixo de mim, a largura de seu peitoral, a dureza de seu abdômen. Podia sentir as coxas e... Puta merda! Aquilo ali era o pau dele?

— Oh!

— Oh? — repetiu Hayes, sorrindo. Uma de suas mãos estava entremeada ao meu cabelo, a outra envolvia meu maxilar, o polegar acariciando-me a boca.

— Oh, aí está *você* — respondi, rindo.

— Bem, espero que seja eu. Quer dizer, espero que ninguém tenha vindo tomar-me o lugar.

— "Tomar-me o lugar?" — Lambi o dedo dele. — Eu amo quando você fala tudo certinho.

— Ama, é? Porque posso ser certinho a noite toda. Ou não... O que você quer, Solène?

— Eu quero que me mostre em que você é bom.

Ele assentiu, os lábios se curvando em um sorriso. Em seguida, sem o menor esforço, deitou-me na cama. Pairou acima de mim por um instante, uma aura de dominância tão intensa que quase dava para tocar.

— Avise quando quiser que eu pare.

Minha pulsação começou a acelerar outra vez. Os dedos de Hayes tracejavam o contorno do meu rosto, depois meus lábios.

— Meu Deus, como eu amo sua boca — declarou antes de deslizar até meu pescoço, onde se deteve antes de continuar avançando pelos ombros, por cima do tecido da roupa.

Tocava-me de forma ponderada; era leve, mas também deliberado. E, quando o dorso da mão roçou meus seios, me ouvi arfar. Ouvi a respiração de Hayes, também ofegante, e senti seus lábios perto da minha orelha, provocantes. Os dedos resvalaram pelo meu antebraço e eu estremeci. Era impressionante aquela habilidade de fazer até algo inocente parecer sugestivo.

No instante seguinte, sua mão estava entre minhas coxas outra vez, levantando a saia acima dos joelhos.

— Não vou tirar sua saia — avisou. Mas isso já não importava mais. Eu teria deixado.

Ele se içou para perto de mim, a boca se derretendo na minha. Os quadris me prendendo contra o colchão. Os dedos tracejando minha pele.

— Você quer que eu pare?

— Não.

— Tem certeza? — perguntou com a voz baixa, rouca.

A mão deslizou até no meio de minhas pernas, e a essa altura eu já estava tão excitada que era difícil discernir onde terminava minha calcinha e começava o resto do corpo.

— Tenho.

— Também não vou tirar isto aqui — declarou ele, acariciando o tecido fino da calcinha com a ponta dos dedos. — Nem vou afastá-la para o lado... E vou fazer você gozar *mesmo assim*.

E fez mesmo.

Não sei de onde tirei a ideia de que alguém da idade de Hayes seria apressado ou desajeitado, ou de que uma pessoa de sua estirpe estaria acostumada a receber todo tipo de agrados e, portanto, incapaz de retribuir o favor. Mas Hayes fez todas essas suposições caírem por terra. E com uma mão figurativamente amarrada atrás das costas. Seu toque era demorado, focado, preciso. Ele sabia exatamente o que estava fazendo. Os movimentos se tornavam mais intensos, depois desaceleravam, repetidas vezes, conduzindo-me ao limite e depois cessando, provocante, sem parar. Os dedos deslizando para dentro de mim, o polegar massageando meu clitóris com intensidade, e tudo isso *por cima* da calcinha. Bendito seja.

Gozei. E o clímax foi tão forte que, por um instante, achei que ia desmaiar. Ali, nos braços de Hayes Campbell, no quarto 1004 do Crosby Street Hotel.

Passei um bom tempo deitada, trêmula. Braços e pernas dormentes de prazer; a mente anuviada, sem conseguir digerir a magnitude do que eu tinha me permitido fazer. E, se tivesse a oportunidade, me permitiria fazer outra vez. Eu estava completamente inebriada por seu cheiro, seu gosto e seu toque. Por sua respiração no meu ouvido, o uísque na minha língua e os dedos provocantes contra minha pele. E o pensamento ilícito de que ele ainda mal chegara à idade adulta, mas isso não tinha me impedido. Também não tinha impedido Hayes.

E então me ocorreu que não me lembrava da última vez que tinha gozado na companhia de outra pessoa. Pensar que eu havia me negado esse prazer por tanto tempo me atingiu em cheio.

E ali, ainda aninhada nos braços de Hayes, minha cabeça se encheu de pensamentos e tive de me esforçar para rechaçá-los. Não queria pensar nas consequências naquele momento. Não queria pensar em Isabelle, ou em

Daniel, nem no que meus clientes ou as mães da escola Windwood (valha-
-me Deus!) poderiam pensar. Só queria desfrutar daquela sensação por mais
um tempinho. Saborear o presente que recebera de Hayes.

Mas os pensamentos continuavam lá, à espreita.

— Você está feliz? — perguntou-me ele, assim que minha respiração se
acalmou. Não perguntou se eu estava bem, ou tranquila, ou se estava tudo
certo. Perguntou se eu estava *feliz*.

Assenti, tentando recuperar a fala.

— Estou. Muito.

— Ótimo.

— Mal posso esperar para ver suas habilidades no badminton.

— Quê? — Ele ficou sem reação por um instante, então a ficha caiu.
— Ah! — continuou, dando risada. — Talvez eu seja um pouquinho melhor
nisso aqui do que no badminton.

— Que sorte a minha...

— Que sorte a sua mesmo.

Passamos um tempo deitados, aninhados um ao outro, absorvendo a
quietude do cômodo. A meu ver, tinha um quê de magia naquele tempinho que se seguia ao êxtase. Naquele momento compartilhado. Mas já os
sentia assomando outra vez: os pensamentos, a culpa, o pânico. Chegando
cada vez mais perto. E eu não podia fazer nada para impedir.

— Ah, meu Deus, o que foi que eu fiz? — deixei escapar. — Era para
ser só um almoço e nada mais. Céus! O que eu estou fazendo aqui ao seu
lado? Você tem idade para ser meu *filho*. Isso é tão errado. Você só tem *vinte*
anos. E é um astro do rock. Onde é que eu estava com a cabeça?

Hayes se endireitou ao meu lado, arregalando os olhos.

— Você está falando sério?

Fiquei tão surpresa quanto ele diante daquele jorro inesperado de palavras. Tão logo elas escapuliram de meus lábios, me dei conta de que aquele
era um comportamento terrivelmente americano e que minha mãe teria rido
da minha cara.

— Acho que estou.

— Quê? Você está se sentindo culpada? Mas estava feliz dois segundos
atrás. *Muito feliz.*

— Eu não acredito que permiti que você fizesse uma coisa dessas. Por favor, me perdoe. Isso foi muito inapropriado da minha parte.

— Ué, por acaso você me *forçou* a fazer alguma coisa? Não estou entendendo. Nós dois queríamos isso — declarou Hayes, sendo extremamente razoável. O adulto da relação.

Ergui o olhar e o vi. Estava todo desalinhado, a camisa Prada amassada, os cabelos despenteados e jogados para mil e uma direções. Vi o cansaço em seus olhos e a sombra da barba por fazer. Nesse instante, ocorreu-me que ele já era um homem-feito.

Eu precisava de um momento para me recompor.

— Não se preocupe comigo. Foi só um surtinho pós-orgasmo.

Ele riu.

— Isso vai acontecer toda vez? Porque, se for o caso, já posso me planejar de antemão.

Abri um sorriso.

— Não, não vai. Pelo menos acho que não.

— Estou falando sério, Solène. Eu não posso... Você não pode surtar desse jeito. Eu não lido bem com mulheres que perdem a cabeça assim. Achei que você seria diferente.

— Você achou o *quê*?

— Porra. Desculpe. É só que...

— Venha aqui. — Estendi a mão na direção dele.

— Porra — repetiu, deitando-se ao meu lado.

Ele passou um tempo em silêncio e, de repente:

— Uma vez, quando estávamos em Tóquio, conheci uma garota que... Deixe pra lá. Não quero falar sobre isso. Só me prometa que não vai surtar de novo.

— Tudo bem. — Sorri. — Eu prometo.

Ele se empertigou na cama.

— E eu perguntei se você queria, certo? Perguntei se queria que eu parasse. Mais de uma vez. Não foi?

Ele parecia incerto.

— Perguntou, sim.

— Só quero ter certeza de que não estou ficando maluco.

Era fascinante ver sua ansiedade. Perceber as coisas que o atormentavam. Eu nem conseguia imaginar a vida que ele e os outros integrantes da banda tinham que levar. Sem saber em quem confiar, sempre com receio de que algo pudesse ser usado contra eles de uma hora para outra. Imaginei que provavelmente havia muita coisa em jogo.

— E não deixe toda essa baboseira de astro do rock afetar você — pediu, tornando a se deitar. — Porque nada disso é verdade, é só um bando de porcaria. É só a *ideia* que as pessoas têm de mim, não quem eu sou de verdade… Mas sempre vou ser verdadeiro com você, tudo bem?

Parou de falar por um instante.

— Porra, já está muito tarde — comentou, conferindo o relógio. — Eu tenho que acordar às seis da manhã. Ou seja, daqui a três horas e meia. E estou acordado desde as quatro. Pelo amor de Deus, eu só queria uma folga.

— Esse é o relógio?

— É, sim. Gostou?

— É bonito.

— É bem sofisticado, né? É o modelo Carrera… Carrera Calib alguma coisa… Não lembro direito. Já está tarde.

— É um lindo relógio.

— Eu acho que é sofisticado demais para mim — disse ele, tirando-o do pulso. — É mais refinado do que eu costumo usar. Aqui, coloque para a gente ver.

Permiti que prendesse o relógio no meu pulso. Era de aço inoxidável, com um design simples, masculino, elegante.

— Nossa, ficou lindo em você. Pode ficar com ele.

— Não quero. Obrigada.

— É sério. Ficou ótimo em você, e é bem provável que eu nunca mais vá usar. Eles me deram mais dois além desse. Por favor, fique com ele.

— Eu não vou ficar com seu relógio — declarei, devolvendo-o para ele.

— Tudo bem, então pelo menos pegue emprestado.

— Hayes, eu não sou o tipo de mulher que vai ficar aceitando presentes assim. Obrigada, mas não quero.

— Pense que não é um presente. Estou só emprestando para você. Se você pegar o relógio emprestado, é meio que uma garantia de que vamos ter que nos encontrar de novo.

— E você ainda quer me encontrar de novo? Mesmo depois do meu surto?

Ele assentiu, com um sorriso lânguido se espalhando naquela boca larga.

— Quero. Você tem que me retribuir o favor. E eu estou cansado demais para deixar que você faça isso agora.

Caí na gargalhada.

— Ah, é? Então nós vamos nos encontrar de novo porque eu *devo* algo a você?

— Exatamente — respondeu ele, rindo. Depois, endireitou-se na cama e chegou mais perto de mim. — E porque também quero fazer muitas outras coisas com você, mas estou cansado demais para pensar nisso agora.

Fiquei sentada na cama, observando enquanto ele recolhia seus pertences. Depois, fechou o zíper das botas, ajeitou o cabelo e passou um pouco de protetor labial.

Voltou para junto da cama e me beijou.

— Nossa noite foi ótima — declarou, vagaroso, sensual, os olhos semicerrados. — Eu gosto mesmo de você.

— Eu também gosto de você.

— Obrigado por ter me concedido esse prazer.

— Digo o mesmo.

Antes de sair pela porta, ele se deteve e colocou o relógio TAG Heuer em cima do aparador, bem no canto do cômodo.

— Eu vou estar no sul da França no mês que vem. Você pode me devolver o relógio lá.

E, em seguida, foi embora.

Côte d'Azur

Eu sabia que acabaria indo. A forma como ele balançara aquela isca... como se fosse um doce. Uma isca mélica e adocicada. A escolha das palavras. Como se eu não tivesse alternativa. E a viagem se encaixava tão bem na minha agenda. Seria tão fácil...

Pedi ao agente de viagens da galeria que cuidasse dos preparativos: uma passadinha rápida em Nice depois da Art Basel. Menti para Lulit, dizendo que ia visitar minha família. Menti para minha família, dizendo que ia me encontrar com clientes. Tentei ser honesta comigo mesma. A motivação por trás disso tudo era puramente física. Carnal. Nada além disso. E com isso em mente, pensei, conseguiria aproveitar melhor.

Eu deveria ser capaz de fazer isto: transar sem culpa, sem vergonha, sem expectativas. Os franceses vinham fazendo todas essas coisas havia séculos. Estava no meu sangue. Com certeza eu poderia acessar aquela parte de mim que ainda não havia aflorado. Três dias na Riviera Francesa ao lado de um garoto maravilhoso, sem nenhum compromisso. Não iria remoer o assunto à exaustão. Iria me divertir e depois voltaria para minha vida. E ninguém iria sequer desconfiar. Já fazia três anos. Eu merecia algo assim.

* * *

Uma semana antes de eu pegar o avião para a Suíça, Isabelle e eu fomos passar o fim de semana em Santa Bárbara. Só nós duas, no Bacara Resort, curtindo um tempinho entre mãe e filha, conforme eu havia prometido. No fim do mês, ela iria passar o verão em um acampamento no Maine e só voltaria no meio de agosto. Eu sofria com a separação iminente todos os anos, e naquele não estava sendo diferente. A ideia de que ela retornaria mudada para sempre, de um jeito ou de outro, pesava sobre mim. O tempo escapava por entre nossos dedos.

No fim daquela tarde de sábado, estendemos um cobertor no topo de um promontório com vista para o mar e nos pusemos a aquarelar a paisagem que nos cercava. Pintar lado a lado tinha se tornado uma espécie de ritual só nosso. Eu sofria pensando no dia em que Isabelle deixaria esse hábito para trás.

Eu a observei fazer traços largos e precisos com o pincel, confiante em seu dom artístico. Torceu o nariz, concentrada, e armou o beicinho francês. O cabelo comprido estava enrolado em um coque e preso por um lápis, o mesmo penteado que eu usava na época da escola. Por mais que fosse toda dona de si, Isabelle ainda era uma miniatura minha. Quando ela era pequena, tínhamos ficado maravilhados com essa semelhança. Naquelas primeiras semanas depois do parto, quando tudo era novidade, repleto de maravilhas. Daniel e eu nos deitávamos na cama, com Isabelle aninhada entre nós, e contemplávamos suas feições, admirávamos cada movimento. Descobrindo o que vinha de mim e o que vinha dele e o que era definitivamente só dela. Caindo de amores por ela e um pelo outro mais uma vez.

— Você acha que vai se casar de novo um dia, mãe?

A pergunta veio do nada. As perguntas importantes sempre vinham do nada.

— Não sei, filha. Nunca se sabe…

Ela ficou quieta por um instante, aquarelando o céu.

— Por quê? Está perguntando por algum motivo?

Isabelle deu de ombros.

— Sei lá. É só uma coisa que passa pela minha cabeça de vez em quando. Eu não quero que você fique sozinha.

— Sozinha? Você acha que eu sou sozinha? — Ri, um pouco desconfortável. — Eu tenho você.

— Eu sei disso, mas... — Ela se interrompeu e olhou para mim. — Eu só quero que você seja feliz.

Eu não sabia por que ela tinha trazido esse assunto à tona de uma hora para outra. Logo depois do divórcio, eu vivia dizendo a ela que estava tudo bem. Que a separação era a melhor coisa para nós três. Que Daniel e eu seríamos mais felizes separados, e por isso seríamos pais melhores também. Foi necessário um ano e meio de terapia e muitas palavras de consolo, mas o assunto não vinha à tona havia um tempo.

— Mas eu *sou* feliz, filha — respondi, voltando a me concentrar no meu cavalete improvisado. — Eu tenho tudo de que preciso.

Soou extremamente verdadeiro.

Isabelle passou um tempo me observando. Contemplando o horizonte que eu pintava no papel, o encontro de violeta com azul-celeste.

— Eu acho que o papai vai se casar com Eva — declarou de supetão.

Foi um soco no estômago.

— Por que você acha isso?

Ela encolheu os ombros, evasiva.

— Ele falou alguma coisa?

— Acho que ele está tentando sondar o terreno comigo — respondeu ela.

Senti um aperto familiar no peito. Fazia anos, mas lá estava aquela sensação densa, carregada, de ter perdido alguma coisa.

— Por quê? O que ele disse?

Ela encolheu os ombros outra vez, desviando o olhar. Percebi que estava fazendo de tudo para tornar o assunto mais palatável para mim.

— Isabelle?

— Ele disse que você sempre seria minha mãe, independentemente do que acontecesse. Que nada mudaria isso.

Isabelle disse isso de forma categórica, a voz quase desprovida de emoções. Mas estava tudo lá.

— Oh.

Ficamos sentadas ali, em silêncio, perdidas em pensamentos. Ouvimos o som das ondas. Vimos os raios de sol cintilando na água.

— É que fiquei com a impressão de que ele estava tentando me preparar para alguma coisa. E achei que você deveria se preparar também.

* * *

As suposições de Isabelle não saíram da minha cabeça. Não perguntei nada a Daniel, porque aquilo não me dizia respeito. Mas, ao que parecia, só me restava sentar e esperar. E assim parti para a Europa, sentindo um certo vazio no peito. Uma ferida que pensei já estar cicatrizada. E fiz de tudo para me esquecer de que ela estava ali.

Hayes e seus companheiros de banda estavam hospedados em uma *villa* espetacular em Cap d'Antibes. Iam passar apenas uma semana ali antes de ir gravar em um estúdio de última geração em Saint-Rémy-de-Provence. Hayes tinha me contado que essa era uma ocasião rara e luxuosa, já que na maior parte das vezes eles acabavam gravando em quartos de hotel entre um show e outro. Hayes e Oliver — e às vezes Rory — ficavam até tarde da noite compondo grande parte das músicas ao lado dos produtores; os meninos gravavam as vozes em seu estúdio improvisado, os colchões encostados na parede para garantir o isolamento acústico. Sem tempo para descanso.

Muita coisa tinha acontecido desde nosso encontro em Nova York. A banda havia encerrado a parte da turnê *Petty Desires* que aconteceria em solo norte-americano e passado duas semanas relaxando em casa. Estavam se preparando para o álbum que viria a seguir. Era uma espécie de máquina, explicara-me Hayes. Estavam sendo ordenhados, dia após dia, o ano todo, para alimentar uma base de fãs cada vez maior que parecia estar sempre ávida por mais.

— O tempo está passando. É como se tivéssemos um prazo de validade — dissera-me Hayes certa noite ao telefone, quando estava em Londres. — Acho que eles ficam com medo de que, sei lá, os fãs vão sumir se crescer um único pelo no nosso peito. E por isso querem espremer o máximo de dinheiro que conseguirem agora. Mas nós precisamos mesmo dar um tempo. O Take That está gravando mais um álbum, e os New Kids ainda fazem shows, e eles já têm seus quarenta e tantos anos. E eles ainda têm fãs inveterados, mesmo que ambos tenham pausado suas carreiras em determinado momento.

— Você quer continuar levando essa vida quando tiver quarenta anos?

— A ideia me parecia absurda.

— Sei lá. Acho que só quero seguir em frente até parar de achar graça. Às vezes tenho a impressão de que essa hora vai chegar mais cedo do que imagino. Mas, bem, olhe os Rolling Stones. Eles ainda estão se divertindo à beça.

A August Moon *definitivamente* não era igual aos Rolling Stones, mas eu não queria ser a pessoa encarregada de dizer isso a ele.

Na segunda-feira de manhã, depois do encerramento da Art Basel, fui de avião para Nice e mal tive tempo de desfazer as malas e tomar uma chuveirada no meu hotel em Cannes antes de o motorista enviado por Hayes aparecer para me buscar. Eu tinha recusado seu convite de me hospedar na *villa*, pois não gostava da impressão que isso causava, mas concordara em passar a tarde com ele.

A propriedade, conhecida como Domaine La Dilecta, era um espetáculo. Os portões de ferro se abriam para uma trilha sinuosa, hectares e mais hectares de gramados exuberantes, uma edícula considerável, e, encarapitada na colina, estava a *villa* majestosa, toda branca contra o céu azulado. Eu bem que poderia me habituar a essa vida de astros e estrelas do rock.

Ele estava me esperando ali, embaixo do pórtico. Alto, quadris estreitos, vestindo preto da cabeça aos pés, com seus óculos Wayfarer. A calça jeans era mais justa do que a minha.

— Então… — comecei a dizer assim que saí do carro. — É aqui que você está ficando?

Ele sorriu e chegou mais perto de mim. Ah, aquele cheiro…

— É aqui que *nós* estamos ficando.

— Nada mau, hein?

— Pois é. — Hayes encolheu os ombros. — Trinta milhões de cópias vendidas têm lá suas vantagens. Bem-vinda. Não trouxe nenhuma mala?

— Eu já disse: não vou ficar aqui.

— Certo. — Ele abriu aquele sorriso de canto, as covinhas em evidência. — Sem pressão.

Em seguida, pegou-me pela mão e me conduziu para o interior da casa. Atravessamos o vestíbulo, subimos as escadas que davam para o andar principal e, depois, passamos por cômodos enormes. A construção era toda em art déco, com decorações ornamentadas. Não fazia muito meu estilo, mas não deixava de ser impressionante.

— Então, correu tudo bem na Art Basel?

— Correu, sim.

— Você vendeu um montão de artes? — Ele sorriu. A pele estava bronzeada, banhada pelo sol da Riviera Francesa.

— Um montão mesmo — respondi, e minha risada ecoou pelo piso de mármore.

Tinha passado uma semana regada a vinhos e jantares, gastando meu vocabulário em diversos idiomas: inglês, francês, italiano e até um pouquinho de japonês e alemão. Lulit não se conformava que, mesmo que somadas tivéssemos três diplomas da Ivy League, tudo se resumia ao comprimento da saia que usávamos em eventos desse tipo. Apesar disso, seguíamos com nosso mantra: "Vá vender arte para homens brancos ricos". E assim esgotamos todo o estoque disponível na feira.

— Este lugar é gigantesco.

Hayes e eu enveredamos por uma sala de estar. Havia um pequeno piano de cauda no meio do cômodo, e ele dedilhou as teclas quando passamos por lá. Foi um movimento simples, mas produziu uma melodia tão pura que ficou na minha cabeça.

— Você precisa dar uma olhada no resto da propriedade — comentou Hayes enquanto cruzava o cômodo. — Um oferecimento da gravadora. Uma recompensa do tipo: "Mandaram bem, garotos! Divirtam-se um pouquinho e depois voltem ao trabalho, hein? Mas, se estiverem a fim de compor alguma coisa enquanto estiverem aí, quem somos nós para impedir?".

Ele abriu as portas que davam para um terraço amplo, revelando o pátio em toda sua glória verdejante. Mais além, viam-se uma piscina de tamanho considerável e uma casinha de apoio, e, bem mais além, por trás das colinas ondulantes e do horizonte polvilhado de árvores, estendia-se o mar Mediterrâneo.

Passamos um minuto ali, admirando a vista. Eu mal conseguia distinguir os corpos estirados nas espreguiçadeiras ao redor da piscina. Fora isso, porém, parecia que estávamos completamente a sós naquele lugar.

— Então — continuou Hayes —, passaremos mais uns dias aqui e, depois, vamos para o estúdio para começar a gravar o *Wise or Naked*.

— *Wise or Naked?*

— O novo álbum.

—Ah... Então, qual dos dois você é? *Wise or Naked*, esperto ou nu? Ele riu.

— O que você prefere que eu seja?

— Acho que os dois seria a combinação ideal.

— Rá! Agora você está mesmo flertando em vez de esgrimar.

— Você está ficando bom nisso.

—Aprendi com a melhor. Venha, quero que você conheça meus amigos. Eu o segui até o gramado, e atravessamos a ampla faixa de grama.

— Cadê todo mundo? — perguntei.

— Liam e Simon pegaram o barco e foram andar de jet ski com Nick e Desmond, nossos seguranças. Oliver e Raj estão jogando tênis lá nas quadras. Trevor e Fergus, que também são nossos seguranças, estão na academia. E Rory... Bem, acho que Rory está tirando uma soneca bem merecida — respondeu Hayes, aos risos.

E foi aí que caiu a ficha.

Deitadas à beira da piscina, em diferentes estágios de nudez, estavam três mulheres jovens de corpo escultural. Se eu não tivesse tido uma conversa franca comigo mesma a respeito daquilo, de aceitar o fato de que eu provavelmente seria vinte anos mais velha do que todas as outras beldades daquela viagem, minha reação poderia ter sido diferente. Talvez tivesse dado o fora ali mesmo e corrido de volta para o meu hotel. De volta a Los Angeles. Mas tinha pensado muito sobre o assunto enquanto comprava maiôs na Barneys. E durante o voo para a Suíça. E até mesmo naquele dia, enquanto o motorista me levava até a *villa*. Eu estava ali a pedido de Hayes. E, mesmo que estivesse beirando os quarenta e tivesse dado à luz e amamentado uma criança, ele ainda me queria ali.

Hayes começou a me apresentar aos outros convidados. A namorada de Oliver, Charlotte — uma morena de biquíni com pele de porcelana —, estava em um dos cantos, isolando-se das outras pessoas com a ajuda de um chapéu de sol gigantesco e um iPad. Sorriu para mim de onde estava, estirada ao sol, bebericando água Vittel e quebrando pistaches com a elegância digna de uma duquesa.

No canto oposto, estavam Émilie e Carine, duas garotas francesas. Achei que eram gêmeas, mas Hayes tratou de negar. Elas eram amigas de Rory e moravam por aquelas bandas, lindas de morrer e extremamente jovens, ambas com biquínis pretos combinando e óculos de sol.

— *Ça va?* — perguntei, cumprimentando-as com um aceno de cabeça.

Eu tinha passado muitos verões ao lado de garotas como elas e só parei de me sentir intimidada quando percebi que a exposição ao sol excessiva, somada ao consumo de cigarros e Bordeaux, cobrava seu preço quando completavam uns trinta e dois anos. Naquele momento, porém, não tinha como não reparar na beleza núbil que elas emanavam. Imaginei que Hayes sentia o mesmo.

— *Avez-vous du feu?* — perguntou aquela cujos seios eram ligeiramente mais perfeitos que os da outra. Queria saber se eu tinha um isqueiro.

— *Non, désolée. Je ne fume pas* — respondi.

— *Tant pis, alors* — lamentou-se ela, jogando os cabelos louros para trás.

Hayes, que estava do outro lado da piscina, fez um gesto para que eu me juntasse a ele. Havia uma mesa farta ali, com direito a crudités, frutas frescas e drinques variados.

—Aceita um vinho rosé?

— Quê? Nada de uísque? — perguntei, indo até ele.

— Já que estamos na França…

— Então, a sua amiga Émilie…

—Amiga de Rory — corrigiu-me ele, servindo o vinho.

—A amiga de Rory me tratou por *"vous"*.

— E o que é que tem?

— Bem, ela deve estar achando que eu sou sua mãe ou que trabalho aqui.

— Sério? — perguntou ele, entregando-me uma taça cheia de vinho. E, no instante seguinte, antes mesmo que eu tivesse tomado um gole sequer, Hayes segurou meu rosto entre as mãos e deu um beijo firme em meus lábios. — Bem… Agora não acha mais.

Eu havia me esquecido de como a boca dele era maravilhosa. Macia, sedutora.

— Hum, acho que você deveria fazer isso mais uma vez. Só para garantir.

— Só para garantir — repetiu ele, fazendo o que pedi.

Quando Hayes enfim se afastou, pude sentir os olhares voltados na nossa direção. Até o de Charlotte, que ainda estava quebrando pistaches em um canto.

— Não que eu não tenha gostado disso — declarou ele, baixinho. — Mas não liga para o que ela pensa de você.

Pegou o copo e acrescentou:

— Vem. Vamos dar uma volta.

— Quantos anos elas têm, as francesas? Uns doze? — perguntei assim que saímos de perto delas.

Ele riu.

— Dezoito.

— Você tem certeza?

— Desmond conferiu a carteira de identidade delas.

Parei de repente, tentando entender.

— Essa é a função de Desmond? Conferir carteiras de identidade?

Hayes abriu um sorriso.

— Ninguém com menos de dezoito anos pode pisar aqui. Essa é a regra.

Não consegui evitar o riso.

— Ninguém pediu para conferir *minha* identidade.

— Eu me responsabilizei por você. Venha cá. — Ele segurou meu queixo com uma das mãos e me beijou. — *Doze…* — Deu risada.

— Ué! Para mim, elas parecem ter doze.

— Isabelle tem doze anos e não tem *nada* a ver com elas. Ainda.

Lancei-lhe um dos meus melhores olhares fulminantes.

— Só estou brincando. Isabelle *nunca* vai ser como elas. Vai passar de doze para sessenta anos direto, sem pausas pelo caminho.

Voltei meu olhar para a piscina. Uma das garotas passava bronzeador nas costas da outra. Isso era a vida real mesmo?

— Aahhh, a França…

Hayes abriu um sorriso largo.

— É uma dádiva.

— É, imagino que seja. E imagino que estar em uma *boy band* também seja como uma dádiva.

— Às vezes. — Deu um gole na bebida.

— Só às vezes? Existe algum momento em que não seja uma dádiva?

— Sim, quando a mulher que você está tentando impressionar o lembra de que você está em uma *boy band*.

— *Touché* — respondi. Começamos a atravessar o gramado, seguindo para a extremidade sul da propriedade. — Você está tentando me impressionar?

— Isso já não estava óbvio?

— Mas eu estou aqui, não estou?

— Mas não trouxe mala.

— Eu trouxe *isto* aqui. — Sorri, esticando minha bolsa Céline de camurça, perfeita para tudo, exceto para abrigar uma muda de roupas.

— Você trouxe uma escova de dentes?

— Você é cruel…

— Porque, se não tiver trazido, não quero nem saber.

— Você me comeria pra caralho mesmo se eu não estivesse com uma escova de dentes.

Hayes parou de súbito, deslizando os óculos de sol em direção ao cabelo.

— Você falou as duas palavras com C.

— Oh, não, quem poderia imaginar uma coisa dessas?

— Eu poderia. Passei dois meses imaginando — confessou. — Você sabe que isso muda tudo, não sabe? Até agora eu estava tentando bancar o cavalheiro, mas qual o sentido?

Abri um sorriso e tomei um gole de vinho.

— Eu gosto quando você banca o cavalheiro.

— Você, Solène Marchand, é uma mulher muito complexa. E isso me atrai muito.

— É como ver uma flor desabrochar?

Demorou um instante para ele recordar, mas sorriu quando o fez.

— Como ver uma flor desabrochar.

Um clarão de luz logo adiante chamou a nossa atenção, e, quando nos viramos para olhar, vimos um carrinho de golfe se aproximando. Vinha da direção que, segundo presumi, ficavam as quadras de tênis. Rory estava ao volante, com Oliver ao lado, as pernas compridas esticadas no painel, e

Raj estava no banco de trás. Os três eram uma visão e tanto. Pele jovem e bronzeada, feições esculpidas. Como se tivessem saído das páginas de uma revista...

— E aí, pessoal? — perguntou Rory, estacionando o carrinho de forma abrupta ao nosso lado. — Para onde vocês estão indo? Oi, acho que ainda não nos conhecemos. Meu nome é Rory.

— Solène.

— *Enchanté* — declarou, com o sotaque carregado típico do condado de York.

Tinha um sorriso atravessado e tatuagens aleatórias lhe cobriam os braços, mas ainda assim eu entendia os motivos. Olhos escuros com pálpebras caídas, colares de couro no pescoço, a barba por fazer em seu rosto jovem.

— Vocês se conheceram, *sim* — interveio Hayes. — Em Las Vegas.

— Este ano?

— Como foram as coisas na Suíça? — perguntou Oliver, o que me pegou de surpresa. Não conversávamos desde aquela noite em Mandalay Bay, e ainda assim ele estava a par do meu itinerário. Fiquei me perguntando se aqueles rapazes contavam tudo uns aos outros. Lembrei-me do que acontecera no Crosby Street Hotel. Será que Hayes tinha contado alguma coisa a ele?

— Correu tudo bem por lá. Obrigada por perguntar.

Ele sorriu e deu um leve aceno com a cabeça. Eu não conseguia identificar o que se passava por trás daqueles óculos tipo aviador com aros dourados.

— Que bom ver você, Solène! — disse Raj. Vestia camisa polo e uma bermuda xadrez, parecendo mais um sexto membro da banda do que o prodígio do mundo dos negócios que, de fato, era.

— Vocês não vão dar um pulo na piscina? As gêmeas ainda estão por lá? — quis saber Rory, arqueando a sobrancelha.

— Elas não são gêmeas, cara, e você sabe muito bem disso. Elas não são nem irmãs — respondeu Hayes, rindo.

—Ah, cara, me deixe fantasiar em paz.

— Simon, Liam e os outros já estão voltando — avisou Raj. — O jogo é às seis. Benoît vai preparar uma lagosta, e podemos jantar às oito. E México contra Croácia só vai começar lá pelas dez.

Parecia que eles estavam falando outra língua.

— Que jogo?

— Holanda e Chile — respondeu Hayes. Quando viu que minha expressão continuava confusa, acrescentou: — A Copa do Mundo.

—Ah... entendi.

— Vai ser um jogaço — comentou Oliver. — Espero que você fique aqui para assistir com a gente, Solène.

—Ainda não decidimos o que vamos fazer — declarou Hayes, enlaçando minha cintura de um jeito que me pareceu quase possessivo. — Pode deixar que a gente avisa quando decidir.

— Beleza. Agora vamos embora, rapazes! — anunciou Rory.

— Gostei do relógio — gritou Raj assim que o carrinho se afastou.

Hayes riu.

— Ela está guardando para mim. Eu só posso usar um por vez!

Assim que estávamos a sós, Hayes virou-se para mim e disse:

—A gente não precisa ficar aqui se você não quiser. Vai ser a maior bagunça, e, se você preferir ir embora, eu entendo perfeitamente. Podemos sair para jantar. Ou então voltar para o seu hotel, ou… fazer o que você achar mais confortável.

Havia algo extremamente excitante nas boas maneiras de Hayes. Na ideia de que, por mais famoso que fosse, era dotado de bons modos que o acompanhariam pelo resto da vida.

— Quer saber de uma coisa? Por que a gente não vai para o seu quarto? —Assim que disse isso, senti meu rosto corar. Esse tipo de comportamento não tinha nada a ver comigo. Mas nada naquela história tinha a ver comigo. Eu estava me *redefinindo*. Estava tentando me divertir. Estava tentando me importar menos com as coisas.

Hayes arregalou os olhos.

—Agora?

— É, agora. Por quê? Não está tudo arrumado?

Sorri para ele.

—Ah… Está *mais* do que arrumado.

— Que bom, então.

— É só que eu não imaginava que você ia querer ir lá… tão cedo.

— Ora, a gente só vai dar uma olhadinha, não é? — perguntei, tomando o restinho do rosé.

— Claro. — Ele assentiu com a cabeça, as covinhas à mostra. — Só vamos dar uma olhadinha.

O trajeto até a suíte de Hayes não foi muito demorado. Assim como tudo na Domaine La Dilecta, o cômodo era ricamente decorado: uma mistura ecléti-ca de móveis, obras de arte, paredes dotadas de *trompe-l'oeil*.

— Então é aqui que a mágica acontece — comentei, jogando a bolsa em uma poltrona.

Havia uma alcova no quarto principal, toda iluminada graças à vista panorâmica. Hayes riu e pôs a taça de vinho sobre uma mesinha.

— Mágica? Quase nenhuma pressão…

— Nenhumazinha. Minha nossa, parece até que estou em Versalhes.

— Eu acho que eles estavam mirando em alguma *coisa* assim.

— Alguma *coisa* assim? — Cheguei mais perto de Hayes.

— Exatamente — concordou ele, envolvendo minha cintura e me pu-xando para perto. — Você é bonita pra caralho.

— Ah, você também falou uma palavra com C!

— Mas foi você quem começou.

— Hum, pode ser.

Estremeci. Hayes tinha enfiado as mãos por baixo da minha blusa, os dedos surpreendentemente frios contra a minha pele.

— Minhas mãos estão geladas? Desculpe — pediu ele, mas não as ti-rou de lá.

Fiquei parada ali, sentindo seu cheiro. Pensando na facilidade com que ele tinha enlaçado minha cintura, fazendo-me sentir frágil, como se fosse de porcelana. Tracejou minhas costelas com a ponta dos dedos, vez ou outra resvalando no tecido da camisa.

— Eu gosto dessa blusa — comentou.

Era uma blusa branca, sem mangas, com algumas transparências e ba-bados aqui e ali. O conjunto da obra era bem feminino, e eu me sentia uma garota quando a usava. Era exatamente por isso que eu a tinha colocado na mala. Não queria parecer a mãe de alguém naquela viagem.

— Você vai ficar aí contando minhas costelas até amanhã ou vai me beijar de uma vez?

Ele sorriu, os olhos verdes faiscando.

— Você gosta de me beijar.

— Bem, eu não vim até aqui à toa…

— Achei que tivesse vindo para devolver meu relógio.

— Você quer de volta?

Ele negou com a cabeça.

— Eu só quero olhar para você por um instantinho.

— Já faz mais de uma hora que você está olhando para mim.

— Eu sei, mas antes eu estava tentando disfarçar. Venha aqui.

Hayes me conduziu até o sofá-cama em um dos cantos e me puxou para seu colo. Pude senti-lo mesmo por cima da calça que ele vestia. Ah, as delícias dos vinte anos!

— Você quer um beijo, Solène? — Levou as mãos ao meu cabelo para afastá-lo do rosto, depois envolveu minha nuca.

— Quero — respondi, assentindo com a cabeça. — Você acha que dá conta?

— Verei o que posso fazer.

Não fazia nem cinco minutos que estávamos nos beijando quando meu celular começou a tocar. Conseguia ouvi-lo vibrando dentro da minha bolsa, na poltrona do outro lado do quarto, enquanto os lábios de Hayes beijavam meu pescoço e as mãos envolviam minhas costas. Tentei ignorar o barulho.

As ligações deram lugar aos apitos das mensagens de texto, uma seguida da outra. Desvencilhei-me de Hayes por um instante, tentando fazer as contas. Que horas eram em Los Angeles? E em Boston?

— Você quer atender?

As mãos dele envolviam meus seios, ainda cobertos pelo sutiã, os polegares acariciando meus mamilos por cima do tecido rendado. Era um sutiã preto, de seda, que custara os olhos da cara e tinha sido comprado especialmente para aquela viagem. Atender à ligação era a *última* coisa que eu queria fazer.

Eram oito e meia da manhã em Los Angeles. Onze e meia no fuso horário de Boston.

— Não.

— Tem certeza?

— Tenho.

— Então tá. — Ele sorriu e começou a tirar minha blusa devagar. — Oooi.

Céus, a cara dele!

— Oi para você também.

Hayes enganchou um dos dedos na alça do meu sutiã antes de tracejar toda a extensão da minha clavícula e enveredar por baixo do bojo. Só para me provocar. Olhou para mim, como se quisesse conferir se eu estava de acordo, antes de afastar o tecido e se aproximar mais. Ofeguei quando ele passou a língua pelo meu mamilo. *Caralho, caralho, caralho*! Por que tudo com ele parecia tão inédito, como se eu estivesse sentindo aquilo pela primeira vez?

Enrosquei os dedos em seus cabelos e ele abriu o fecho do sutiã, envolvendo meus seios com as mãos.

— Meu Deus, você é toda perfeita! — disse. Era exatamente o que uma mulher beirando os quarenta queria ouvir sobre os próprios peitos.

Eu estava desfrutando do aroma de seu cabelo, da sensação da boca na minha pele, e aí meu celular apitou outra vez. Droga!

Esperei tocar mais duas vezes antes de impedir o avanço de Hayes.

— Hayes... Hayes!

Ele levantou a cabeça lentamente.

— É melhor eu atender para ver se não é nada grave.

Ele assentiu, com os olhos fixos nos meus enquanto terminava de tirar meu sutiã e o colocava ao seu lado na cama.

— Pode ir — respondeu baixinho. — Mas depois volte para mim.

Tinha três ligações perdidas e mensagens de voz de Isabelle, além de mensagens de texto:

> Cadê você?
> Por favor, me ligue!
> É urgente!!!
> Mãe!!!!!!!
> Mamãe!!!!!

Ai, merda!

— Desculpe, mas eu preciso atender. É Isabelle.

Hayes estava recostado no sofá-cama, os braços cruzados atrás daquela cabeça linda, as pernas compridas dependuradas para fora.

— Sem problemas. Eu estou esperando.

Ela estava toda alvoroçada quando atendeu ao telefone. Frenética, o que não era de seu feitio.

— Oi, filha. O que foi?

— Por que você não está aqui?

—Ah, meu anjo, porque eu tive que vir para a feira de arte. Você sabe disso. Está tudo bem? O que aconteceu?

Senti um aperto no estômago, imaginando que *aquilo* havia mesmo acontecido, que Daniel tinha ficado noivo. E que eu teria que ser forte por Isabelle, mesmo a dez mil quilômetros de distância e quase sem roupa. E que teria que mentir, dizer a ela que aquilo não mudaria nada, mesmo que no fundo soubesse que mudaria, sim. E Hayes presenciaria toda aquela cena.

Cruzei os braços sobre meus peitos perfeitos (palavras de Hayes) e me preparei para o pior.

— Era para você estar aqui. — Ela começou a chorar. — Eu *preciso* de você.

— Izz... O que aconteceu?

— Eu menstruei.

Afundei-me na poltrona, cheia de alívio.

— Izz, isso é ótimo. É *maravilhoso*. Parabéns, filha!

— Não tem nada de maravilhoso. Você não está aqui comigo.

— Eu sei, docinho, me desculpe. Mas a gente já imaginava que ia descer enquanto você estivesse no acampamento de verão no Maine.

Eu só estava tentando inventar desculpas para justificar meu comportamento, mas a verdade era só uma: eu era uma mãe ausente caindo na farra com astros do rock no sul da França enquanto minha filha passava sozinha pelo primeiro grande marco da adolescência. Eu era um lixo.

Isabelle ficou calada por um instante. Passei a contemplar o gramado, o longo caminho que serpentava morro abaixo, cercado de verde por todos os lados.

— Manchou meu lençol — sussurrou ela.

— Não tem problema. É só lavar com água fria. Mas é melhor colocar na máquina agora, tudo bem? Não espere muito.

— E eu não tenho nenhum dos… trecos aqui.

— Vamos dar um jeito nisso. Cadê o seu pai?

— Saiu para correr.

— Certo. Ele pode dar uma passadinha na farmácia antes de ir trabalhar.

— Eu *não* vou contar isso para ele!

Mesmo do outro lado da linha, percebi que ela estava ficando agitada de novo.

— Ele é seu pai, Isabelle.

— Ele é *homem*.

Abri um sorriso e fitei o canto do quarto. Havia um estojo de violão apoiado na parede oposta. Hayes continuava reclinado no sofá-cama, de olhos fechados. Eu não sabia se ele estava dormindo ou apenas deitado sem se mexer, ouvindo tudo.

— Filha, ele é seu pai. Não é um *homem* qualquer. Vai ficar tudo bem.

— Não, eu não vou contar para ele. — Ficou quieta por um instante. — Conte *você*.

— Tudo bem. Pode deixar que eu conto…

— Não, não quero mais que conte.

Dei risada.

— Cadê a Eva?

— Acho que está tomando banho.

Eu odiava ter que seguir por esse caminho. Odiava saber que Eva seria a primeira a abraçar minha filha, a trocar olhares confidentes e cutucadas e a perambular com ela pelos corredores da farmácia em busca de um absorvente com abas. Como uma irmã mais velha querida ou uma tia descolada, e não a advogada piranha que estava trepando com o pai de Isabelle. Mas não havia alternativa.

— Você se sente confortável em contar para Eva? — perguntei.

Ela não disse nada por um instante.

— Sei lá. Talvez...

— Ela não é um homem.

— Ela não é minha mãe.

Isso me encheu de dor e alívio ao mesmo tempo.

— Eu sinto muito por não estar aí com você, Izz. Mesmo. Por favor, me desculpe. Eu amo você.

— Eu também amo você. Mas trate de vir logo para casa, tudo bem?

Nesse momento, uma Range Rover preta despontou na entrada da propriedade, seguida por dois carros menores. Simon e Liam estavam de volta. Será que eles conseguiam nos enxergar do outro lado da janela?

— A gente vai se ver na quinta-feira, em Boston. E vamos comemorar. Prometo.

— Tudo bem — respondeu ela, suspirando. — Divirta-se aí. E não trabalhe demais.

A última parte foi como jogar sal na ferida.

— *Bisous* — despediu-se ela.

— *Bisous*.

— Está tudo bem? — quis saber Hayes assim que me sentei a seu lado na cama.

— Está, sim.

— Coisas de meninas?

Abri um sorriso e assenti.

— Ela ia ter um *treco* se descobrisse que você sabe disso.

— Então não vou dizer nada a ela.

Ele estendeu a mão e fez carinho no meu cabelo, os movimentos demorados e letárgicos.

— Seus amigos chegaram.

— Eu vi. O jogo vai começar já, já.

— Acho que não vai rolar mais nada agora, né? — Ri, um pouco sem jeito, meus braços ainda cruzados sobre os peitos. — Desculpe.

— Não peça desculpas. — Ele sorriu. — Não tinha o que fazer. Fico triste por Isabelle... Por você não estar lá com ela.

Senti um aperto no peito e, por um segundo, achei que ia começar a chorar.

— Eu também fico triste com isso.

— Venha cá. — Ele me puxou para mais perto de si. — Fique deitada comigo uns minutinhos, antes de a loucura começar lá fora...

— Loucura?

Ele assentiu.

— Sim, é sempre uma loucura.

Hayes tinha razão. Havia um certo clima de loucura no ar. Simon e Liam estavam ensandecidos, *barulhentos*. Tinham voltado do passeio de jet ski acompanhados de duas garotas. Cada. Eu não sabia se haviam acabado de conhecê-las ou se já eram velhas conhecidas, mas achei melhor não perguntar. Estava dividida entre pensar "Que raios eu estou fazendo aqui?" e "Cadê a mãe dessas meninas?", invadida pela sensação de que deveria tomar conta delas.

Muito depois, quando tive a coragem de perguntar a Hayes se os seus companheiros de banda tinham o hábito de "entreter" duas mulheres ao mesmo tempo, ele riu, achando graça.

— Não. Geralmente eles estão interessados em uma delas. A outra é só uma amiga ou uma irmã que vem junto para dar apoio moral. Uma amiga para segurar vela, por assim dizer. A não ser em casos extremos... como Rory. Ou como aconteceu em Ibiza.

Para quem ligava para futebol, a partida entre Holanda e Chile foi emocionante. Para mim, por outro lado, foi uma oportunidade para bebericar vinho rosé e comer ostras no terraço enquanto as pessoas no outro cômodo assobiavam, vaiavam e berravam britanismos indecifráveis.

Ao fim da partida, em que a Holanda se saiu vitoriosa, os garotos caíram matando na lagosta e, depois de comer, passaram a um jogo de futebol improvisado no gramado da mansão.

— Tudo certo por aí? Você precisa de mais alguma coisa? — Hayes passava para ver se eu estava bem de dez em dez minutos. Ele tinha prendido o cabelo para trás com uma faixa e vestido camisa e bermuda para participar do jogo. Havia algo tão jovem em sua aparência naquele momento que quase parecia errado. Quase.

— Tudo certo. Estou só assistindo a você e seus amigos se divertindo.

— Tudo bem. — Ele me beijou, a pele impregnada de um cheiro de suor adocicado. — Por favor, me avise quando não estiver mais tudo certo, ok?

Em determinado momento, Rory apareceu no terraço acompanhado das outras integrantes daquele trisal — as duas garotas francesas — e começou a fazer uma serenata para elas. Tocou uma versão surpreendentemente boa de "Hotel California", e a maioria de nós se juntou a ele, com contribuições impressionantes de Simon e Liam. Parecia que eu tinha voltado à época da faculdade, com a diferença de que aqueles rapazes de fato eram pagos para cantar. Deixei-me envolver por aquele momento, uma noite agradável de junho em Cap d'Antibes. Já eram quase dez da noite e o céu tinha adquirido um tom pálido de orquídea, e eu estava rodeada por aquela imensidão de verde, pelo cheiro do mar, pelo vinho, e por *"a lot of pretty, pretty boys..."*, como dizia a letra da música.

Achei melhor ir embora antes do segundo jogo. Hayes fez questão de me acompanhar até o hotel, mas não insistiu para subir quando declarei que estava exausta.

— Vá para Saint-Tropez comigo amanhã — convidou ele. — Podemos almoçar por lá. — Estávamos em um estacionamento na avenida Croisette, sentados no Bentley que ele tinha alugado, a alguns metros do Hôtel Martinez. Enrolando para não ir embora. — Não vai ter tanta gente no barco. Não vai estar aquela loucura de hoje.

— Eu não ligo para a loucura.

Hayes sorriu, esticando a mão para acariciar meu cabelo.

— Mas eu ligo. Você foi maravilhosa. Pode ser difícil lidar com a gente, sei disso. Mas prometo que amanhã vai ser diferente.

— Por acaso eu disse que não me diverti? Se eu não quisesse estar aqui, não estaria.

— Não é como se eu tivesse lhe dado muita escolha — respondeu ele, rindo.

— Eu sempre tenho uma escolha, Hayes.

Ele digeriu a resposta por um instante.

— Meu Deus… É uma pena você estar tão cansada. Seria tão bom terminar o que começamos hoje mais cedo…

— Se você fosse para o meu quarto, ia acabar perdendo o jogo entre México e Croácia.

— Tenho a impressão de que valeria a pena.

Afastei a mão dele do meu cabelo e a levei à boca, inalando o cheiro de carro novo ao nosso redor.

— Vejo você amanhã… — declarei, dando um beijo em sua mão. Depois mais um.

Hayes abriu um sorriso, a cabeça apoiada no encosto do banco.

— Ei, agora é você que está fazendo isso só para me provocar.

— Amanhã — repeti.

— Então você vai comigo para Saint-Tropez?

— Sim, eu vou com você.

Eu certamente teria gostado de passar um dia sozinha no clube de praia do hotel, relaxando depois da Art Basel, tomando Campari e suco de laranja e aproveitando todas as maravilhas que Cannes tinha a oferecer durante a baixa temporada. Mas esse não era o propósito daquela viagem.

Fui lembrada disso outra vez, ao navegar pelas águas cor de safira do Mediterrâneo, onde não se via uma única nuvem no céu. A linha costeira, irregular e banhada pela luz da Riviera Francesa, se estendia ao lado, pontilhada por pinheiros verdejantes e telhados de terracota. O Moët & Chandon Rosé Impérial fluía livremente a bordo do iate de 63 pés. Era tudo extravagante, belo — especialmente ao lado dele.

Estávamos apenas nós dois, Oliver, Charlotte, Desmond e Fergus. O resto do grupo tinha decidido viajar de carro pela Grande Corniche e tentar a sorte nos cassinos de Mônaco. E, conforme Hayes tinha prometido, as coisas estavam mesmo mais tranquilas. Aproveitamos o trajeto, sem pressa, desfrutando do sol e da vista. E quando avistamos Saint-Raphaël, a cidade onde passei todas as férias de verão até os vinte e um anos de idade, fui invadida por uma nostalgia considerável.

Hayes e eu nos separamos do resto do grupo em Saint-Tropez, onde desfrutamos de um almoço tranquilo na Place des Lices e passeamos pelas ruazinhas de paralelepípedo. Era quase como tê-lo só para mim. Ele foi tão educado no punhado de vezes que o abordaram para pedir fotos, e os fãs pareciam tão felizes, que nem me ressenti.

Ficava cada vez mais claro que aquilo entre nós, o que quer que fosse, nunca seria verdadeiramente só meu e dele. Enquanto fizesse parte da August Moon, Hayes seria alguém que eu teria que compartilhar com o resto do mundo. E, com isso, compreendi por que ele queria tanto manter a distinção entre Hayes e Hayes Campbell.

— Como você consegue? — perguntei. — Como consegue estar sempre disposto a dar atenção para os fãs?

Estávamos saindo da sorveteria Barbarac, onde tínhamos acabado de ser abordados por uma família belga com duas adolescentes. Hayes as agraciara com fotos e autógrafos enquanto eu tentava passar despercebida, ocupada em escolher sabores de sorvete até o grupo ir embora.

Hayes encolheu os ombros ao ouvir minha pergunta e deu uma lambida no sorvete.

—Algo que vai tomar dois minutos da minha vida pode ser um momento muito importante para aquela pessoa. Então acho que só não quero decepcionar ninguém.

Olhei para Hayes: boné de beisebol virado para trás, óculos escuros, covinhas à mostra. O fato de ser uma pessoa sensível e atenciosa tornava tudo aquilo ainda melhor.

— Em que você está pensando? — perguntou, sorrindo. — Você quer dar uma lambida no meu sorvete, não é?

— Sim — respondi, dando risada. — É exatamente isso que eu quero.

Tínhamos combinado de voltar ao barco às quatro para encontrar os outros. A partida entre Inglaterra e Costa Rica aconteceria às seis da tarde, e os rapazes não queriam perder por nada no mundo. Mal tínhamos saído da Rondini, a boutique que vendia sandálias de couro feitas à mão, onde acabei comprando um par para mim e um para Isabelle, e começávamos a descer a rue Georges Clemenceau quando Hayes parou de súbito na esquina em frente à Ladurée.

— Ah, merda!

— O que foi? Você esqueceu alguma coisa?

— Merda, merda — repetiu ele.

Foi então que vi. Fotógrafos enxameavam o cais onde o barco estava atracado. Dez ou quinze paparazzi, munidos de câmeras gigantescas, e duas dúzias de turistas com os celulares em riste.

— Porra, como é que eles vieram parar aqui? — Hayes segurou-me pela mão e me conduziu de volta pela ruazinha estreita, a caminho da Rondini. — Sinto muito por isso, Solène. Lá se vai o nosso passeio…

Fiquei observando enquanto ele sacava o iPhone do bolso e enviava uma mensagem para Desmond, enquanto o vendedor grisalho que me atendera pouco antes perguntava, em francês, se estava tudo bem.

— *Oui, pas de problème, merci. On attend quelqu'un* — respondi, dizendo que estávamos só esperando um amigo chegar.

A silhueta alta de Hayes preenchia o interior diminuto da boutique, e, passados um ou dois minutos, ele se sentou em uma das poucas cadeiras e me puxou para seu colo. A intimidade do gesto me abalou. Só havia um punhado de clientes na loja, mas a iluminação era forte e estávamos bem de frente para a vitrine. Tudo parecia muito… *público.*

Senti meu corpo se retesar.

Hayes percebeu logo de cara e enterrou o rosto nos meus cabelos.

— Eu adoro quando consigo sentir que você está ficando nervosa — sussurrou.

Abri a boca para responder, mas não consegui emitir nenhum som.

— Fique tranquila, Solène. Ninguém aqui sabe quem você é.

Hayes era bom em ler minha mente e adivinhar exatamente em que eu estava pensando. Talvez ele fosse assim com todo mundo, mas eu preferia pensar que era algo só nosso.

Desmond e Fergus apareceram na porta da loja, prontos para entrar em ação. Fizeram uma entrada digna de MI6, a agência de inteligência britânica.

Fergus ficou encarregado de cuidar de mim e das inúmeras sacolas de compras, e Desmond cuidou de Hayes. O plano era nos escoltar separadamente. Hayes chegaria primeiro ao cais e pararia para tirar fotos com os fãs, atraindo-os para longe do barco atracado. E, quando todos os olhos estivessem voltados para Hayes, Fergus e eu voltaríamos para o iate juntos. Não estava claro se deveríamos fingir que éramos um casal ou só parte da equipe de Hayes, mas, no fim das contas, acho que isso não fazia muito diferença. O importante era não ir parar nas manchetes do TMZ.

No fim deu tudo certo, mas Hayes, pobrezinho, teve que ficar entretendo os fãs por quinze minutos, enquanto Oliver, Charlotte e eu nos esbaldávamos com outra garrafa de Moët Chandon no convés.

— Ele deve gostar muito de você — comentou Oliver, todo sério, enquanto servia minha taça. — Para ter se sacrificado desse jeito…

Eu não sabia o que dizer.

— Essa indústria é péssima às vezes — continuou ele. — E às vezes é maravilhosa. Um brinde a Hayes… — disse, erguendo a taça. — Por ter se sacrificado em prol do time. Tim-tim!

No trajeto de volta a Antibes, paramos perto do maciço de l'Estérel para fazer um mergulho improvisado. Nem tenho palavras para descrever a meia hora que passamos ali, todos os seis nadando naquelas águas de um tom magnífico de azul, com as montanhas vulcânicas avermelhadas assomando no horizonte.

Hayes e eu passamos o resto da viagem estirados nas espreguiçadeiras espalhadas pela proa. A pele dele — bronzeada, macia, cálida — era perfeita, e eu lhe disse justamente isso.

— Vamos voltar para o seu hotel — sugeriu ele, baixinho, deslizando os dedos pelas minhas costas.

— Achei que você quisesse assistir ao jogo.

— E eu quero mesmo, mas tem algo que quero ainda mais: voltar ao seu quarto de hotel.

Dei risada e virei-me de bruços, apoiada nos cotovelos.

— E o que você acha que vai acontecer quando chegarmos lá?

Ele encolheu os ombros, os dedos remexendo a cordinha da parte de cima do meu biquíni, provocantes.

— O que você acha?

— Podemos ficar abraçadinhos. — Aproximei-me para beijá-lo. Seus lábios estavam com gosto de sol e maresia. A língua deslizou sobre a minha, e a aceitei de bom grado.

— Podemos ficar abraçadinhos sem problemas — declarou assim que nos afastamos. — Só que pelados.

Desmond nos deixou no Hôtel Martinez, e atravessamos o saguão lustroso o mais rápido possível. Meu coração já estava quase saindo pela boca. Entramos no elevador e caminhamos até o quarto. Lutei para encaixar o cartão na porta, e Hayes o tomou de mim.

— Antes de mais nada — começou ele —, acho importante você saber que...

Eu me preparei para a bomba. hiv? Herpes?

— Eu trouxe minha escova de dentes — concluiu e abriu um sorriso tímido. — Mas eu comeria você pra caralho mesmo se não a tivesse trazido.

O sol de fim de tarde se infiltrava pelas janelas, banhando o amplo cômodo com as luzes da Provença. A luz dos artistas. Cézanne, Picasso, Renoir. Uma iluminação digna de ser capturada. Parecia mais do que apropriado para aquele momento.

— Essa é uma vista e tanto — comentou Hayes.

O mar Mediterrâneo se estendia até onde a vista alcançava, e as montanhas do maciço de l'Estérel assomavam a oeste.

Assenti com a cabeça e pus as sacolas de compras no chão. Depois, tirei as sandálias e senti o carpete macio sob os pés.

— Quer saber o que mais eu trouxe além da escova? — Ele sorriu, enfiou a mão em uma bolsa de lona que trouxera do barco e tirou não uma, mas duas garrafas de Chandon. — Imaginei que a gente ia passar um bom tempo aqui.

Enquanto Hayes abria o champanhe, fui pegar as taças no aparador.

Fizemos um brinde e viramos as taças, e ele logo nos serviu mais uma dose. Fiz questão de desligar o celular e, logo depois, fui até as janelas para fechar as cortinas e diminuir a iluminação do quarto. Ele se aproximou por trás, da mesma forma que fizera no hotel em Soho. Com a ponta do dedo, traçou linhas delicadas sobre a curva da minha orelha, passando pela nuca e pelo ombro até chegar ao antebraço. Senti meu corpo retesar, ávida por sua boca, seu beijo, seu hálito cálido junto ao meu rosto. Mas esperei em vão, pois, em vez disso, as mãos de Hayes desceram pelas laterais do meu vestido de renda até chegar à barra, logo acima do joelho. As pontas dos dedos flertaram com a barra da saia antes de se esgueirarem por baixo dela. Os únicos sons naquele cômodo silencioso eram a minha respiração e a de Hayes. As mãos enveredaram até meus quadris e então, sem a menor cerimônia, arrancaram a parte de baixo do meu biquíni.

— Hum... isso não se parece nada com ficar abraçadinhos.

Ele me virou de frente e, sem tirar os olhos de mim, apanhou a taça da minha mão e a pôs de lado.

— E vai continuar assim.

— Você mentiu para mim, Hayes Campb... — Interrompi-me antes de concluir a frase.

Ele sorriu.

— Talvez. — E em seguida, como se eu fosse uma pluma, pegou-me no colo e me carregou para a cama. — Você não vai surtar dessa vez, vai?

— Depende de você ser bom ou não nisso.

— Ah, pois saiba que eu sou muito bom — declarou, acomodando-me sobre a coberta.

Naquele instante, quando Hayes levantou meu vestido e baixou a cabeça em direção ao meio das minhas pernas, a ideia de que aquilo estava mesmo acontecendo me parecia absurda. Provavelmente houve muitas antes de mim, e haveria muitas depois, mas naquele instante, eu era a única. E, por algum motivo, fui arrancada daquele mar de mulheres anônimas e desconhecidas que não teriam pensado duas vezes antes de partilhar a cama com Hayes Campbell e carregada para aquele lugar, aquele exato instante, para consumar o ato.

Seus lábios deslizavam pela parte interna da minha coxa, a língua traçando círculos demorados. Movimentos lentos, enlouquecedores. Quando achei que estava quase lá, Hayes mudou de ideia e passou a lamber a outra coxa. Um sobrevoo cunilinguístico. Devo ter puxado seu cabelo com muita força, porque ele riu e levantou a cabeça para me olhar.

— Para alguém que só queria ficar abraçadinha comigo, você está bem impaciente.

— Eu só queria me certificar de que você não estava perdido aí embaixo.

— Quer fazer um mapa para mim? — Ele sorriu. Ah, aquelas covinhas matadoras…

— Você precisa de um?

— Hum, não sei… — Ele se afundou entre minhas pernas e passou a língua pelo clitóris, bem devagar, antes de olhar para mim. — E aí, preciso?

Meu coração quase saltou pela boca.

— Não, não precisa. Você está no lugar certo.

— Eu sei. Posso fazer do meu jeito agora?

Assenti, com os dedos ainda enrolados em seu cabelo.

Hayes fez tudo no seu tempo. Os lábios passearam pela parte interna da minha coxa outra vez, subindo mais e mais, chegando cada vez mais perto. A língua deslizava, provocante. E de repente ele parava, paciente, me deixando sentir seu hálito cálido contra a pele. Eu nem ousava me mexer. Quando achei que não ia mais aguentar, ele caiu de boca. A língua foi até lá embaixo, quase na minha bunda, e depois subiu com um movimento fluido, passando pelos grandes lábios até chegar ao clitóris. Repetiu uma vez, depois mais outra. E mais uma. E cada uma delas era tão inacreditavelmente maravilhosa, tão perfeita, que senti que todos os meus segredos tinham sido revelados, como se Hayes me fizesse desabrochar com sua língua.

A certa altura, ele fez outra pausa, respirou, à espera, ciente do que fazia comigo. O fato de ele conseguir ficar no controle, mesmo com a pouca idade, me deixava pasma. Fiz menção de levantar o torso da cama para ir até ele, mas Hayes me deteve com uma das mãos.

— Eu não vou a lugar nenhum, Solène — declarou, a voz baixa e rouca, brincando com os dedos na minha virilha, deslizando para dentro.

Fiquei parada, olhando para ele. A luz criava um halo tênue ao redor daquele rosto lindo. A boca de Hayes voltou a encontrar minha pele, fazendo-me gemer. A destreza da língua era surpreendente, mas, mesmo que não soubesse o que estava fazendo, a mera visão do rosto de Hayes Campbell entre minhas pernas já era digna de ser guardada na memória.

Não demorou muito. Aquela boca, os dedos... sublime. Não era a primeira vez que ele fazia aquilo, e a forma como me segurou quando gozei, os braços enlaçando minhas pernas, a recusa em se afastar mesmo quando sussurrei "Calma-calma-calma-calma-calma", me deixou tão excitada que achei que meu corpo fosse colapsar.

— Você está satisfeita? — perguntou Hayes, mas eu ainda não tinha recuperado a fala. Chegou mais perto, o rosto ainda lambuzado de mim.

Assenti com a cabeça e enxuguei suas bochechas antes de beijá-lo, provando meu gosto.

— Bem, então acho que meu trabalho aqui está feito.

Sorriu e estirou-se de costas na cama.

— Se você sair agora, talvez consiga chegar a tempo de assistir ao resto do jogo.

— Está toda engraçadinha. Bem, mas acho que isso é melhor do que surtar.

— Ah, ainda estou surtando... só que por dentro — respondi, subindo no colo dele.

— E em que você está pensando? — A mão deslizou até minha cabeça, os dedos acariciando as mechas de cabelo.

— Estou pensando: "Nossa, isso fez a viagem até a Europa valer a pena".

— Sério? — Ele abriu um sorriso. — Mas estamos falando de um voo de primeira classe ou de classe econômica?

— Teria valido a pena até se fosse de jatinho.

Estendi a mão e levantei a barra de sua camiseta, deixando o abdômen à mostra. Deixei que meus dedos corressem livremente sobre a pele retesada, sobre os músculos definidos, sobre o traço vincado que corria em diagonal, da lateral do torso até a virilha.

— Caramba. Jatinho? Então é um orgasmo que valeu uns cem mil dólares.

— No mínimo.

— Fico muito lisonjeado. Talvez eu possa começar a leiloar alguns no eBay...

— Pode fazer isso para arrecadar dinheiro para a caridade — sugeri, puxando a camiseta um pouco mais para cima. Admirei o peitoral largo, o tom avermelhado de seus mamilos. — Olhe só, você está com um bronzeado de Saint-Tropez.

— Quê?

— Tinha um comercial de óleo bronzeador que dizia isso. Chamava-se Bain de Soleil. Era bem famoso nos anos oitenta e... — Comecei a rir. — Você ainda nem tinha nascido.

— Não mesmo.

— Uma pena.

Terminei de tirar a camiseta dele e me pus a observar sua pele. Era impecável, macia, parecida com a de um bebê.

— Você é um absurdo de tão lindo — declarei, e logo me arrependi.

Não queria que ele soubesse que eu estava começando a me apaixonar. Se é que estava mesmo. Não via problema em flertar e ficar de joguinhos espirituosos, mas me sentia receosa em ir além. Parecia até que tinha voltado para a época de escola. Vence quem conseguir manter os sentimentos trancados a sete chaves.

— Sinto a mesma coisa em relação a você — disse ele. — Eu gosto de tudo a seu respeito.

Permaneci em silêncio, tracejando o contorno de seu rosto com a ponta dos dedos: o queixo, a mandíbula, a boca. Achei que era melhor não dizer mais nada ou poderia afetar a ordem das coisas. Atrapalhar aquele arranjo.

Eu o beijei, permitindo que minha mão deslizasse por seu abdômen trincado até chegar ao cós do calção de banho. Enfiei os dedos por baixo do elástico da cintura, e ele estremeceu diante do meu toque. De repente, me lembrei de que ele só tinha vinte anos.

Toda mulher conhece aquele momento, quando se enfia a mão dentro da calça do cara pela primeira vez sem saber o que vai encontrar. Segue-se uma oração aos deuses do pênis, torcendo para ser surpreendida positivamente. Fazia muito tempo que eu não passava por esse ritual, mas fiquei um pouco perplexa ao perceber que aquela ansiedade ainda estava lá. Da mesma forma que estivera na faculdade, na pós-graduação e naquele verão memorável em Saint-Raphaël. Aquele segundo em que se prende a respiração e se estica os dedos... e o volume que senti me deixou definitivamente surpresa.

— Ooooi — disse Hayes, fazendo-me rir.

— Oi para você também. — Eu o despi sem pressa, tirando o calção de banho, admirando o jeito como se avolumava, reto, grosso, estendendo-se até o umbigo. — Sr. Campbell, você tem um pau e tanto!

—Assim vou ficar envergonhado — respondeu ele e riu, a cabeça inclinada para trás.

Visto sob esse ângulo, seu maxilar parecia definido, elegante, uma obra de arte. Com Hayes, sempre havia mais uma camada de beleza a ser revelada.

— Desculpe — pedi. — Só achei que você ia gostar de saber.

Ele permaneceu calado quando o tomei em minha boca. As mãos acariciavam meu cabelo, suaves. O corpo se retesou debaixo de mim. Ainda pude sentir o aroma do protetor solar impregnado em seu torso, sentir o gosto do sal em sua pele. Ah, meu doce rapaz...

Não parecia fazer muito tempo desde que eu tinha ido a Las Vegas com as meninas. Quando nem conseguia distinguir Hayes entre os outros garotos da banda. Quando ele não passava de um cantor que saltitava de um lado a outro do palco, em meio a um mar de meninas em frenesi. E, depois de tudo isso, lá estávamos nós.

— Eu não sei seu nome do meio — deixei escapar, fazendo uma pausa.

— Oi? — perguntou, ofegante.

—Acabei de me dar conta de que não sei seu nome do meio.

Hayes franziu o rosto, intrigado.

— Isso é algum requisito seu ou coisa do tipo?

— Se você vai gozar na minha boca, é, sim.

— Sério? — Ele riu. — Sério mesmo? É Philip.

— Philip — repeti. Era encantador e tão, tão britânico. — Claro que é.

— Então é só isso? Passei no teste?

— Com louvor.

Foi relativamente rápido, o que imagino que seja um bom sinal. Era bom exercer esse tipo de poder. Ver a respiração dele sair em arquejos entrecortados, sentir as mãos envolvendo minha cabeça, ouvir os gemidos profundos de tempos em tempos. Era bom perceber que eu tinha causado tudo isso, particularmente porque já fazia *muito* tempo desde a última vez. E, para coroar, com uma pessoa cujas idiossincrasias ainda me eram desconhecidas. Mas, afinal, era como andar de bicicleta.

Hayes estremeceu debaixo de mim, e minha garganta se encheu do calor que ele emanava. Familiar.

Depois, quando sua respiração já tinha voltado ao normal e eu estava enrodilhada ao seu lado, com a cabeça enterrada em seu pescoço, Hayes perguntou:

— Quero saber uma coisa. Se eu tivesse falado meu nome do meio em Las Vegas, isso já teria acontecido quando estávamos lá?

Dei risada.

— O que você acha?

— Porque, assim, você poderia ter procurado no Google. Teria me poupado de um montão de flertes.

— Eu gosto da parte de flertar.

Hayes ficou calado por um instante, tracejando minhas costelas com os dedos.

— E eu gosto de flertar com você.

De repente, passou pela minha cabeça que aquilo poderia ser perigoso. Não a parte do sexo insensato com o astro do pop que mal saíra da puberdade, e sim a do carinho. Ficar deitada ali, sentir seu cheiro, observar o subir e descer do seu peito, sentir-me livre para desfrutar da felicidade que sentia. Eu poderia acabar me apaixonando.

— Posso perguntar uma coisa? — Não era assim que ele costumava puxar assunto. — Você dormiu com mais alguém depois de Daniel?

A pergunta me pegou de surpresa.

— Você está deitado aqui pensando em Daniel?

— Estou deitado aqui pensando em você.

O sol estava se pondo, inundando o quarto com sua luz rósea. Era como estar dentro de uma concha, de uma aquarela. Eu queria agarrar-me àquele momento, eternizá-lo em uma pintura.

— Não, não dormi com mais ninguém depois dele. Isso faz você enxergar as coisas de outra forma?

Ele negou com a cabeça, os dedos tracejando meu vestido.

— Não, desde que você esteja bem em relação a isso.

Teria sido melhor se eu tivesse pedido a ele que definisse o que queria dizer com "isso". Poderia ter nos poupado de muita confusão e muita dor de cabeça.

— Eu estou bem em relação a isso — respondi.

— Tem certeza?

Acenei que sim.

— Bem, me avise se mudar de ideia.

Hayes não teve pressa ao tirar meu vestido, desamarrar o biquíni, tudo enquanto beijava e acariciava cada pedacinho de mim. Os ombros, os peitos, a base da minha coluna, os joelhos, a parte de dentro dos pulsos. Ele era tão carinhoso, tão atencioso enquanto fazia amor. Alguém o ensinara bem.

— Você tem alguma coisa de que eu deveria saber? — perguntei.

Ele tinha acabado de pegar uma camisinha na bolsa de lona e estava rasgando a embalagem.

— Além de alguns milhares de fãs psicóticos? — Abriu um sorriso. — Nadinha.

— Só alguns milhares?

— Que são psicóticos de verdade? Sim — respondeu, rindo. — *Você* tem alguma coisa de que eu deveria saber?

— Uma filha de doze anos que vai me deserdar quando descobrir o que estou prestes a fazer — declarei, observando-o pôr a camisinha. Camisinhas… Nossa, já fazia tanto tempo…

— Eu não vou contar a ela se você não contar.

— Ótimo. E eu não vou contar aos seus fãs.

No último minuto, quando Hayes já estava em cima de mim, tive um momento de clareza e recordei uma conversa que acontecera antes.

— Então isso é só um almoço e nada mais, não é?

Ele hesitou, mas depois sorriu.

— Talvez seja mais do que um simples almoço.

A primeira investida foi indescritível. E, depois de três anos de seca e dez anos de Daniel — que era ótimo, mas *definitivamente* não era Hayes —, foi uma experiência quase transcendental.

Ele foi lento e delicado, e logo percebi por que havia perguntado sobre o meu ex. Porque, nas mãos de Hayes, me senti uma virgem outra vez. Eu não estava esperando e queria lhe dizer que não precisava me tratar com tanta delicadeza, mas até que eu estava gostando. Até que estava gostando de tudo aquilo. O peso de seu corpo, o tamanho, a maciez de suas costas, a firmeza de sua bunda... Estava gostando de tudo. Nem liguei para a dor. Parte de mim se perguntava por que eu tinha esperado tanto tempo. Talvez estivesse esperando por ele.

Depois, ficamos estirados na cama, banhados em reflexos de luz, assistindo a partículas de poeira espiralarem pelo ar. Exaustos, felizes.

— Que pena que eu não fumo — comentei, por fim. — Um cigarro bem que viria a calhar agora.

— Eu tenho chiclete.

— Chiclete?

— É. — Ele rolou pela cama e se pôs a vasculhar a fiel bolsa de lona. Será que tinha o mundo inteiro lá dentro? — Solène, posso lhe oferecer um chiclete pós-coito?

Caí na gargalhada.

— Ora, Hayes, mas é claro. Eu adoraria um chiclete pós-coito.

— A gente devia transformar isso em hashtag: #mascandochicletepós-coito. Ia bombar.

— Verdade, seus vinte e dois milhões de seguidores iriam amar.

Ele se deteve por um instante.

— Você sabe quantos seguidores eu tenho?

Senti que tinha sido pega com a boca na botija, como se soubesse de algo que não deveria saber. Como se tivesse acessado informações que poderiam até ser válidas para o consumo em massa por parte dos fãs, mas que não eram destinadas àqueles que o conheciam pessoalmente. Era complicada essa coisa de lidar com celebridades.

— Você me segue? — quis saber ele.

Neguei com a cabeça.

— Eu só sigo umas duzentas pessoas. E são todas pessoas que trabalham no meu ramo.

— Hum… — respondeu ele, me observando enquanto oferecia o chiclete pós-coito. Era de uma marca francesa chamada Hollywood. Mais apropriado impossível.

— Seria estranho se eu seguisse você?

— Sei lá. Talvez.

Ele voltou a se deitar, entrelaçou os dedos aos meus e ergueu nossas mãos unidas em direção à luz.

— Mas não nos esqueçamos de que fui atrás de você com tudo, então talvez não seria tão estranho assim.

— "Não nos esqueçamos" — repeti. — Tão elegante o meu Hayes.

— Bem… Funcionou. — Ele olhou para mim e abriu um daqueles sorrisos que desarmavam qualquer um. — Porque, se naquela noite em Las Vegas alguém tivesse me dito que dali a dois meses você estaria nua ao meu lado em um quarto de hotel no sul da França, eu teria respondido: "Até parece… Só daqui a uns três".

Não consegui evitar o riso.

— Eu nem consigo sacanear você direito — comentou ele, rindo e chegando mais perto de mim. — Você me tirou totalmente do eixo.

— Eu o conheço bem demais.

— Conhece mesmo, né? E foi tão rápido.

— Não vá se apaixonar por mim, Hayes Campbell.

— Eu não vou me apaixonar por você. Eu sou um astro do rock. Nós não fazemos esse tipo de coisa.

— Você é um integrante de uma *boy band*. — Sorri e fiz carinho em seu cabelo.

Os olhos se arregalaram, e a boca ficou igualzinha à letra O. Achei que ele fosse ralhar comigo, mas então se deteve, e um sorriso sarcástico despontou em seus lábios.

— Ora… — disse ele. — Então acho que tudo pode acontecer.

West Hollywood

— ESTOU SAINDO COM um cara.

Era tarde da noite na quarta-feira seguinte, e Lulit e eu estávamos finalizando o acervo de junho. Tínhamos o feriado prolongado pela frente, e depois a instalação da exposição conjunta de julho: *Fumaça* e *Espelhos*.

Mas a galeria estava relativamente tranquila em meio àquele marasmo que sucede ao frenesi da Art Basel, e parecia um bom momento para contar a ela sobre Hayes.

— Quê? Sério?! Quem? Como? — Lulit fechou a porta do escritório. Matt e Josephine já tinham ido embora, então não sei de quem ela estava tentando nos esconder.

— Você precisa prometer que não vai me julgar.

— Julgar? Por que eu julgaria você? Ah, ele não é ator, é? Por favor, diga que não é ator.

Abri um sorriso.

— Não, mas talvez seja pior.

— Pior que um ator? — Lulit estava apoiada na parede, os braços compridos cruzados diante da silhueta estreita. — O que ele é então? Um artista?

Caímos na gargalhada com aquela piada interna. Artistas eram arrojados, brilhantes e… malucos. Nós duas já tínhamos bebido daquela água e jurado que jamais retornaríamos à fonte.

— Você lembra que levei Isabelle e as amigas dela para um show da August Moon em Las Vegas?

Ela assentiu. Vi a concentração estampada em seu rosto, tentando seguir o fio da meada. Até parece que ela conseguiria adivinhar onde isso ia dar.

— Então... eu meio que me aproximei de um dos caras.

— Que caras?

— Da banda.

Ela arregalou os olhos.

— Os *meninos*? Os *meninos da banda*? — Vindas da boca de Lulit, aquelas palavras pareciam apontar algo indecente, errado, talvez até ilegal. — Nossa, acho que vou precisar de uma taça de vinho. Vou lá buscar. Não saia daqui.

Voltou logo depois, munida de duas taças e uma garrafa de Sauvignon Blanc.

— Quero saber de tudo, desde o começo. Pode me contar tim-tim por tim-tim.

E então contei minha história com Hayes. Desde Las Vegas até as trinta e seis horas que tínhamos passado enfurnados no quarto de hotel em Cannes, saindo apenas na noitinha de quarta-feira para passear pela Croisette e jantar no La Pizza, porque achei que precisávamos de um pouco de ar fresco. Mas Hayes teria ficado igualmente satisfeito se tivéssemos passado o tempo todo trepando em nosso covil.

— Ele é o bonitinho? — quis saber Lulit.

— Todos são bonitinhos, não?

— Sim, mas quero saber se ele é o *sexy* da banda.

Uma expressão divertida deve ter cruzado meu rosto, porque ela logo acrescentou:

— O que é muito, *muito* sexy.

— O *descolado*? — Abri um sorriso.

— Isso! Aquele que tem as covinhas, né?

— Exatamente. É o meu. O descolado da banda.

— Puta merda! — praguejou Lulit, sentando-se no chão, ainda segurando a garrafa. Ela não era muito dada a palavrões. — Estou muito impressionada.

— Obrigada.

— Ele sabe que você tem idade para ser mãe dele?

— Sabe — respondi. Lulit não queria nem saber de dourar a pílula. — E ele não parece ligar muito para isso.

— E *Isabelle*? Também não liga muito para isso?

Peguei a taça de vinho e tomei um gole generoso, o relógio de Hayes deslizando pelo meu pulso.

— Isabelle não sabe.

Eu ainda não tinha contado a ela. Não contara na noite que passamos na casa dos meus pais em Boston, nem durante a viagem de quase três horas até Denmark, no Maine, nem quando ela tirou o porta-retratos com a foto do *meet & greet* da mochila e o colocou ao lado do beliche do acampamento. E lá estava Hayes, com um sorriso de orelha a orelha, os braços em volta de nós duas, censurando-me naquela moldura de doze por dezoito.

— Ai, meu Deus! Não acredito que você conheceu a banda! Eu gosto tanto deles! Fui ao show no Garden — dissera uma das companheiras de beliche de Isabelle, uma garota de cabelos castanhos e pinta de esportista de Scarsdale. — A gente ficou na pista. Qual é o seu preferido?

Isabelle encolhera os ombros, evasiva.

— Acho que não tenho um preferido.

Graças a Deus.

— Eu amo Ollie. — A garota arregalara os olhos. — Eu sei que as pessoas acham que ele é gay, mas eu o aaaaamo tanto.

As pessoas achavam que ele era gay? Essa era uma novidade. Até cheguei a cogitar isso assim que o conheci, mas mudei de ideia quando ele quase me comeu com os olhos em Las Vegas. Fiquei tentada a contar isso à colega de beliche de Isabelle, mas percebi que era melhor ficar fora daquilo. Por isso, tinha pedido licença e saído do quarto.

— Acho que ela não vai aceitar muito bem — declarou Lulit, de volta à galeria.

— Eu estava esperando até saber o que dizer a ela.

— Pode dizer que você combinou de encontrar o "descolado da banda" em várias cidades pelo mundo para transar com ele.

Uma ideia de você 113

Lulit dissera isso com um sorriso irônico nos lábios, mas a realidade daquelas palavras me atingiu em cheio.

— Acho que vou precisar de uma explicação melhor.

Ela permaneceu em silêncio por um instante, absorta em pensamentos.

— Ele é gentil?

— Se ele é gentil? É, sim.

— E você gosta dele? Não de todo o alvoroço que o cerca... — Ela agitou os braços, como se fizesse um gesto para indicar o "alvoroço". — Você gosta *dele*?

Assenti.

— E você é feliz com ele?

— Muito.

Ela abriu um sorriso, e seus olhos castanhos se estreitaram.

— Então não acho que seja algo ruim. Você merece ser feliz, Solène. Vá aproveitar seu astro do rock.

— Obrigada.

Eu não precisava da aprovação de Lulit propriamente dita, pois já tinha decidido que não seria dissuadida por sua opinião, qualquer que fosse. Mas foi reconfortante saber que ela estava do meu lado.

— De nada — respondeu, levantando-se do chão. Em seguida, quando estava a caminho da galeria, acrescentou: — Imagino que deva haver várias outras.

— Quê?

— Outras mulheres... — Ela disse isso com indiferença, mas, nossa, como doeu.

Eu não tinha imaginado nada disso. Imaginei que tinha havido várias mulheres antes de mim. Imaginei que haveria muitas outras depois. Mas não me atrevia a imaginar que havia outras ao mesmo tempo. E perceber que eu não tinha sequer cogitado uma coisa dessas me deixou sem chão. Quando? Como? Onde? Ele estava se encontrando com elas nas cidades a que eu me recusava ir? Seattle, Phoenix, Houston? E, afinal, quem eram elas?

— Isso nem passou pela sua cabeça? — A voz de Lulit me despertou daquele torpor. — Solène, ele tem vinte anos. É integrante de uma *boy band*.

É como se tivesse xoxota caindo do céu. E toda vez que ele pisa na rua, está chovendo.

O suor começou a brotar de minha testa, a garganta secou. As paredes pareciam encolher ao meu redor.

— Acho que vou vomitar. — Passei correndo por Lulit, seguindo em direção aos banheiros nos fundos da galeria, onde logo me pus a vomitar o Sauvignon Blanc e a salada que eu tinha comido no almoço.

— Você está bem?

Ela estava parada na porta do banheiro, uma expressão preocupada no rosto.

— Não.

— Você não está grávida, né?

— Não, cruzes! — Consegui rir mesmo enquanto as lágrimas escorriam pelo rosto.

Lulit ficou parada me olhando enquanto eu lavava as mãos, enxaguava a boca e me recompunha. E então, quando estava preparada, virei-me para encará-la.

— Merda! Eu gosto dele.

Ela começou a rir.

— Não tem a menor graça.

— Ah, amiga… — Ela puxou-me para um abraço. — Mas isso é uma coisa *boa*. Você não gosta de ninguém desde Daniel. E já faz anos que você não gosta de Daniel.

— Isso é verdade — concordei, rindo.

— Acho que Hayes pode ser uma boa distração para você, mas não confunda as coisas. Não ache que é mais do que de fato é… — Ela parecia tão sensata, como minha mãe. — E sempre use camisinha… *Sempre*.

Na semana seguinte, Hayes veio à cidade para participar de uma série de reuniões. Chegou bem tarde na quarta-feira, mas tínhamos combinado de nos encontrar apenas no dia seguinte.

— Eu tenho um jantar marcado para amanhã à noite, mas não vai demorar — disse ele ao telefone. — Posso ir até sua casa.

— Não acho que seja uma boa ideia — foi minha resposta. Eu ainda estava incomodada depois da conversa com Lulit. Abalada com a possibilidade de ser só mais uma entre tantas outras.

— Você não quer que eu conheça sua casa? O que está tentando esconder de mim, hein? Outra *boy band*?

— Exatamente isso. Fui descoberta. Os Backstreet Boys estão lá no meu sótão.

Seguiu-se um momento de silêncio, então ele começou a rir.

— Os Backstreet Boys? Meu Deus, quantos anos você tem mesmo?

— Cale a boca, Hayes.

— Tem certeza de que os Monkees não estão lá também?

— Vou desligar na sua cara.

— Vá ao Chateau Marmont amanhã às nove da noite. Vou deixar uma chave para você na recepção.

Na quinta-feira, saí para almoçar com Daniel. Fomos ao Soho House, um lugar que eu detestava. Por mais que tivesse todo aquele apelo estético, eu não conseguia ignorar o fato de que todos ali pareciam se meter na vida alheia, tentando determinar quem era mais cheio da grana, julgando tudo e todos enquanto mantinham a pose. O ambiente cheirava a presunção. Apesar de meus inúmeros apelos, Daniel havia se tornado membro do clube logo na inauguração e conduzido muitos negócios ali, quase tantos quanto em sua firma em Century City. Descrevia isso como um mal necessário da carreira de advogado do ramo do entretenimento. Mas eu sabia que no fundo, no fundo, ele gostava.

Percorri o corredor estreito que levava ao restaurante na cobertura já com meu plano de fuga em mente. Passei pelas célebres paredes, cobertas com polaroides em preto e branco de vários membros do clube, que tinham se imortalizado na cabine de fotos do local. Vários pareciam bêbados nos retratos.

Daniel me chamara até ali para entregar os presentes de aniversário que tinha comprado para Isabelle, que ela receberia no Dia da Família do acampamento. Eu não me importava de servir de pombo-correio, mas temia que ele fosse aproveitar a deixa para contar sobre o noivado com Eva. Era a cara dele dar a notícia em um lugar público e impessoal. Assim, poderia evitar que qualquer emoção viesse à tona.

Eu o avistei logo de cara, sentado à sua mesa preferida nos fundos do salão. Não tinha como negar que o lugar era lindo: lanternas de vime dependuradas em oliveiras e ervas plantadas em vasinhos e janelas que iam do chão até o teto, oferecendo uma vista deslumbrante de West Hollywood e Sunset Strip. E, em meio a tudo isso, estava meu ex-marido.

Ele estava com a cara enfiada entre as folhas do *New York Times*. Era uma das coisas de que eu ainda gostava em relação a Daniel: ele não tinha se rendido totalmente à era digital. Não sentia a necessidade de preencher os silêncios com um iPhone.

Quando comecei a serpentear na direção de Daniel, uma mesa comprida perto do laguinho de carpas chamou minha atenção. Era ocupada por oito pessoas muito barulhentas. Não reconheci os rostos voltados para mim, mas a parte de trás da cabeça de um deles me pareceu familiar. E foi aí que ouvi aquela risada.

Senti um aperto no peito. Prendi a respiração e contornei a mesa bem devagar. Quando já estava do outro lado, ele ergueu a cabeça e nossos olhares se cruzaram. Os dois permaneceram imóveis.

— Oi.

— Oi. — Os lábios de Hayes se curvaram em um sorriso. — O que você está fazendo aqui?

— Eu vim… Eu vim me encontrar com… uma pessoa… — balbuciei, toda atrapalhada. Nem consegui registrar os outros integrantes da mesa. Parecia que estávamos a sós ali, só eu e ele. E, mesmo assim, eu tinha plena consciência de que não podia tocar nele, e isso doía. Sabia que as pessoas iam comentar, que iam julgar.

Ele ficou de pé, empurrando a cadeira para trás.

— Não, não precisa se levantar…

— Onde fica sua mesa?

Acenei vagamente em direção aos fundos do salão.

— Depois eu dou uma passada lá para falar com você.

Assenti com a cabeça e, depois, me lembrei do restante da mesa.

— Oi, desculpem. Eu não queria interromper.

Havia duas mulheres, três homens que não reconheci, um que parecia familiar, e, ao lado de Hayes, estava Oliver, que de alguma forma tinha passado batido por mim.

— Oi.

— Solène! — Ele sorriu. Quando nos vimos pela última vez, estávamos descendo do barco em Antibes. Eu estava anuviada pelo champanhe, a pele impregnada do cheiro de sol e maresia e a promessa do que estava por vir. A um mundo de distância.

Pedi licença e me dirigi para a mesa de Daniel, mas minha cabeça já estava em outro lugar. Conversamos sobre amenidades: Isabelle, o clima. Eu estava de costas para Hayes e não conseguia ouvir nada do que dizia, mas conseguia *senti-lo*. E, só de saber que ele estava ali, eu já ficava com os nervos à flor da pele. Principalmente porque estava acompanhada do meu ex-marido.

— Está tudo bem? Você parece meio distraída — comentou Daniel, um pouco depois de pedirmos nossos pratos. Como de costume, ele estava impecável: pele macia, maxilar esculpido, nem um fiozinho de cabelo fora do lugar. Os anos tinham sido gentis com ele.

— Está, sim.

— E como vai o trabalho?

— Tudo certo. Vamos inaugurar uma exposição no sábado.

— De qual artista?

Era legal da parte de Daniel fazer perguntas sobre meu trabalho, porque eu tinha a impressão de que ele não dava a mínima.

— É uma exposição conjunta. Tobias James e Ailynne Cho.

— Bom, parece promissor. Ah, antes que eu esqueça... — Ele esticou a mão e pegou duas sacolinhas de compras, uma da Barneys e outra da Tiffany. — Para a aniversariante.

— *Dois* presentões? Uau!

— Treze é uma idade importante — declarou ele, tomando um gole de água Evian. Em seguida, acrescentou: — Um deles é de Eva.

Isso chamou minha atenção.

— Qual?

— O da Barneys.

— Por que Eva comprou um presente da Barneys para Isabelle? — perguntei, sem conseguir me conter.

— Não é nada de mais, Sol.

— É, sim.

— É só um anelzinho. Não é nada de mais mesmo.

— Um anelzinho da Barneys é demais, *sim*, Daniel.

Ele suspirou e voltou o olhar em direção à janela, que tinha vista para o sul da cidade.

— Não vamos fazer cena aqui. Tudo bem?

Nossa comida chegou, então deixamos o assunto de lado. Daniel perguntou sobre meus pais, sobre as colegas de beliche de Isabelle no acampamento, quis saber o que eu achava do conflito que acabara de eclodir em Gaza. Houve uma época em que não era muito difícil encontrar coisas sobre as quais conversar. Uma época em que éramos jovens e gentis um com o outro.

Como naquela primavera em Nova York, quando estávamos apaixonados e passávamos horas perambulando pelo Central Park, contemplando o Sheep's Meadow e admirando os lilases no Conservatory Garden. Ele era tão alto e inteligente e seguro de si, e citava Sartre e Descartes… E isso era tudo de que eu precisava.

Eu tinha dado a última garfada na salada de couve quando vi Hayes se aproximando da nossa mesa. Gracioso e galante, o modo descolado a todo vapor. Vestia uma camisa branca estampada, com os três botões de cima abertos, e uma calça jeans preta bem justa. Os cabelos propositalmente bagunçados. O completo oposto de Daniel, que trajava um terno cinza da marca Zegna e uma gravata que não reconheci, mas devia ter sido um presente de Eva.

— É um prazer ver você aqui — declarou Hayes, com um sorriso.

— Sim. Quem diria?

— Olá, eu sou Hayes. — Estendeu a mão sobre a mesa para cumprimentar Daniel.

— Daniel, esse é Hayes. Hayes, esse é Daniel.

— Daniel? O Daniel?

— O próprio — respondi com uma risadinha nervosa, e Daniel lançou-me um olhar intrigado. — Daniel, Hayes é… hum… Hayes é…

— Hayes é um colecionador de arte iniciante que está muito impressionado com o quanto essa mulher sabe sobre o fauvismo — apresentou-se ele, com as covinhas à mostra.

Por um instante, não fiz mais nada além de desfrutar das delícias daquele momento. Daniel parecia confuso, ainda tentando entender o que se passava.

— Tudo bem. Não vou mais atrapalhar o seu... *encontro*. A gente se fala mais tarde.

— Por mim, tudo bem — concordei, abrindo um sorriso casual.

Meus olhos estavam fixos em Daniel enquanto ele observava Hayes abrir caminho pelo salão. Cabeças se viravam por onde ele passava, e as pessoas se punham a cochichar. Tudo conforme o esperado.

— Quem é esse cara?

— Um cliente.

— Ele parece familiar. É ator?

— Não — limitei-me a dizer.

— Ford!

O interrogatório foi interrompido pela chegada abrupta de Noah Feldman, advogado do ramo do entretenimento e amigo de longa data de Daniel. Noah era um sujeito cativante, educado, honesto, uma raridade entre os figurões de Hollywood. Por conta do meu divórcio, eu tinha perdido o contato com ele e sua adorável esposa. E com os três filhos deles. Aquilo ainda doía.

— Feldman! — respondeu Daniel, cumprimentando-o.

— *Solène*! Mas que surpresa boa! Como vocês estão?

— Bem, e *você*, como está? E Amy?

— Estamos bem. Ótimos. Ela conseguiu um trabalho como roteirista. — Os olhos dele se iluminaram.

— Eu sei! Vi no Facebook.

— É um trabalho dos bons. Quer dizer, ela quase não para mais em casa — continuou ele, rindo —, mas está feliz. E, se ela está feliz, eu também estou.

Abri um sorriso. É claro que ele estava feliz. Que coisa inédita: um marido que apoiava o trabalho da esposa. Uma esposa que não se encaixava nos padrões esperados pela sociedade.

— Você viu o faturamento do *Transformers*? — perguntou Noah, dirigindo-se a Daniel.

— Maldito Michael Bay...

— Maldito Michael Bay...

Meu celular vibrou em cima da mesa. Os dois estavam entretidos na conversa, então aproveitei a deixa para ler a mensagem.

> Daniel!!!!!!!???????

Escondi o celular no colo para responder.

> Fauvismo???

> Um palpite de sorte.
> Quer me encontrar no banheiro daqui a cinco minutos?

> Rá!
> De jeito nenhum.

> Merda.

Ergui o olhar. Daniel e Noah ainda estavam conversando.

— Eu não acho que ele vai conseguir fechar esse negócio — dizia Noah. — Ryan está quase pulando fora.

— Como você ficou sabendo disso?

— Pelo Weinstein.

Voltei a atenção ao celular.

> Mais tarde...

> 🙂
> Aliás, você está linda.

> Você também.

* * *

A reunião de Hayes ainda não tinha terminado quando fui embora do restaurante. Nossos olhares se cruzaram conforme eu atravessava o salão, e foi tão intenso que cheguei a cogitar aceitar a proposta de dar uma escapulida ao banheiro. Mas seria muito arriscado fazer isso ali, naquele ambiente badalado do clube, onde todo mundo conhecia todo mundo. Hayes pendeu a cabeça para o lado e sorriu. Isso por si só já era o suficiente.

Eu estava percorrendo o corredor escuro e estreito quando Noah apareceu atrás de mim.

— Então... — começou a dizer bem baixinho. — Você e Hayes Campbell, hein? Legal.

— Quê? — Virei-me para encará-lo na penumbra.

Ele sorriu.

— Seu marido pode não ter percebido porque não estava prestando atenção, mas imagino que tenha sido justamente por conta desse comportamento que ele a perdeu.

Fiquei imóvel, os olhares de mil polaroides voltados para mim. Perplexa. Será que ele tinha visto alguma coisa? Ou escutado? Mas que raio de clube maldito!

— Fique tranquila — continuou ele —, seu segredo está a salvo comigo.

Hayes estava atrasado. Tinha me enviado uma porção de mensagens pedindo desculpas, avisando que ainda estava preso no jantar. De acordo com as instruções que eu recebera, tinha que ir à recepção do Chateau Marmont e pedir um envelope que Phil, o gerente, havia separado para mim, aos cuidados de Scooby-Doo. Ao que parecia, esse era o nome falso que Hayes usava nessas situações.

— Scooby-Doo? Você está de brincadeira? — tinha sido minha pergunta quando ele me dissera isso ao telefone. — Scooby?

— Ei, saiba que para você é sr. Doo.

Passados quarenta minutos, porém, eu continuava sozinha naquela suíte lúgubre e estava começando a ficar inquieta. Já tinha até analisado o conteúdo do guarda-roupa: dois pares de botas, um par de tênis, seis camisas sociais, dois ternos, quatro pares de calças jeans pretas. Só artigos de luxo (Saint Laurent, Alexander McQueen, Tom Ford, Lanvin) e impregnados do cheiro de Hayes. Aquele aroma amadeirado, cítrico e ambarino que o perfume Voyage d'Hermès lhe conferia. A fragrância que eu passara a identificar na nossa brincadeirinha em Cannes. Não mexi nas gavetas, não vasculhei as malas nem os artigos de higiene, nem encostei no diário encadernado em couro que jazia na mesinha de cabeceira. Porque, a meu ver, isso já seria passar dos limites. Mas mexer no guarda-roupa — onde eu havia guardado os sapatos e pendurado o vestido que usaria no dia seguinte — me parecia tranquilo.

Ele chegou um pouco antes das dez. Deslumbrante e cheio de pedidos de desculpas. Estava com um terno escuro, a camisa branca com alguns botões abertos, e não usava gravata. Bastou ver sua silhueta contra a porta para que eu tivesse certeza: eu o queria. E, mesmo que tivesse passado a semana toda cheia de dúvidas em relação a ele, sentindo raiva de mim mesma por não ter esclarecido os termos daquele acordo, foi só ele cruzar a soleira da porta para que tudo isso perdesse a importância. Eu estava ali por uma determinada razão, afinal.

— Oi — disse ele, atravessando o cômodo para se juntar a mim.

— Oi.

Hayes abaixou-se ao lado do sofá onde eu estava deitada, segurou meu rosto com as duas mãos e me beijou. O beijo que eu estivera esperando até então. Os lábios estavam frios, e senti o hálito adocicado e aquela boca maravilhosamente familiar. Ele tinha só vinte anos... e eu não estava nem aí.

— Desculpe o atraso. — Acariciou meus lábios com o polegar. — Você está com fome? Com sede? Pediu serviço de quarto?

— Estou bem.

— Tem certeza?

Assenti e o observei tirar o paletó, depois as botas, e por fim pegar uma porção de objetos dos bolsos: iPhone, carteira, protetor labial, chiclete. Eu já estava familiarizada com as parafernálias de Hayes.

— Como foi o jantar? — perguntei.

— Parecia que não ia acabar nunca.

— E seu dia?

— Parecia que não ia acabar nunca — resmungou. — Vamos estrelar um filme. Uma mistura de documentário com um punhado de filmagens das turnês. Um rockmentário, por assim dizer. Ou um popmentário... — Abriu um sorriso. — Porque vai ser sobre *nós*. Enfim... Aí tive que participar de um montão de reuniões sobre datas de lançamento e todas as divulgações que pretendem fazer e decidir quando o álbum novo será lançado; depois, definir as datas da nossa próxima turnê mundial. E tudo isso vai acontecer muito antes do que você imagina. E eu estou cansado pra caralho. Sério, estou exausto.

Ele se acomodou ao meu lado no sofá, a cabeça apoiada no encosto.

— Sinto muito por isso — declarei, segurando sua mão.

— Eu odeio reclamar disso, porque parece que não valorizo tudo o que tenho, e não é o caso. Sei muito bem como nós somos sortudos, como *eu* sou sortudo... Sei que estou vivendo a vida dos sonhos e não quero agir feito um babaca que fica choramingando pelos cantos, mas realmente acho que todos nós precisamos de uns meses de folga. E, se continuarem nos socando goela abaixo dos fãs, eles vão acabar ficando de saco cheio. Você não acha?

Ele olhou para mim, com uma expressão sincera no rosto.

— Eu não sei. Eu meio que gosto de ter você socado goela abaixo.

Seus olhos se arregalaram.

— Que safada! Venha cá. — Ele me puxou para mais perto. Apoiei a cabeça em seu ombro e estiquei as pernas sobre seu colo. — Onde foi que arranjei alguém como você?

— Em Las Vegas. — Abri um sorriso. — Não tem nada sobre férias no seu contrato?

—Ah, férias! Que ideia exótica! A maioria das bandas tem alguns meses de folga por conta do período entre lançar um álbum e divulgá-lo em turnê e depois no tempo que leva para fazer os preparativos para o próximo. Mas nós não podemos nos dar esse luxo.

— Então vocês estão meio que presos pela gravadora?

—Antes de tudo, estamos meio que presos a nossos empresários, e eles controlam tudo com mãos de ferro. — Seus dedos acariciavam meu cabelo, reconfortantes. —Ah, aliás, Graham mandou um oi.

— Quem é Graham?

— Graham, que trabalha com a equipe que nos agencia. Ele estava almoçando comigo hoje. Você o conheceu em Nova York.

Enfim me lembrei de quem ele estava falando: o sujeito elegante do Four Seasons, aquele que estava usando o laptop. Aquele que tinha me tratado com o maior desdém. Ele deve ter ficado muito surpreso ao descobrir que eu ainda estava na jogada.

— Por falar em almoço… — Hayes levantou a cabeça do encosto do sofá. — Daniel!

— Daniel. É. Aquele é Daniel.

— Uau! Então… Saiu para *almoçar* com Daniel? — Havia um quê de desconfiança em sua voz.

Ri só de pensar nisso. Até parece que eu ia querer me envolver com meu ex-marido de novo.

— Acredite em mim, foi só um almoço e nada mais.

— Eu conheço muito bem essa sua história de "é só um almoço e nada mais". Eu mesmo já fui vítima desse "só um almoço". — Ele sorriu. — Nem sempre é "só um almoço".

— Com Daniel, é só um almoço — declarei com firmeza. — Vou passar o Dia da Família no acampamento de Isabelle no fim do mês, e Daniel queria me entregar uns presentes de aniversário que ele comprou para ela.

Hayes digeriu minha resposta, e então, quando parecia ter se dado por satisfeito, perguntou:

— E Isabelle? Como está?

— Está bem.

— Qual foi a reação dela quando você contou sobre nós dois? — A mão dele estava pousada no meu joelho, enfiada por baixo da barra da minha saia de linho. As provocações já haviam começado.

— Eu não contei…

— Você ainda não contou para ela? — Os olhos se arregalaram, duas imensidões azuis-esverdeadas. — O que é que você está esperando?

— A hora certa. Eu acabei de levá-la para um acampamento no meio do nada, onde vai passar sete semanas. Não me pareceu muito apropriado trazer isso à tona e depois ir embora. "Aliás, filha, estou trepando com um dos integrantes da sua banda preferida. Aproveite o verão!"

Hayes passou um minuto em silêncio, absorto em pensamentos.

— Trepando? É isso que estamos fazendo?

Fiz uma pausa antes de responder:

— Bem, não estamos fazendo isso *agora*, mas acho que já, já vamos começar.

Ele assentiu com a cabeça, bem devagar.

— E durante o resto do tempo? Quando não estamos transando, só curtindo a companhia um do outro? Tipo agora. Como você define isso?

Parecia que estava sendo testada.

— Amizade?

— Amizade — repetiu Hayes. — Então somos só amigos?

— Sei lá. Depende.

— Depende de quê?

— De quantos amigos você tem...

Ele assentiu outra vez, ponderando sobre sua resposta.

— Eu tenho muitos amigos — respondeu lentamente. — E não estou trepando com a maioria deles.

Permaneci calada.

— O que foi, Solène? O que é que você está se segurando para *não* me perguntar?

— Eu quero saber se existem outras.

Hayes demorou a responder.

— Quer saber se existem outras *agora*?

Assenti, e ele balançou a cabeça.

— Não existe mais ninguém.

— O que você entende por "agora"? Hoje? Esta noite? Esta semana? O que isso significa?

Ele passou um bom tempo tentando formular uma resposta. Tempo demais.

— Quer saber? Deixe pra lá. Eu não quero fazer você passar por isso. Nem sei se quero mesmo saber.

— Tudo bem — respondeu, com a voz lenta, cautelosa.

— Você não quer me magoar.

Ele assentiu e mordeu o lábio.

— Merda!

— Eu não quero *iludir* você — declarou bem baixinho, afagando meu cabelo com uma das mãos. — Só quero ter certeza de que estamos falando a mesma língua.

— Hayes, já faz um tempão que eu não saio com ninguém. Eu não sei nem que língua é essa.

Minha resposta o fez rir, e ele beijou o topo da minha cabeça.

— É assim, Solène. Nós nos encontramos quando dá e gostamos muito, muito *mesmo* da companhia um do outro. E eu não diria que estamos só trepando.

Levei um tempo para digerir tudo aquilo.

— Você está fazendo isso com mais alguém?

— *Isso?* Agora? Não.

— Com "agora", você quer dizer esta semana?

— Este mês. Assim está bom para você?

Assenti.

— Você pode me avisar se as coisas mudarem? Não vou surtar nem nada. Só quero saber.

— Se as coisas mudarem, eu aviso.

Ele deu outro beijo na minha cabeça, e senti sua respiração nos meus cabelos. Havia muito peso nas coisas não ditas entre nós dois.

— O que você ficou fazendo enquanto eu não chegava? — quis saber ele. A mão repousava em meu joelho outra vez, o metal frio dos anéis contra minha pele.

— Revirei todas as suas coisas. Vendi uma de suas cuecas por dez mil dólares no eBay.

— Só dez?

— Infelizmente, meninas de catorze anos não têm tanto dinheiro assim.

— Ah, as de Dubai têm, sim. — Hayes sorriu, os dedos enveredando mais e mais por baixo da saia, abrindo caminho por entre as coxas. — Você vai dividir os lucros comigo?

— Hum, isso não estava nos meus planos.

Ele deu risada.

— Olhe, isso não me parece muito justo.

— A vida não é justa.

— Não mesmo. — Ele tinha alcançado minha calcinha, a ponta dos dedos acariciando o algodão úmido. — E sabe como eu sei disso? Porque esta noite você vai ser só minha... e de mais ninguém.

— Acho bom você fazer por merecer, Hayes Campbell.

— Eu sempre faço.

Talvez tenha sido influência dos fantasmas do Chateau Marmont e da impressão de que coisas insanas haviam acontecido ali. Talvez tenha sido por conta das duas semanas que havíamos passado longe um do outro. Talvez tenha sido uma motivação repentina de minha parte, determinada a não ser substituída. O fato é que, naquela noite, embora Hayes pudesse usar outra palavra para se referir a isso, nós trepamos como astros do rock.

Ele era cuidadoso, intenso e insaciável. E, na terceira vez, quando me entregou mais uma embalagem de camisinha a ser aberta enquanto ele mesmo jogava a usada no lixo, me detive.

— Você é sempre assim? Nunca precisa de um tempinho para recuperar o fôlego?

Ele sorriu e negou com a cabeça. Tinha um rosto tão lindo.

— Eu tenho vinte anos.

Tentei recordar como era transar com Daniel no começo do relacionamento, e com os dois namorados que tive na faculdade, e com o garoto de Saint-Raphaël. Na época, todos estavam na casa dos vinte anos. Eu certamente me lembrava do apetite insaciável, mas acho que nenhum deles jamais teve tamanho vigor. Ou talvez eu só estivesse mais velha.

— Você está cansada? — quis saber ele, pegando a camisinha da minha mão para colocá-la. Só de assistir eu já ficava excitada. Hayes, na minha frente, com o pau nas mãos.

— Estou, mas não precisa parar por causa disso.

Ele riu.

— Você quer fazer uma pausa? Não precisamos continuar agora, Solène.

Enquanto dizia isso, porém, Hayes já estava com as mãos uma em cada lado do meu quadril, me acomodando em seu colo, determinado. Quarta rodada.

Não teve pressa em deslizar para dentro de mim. O olhar fixo ao meu, os dentes mordiscando o lábio inferior, os quadris se elevando.

— É só pedir que a gente para.

—Ah, é? — Abri um sorriso.

— É, sim. — As mãos passaram por meus quadris, depois envolveram minha bunda. — Eu não sou nenhum especialista, mas... acho que você não quer parar.

— É isso que seu pau está lhe dizendo?

— Porra... — Ele começou a rir. — Eu acho que amo você.

— Não diga isso.

— Só estou levantando essa possibilidade.

Parei de me mexer no colo dele e inclinei o corpo, chegando mais perto.

— Não diga isso nem de brincadeira.

— Tudo bem — concordou ele, sério.

— Você não quer me iludir, esqueceu? — Beijei-o profundamente. — Eu gosto de você. Muito. Mas, enquanto estiver trepando com outras pessoas, não tem o direito de fazer piadas sobre estar apaixonado por mim.

— Desculpa.

Ele estendeu as mãos para afagar meu cabelo e, depois, afastou algumas mechas do rosto.

Ficamos em silêncio por um instante.

— Você está brava comigo? — perguntou ele, por fim.

Neguei com a cabeça e cheguei mais perto. Voltei a rebolar no colo dele, sem querer perder aquele volume maravilhoso. Aquele presente que ele me oferecia sem parar.

— Por acaso parece que estou brava?

Ele sorriu, a respiração cada vez mais ofegante, as mãos envolvendo meus peitos.

— Não sei ao certo. Não consigo ler suas expressões.

Não respondi, mas passou pela minha cabeça que talvez fosse melhor que não lesse mesmo.

Quando terminamos, fiquei deitada em cima dele, sentindo a camada de suor que recobria nossa pele, inalando seu aroma, que estava mais intenso depois de quatro rodadas de sexo. E então ele me abraçou, mais forte do que nunca, e não disse mais nada.

Na manhã seguinte, Hayes desmarcou uma aula com seu preparador físico para ir comigo à galeria.

— Eu quero ver o que você faz quando não estamos juntos — comentara ele em algum momento da nossa noite libertina. Àquela altura, a frase parecia ter vários significados diferentes. Quando acordamos, porém, ele deixou bem claro: "Hum, então é dia de levar o cara com quem você está saindo para o trabalho, hein?".

Enquanto percorríamos a La Cienega, com Hayes sentado no banco do carona da Range Rover, meus nervos estavam à flor da pele. Era desesperador pensar que a vida dele, aquela coisa preciosa, estava em minhas mãos, e que, se algo lhe acontecesse sob minha supervisão, eu seria culpada pelo resto da vida. Era quase como andar de carro com Isabelle quando ela ainda era recém-nascida: toda aquela pressão, todo aquele medo.

Acho que nunca tinha visto Lulit de olhos tão arregalados como quando adentrei a galeria ao lado do "descolado da banda". Eu não tinha avisado a ela nem aos outros. Faltava um dia para a inauguração da mostra de julho, e eu sabia que os três estariam ocupados acertando os detalhezinhos da exposição. Não queria encher a cabeça de Lulit com mais uma coisa.

Ela ficou boquiaberta e fez menção de ajeitar o cabelo, que estava preso em um coque perfeitamente bagunçado. Estava de jeans e, mesmo que não usasse nem um pingo de maquiagem, seu rosto estava impecável. Ah, aquela pele negra invejável que não envelhecia nunca!

— Você trouxe um… *acompanhante*.

— Isso mesmo. — Sorri de orelha a orelha. Nós duas travamos uma conversa inteira sem precisar dizer uma palavra. — Hayes, essa é Lulit Raphel, minha sócia. Lulit, esse é Hayes.

—Ah, então você é a famosa Lulit. É um prazer conhecê-la. Já ouvi muitas coisas a seu respeito. —A rouquidão na voz de Hayes ficou ainda mais acentuada naquele espaço cavernoso. Uma voz profunda, grave. Como se ele tivesse ficado acordado até as quatro da manhã me chupando. E tinha mesmo.

— É um prazer conhecê-lo, Hayes.

— Nossa, este lugar é incrível! — Ele se pôs a explorar a galeria, admirando a disposição das obras, as artes. O contraste entre as imagens atmosféricas de Cho e as paisagens comoventes de James. Ambas abstratas, mais metafóricas do que literais. Como fumaça e espelhos.

— Você quer um tour guiado ou prefere perambular por aí por conta própria?

— Primeiro, quero perambular sozinho.

— Sem problemas. Se precisar de mim, estarei na minha sala. Fica ali atrás, virando à direita.

Matt enfiou a cabeça para fora de sua sala, e Josephine saiu da cozinha assim que me aproximei.

— Quem é aquele cara? — Matt arqueou uma das sobrancelhas, matreiro. — Um cliente? Mas já? — Ainda não eram nem dez da manhã.

— Um cliente em potencial — respondi.

Josephine estava a caminho da mesa da recepção, bebericando a xícara de chá-verde, mas de repente deu meia-volta e refez seus passos.

— Puta merda! É o Hayes Campbell que está ali? Ele virou cliente?

Josephine tinha vinte e quatro anos.

— Quem é Hayes Campbell?

— Simplesmente o cara mais gostoso da banda mais cheia de caras gostosos da *história*. Em que mundo você vive?

— No mundo das pessoas que têm mais de trinta anos, pelo jeito — respondeu Matt, um sorrisinho no rosto. — Mas que banda é essa?

— August Moon — sussurrou Josephine. — Puta merda!

— A *boy band*? Daqueles rapazes encantadores e elegantes que estudaram em Eton?

— Só um deles frequentou a Eton College — declarou Josephine, com ar de quem sabia das coisas.

— Qual deles? — perguntei.

— Liam.

— Sério? — Isso era uma novidade.

—Aham. E os outros frequentaram uma escola chique em Londres. Menos Rory, porque ele é o *bad boy*.

— Você sabe o nome de todos eles? — perguntou Matt.

— O nome de todos eles quem? — quis saber Lulit, que tinha acabado de entrar na cozinha e estava se dirigindo à máquina de café.

— Dos caras da August Moon. Temos um novo cliente, e ele faz parte da banda.

Lulit me lançou um olhar descontraído, e encolhi os ombros em resposta. Ela entendeu: não era para dar nem um pio sobre o assunto.

— Bem, vou oferecer uma água Pellegrino ao nosso visitante famoso — avisou Matt, apanhando uma garrafinha na geladeira. — Estamos sendo muito mal-educados.

— Pode esquecer. Você não faz o tipo dele. — Josephine pegou a garrafa da mão de Matt.

Ele era um homem atarracado, sarcástico, coreano-americano. Eu tinha quase certeza de que ele não fazia o tipo de Hayes.

— Ele só se relaciona com mulheres mais velhas. Você não assiste a *Access Hollywood*, não? — Ela fez menção de sair da cozinha, mas parou de súbito e deu meia-volta, os olhos fixos em mim. — De onde *você* o conhece, hein?

Na mesma hora, Lulit apertou o botão da cafeteira, preenchendo o ambiente com um ruído mais do que bem-vindo.

— Ele é um cliente.

Mal tive tempo de digerir tudo o que Josephine dissera (quem diria que ela sabia tanto sobre *boy bands*?) antes de Hayes me procurar. Ouvi a comoção no corredor: Lulit apresentando-o aos outros, a voz de sono de Hayes, Matt e Josephine agindo de forma diferente.

Por fim, Hayes enfiou a cabeça no vão da porta da minha sala.

— Olá. Estou procurando a chefe.

— Tem duas chefes aqui.

— Estou procurando a chefe que me trouxe para cá. — Abriu um sorriso dissimulado e fechou. — Esta sala é bem legal.

Lulit e eu dividíamos aquele cômodo enorme. Paredes brancas e piso de concreto, igual ao resto da galeria, mas ali a iluminação era um pouco mais quente, e havia toques pessoais por todos os cantos.

— É Isabelle ali? — Ele parou atrás de mim, contemplando os porta-retratos sobre a mesa. Havia duas fotos de Isabelle: em uma, ela ainda era uma criança de colo, vestida de joaninha para o Halloween; na outra, tirada em uma vinícola, ela já tinha sete anos… meu passarinho. Também havia um retrato meu em preto e branco, tirado por Deborah Jaffe, uma das fotógrafas da galeria, na inauguração de sua mostra no início daquele ano. Era uma foto de perfil, tirada bem de perto. Estou rindo, o cabelo ainda comprido.

— Eu gostei desta aqui. — Hayes pegou o porta-retratos. — Solène Marchand — disse baixinho.

— Nada de sexo.

— Eu… não imaginei que a gente ia fazer isso agora…

— Não, não estou falando de agora. É que não quero que eles saibam que estamos transando — declarei, apontando para a porta.

Hayes olhou para mim, uma expressão pesarosa no rosto.

— Mas Lulit sabe, não sabe?

— Ela sabe, mas os outros não. E vão continuar sem saber. Ah, e depois será que você pode me explicar por que só se relaciona com mulheres mais velhas?

— Quem disse isso?

— *Access Hollywood*, pelo jeito.

Conduzi Hayes pela galeria, dando-lhe uma visão geral da exposição. Discorri sobre as obras dos dois artistas, as semelhanças e diferenças entre elas. Sobre como Ailynne usou o filme fotográfico para capturar retratos etéreos da natureza, experimentando diferentes profundidades de campo e de foco. E sobre como as obras de Tobias eram produzidas digitalmente, brincando com a velocidade do obturador e posteriormente manipuladas na pós-edição. A forma como suas criações pareciam retratar o mundo em movimento, voando a cem quilômetros por hora. A arte de ambos era difusa, evocativa.

Na maior parte do tempo, Hayes permaneceu calado, compenetrado, como um jovem estudante. As mãos estavam cruzadas atrás das costas, uma expressão contemplativa no rosto. Imaginei que essa devia ter sido sua aparência na escola chique que frequentara. Mas sem a parte do jeans justinho, é claro.

— Como você encontra esses artistas?

— De várias formas. Alguns estão com a gente desde o início, vindos da pós-graduação. Tobias frequentava a CalArts. Antes de vir para cá, Ailynne expunha suas obras em outra galeria.

— Eu gostei muito desta aqui — comentou ele, diante de uma grande obra de James. Uma paisagem marítima tempestuosa, pacífica e agressiva ao mesmo tempo.

— É bem masculina.

— Sério? — Hayes pendeu a cabeça para o lado. — Por quê?

— A energia, a atmosfera, as cores. É a impressão que me passa.

— Achei que água fosse uma coisa feminina.

— Acho que a arte pode ser o que você quiser que seja. — Estiquei o braço para segurar sua mão, mas logo me dei conta de onde estávamos e de quem ele era, então me retraí e cruzei os braços.

Ele riu baixinho.

— Por que você está com tanto medo? Tem vergonha de mim?

— É claro que não.

— Mas não quer que seus amigos saibam sobre nós.

— Eu não quero que *meus funcionários* saibam sobre nós.

Hayes chegou mais perto, sugestivo.

— Eles vão acabar descobrindo. E aí você vai ter que admitir que gosta de mim. E talvez perceba que não é algo tão ruim assim. Mesmo com a história da *boy band* e tudo. Gostei deste quadro aqui. Vou levar.

Ele se afastou, recuando alguns passos para o centro do cômodo para admirar a obra mais de longe. Fiquei ponderando sobre o que ele dissera.

— Vocês enviam para Londres?

— Claro.

— Você gosta do quadro?

— Gosto, sim.

— Você *ama* o quadro?

— Gosto muito dele.

— Você ama alguma das artes daqui?

Assenti com a cabeça.

— Uma que fica no salão lá da frente, na primeira galeria.

— Quero ver. Pode me mostrar?

Ele me seguiu até a peça de Cho que eu mais cobiçava. Um quadro com imagens tão iluminadas e estouradas que pareciam quase translúcidas. Um jardim banhado por raios de sol, a silhueta difusa de uma mulher, nua, as feições borradas e indefinidas, deitada na relva e mesclando-se com a paisagem logo atrás. Uma anêmona desbotada era a única coisa nítida em primeiro plano. *Revelada* era o nome da obra.

— É esta… — começou ele, beliscando o lábio com os dedos, pensativo. — É esta que você ama?

— É, sim.

Ele assentiu lentamente.

— O que você sente quando olha para ela?

— Tudo.

Nossos olhares se encontraram. Hayes manteve os olhos fixos nos meus, depois sorriu.

— É mesmo.

Ele foi embora pouco depois. Tinha reuniões do meio-dia em diante e embarcou em um avião para Londres naquela mesma noite. Eu passaria algumas semanas sem vê-lo, e cada dia era mais angustiante que o anterior.

Hamptons

Fui visitar Isabelle no último fim de semana de julho. Nos primeiros anos após o divórcio, Daniel e eu íamos juntos, uma demonstração fingida de parceria. Em determinado momento, porém, isso ficou para trás, e eu passei a me encarregar de levar Isabelle ao acampamento e comparecer ao Dia da Família, e Daniel a buscava no fim das férias. Parecia o melhor arranjo para todos os envolvidos.

Em vez da companhia de Daniel, eu contava com a dos meus pais. Saíamos de carro de Cambridge e nos hospedávamos em uma pousadinha charmosa a menos de uma hora do acampamento, e sempre fazíamos questão de conhecer algum lugar novo. Passeávamos por Ogunquit, explorávamos pequenas galerias em Portland. Naqueles dias, eu assumia o papel de filha, e todos os outros rótulos, assim como o peso que os acompanhava, pareciam se dissipar. Era uma sensação que eu recebia de braços abertos.

Naquele sábado, passamos uma tarde tranquila na cidade de Boothbay Harbor. Almoçamos *fish & chips*, demos uma passadinha em uma galeria local e logo pulamos fora.

— Blergh! — resmungou meu pai, com aquele jeitinho francês que lhe era tão característico. — Só vendem um monte de cacarecos.

Depois de passar trinta e seis anos trabalhando no departamento de história da arte de Harvard, meu pai já era uma parte tão fundamental daquele lugar como o departamento em si. Tinha uma opinião forte a respeito das coisas. Meus pais tinham se conhecido quando ambos estudavam na École du Louvre, em Paris. Ambos compartilhavam um amor intenso pela arte. Ele, pela arte europeia moderna e contemporânea; ela, pela arte americana. No fim dos anos 1960, tinham se mudado para Nova York, onde meu pai obteve um doutorado na Universidade Columbia, até que por fim se estabeleceram em Cambridge. Por mais que tivessem adotado muitos dos costumes dos Estados Unidos, *nunca* deixariam de ser franceses.

— Estamos em uma cidadezinha litorânea, pai. O que você achava que ia encontrar? — perguntei. — Obras de Jeff Koons?

— O que sempre quero encontrar — respondeu-me ele, coçando a barba outrora desgrenhada. — Alguém que contrarie as expectativas. Alguém que não dê a mínima para a opinião dos outros.

— Rá! — exclamei.

Algo muito irônico vindo de um homem que passou uma semana sem falar comigo quando decidi ir para a Universidade Brown em vez de Harvard. Um homem que abriu o maior berreiro quando me mudei para a Costa Oeste. Um homem que, nos três anos desde o meu divórcio, vivia se contendo para não me dizer: *Eu bem que avisei*. "Ele acha que você é linda e inteligente", disse-me meu pai anos antes, quando levei Daniel para passar um fim de semana em Boston, depois de sete meses de namoro. "Mas não tem o menor apreço pelo que você ama, por quem você é por dentro."

Fiquei muito irritada na época, mas muitas dessas coisas acabaram se provando verdadeiras.

— Seu pai vive se contradizendo agora que está ficando velho — comentou minha mãe, tomando-o pelo braço. — *C'est vrai, Jérôme?*

— Eu sempre defendi a parte de não dar a mínima, mas também sempre disse que é importante ser respeitoso, não?

Ele inclinou a cabeça na direção da minha mãe, que ficou na ponta dos pés para lhe beijar a testa. Mesmo depois de tantos anos, os dois ainda eram apaixonados um pelo outro.

— Os melhores artistas são assim. Você não choca os outros pelo choque em si. Você cria beleza, cria arte. Não faz isso para receber atenção.

Tomei nota disso enquanto caminhávamos pela calçada estreita. Meu pai e suas pérolas de crítica de arte...

Quando estávamos quase no fim da calçada, uma família de cinco pessoas dobrou a esquina e se pôs a andar na nossa direção. A mais nova, uma menininha de uns nove anos, chamou a minha atenção logo de cara. Não tinha como não reparar na camiseta que usava: era da August Moon.

Meu coração quase saiu pela boca. Estava me esforçando tanto para não ficar pensando nele, e, ainda assim, lá estava Hayes, estampado na camiseta de uma garotinha. O rosto posicionado do lado esquerdo do tecido, bem perto do coração.

— Você conhece aquela menina? — perguntou minha mãe, assim que atravessamos a rua.

— Não.

— *Tu en fais, une tête!* — retrucou ela. Tradução aproximada: Mas que cara é essa?

— Desculpe — respondi. — Não é nada.

— Às vezes, seu rosto entrega tudo o que você está sentindo. — Ela franziu a testa. — Isso não é nada francês de sua parte.

E isso, vindo da minha mãe, estava longe de ser um elogio.

Eu estava decidida a contar a Isabelle sobre Hayes naquele fim de semana. Não contaria todos os detalhes, é claro; apenas o que ela precisava saber. A mesma tática recomendada pelos especialistas ao falar com os filhos sobre sexo.

Era início da tarde, e estávamos serpenteando pela trilha que dava no lago, cercada por bordos e pinheiros maduros e pelo cheiro do verão da Nova Inglaterra. Meus pais tinham ido aos estábulos para ver os cavalos e, pela primeira vez naquele dia, eu estava a sós com Isabelle. Ela estivera tão empolgada para nos mostrar tudo o que aprendera nos poucos dias que passara ali (tirolesa, esqui aquático, tênis) que tive que esperá-la se acalmar um pouco antes de trazer o assunto à tona.

— Então... — comecei, tentando soar casual. — Posso contar uma coisa muito legal?

— Você conheceu alguém? — quis saber ela.

Estávamos quase chegando na construção que abrigava os barcos, e só se via um punhado de outros campistas e pais por ali.

— Se eu *conheci* alguém?

— É. Um cara, um namorado, sei lá. Eu estava com a esperança de que você fosse me dizer isso.

Interrompi meus passos e senti o rosto corar. Ah, ela quase adivinhou! E estava torcendo por isso. Mas certamente não queria que o cara em questão fosse *ele*.

— Não. Nada de namorado. Você vai achar ainda mais legal. Adivinha quem é meu novo cliente?

Ela arregalou os olhos.

— Taylor Swift? Zac Efron?

— Mais legal que eles dois.

— Mais legal que Zac Efron? — Ela me lançou um olhar desconfiado antes de acrescentar: — Ai, meu Deus… Ai, meu Deus…

Esperei a ficha dela cair.

— Barack Obama?!

— Claro — respondi, rindo. — Ele ligou e disse que precisava de um quadro especial para pendurar na parede do Salão Oval. Não, é claro que não é o Barack Obama. Em que universo uma coisa dessas poderia acontecer?

— No nosso — declarou ela. — Porque nunca devemos duvidar do que somos capazes de fazer. Esqueceu?

Abri um sorriso. Eu vivia dizendo isso a ela. Era bom ver que tinha ficado gravado em sua memória.

— Hum…

Começou a girar o anelzinho fino que usava no dedo médio. O presente que acabara de ganhar de Eva, uma joia criada por Jennifer Meyer, feita em ouro com cravação *pavé* de esmeraldas. Delicado, simples… e no mínimo quinhentos dólares.

— São eles? São eles…? — A voz de Isabelle foi morrendo conforme falava, como se o ato de dizer aquilo em voz alta fosse o suficiente para aniquilar a possibilidade. — August Moon?

Sorri e concordei com a cabeça. Meu presente para ela.

— Hayes Campbell.

Isabelle pareceu se iluminar de dentro para fora. Ela tinha os olhos azuis de Daniel, mas o resto era meu: o cabelo, o nariz, a boca...

— Ai, meu Deus! Você viu Hayes? Ele foi na galeria?

— Sim e sim.

— Ele se lembrou de você? Ele se lembrou da *gente*? Você falou para ele que a gente já se conhecia?

— Sim — respondi, dando risada. — Ele se lembrou de nós e de *você*. E mandou um oi.

— Ai, meu Deus...

— Chega de "ai, meu Deus".

— Desculpa. É que eu amo o Hayes. Você disse a ele que eu o amo? Não, você não faria isso. Ou fez?

— Não — respondi, um pouco apreensiva. Tínhamos voltado a caminhar pela trilha, sentindo as agulhas de pinheiro sendo trituradas sob nossos pés. — Eu não faria uma coisa dessas.

— Você vai ver Hayes outra vez? Você acha que ele vai aparecer na galeria de novo?

— Não sei — declarei. Uma mentira deslavada, porque já tínhamos combinado de nos encontrar no fim de semana seguinte. Eu não gostava de mentir para Isabelle, então estava na hora de mudar de assunto. — Então, está gostando de velejar?

— Muito. Muito mesmo. E já consigo até sair para velejar sozinha.

— Que legal, Izz!

— É mesmo. E, para melhorar, também já consigo voltar para a margem sozinha — declarou, referindo-se a um contratempo que acontecera no verão anterior, e se pôs a rir. Não era uma risada qualquer, era uma gargalhada: feliz, impassível, despreocupada. O riso de uma garota prestes a desfrutar de todas as coisas boas da vida.

Oh, céus, que tipo de monstro eu era?

Os caras da banda iam passar o fim de semana nos Hamptons. Estavam em Nova York, onde dedicariam duas semanas a finalizar o álbum. Mal pisavam fora do estúdio, e Hayes era quem passava mais tempo por lá. Em geral, os outros integrantes gravavam suas partes e iam embora, mas Hayes quase sempre permanecia durante toda a sessão. ("Eles estão cantando algo que eu escrevi", dizia ele. "Acho que tenho o direito de garantir que não vão acabar estragando tudo.") Embora estivessem exaustos, queriam aproveitar aqueles três dias de folga para sair da cidade. Dominic D'Amato, um dos chefões da gravadora, sugeriu que se hospedassem em sua casa em Bridgehampton, e Hayes insistiu que eu fosse junto.

— Eu não quero atrapalhar — tinha sido a minha resposta quando conversamos ao telefone na noite de segunda-feira. Eu já estava de volta a Los Angeles depois da viagem ao Maine.

— Você não vai atrapalhar ninguém. Vai estar lá como minha convidada.

— Eu sei disso, mas ia me sentir muito desconfortável lá por causa do produtor da gravadora...

— Ele não vai estar lá. Eles vão passar a semana em Ibiza. Parece que todo mundo resolveu ir para Ibiza esta semana. Acho que Diddy vai dar uma festa ou algo assim. Então não vai ter muita gente nos Hamptons.

Fiquei em silêncio, pensativa. Eu queria muito vê-lo, mas queria que fôssemos só nós dois. Queria me enfiar em um quarto de hotel com ele e esquecer o resto do mundo.

— E toda aquela loucura? — perguntei.

— Nada de loucura dessa vez. Só estaremos eu, Ollie e Charlotte. Os outros vão para Miami.

Seguiu-se outro instante de silêncio, e Hayes se aproveitou disso.

— Certo. Então já está decidido. Rana, minha assistente, vai entrar em contato para providenciar sua passagem. Ela vai cuidar de tudo. Vejo você na sexta.

Peguei um voo noturno, pois não queria perder mais um dia de trabalho. Como todas as galerias, não abríamos às segundas-feiras, mas eu já ia faltar na sexta e no sábado. Apesar de toda a compreensão de Lulit, eu não estava me sentindo muito bem com isso.

— Vá e transe muito e depois volte para me contar tudo — disse ela.

— Você tem um marido *maravilhoso* — tinha sido minha resposta.

E tinha mesmo. Um marido amoroso e nenhum filho. Do jeitinho que ela sempre quis.

— Sim, e isso é ótimo por uns cinco anos, depois é só o mesmo cara de sempre — respondera, rindo. — Assim, eu o amo de paixão, mas é o mesmo cara de sempre. Vá. Divirta-se.

Hayes estava hospedado em uma das suítes mais altas do Conrad Midtown. Era um lugar enorme, em um andar muito elevado, e tinha uma vista espetacular para o Central Park. Ele já tinha ido para o estúdio de gravação quando cheguei. Eram nove da manhã quando abri caminho em meio aos quarenta fãs acampados do lado de fora. Fui até a recepção e encontrei Trevor, um dos seguranças da banda. Era um homem incrivelmente alto, então era impossível não o reconhecer. Não era tão corpulento quanto Desmond, Fergus e Nick, mas Hayes me contara que ele era especialista em krav maga. E o fato de ter mais de dois metros de altura também o tornava muito intimidador. Ele esperou por mim enquanto eu pegava o cartão magnético da suíte reservada para "Scooby-Doo", e depois me acompanhou até o quinquagésimo quarto andar.

Quando as portas do elevador se abriram, Simon estava parado no corredor bem à nossa frente, com trajes esportivos dos pés à cabeça, um grande fone de ouvido encaixado no pescoço. Mesmo sem o resto da banda ou um séquito de fãs estridentes, ele tinha uma aparência marcante. Louro, bronzeado e com olhos azuis profundos, um físico atlético e maçãs do rosto bem definidas. Se Hayes era o descolado, Oliver era o dândi e Rory, o *bad boy*, então Simon Ludlow, sem dúvida, era o David Beckham da banda.

— Oi. — Parecia ter me reconhecido e esticou o braço musculoso para segurar as portas do elevador enquanto Trevor saía com minha bagagem. — Você chegou agora?

— Aham. Peguei o voo noturno.

— Nossa, que puxado! Sinto muito.

— Você não foi para o estúdio hoje? — perguntei.

UMA IDEIA DE VOCÊ 143

— Só preciso chegar lá às onze — respondeu. Depois, virou-se para Trevor e acrescentou: — Estou indo para a academia. Joss está me esperando lá embaixo. Acho que vai ficar tudo bem.

Joss, segundo Hayes me contara, era um dos preparadores físicos da banda.

— Ligue para mim se acontecer alguma coisa — pediu Trevor.

— Pode deixar.

Simon era alguns centímetros mais baixo que Hayes, só que mais corpulento, e parecia ter total domínio das capacidades físicas. Não entrava na minha cabeça que caras como eles precisassem de guarda-costas. Como se um bando de fãs de treze anos pudesse subjugá-los. Mas logo me lembrei daquela manhã no Four Seasons, do medo que senti. Tudo bem: talvez fizesse sentido.

Ele se deteve nas portas do elevador por um instante, como se estivesse tentando se lembrar de alguma coisa.

— Como vai sua filha? — perguntou, por fim.

— Ela está bem, obrigada.

— Que bom! — Abriu um sorriso. — Que bom. Certo. Divirta-se nos Hamptons.

— Divirta-se em Miami.

— Ah… — O sorriso ficou ainda maior. — Com certeza, vou me divertir.

Não perdi tempo e tratei de tomar um banho e me acomodar na cama desarrumada de Hayes. Em cima do travesseiro, em um papel timbrado do hotel, havia um bilhete escrito à mão:

> *Desculpe por não estar aí para dar as boas-vindas. Fique à vontade para manter minha cama aquecida. Volto depois da uma.*
> *— H.*

A caligrafia dele era surpreendentemente bonita. Tudo culpa daquela escola chique. Talvez tivesse levado umas palmadas até aprender. O pensamento me fez sorrir, e me enrolei nos lençóis, deliciando-me com o aroma de sua roupa de cama, de seus travesseiros, de sua vida.

Foi só sentir a presença dele que já acordei. Aquela sensação inexplicável de que os átomos do quarto haviam se rearranjado de uma hora para outra. Fiquei atordoada por um instante, sem saber onde estava ou por quanto tempo havia dormido, mas fui inundada por uma felicidade tão intensa ao avistá-lo ali, sentado na beira da cama me observando, que logo fiquei com medo daquele sentimento.

— Oi — disse Hayes, sorrindo. — Dormiu bem?

O cabelo estava ligeiramente arrepiado, os poros de sua pele jovem quase invisíveis sob a luz azulada do quarto. Mais uma vez, sua beleza me tirou do prumo.

Assenti com a cabeça.

— Dormi. A sua cama é muito boa.

— Fica melhor ainda quando você está nela.

— É o que todos os caras dizem.

— Ah, é? — Ele arqueou uma das sobrancelhas. — E o que dizem as garotas?

Dei risada.

— Não existiram muitas garotas na minha vida.

— Que pena. Você não sabe o que está perdendo.

— Acho que ainda é muito cedo para ter esse tipo de conversa.

— Muito cedo porque ainda é dia ou muito cedo no nosso relacionamento?

— As duas coisas.

Ele conferiu o relógio no pulso, um dos TAG Heuers de que gostava. Masculino, maduro.

— Tudo bem, parece justo.

— Você vai vir aqui me dar um beijo ou vai passar o resto do dia aí na beirada da cama?

— Depende... O que você está vestindo aí debaixo das cobertas?

— Regata. Calcinha.

— Hum... Isso não vai dar certo.

— Por quê?

— Antecipamos nossa viagem. Fretamos um hidroavião, e ele sai daqui a uma hora. O carro já está vindo nos buscar. Eu vou aí lhe dar um beijo, mas vou dar uma mostra incrível de autocontrole e não pular nessa cama. Você acha que dá conta?

— Não sei. É difícil resistir quando você está babaquinha assim.

— Você… — disse ele, chegando mais perto de mim.

— Eu?

— Você. — Ele me beijou, bem devagar. Estava com gosto de hortelã. Chiclete pós-coito. — Você… vai ter que esperar.

— Tudo bem — respondi, afastando os lençóis italianos e atravessando o quarto em direção ao banheiro. Usava uma regata transparente e calcinha La Perla. — Você também.

Havia uma certa arte em viajar com a banda. Uma série de entradas e saídas calculadas e partidas cronometradas. Não tinha essa de simplesmente sair na rua e chamar um táxi. Isso era impossível quando duzentas garotas estavam amontoadas diante do hotel. Alguém — havia seguranças demais para decorar o nome de todos — apareceu para levar nossas bagagens de antemão. Hayes e eu fomos com Trevor até o saguão do hotel, onde encontramos Oliver e Charlotte, e de lá fomos escoltados para a rua. Eu e Charlotte saímos primeiro, uma depois da outra. Trevor liderava a comitiva, e um belo segurança negro tomava conta da retaguarda. As garotas se estendiam ao longo das barricadas em ambos os lados da entrada do hotel e do outro lado da rua 54. Era uma profusão abundante de estilos e compleições, mas todas eram barulhentas. Nem pareciam se abalar com o calor de mais de trinta graus e com a umidade descontrolada, cortesias do verão nova-iorquino.

Elas reconheceram Charlotte logo de cara, o que me pegou de surpresa. Eu não sabia que ela era uma figura tão importante na vida de Oliver. Charlotte sorriu e acenou com leveza por baixo do chapéu de abas largas, a eterna duquesa em treinamento. E a multidão, por sua vez, foi surpreendentemente educada: "Oi, Charlotte!", "Tudo bem com você, Charlotte?", "Você está linda, Charlotte!", "Nossa, amei seu vestido!".

Todo mundo me ignorou.

Provavelmente foi melhor assim.

Quando fomos conduzidas ao carro, um Lincoln Navigator que já estava à nossa espera, enfim me permiti respirar.

— Você lidou muito bem com isso — comentei.

— Isso não foi nada. Você tem que ver como é em Paris. Garotas correndo pelas ruas, paparazzi de moto. As estradas são muito estreitas, e não tem para onde fugir. Parece até que a gente vai morrer. Os fãs são muito agressivos por lá. Você pode estar rodeada por oito seguranças, e ainda assim não é suficiente. É um caos. — Ela disse isso com tanta naturalidade que fiquei chocada. Mas logo pensei: é preciso ter muito sangue-frio para se relacionar com um dos caras da banda e enfrentar toda aquela loucura regularmente. Ou ter sangue-frio ou ser insana. E acho que eu não era nenhuma dessas coisas.

O barulho se tornou mais intenso do lado de fora do suv e, quando olhei pela janela, vi mais dois seguranças saindo do hotel, com Oliver a tiracolo. Ele fazia o trajeto a passos lentos, um sorriso maroto no rosto, e parecia tão elegante e seguro de si conforme avançava com as mãos enfiadas nos bolsos que senti meu eu de dezoito anos desmaiar. Ele se portava feito um príncipe. Como se estivesse perambulando pelos jardins do palácio de Kensington, interagindo com os súditos, e não sendo o centro das atenções no Conrad Midtown Hotel. Naquele instante, ele me lembrou de um jovem Daniel; até o nariz aristocrático era parecido. Como eu o amava naquela época. Daniel era controlado, poderoso, elegante. Meu esgrimista de Princeton. Ollie parou para tirar algumas fotos com os fãs e só se ouviam gritinhos de "Oliver! Oliver! Oliver! Oliver!". Até que, de repente, houve uma mudança no tom e os gritos ficaram mais estridentes, nem precisei olhar para entender o motivo: meu acompanhante havia saído do hotel.

Era estranho ver Hayes sob esse ângulo. O sorriso fácil, o charme a todo vapor. Dentes perfeitos, covinhas, o torso comprido se curvando sobre as barricadas para atender a cada pedido de fotos e abraços. Como um semideus. Os fãs se agitavam, se revolviam e gritavam: "Eu amo você! Eu amo você! Eu amo você!". Ou então: "Olhe aqui, Hayes. Aqui. Hayes, aqui. Aqui, Hayes!". E: "Hayes, eu amo você!". E senti meu coração se despedaçar por cada um deles.

E também se despedaçou um pouquinho por mim mesma.

E então as portas do carro se abriram e eles entraram, com Desmond e Fergus escoltando-os de perto. Quando fecharam a porta, Trevor deu três tapinhas na lateral do SUV e o motorista deu a partida.

— Você está bem? — Hayes se virou para ver como eu estava. Seu rosto estava todo manchado de batom. De um lado, um tom de rosa muito claro que eu nunca usaria e, do outro, um roxo bem escuro.

Fiz um sinal de positivo, e ele, três fileiras à frente, piscou de volta.

— Que comece a aventura! — exclamou, sorrindo.

Conforme avançávamos rumo ao leste pela rua 54, mais ou menos umas trinta garotas corriam atrás do carro. Batiam nas portas sempre que diminuíamos a velocidade, os celulares em riste, implorando para que os meninos abrissem a janela.

— Isso é normal? Vamos ficar bem?

— Está tudo bem. Elas não conseguem enxergar o que tem aqui dentro.

Mas aquilo parecia o oposto de bem. Os rostos pintados e ofegantes pressionados contra a janela, desesperados, ensandecidos. Então essa era a vida de Hayes? Isso acontecia *o tempo todo*?

— Uma hora você se acostuma — declarou ele, como se estivesse lendo meus pensamentos. — E isso é fichinha comparado a Paris. Você vai ver.

— Ou Peru — acrescentou Oliver, olhando para trás.

— Por Deus! — Hayes deu risada. — Desmond, lembra como foi no Peru?

Desmond, que estava no banco da frente, olhou para trás e fez uma careta.

— Era um bando de doidos.

Em algum ponto perto da Quinta Avenida, despistamos os fanáticos remanescentes e percorremos o trajeto até a rua 23 e a avenida FDR incólumes. Mas meu pensamento estava longe, absorto em Paris e na promessa que Hayes havia feito.

Demoramos quarenta e cinco minutos para chegar a Sag Harbor de hidroavião. Foi um voo tranquilo, com céu limpo e vistas sublimes da costa norte de Long Island. Mansões colossais e campos verdejantes, em cores vibrantes e exageradas como as de um quadro de David Hockney. Hayes ficou de mãos dadas comigo durante todo o trajeto, dando uns apertõezinhos vez ou outra, e aquilo parecia tão natural e confortável que seria de imaginar que éramos um casal de verdade, e não duas pessoas incompatíveis tentando lidar com um arranjo ilícito.

Sorri sozinha enquanto sobrevoávamos Sands Point.

— Qual é a graça? — quis saber ele, chegando mais perto de mim, o nariz colado ao meu pescoço.

— Eu tenho idade para ser sua mãe.

— Ah, agora você acha graça disso, é?

Assenti.

— Um pouquinho.

Ele abriu um sorriso sarcástico.

— Eu vou fazer você se esquecer disso... Nem que seja a última coisa que eu faça.

A mansão em Bridgehampton tinha mais de oitocentos metros quadrados, com arquitetura em estilo Shingle, localizada em uma propriedade de mais de um hectare de gramados bem cuidados. Também tinha piscina, edícula, quadras de tênis, campo de minigolfe, jardins clássicos e sala de cinema. E, é claro, contava com toda uma equipe de funcionários. Tínhamos tudo de que poderíamos precisar.

O que mais me impressionou, porém, foi a coleção de arte contemporânea da família D'Amato: Cy Twombly, Kara Walker, Damien Hirst, Takashi Murakami, Roy Lichtenstein. Eu fiquei babando. E, para coroar, a curadoria era excelente. As obras não estavam dispostas de forma desordenada ou propositalmente irônica, e sim coexistindo lindamente. Cada peça tinha seu próprio espaço para respirar. Além do bom gosto, os D'Amato também tinham discernimento.

— Como a esposa dele se chama mesmo?

Estávamos em nosso quarto, uma suíte arejada com vista para o campo de minigolfe e para um gramado que se estendia até a piscina. Na parede mais afastada do cômodo, junto das poltronas, havia um retrato emoldurado de Kate Moss, tirado pelo lendário Chuck Close.

— Sylvie... Sylvia... Um desses dois. Você quer que eu a apresente? — perguntou Hayes. Estava estirado na poltrona, me observando desfazer as malas.

— Quero, sim.

— Onde ela compra todas essas artes?

Parei um segundinho para pensar.

— A maioria deve ser da Galeria Gagosian, mas provavelmente também deve comprar em leilões.

— Tipo aquela ali? — Ele apontou para a foto de Kate Moss.

— Não. Essa é de Chuck Close. As obras dele vão para a Galeria Pace, em Nova York. Ela deve ter comprado lá, ou então em um leilão.

— É a Kate Moss? Ela está meio esquisita.

— É por causa do processo adotado pelo artista — expliquei. — Como se fosse um daguerreótipo. É por isso que dá para ver todos os poros do rosto dela. Manchas de idade que provavelmente ainda não são visíveis a olho nu.

Atravessei o cômodo em direção ao armário.

O retrato de Close era assustador. Principalmente porque Kate tinha a mesma idade que eu. Ela não devia ter mais de trinta anos na foto, porém, e ainda assim eu conseguia enxergar tudo o que se tornaria. Tudo o que eu, *nós*, provavelmente já éramos. Fiquei me perguntando se Hayes também enxergava. O oposto da juventude.

— Eu era doido por ela quando era pequeno.

— Bem, quem não era?

— Venha aqui — pediu ele.

Pela forma como disse, eu sabia que não íamos mais falar sobre Kate. Que não íamos mais falar sobre arte. Aproximei-me de Hayes, e ele esticou o braço lânguido, a mão envolvendo a parte de trás da minha coxa por baixo do vestido.

Fiquei em silêncio enquanto ele deslizava os dedos pela minha perna, subindo em direção à calcinha, esgueirando-se por baixo do tecido.

— Oooi.

— Oi — respondi, com um sorriso.

— Eu estava com saudade.

— Dá para ver...

Ele assentiu, os dedos acariciando-me a pele.

— Já faz três semanas. Isso equivale a décadas na indústria da música.

— Imagino que sim — respondi. Mas não conseguia imaginar o que ele estava tentando dizer. Será que não tinha ficado com mais *ninguém*? Ou só não tinha ficado comigo?

Passei um instante em silêncio, ouvindo a respiração de Hayes, ouvindo as batidas do meu coração, observando a mão dele deslizar por baixo do meu vestido. Tomando-me para si.

A porta do quarto se abriu de supetão, e Fergus estava parado na soleira, a careca escondida atrás de uma pilha de revistas. Hayes recolheu o braço antes mesmo que eu me desse conta do que estava acontecendo.

— Ei, cara, a gente pegou isto aqui para você — avisou Fergus, enfim erguendo o olhar. — Foi mal. A porta estava entreaberta.

Adentrou o cômodo com a maior naturalidade e jogou um punhado de revistas em cima do aparador. Depois, deu as costas e foi embora, como se não tivesse acabado de nos encontrar com a boca na botija.

— Acho melhor trancarmos a porta — sugeriu Hayes, sereno.

Assenti com a cabeça.

— É melhor mesmo.

Passamos horas naquele quarto.

Por mais que aquele fosse um arranjo pouco convencional entre duas pessoas incompatíveis, eu nunca tivera tanta química com alguém. E, pela forma como Hayes agia ao meu lado, eu tinha a impressão de que ele sentia o mesmo.

Estava estirado na cama, fitando o teto.

— O que foi? — perguntei, tracejando o contorno de sua boca com a ponta dos dedos. — Em que você está pensando?

— É só que... sei lá. Não quero dizer a coisa errada de novo.

— Tudo bem.

Ele segurou minha mão e me encarou fixamente.

— Isto aqui... nós dois... É mais do que eu esperava.

Hesitei, sem querer tirar conclusões erradas sobre aquilo. Alguma coisa havia mudado.

— É — respondi. — Eu sinto o mesmo.

Saímos para dar uma volta antes do jantar. Percorremos a trilha sinuosa e ladeada de árvores que desembocava na Quimby Lane.

— Então... Eu vou fazer a campanha com a TAG Heuer — contou ele, os dedos entrelaçados aos meus.

— Sério? Que notícia ótima!

Ele encolheu os ombros.

— Preciso expandir minha marca e coisa e tal. Ter uma vida fora da August Moon...

— Você está pensando em largar a banda?

— Não. Eu não faria isso... Não agora... De forma alguma. É *minha* banda. Não posso abandoná-la. Não poderia nem por contrato, mas também não quero...

Fez uma pausa antes de continuar:

— E tudo isto aqui. — Indicou os arredores com a mão livre, um gesto para abarcar tudo que nos cercava: mansões escondidas atrás de cercas--vivas enormes, verde para todos os lados. — Todas essas coisas meio que dependem da banda. Só temos acesso a tudo isso por causa deles. Por *nossa* causa. Eu não estou pronto para acabar com tudo... Quando Ollie e eu começamos a compor músicas juntos, nunca imaginamos que chegaríamos até aqui. Gostávamos de fingir que éramos John Lennon e Paul McCartney do século XXI, mas não passávamos de dois mimadinhos compondo músicas sobre amor e perdas na casa de campo de nossos pais, coisas pelas quais nunca havíamos passado, já que só tínhamos treze anos.

Ele riu, perdendo o fio da meada. Dei-lhe um apertãozinho na mão, mas continuei em silêncio.

— E Isabelle? Como vai?

— Vai bem. Contei para ela.

Ele parou de andar e arregalou os olhos.

— Caralho! Sério?

— Eu contei a ela que você era um cliente, mas... deixei algumas coisas de fora.

— Deixou quase tudo de fora — respondeu ele, rindo.

— Um passo de cada vez...

Retomamos o passo, seguindo em direção ao leste, onde a estrada terminava.

— Então... sou seu cliente, hein? — perguntou Hayes um tempinho depois. — Tenho até medo de saber o que você faz com seus amigos.

— Como foi que você disse mesmo? "Eu tenho muitos amigos. E não estou trepando com a maioria deles."

— Eu disse isso?

— Aham.

— Hum... — Ele abriu um sorriso.

— Bem... Eu não estou trepando com nenhum dos meus amigos.

— Só comigo? — perguntou, apertando minha mão de levinho.

— Só com você.

Voltamos para jantar na mansão. Os D'Amato tinham dois cozinheiros: um foi com eles para Ibiza, e o outro, graças à gentileza dos donos da casa, estaria à nossa disposição durante o fim de semana. Devoramos o banquete de paella no terraço dos fundos, sob um céu lilás. A conversa correu solta, alimentada por jarras e mais jarras de sangria. Oliver e Hayes eram o centro das atenções e nos agraciaram com histórias de suas viagens, da escola e da infância e da adolescência em Londres. Compartilhavam relatos longos e emaranhados, e era como se falassem em código, usando palavras que pareciam ter saído direto de Hogwarts:

— Um dia, quando estávamos no quinto ano, fomos jogar futebol no Green Park e...

— Não, éramos do quarto ano naquela época, porque Simon já estava mais avançado.

— Ah, é. Verdade. Bem, aí o diretor disse que nunca tinha visto alunos mais arruaceiros que a gente. Nem durante o Pancake Greaze.

— Ganhamos o troféu de mais arruaceiros, ainda que não oficialmente.

Isso, se entendi direito, tinha a ver com um incidente que acontecera durante a época de escola, e não com a banda, mas era difícil não se perder com tanta informação. E, toda vez que eu era a única a não entender a piada, sentia-me definitivamente americana.

Desmond tinha um senso de humor atrevido, e apimentava a conversa com relatos das histórias libertinas que aconteciam durante as turnês, em especial as travessuras de Rory, que eram mais fáceis de acompanhar. Fergus tinha uma risada contagiante, mas não falava muito. E Charlotte se limitava a ouvir tudo com atenção, um sorriso doce no rosto delicado. Estava de mãos dadas com Oliver e, vez ou outra, olhava para mim, balançava a cabeça em um aborrecimento fingido e tecia algum comentário irônico do tipo: "Será que eles nunca se cansam de falar sobre si mesmos?".

Quando a noite caiu de vez, por volta das nove, Desmond e Fergus foram assistir a um filme na sala de cinema no subsolo, e nós quatro nos acomodamos nos sofazinhos do lado de fora. Ficamos admirando as estrelas, sentindo a brisa que soprava do oceano a poucos quarteirões de distância. Oliver acendeu um cigarro. Ao vê-lo daquele jeito — reclinado no sofá, as pernas cruzadas, usando calça branca e camisa de linho enroladas até os cotovelos, os cabelos dourados penteados para trás —, minha mente foi transportada a uma outra época. Ele parecia ter saído de um livro de Fitzgerald, talvez o Gatsby em pessoa.

— Meu único plano é passar o fim de semana esticado à beira da piscina sem fazer mais nada. Não quero dar nenhum autógrafo nem escrever nenhum tuíte. Todos de acordo?

— Sua vida é mesmo muito difícil, HK — comentou Hayes, envolvendo meus ombros com um dos braços. Vez ou outra, ele chamava Oliver pelas iniciais do sobrenome, Hoyt-Knight. Eu achava isso um tanto másculo, sexy.

— Bem, alguém tem que passar por isso. Eu trouxe três livros e pretendo ler pelo menos um. Tenho certeza de que é mais do que os caras estão fazendo em South Beach.

Hayes conferiu o relógio.

— Acho que, a essa hora, cada um já deve ter tomado no mínimo três mojitos. E devem estar acompanhados de umas dez modelos.

— Onde eles vão ficar? Soho House?

— Isso. Vamos ver. — Ele tirou o iPhone do bolso da bermuda e se pôs a digitar uma mensagem. — Tem. Quantas. Modelos. Aí. Agora?

— Precisamos fazer uma loucura das grandes para provar a eles que estamos nos divertindo mais. — Oliver bateu o cigarro entre o polegar e o indicador. Charlotte me lançou um de seus olhares exasperados.

— Mas eu *estou* me divertindo mais — respondeu Hayes, rindo.

— Sério? — Virei-me para olhar para ele. — Você não preferiria estar no meio de dez modelos em South Beach?

Ele me encarou por um instante, em silêncio, uma sobrancelha arqueada.

— Você não me conhece, não?

— Conheço. Eu só estava… implicando com você.

Hayes chegou mais perto de mim para que os outros não pudessem ouvir.

— Eu não queria estar em nenhum outro lugar. Só aqui… com você.

— Digo o mesmo.

O celular dele vibrou.

— Onze!

— Caralho! — exclamou Oliver, dando uma risada.

— É, não sei como você vai se *divertir* mais do que isso — declarou Charlotte, uma expressão séria no rosto.

Oliver franziu a testa, apagou o cigarro e a puxou para seu colo.

— Charlotte, você me conhece. Modelos são como balas de caramelo. Muitas vezes parecem uma ótima ideia, principalmente nas férias. Mas basta enfiar uma na boca para lembrar que são doces demais e grudam muito nos dentes. Isso sem contar que não têm nenhum valor nutricional… Mas não tem como negar que ficam muito bonitas na vitrine.

Acho que eu nunca tinha escutado uma definição tão perfeita.

Passamos um tempão rindo daquele comentário.

A certa altura, Hayes pediu licença e se retirou. Quando voltou, cinco minutos mais tarde, estava com uma garrafa de uísque em uma das mãos e dois copos na outra. Estava rindo sozinho enquanto atravessava o pátio.

— Qual é a graça? — quis saber Oliver.

— Simon enviou outra mensagem. Disse o seguinte: "Tinha onze modelos aqui, mas sete delas acabaram de ir embora com Rory".

— Rá!

— Espere, tem mais. — Hayes riu enquanto deixava o uísque na mesinha e apanhava o celular. — "Liam ficou arrasado, e eu tive que lembrá-lo de que ele só tem um pau... Ele acha que o segredo são as tatuagens de Rory e está cogitando fazer uma também."

— Diga a Liam que não deve se esquecer de suas origens. — Ollie sorriu. — E que não deve esquentar a cabeça por não fazer sucesso em South Beach, porque ainda arrasa corações em Courchevel.

— "Não vai demorar muito para a gente virar motivo de riso."

— Quantos anos Liam tem? — perguntei.

— Dezenove. Céus, isso é impagável!

— Só trouxe dois copos? — Oliver se endireitou e começou a servir as doses, com Charlotte ainda no colo. Laphroaig 10 anos. Puro.

— Não ia caber mais na minha mão, e eu não queria quebrar os copos de cristal da sra. D'Amato. Coloque duas doses em cada e a gente divide.

— *Sra*. D'Amato? — zombou Oliver. — Cara, ela tem uns quarenta anos.

— Ah, que ótimo! — ironizei.

— Sinto muito — disse Oliver.

— Mas ela tem cara de *sra*. D'Amato, ao contrário de você — explicou-se Hayes.

— E como é que se define isso, exatamente?

— É que ela fez um monte de coisas no rosto. — Ele se pôs a gesticular. — Tem umas partes muito esticadas, outras inchadas. Seu rosto não é assim. Seu rosto é...

— Seu rosto é perfeito — concluiu Oliver.

Foi bem estranho.

— Obrigada.

Hayes se virou para olhar para ele.

— Isso, Oliver. Obrigado... E seu rosto também é perfeito, Charlotte — acrescentou, de forma incisiva.

Charlotte sorriu, tentando fazer o melhor naquela circunstância.

— Obrigada por enxergar isso, Hayes.

— Caramba, eu só estava fazendo um elogio — protestou Oliver, aos risos.

Hayes sustentou seu olhar por um instante, e depois balançou a cabeça, como se não soubesse o que pensar.

— Bem... — declarou Hayes, pegando um dos copos. — Nós vamos dar uma volta. Não nos sigam.

Atravessamos o gramado e nos acomodamos em uma das espreguiçadeiras do outro lado da piscina.

— Sinto muito por essa situação toda. Foi esquisito, não foi?

— Não foi mais esquisito do que o fato de Liam só ter um pau.

Ele deu risada.

— Meu Deus, como eu amo seu senso de humor!

— E eu amo passar o tempo com você. Obrigada pelo convite. Estou feliz por ter vindo.

— Eu também estou feliz por você estar aqui. E é *mesmo* perfeito... seu rosto.

Dei um beijo nele.

— O seu também é.

Passamos um tempo ali na espreguiçadeira, nos beijando, e parecia puro, inocente... como se fôssemos dois adolescentes no ensino médio.

A certa altura, ele se desvencilhou de mim e tomou um grande gole de uísque antes de me estender o copo.

— Não sou muito fã de uísque...

— Como você sabe disso? Você também não era muito fã de *boy bands* e veja só agora. Está metida nisso até os joelhos.

Dei risada.

— Na verdade, não está nem nos joelhos. Você já está enterrada até o pescoço.

— Tudo bem — concordei, deixando que me servisse uma dose. O líquido era quente, esfumaçado, como se tivessem engarrafado aquela primeira lareira que acendemos no inverno e botado na minha boca. E, de súbito, voltei a me sentir como naquela noite no Crosby Street Hotel. O nervosismo, a novidade, o surto pós-orgasmo.

— E aí? Gostou?

— O gosto me lembra você.

— Isso já basta.

Ele colocou o copo sobre a mesinha e me puxou para seu colo.

— Eu amo seu rosto — declarei, acariciando suas sobrancelhas com os polegares. — Eu amo as proporções dele. Amo a simetria. Amo o fato de parecer um querubim de Botticelli.

Hayes sorriu.

— Eu tenho quase certeza de que nunca ouvi isso.

— Posso contar um segredo?

— Pode.

— Naquela noite em que nos conhecemos em Las Vegas... eu me lembro de pensar: "Meu Deus, eu quero sentar na cara desse garoto e puxar o cabelo dele".

— Quê? — Ele caiu na gargalhada. — Você pensou *nisso*? É um pouco inquietante que você me compare a uma obra de arte e, no instante seguinte, cogite profaná-la.

— Desculpe por tê-lo deixado inquieto.

— E, mesmo assim, você me fez implorar por um encontro...

— Eu queria transar com você, não começar a sair com você.

— Vou fingir que não fiquei ofendido... Por que você mudou de ideia?

— E quem disse que mudei de ideia?

Ele parou de rir e segurou meus dois pulsos com força.

— Por que você está com medo? Neste exato instante... por que você está com medo?

Fiquei em silêncio, mas sabia que a verdade estava estampada no meu rosto.

— É — disse ele. — Eu também.

Oliver e Charlotte foram dormir logo depois, e Hayes e eu retomamos nossa sessão de beijos de adolescentes do ensino médio, o que levou, como é de praxe nessas situações da época da escola, ao inevitável boquete. Algo nessa situação toda me parecia extremamente divertido. Não conseguia me lembrar da última vez que eu tinha me esgueirado pelo quintal de alguém em uma noite agradável de verão para chupar um pau em meio ao breu. Era um sentimento quase nostálgico, que me provocava risos.

— Qual é a graça? — quis saber ele, a mão pousada sobre minha cabeça. — Do que você está rindo?

— Eu sou velha demais para isso.

— Não é, não. Posso garantir que não é.

Ri mais ainda.

— Não é a parte de chupar pau, é ter que fazer isso às escondidas. Parece tão anos 1990.

— Porra! — Ele jogou a cabeça para trás e se pôs a contemplar as estrelas. — Eu nasci nos anos 1990.

— Shhh! Tudo bem, pare de pensar nisso — respondi, baixei a cabeça e voltei a tomá-lo nos meus lábios.

— Você já chupava pau nos anos 1990?

— Não — menti.

— Chupava, sim — disse ele, rindo.

— Hayes, você quer um boquete ou não?

— Eu quero, eu quero. Só me dê um segundinho para rir. Por favor. Eu preciso processar tudo isso.

Eu me endireitei no sofá.

— Vou voltar para o quarto.

Ele esticou a mão para me segurar.

— Não vai, não.

Passamos um instante daquele jeito, em silêncio, sem risadas.

— Isso é loucura — declarei, por fim. — É uma completa loucura. Mas que raios estamos fazendo?

Ele se empertigou e beijou minha testa. Depois, chegou mais perto do meu ouvido, o hálito cheirando a uísque.

— Eu gosto de você. Pra caralho. Não estou nem aí para o que você estava fazendo nos anos 1990. Ou em qualquer outra época, para dizer a verdade… Por favor, não volte para o quarto. Por favor.

Fiquei imóvel por um instante. Sentei-me, sentindo seu hálito contra minha pele, cheia de vontade, ciente de que estávamos muito mais envolvidos do que pretendíamos.

— Deite-se — instruí.

E ele obedeceu e não disse mais nada enquanto eu terminava o que tinha começado. Estávamos só nós dois ali, embalados por seus gemidos e pelo cricrilar dos grilos e pelo som do oceano, enquanto eu o chupava naquela noite de verão. E foi perfeito.

Ele gozou. E me envolveu em seus braços logo depois, sorrindo de orelha a orelha.

— Você está feliz? — perguntei, repetindo a mesma coisa que ele me disse.

— Muito.

— Ótimo. Por acaso você não teria um chiclete pós-coito à mão, teria?

Ele riu e negou com a cabeça.

— Não tenho. Sinto muito. Mas tome um pouco de uísque.

— Ei! Você estava encarregado de trazer as camisinhas e o chiclete.

— E você? Está encarregada de quê?

— De trazer minha boca.

— Então tá. — Ele assentiu, um sorriso no rosto. — Parece uma troca justa.

Saí para correr na manhã seguinte e convenci Charlotte a se juntar a mim. Mantínhamos o mesmo ritmo, embora eu tivesse quase o dobro de sua idade, e ela era uma companhia agradável. Contou que estava para entrar no terceiro ano em Oxford, onde cursava filosofia. Tinha conhecido Oliver graças a amigos em comum que haviam sido da turma dos meninos em Westminster, e os dois estavam namorando havia quase um ano.

— Imagino que você já tenha presenciado muitas coisas — comentei, aludindo à vida que a banda levava.

Ela encolheu os ombros, evasiva. Estávamos percorrendo a Ocean Road, uma propriedade gigantesca atrás da outra. E, conforme avançávamos por ali, fiquei imaginando que tipo de arte decorava as paredes daquelas mansões, que deviam valer de quinze a vinte milhões cada.

— É — acrescentei, com um suspiro. — Acho que prefiro não saber…

— Ele é um cara legal, o Hayes. É muito doce, respeitoso e responsável e... gentil.

Tentei processar aquilo.

— Ele é diferente — continuou Charlotte. — Quer dizer, os outros caras são todos uns amores à sua própria maneira, e Oliver é Oliver. Mas Hayes é... diferente. É um pouco mais maduro, mais sério... E, bem, você sabe como ele é, então imagine os outros.

Ela começou a rir. Não a tinha visto fazer isso com frequência. Ficava linda.

—Acho que todos levam a banda a sério, mas Hayes se sente ainda mais pressionado, porque a ideia foi dele. Foi ele quem juntou a banda, e sua mãe é quem era amiga de longa data dos empresários.

— Sério? — Eu não fazia ideia disso. Com exceção daquele primeiro almoço no Hotel Bel-Air, não tínhamos conversado muito sobre os primórdios da August Moon. — A mãe de Hayes era amiga dos empresários da banda?

— Isso, os Lawrence. Alistair e Jane. Você vai acabar conhecendo os dois uma hora ou outra. Eles são *bem* assustadores — enfatizou, a mandíbula cerrada. Seu jeito de falar me lembrava o de Emma Thompson.

— Hayes não fala muito sobre eles. Só conheço Raj e Graham.

— Graham... *blergh*! — declarou, com escárnio. — Graham não gosta muito das mulheres com quem os meninos se relacionam. Na verdade, acho que não gosta de mulheres e ponto. Ele e Raj são sócios... Ou, como prefiro chamá-los, guardiões glorificados. Mas Alistair e Jane são os donos da empresa. Jane cresceu com Victoria, a mãe de Hayes. E, quando ele tinha dezessete anos, teve a ideia de fazer um vídeo e uma apresentação em PowerPoint e convenceu Jane e Alistair a entrarem no negócio. Depois saíram procurando e encontraram Rory, e foi assim que tudo começou. Foi genial da parte de Hayes, porque ninguém jamais tinha pensado em montar uma *boy band* de garotos engomadinhos.

— Não mesmo. E por que alguém faria uma coisa dessas? — Dei risada. Parecia uma ideia absurda. Mas não tinha como negar que o formato dera certo. Era genial. Era como engarrafar o apelo de um jovem e rebelde príncipe Harry, multiplicar e distribuir para as massas. Tudo isso arrematado por melodias contagiantes, vozes fortes e letras inteligentes. E com a dose certa de ousadia.

— É, bem, acho que todos eles gostaram da ideia. Sabiam que iam se divertir muito, que ia chover garotas e que seria um jeito legal de conhecer o mundo. Bem, definitivamente não montaram a banda em busca de dinheiro… Mas a ideia veio de Hayes, então o peso sobre ele é um pouco maior. Além disso, ele leva a música bem a sério.

Passei um tempinho tentando digerir todas essas informações. Recordando as nossas conversas sobre a banda e as coisas que o deixavam triste, as turnês e divulgações incessantes, a ideia de ser socado goela abaixo dos fãs.

Quando chegamos à Rota 27, Charlotte e eu demos meia-volta e seguimos em direção ao mar. Foi só quando estávamos pegando a saída certa, que desembocava na praia, que ela voltou a falar.

— Já presenciei *muita* coisa. — Ela retomou o assunto sem mais nem menos, como se tivesse passado os últimos seis quilômetros matutando sobre ele. — Você é exatamente o tipo dele. Só que é melhor que todas as outras.

— Como assim?

— Você é mais inteligente, mais esperta, mais sofisticada e parece não se afetar por toda essa baboseira…

—Ah…

— Também é mais velha e, por algum motivo, ele gosta disso. — Sua voz estava impassível, mas senti que havia algo ali. — Ah, e como você já sabe, seu rosto é mesmo perfeito.

Os garotos estavam estirados à beira da piscina quando voltamos. Tinham acabado de jogar tênis e estavam ali tomando sol, só de bermuda.

— Como foi a corrida? — perguntou Hayes enquanto me puxava para o colo e se aninhava ao meu pescoço. — Hum, você está toda suadinha.

— Você também. Quer tomar banho?

Ele assentiu.

— Só um segundo.

— O que você está fazendo?

O iPhone estava apoiado entre os dois joelhos dele.

— Estou tirando uma foto dos meus pés para postar no Instagram.

— Você está de sacanagem?

— Não. Eles amam essas baboseiras. Veja... Pronto, postei.

Cheguei mais perto para ver a foto de seus pés bronzeados, a piscina ao fundo. Hayes contou até dez e atualizou a página. Já tinha 4.332 curtidas. Atualizou de novo: 9.074.

— Puta merda!

— E olhe que são só meus pés. Qualquer dia desses vou postar uma foto do meu pau para ver o que acontece.

— Se você puder cronometrar isso com o lançamento de *Wise or Naked* para que todo mundo saia no lucro, vou adorar — brincou Oliver, e Charlotte se pôs a rir.

Hayes se virou para olhá-lo e deu risada.

— Eu não vou compartilhar os lucros arrecadados pelo meu pau com *você*. Estou guardando esse trunfo para meu álbum solo.

— Ai, meu Deus! Você tem vinte anos *mesmo*, né?

— Tenho. — Ele abriu um sorriso e fez carinho nas minhas costas. — E você me ama mesmo assim. Vamos tomar banho agora?

— Pode ser. Você lê os comentários das fotos?

— Só às vezes. — Ele começou a dar uma olhada. — "Eu amo você. Venha para a Turquia." "Como você consegue ser tão gostoso?" Alguma coisa em árabe. "Eu queria mostrar o tamanho do meu amor por você. Eu não sou igual às outras fãs, me dê uma chance." "Você é um baita de um gostoso, mas suas músicas são um lixo..." Nossa, sem papas na língua! "Posso sentar no seu dedão do pé...?" Caramba, uma parte de mim está horrorizada e a outra quer dar uma olhadinha na foto dela. Isso é errado? Tudo bem, vamos continuar. "Você é um babaca, seu..." Quê? Não posso terminar essa frase. É uma injúria racial. Por que estão me chamando *disso*? Aqui tem um comentário em hebraico. "Seus pés são sexy pra caralho." "Eu queria ser você." "Hayes, se ler isto, saiba que eu amo você." Aah, esse é bem fofinho... Bom, é isso. Acho que deu para ver bem os tipos de comentário que recebo.

Não sei bem por que, mas fiquei em choque. O imediatismo da situação, o fato de que o que estávamos vivendo ali estava repercutindo no mundo todo em tempo real. A ideia de que conseguiam se comunicar com Hayes, que já estavam esperando cada passo que ele dava. Era um nível de adoração inimaginável.

— Quantas curtidas até agora? — quis saber Oliver.

Hayes atualizou a página.

— Sessenta e sete mil seiscentas e quarenta e três.

— Exibido.

— Ei, só estou fazendo a alegria dos fãs. Se eu estivesse me exibindo, pode acreditar que você saberia, cara. — Ele sorriu antes de voltar sua atenção para mim. — Então, vamos tomar banho?

Havia muitas palavras que eu poderia usar para descrever Hayes Campbell, mas "exibido" não era uma delas. Poderia muito bem se gabar de seu desempenho pós-tênis daquela manhã, no entanto, pois era necessário muita habilidade para me fazer suar mesmo debaixo do chuveiro.

Mais tarde, quando estávamos arrumando as coisas para um passeio em East Hampton, ele foi conversar com Desmond no andar de baixo. Eu ainda estava no banheiro, me debatendo para abotoar as costas do meu vestido, quando o ouvi entrar no quarto.

— Você pode abotoar aqui para mim? — perguntei, saindo do banheiro. Mas foi Oliver quem se virou para me olhar.

Estava sentado na otomana ao pé da cama, vasculhando a mala de Hayes.

— Oi.

— O que você está fazendo aqui?

— Procurando uns fones de ouvido. Esqueci meus Beats no hotel em Nova York. Hayes me deixou pegar os dele emprestado.

— Por que você não bateu na porta? Será que ninguém bate na porta por aqui? Cadê os limites?

— A porta estava aberta. Desculpe.

Eu queria acreditar nele, mas algo em seu olhar me deixou desconfiada.

Ele voltou a remexer a mala até encontrar os fones de ouvido de Hayes.

— Achei. Obrigado.

Mantive o olhar fixo nele conforme atravessava o cômodo. Quando chegou à porta, parou de repente.

— Você quer que eu abotoe seu vestido?

— Não, obrigada.

— Você quer que eu fale para Hayes subir?

— Não precisa. Eu me viro.

— Então tudo bem. Foi mal por ter atrapalhado.

Ele fez menção de sair, mas se deteve outra vez, olhando por cima do meu ombro.

— Chuck Close — disse, apontando para o retrato. — Legal. Pelo jeito, foi Hayes quem levou a melhor.

Parecia um mero comentário inocente, mas meus instintos me diziam que havia algo ali.

Hayes, Desmond e eu passamos algumas horas explorando East Hampton e Amagansett. No caminho de volta, fizemos uma paradinha na farmácia e Desmond foi comprar as coisas, deixando-nos a sós no carro com o motor e o ar-condicionado ligados.

— As camisinhas estão quase acabando — comentou Hayes, com a maior naturalidade.

— Ah, é? — Eu podia jurar que ele tinha aberto uma caixa no dia anterior. Devia ter o quê? Uns doze preservativos? Demorei um tempinho para digerir a informação. — Você pediu a Desmond que fosse comprar camisinha para nós?

Ele assentiu com a cabeça, olhando-me do banco do carona do SUV.

— Eu não ia pedir a você, e não é como se eu pudesse ser visto comprando camisinhas nos Hamptons em um sábado à tarde.

— Ele é seu *segurança*, Hayes.

— Bem, ele está garantindo que eu faça sexo *seguro*. — Abriu um sorriso. — Eu só estava tentando ser responsável.

— Sim, e eu aprecio o gesto. É só que... sua vida é tão bizarra.

Um grande eufemismo. Tínhamos passado a maior parte do dia enfurnados no carro, frustrando os planos de qualquer fotógrafo em potencial. Eu não tinha reclamado.

— Não que a gente precise disso... — continuou ele.

Cheguei mais perto do banco para olhar para ele.

— Como assim "não que a gente precise disso"?

Hayes ficou em silêncio por um instante, depois se virou para me encarar.

— Eu sei que você toma anticoncepcional, Solène.

Isso me deixou perplexa. Como ele sabia? O que isso significava? O que estava insinuando?

— Você mexeu nas minhas coisas?

— Bem, passei muitas e muitas horas em quartos de hotel com você nos últimos meses. Eu posso ter visto no seu nécessaire.

— *Pode* ter visto?

Ele se enfiou no vão entre os bancos.

— Posso ter visto.

— Não vou transar com você sem camisinha, Hayes.

— Ué, por acaso eu pedi?

— Eu não sei o que você anda fazendo quando não está comigo.

— Por que você acha que eu estou fazendo alguma coisa?

— Porque você não me convenceu do contrário.

Ele ficou quieto por um instante, beliscando o lábio inferior com os dedos. Seus olhos estavam escondidos atrás dos óculos de sol.

— Eles nos mandam fazer exames com frequência, sabia?

— "Eles" quem?

— Os empresários. Eles têm que fazer isso por causa do seguro.

— Ora, que bom para eles! Eles que durmam com você, então.

Hayes deu risada.

— Tudo bem. Você já provou seu argumento.

Recostei-me no banco outra vez, com aquela coisa não dita pairando entre nós dois. A possibilidade de que ele estivesse se relacionando com outras pessoas. De que eu tinha concordado com isso, mesmo sem saber. Antes, eu acreditava que, quanto menos soubesse, melhor. Mas talvez estivesse errada.

— Que inferno!

Achei que tinha falado bem baixinho, mas ele escutou.

— Eu sinto muito.

— Não sente, não.

Desmond saiu da farmácia e começou a andar em direção ao carro. Ruivo, atarracado e todo tatuado, vestindo preto dos pés à cabeça, ele se destacava em meio à paisagem dos Hamptons.

— Podemos continuar o assunto mais tarde? — perguntou Hayes.

Nem respondi. Mais tarde, transaríamos sem parar, e ele conseguiria me fazer esquecer de que, naquele momento, eu estava fervilhando de raiva.

No meio da tarde, nos reunimos em torno da piscina para tomar sangria e aproveitar o sol. O cozinheiro dos D'Amato tinha preparado mais algumas jarras da bebida, atendendo ao nosso pedido, e Hayes, Ollie e eu as entorná-vamos com facilidade, enquanto Desmond e Fergus jogavam videogame lá dentro e Charlotte cochilava.

—Acho que eu seria feliz se tivesse uma casa nos Hamptons — co-mentou Oliver em determinado momento. Estávamos sentados no spa, e os *millennials* começaram a conversar sobre imóveis multimilionários como se fossem homens de meia-idade em Brentwood.

— Você nunca desfrutaria dele. Eu prefiro Londres, Nova York, Barba-dos, Los Angeles… — disse Hayes. A forma como pronunciava "Angeles" sempre me fazia sorrir.

— Eu poderia simplesmente me mudar para cá e morar com Dominic e a *sra.* D'Amato — gracejou Oliver. — Eu gosto da forma como ela decorou a casa. Solène, você viu o Hirst na sala de jantar?

— Vi, sim.

Os olhos de Hayes pousaram em Oliver, depois em mim, e ficaram se alternando entre os dois.

— Como você sabe dessas coisas?

— Minha mãe é colecionadora de arte, seu otário. O que sua mãe co-leciona mesmo? Ah, é… Pôneis.

— Vá se foder, HK — respondeu Hayes, rindo e jogando água em Oliver, que estava do outro lado da jacuzzi.

— Hayes Philip Campbell não é esse poço de cultura que ele finge ser.

— Solène… — começou Hayes, envolvendo minha cintura com mais força. — Por acaso eu finjo que sou um poço de cultura? Ou apenas fico olhando embasbacado enquanto você fala sobre arte?

— Você apenas fica me olhando embasbacado.

— Obrigado.

Ele abriu um sorriso e, logo depois, virou-se para mostrar a língua para Oliver. Para o caso de eu ter me esquecido de que estava saindo com alguém que tinha metade da minha idade.

— Quantos anos você tem? Doze?

— Só às vezes…

— Tudo bem — concordei, rindo. — Vou pegar mais sangria para nós.

Eu já estava fora da jacuzzi e enrolada na toalha quando ele me chamou de volta.

— E veja se tem mais batata chips, por favor.

— Claro, Vossa Majestade. E você, Oliver? Quer alguma coisa?

— Eu vou com você para ajudar.

Oliver me acompanhou até a casa e, no meio do caminho, parou para pegar uma toalha e a enrolar em torno dos quadris estreitos.

— Eu não sabia que sua mãe era colecionadora de arte — comentei enquanto passávamos por baixo da *loggia* e atravessávamos as portas francesas que davam na cozinha.

— Você ainda não sabe muitas coisas sobre mim.

Parei de súbito e me virei para encará-lo. Cabelos dourados úmidos e penteados para trás, olhos castanho-esverdeados penetrantes, boca séria. Ele era lindo. Aquele tipo de beleza inalcançável.

— É, acho que não.

Ele entrou na despensa para pegar um saco de batata chips e eu atravessei a cozinha em direção a um dos dois refrigeradores do lado oposto.

Tinha acabado de pegar a jarra de sangria quando senti: o toque frio de um dedo tracejando minhas costas, de um ombro ao outro. E, no momento seguinte, o toque cessou. Passei um segundo sem conseguir me mexer e, quando enfim me virei, Oliver estava do outro lado do cômodo, com um saco de batatinhas na mão, dirigindo-se à porta.

Fiquei parada no mesmo lugar, trêmula. Sem saber como reagir. Tinha sido um toque muito leve, então ele poderia simplesmente negar. Tão fraco, que eu poderia ter imaginado. Mas não era fruto da minha imaginação, e não havia dúvidas quanto à intenção por trás daquele toque.

Por fim, voltei para a piscina e larguei a jarra lá, dando uma desculpa ridícula de que precisava sair do sol e descansar um pouquinho no quarto. Oliver e Hayes estavam rindo de alguma coisa, e não consegui nem olhar na cara deles.

Estava enojada.

Meia hora depois, Hayes apareceu na porta do quarto.

— Ei, o que você está fazendo aqui?

— Lendo — respondi, mal me virando para encará-lo.

— Você está bem? Estou com saudade. — Ele parou ao pé da cama.

— Eu só queria passar um tempo sozinha.

— Tem certeza de que está tudo bem? Porque eu não consigo deixá-la aqui sozinha — avisou ele, segurando meus pés. — Quer dizer, isso meio que vai contra o propósito de você estar aqui. — Ele abaixou a cabeça e começou a beijar meus tornozelos, minhas canelas, meu joelho.

— Não posso passar nem meia hora sozinha?

Ele negou com a cabeça e afastou meus joelhos, um para cada lado.

— Não. O que você está lendo?

Ergui o livro para que ele visse. *Casa de palavras*, um romance de Rebecca Walker.

— Um romance — disse ele, dando beijos na parte interna da minha coxa. — É bom?

— É, sim.

— Muito bom?

— Muito bom.

— É tão bom quanto o nosso?

Dei risada. Ele tinha conseguido chamar a minha atenção.

— Então estamos vivendo um romance?

— Não sei. Estamos? — Hayes tirou o livro de minhas mãos e o pôs na mesinha de cabeceira. Em seguida, desfez o laço do meu biquíni.

— O que você está fazendo, Hayes?

Ele abriu um sorriso.

— Eu trouxe minha boca.

Então, percebi que talvez não fosse o melhor momento para mencionar o que Oliver fizera.

A bem da verdade, eu não sabia exatamente como ou o que eu contaria a Hayes. A relação entre os dois já parecia muito peculiar e complicada, e o que Oliver fizera era relativamente inocente, e eu não queria estar enfurnada na mesma casa que os dois se as coisas saíssem do controle. Por isso, não disse nada. Consegui evitar Oliver pelo resto do fim de semana. E ele voltou a agir daquela forma, por vezes encantadora, por vezes desdenhosa, divertida e aristocrática. E, à primeira vista, tudo parecia bem.

No domingo, Hayes e eu saímos para dar uma volta de bicicleta antes de almoçar em Sag Harbor. Depois, demos um pulo na piscina. Os outros estavam enfiados em algum canto, e aproveitamos aquele momento a sós.

— Como é que eu nunca me enjoo de você? — perguntou ele.

Estávamos estirados sob o sol, as espreguiçadeiras dispostas lado a lado de forma aconchegante.

Dei risada.

— Você enjoa muito fácil das pessoas?

Ele assentiu, acariciando minhas costas com a ponta dos dedos. Eu tinha desamarrado a alcinha do biquíni para não ficar com marcas, mas tinha tomado o cuidado de cobrir meu rosto com um chapéu de aba larga. E Hayes tinha dado um jeito de enfiar a cara por baixo do chapéu para ficar mais perto de mim.

— Mas não enjoo de você — declarou baixinho, os lábios pressionados contra minha têmpora. — Eu nunca fico enjoado de você.

— E mesmo assim…

— E mesmo assim o quê?

Não respondi.

— Ainda é sobre o assunto de ontem, não é?

— Veja bem. Vou dizer uma coisa. Só uma vez... — Cheguei mais perto de Hayes, que esticou a mão para tocar meu mamilo, mas não deixei. — Você está me ouvindo?

Ele assentiu.

— Eu sei que você está em uma posição privilegiada e que chovem garotas no seu colo, mas sempre existe uma escolha. Em determinado momento, de um jeito ou de outro, você toma uma decisão. E eu não estou disposta a deixar isso se estender por muito tempo sem que você decida o que quer. Espero que você me avise quando isso acontecer.

Ele assentiu mais uma vez, bem devagar.

— Pode deixar.

Los Angeles

NA QUARTA-FEIRA DA segunda semana de setembro, Daniel e eu participamos do evento de volta às aulas do oitavo ano da escola Windwood. Ao longo do verão, todas as nossas conversas tinham sido civilizadas e superficiais, como de costume. Naquela noite, porém, algo nele parecia diferente, embora eu não soubesse dizer o quê. Estava estranhamente encantador, atencioso. Depois do comitê de boas-vindas, do tour pela escola e do café medíocre que ofereceram, Daniel insistiu em me acompanhar até o estacionamento. Quando já estávamos quase no meu carro, ele fez a pergunta que estivera guardando:

— Você está saindo com alguém?

— Quê?

— Sei lá. É que você parece feliz.

— Ué, e eu não posso ser feliz sozinha? Preciso estar saindo com alguém?

— Eu não disse isso — respondeu, sorrindo.

Ele acenou para os pais de Rose, que estavam do outro lado do estacionamento. Tão educado, tão controlado, tão hollywoodiano. Exatamente o que tinha me atraído nele no meu primeiro ano de pós-graduação. O presunçoso estudante de direito da Universidade Columbia com olhar intenso e linhagem familiar impecável. O cara que tinha me conquistado à base de café vienense na padaria húngara da avenida Amsterdam. Eu me apaixonei tão, tão rápido.

— Você se lembra de Kip Brooker? — Virou-se para mim. — Que pediu as contas do escritório Irell uns anos atrás para trabalhar na Universal? Almocei com ele esses dias... A família da esposa dele tem uma casa nos Hamptons. Eles sempre passam o verão em Sag Harbor. Bem, ele me contou que podia jurar que a viu em um restaurante de lá, com um daqueles caras da August Moon, como se estivessem em um encontro. Mas isso é loucura, já que... — Ele balançou a cabeça, rindo. — Seria *muita* loucura, não é? Por um milhão de motivos...

Abri um sorriso, tentando me esquivar.

— Você quer me perguntar alguma coisa, Daniel?

— Acho que acabei de perguntar.

— Ele é um cliente.

Daniel ficou sem reação. Não achava que eu fosse confirmar a história.

— Um cliente?

Assenti, observando-o digerir aquela informação. Não conseguiu manter a cara de paisagem.

— Quem inventou essa desculpa foi ele ou você? Deixe pra lá. Desculpe. Não é da minha conta. Dirija com cuidado — declarou, dando um tapinha na lateral da Range Rover.

Eu já tinha ligado o carro e estava afivelando o cinto quando ele se aproximou e fez sinal para que eu abrisse a janela.

— Isso não é totalmente verdade — continuou, com uma expressão séria no rosto. — Vou acreditar em você, mas quero deixar algo bem claro: se estiver mentindo, saiba que Isabelle vai ficar arrasada se você se envolver com esse garoto.

— Anotado — respondi, fechando a janela.

Naquela sexta-feira, Hayes apareceu na minha casa. Nas semanas que haviam se passado desde nosso encontro nos Hamptons, a August Moon terminara de gravar o álbum em Nova York. Tinham gravado várias filmagens para o documentário em Londres, se apresentado em um programa de TV bem popular na Alemanha e recebido um MTV Video Music Award a distância, já que estavam na Inglaterra gravando um single beneficente para a BBC. Não pude acompanhá-lo em nenhum desses eventos, já que Isabelle voltara do acampamento e tinha começado mais um ano letivo. Por isso, fiquei extasiada quando Hayes comprou uma passagem para me visitar no seu primeiro fim de semana de folga. O fato de cair justo quando inauguramos a exposição de setembro tornou tudo ainda melhor. Hayes tinha vindo até Los Angeles... por minha causa.

Fiquei um tempão abraçada nele. Eu me sentia segura em seus braços, protegida, algo que não me acontecia havia muito tempo.

— Veja só... Assim até parece que você estava com saudade de mim — comentou ele, rindo, o rosto enterrado no meu cabelo.

— Só um pouquinho.

— Não vai me convidar para entrar? Ou por acaso os Backstreet Boys ainda estão por aí?

— Não, só os Monkees — brinquei, rindo, e o conduzi para dentro.

Isabelle estava na escola e, depois, tinha treino de esgrima. Estávamos a sós.

— Então, esta é sua casa?

— É, sim.

Era estranho vê-lo ali, preenchendo o vão da porta com seu físico forte. Fui invadida por uma lembrança do inverno anterior, quando Isabelle e eu tentamos arrastar a árvore de Natal porta adentro, com medo de que não fosse caber.

Hayes atravessou o vestíbulo que levava ao cômodo principal, cercado por paredes de vidro. O bairro Palisades, o oceano Pacífico e a paisagem ao sul dominando a vista. A ilha de Santa Catalina assomando como uma fênix púrpura no horizonte.

— Caramba, nem sei o que dizer! Você mora aqui? Você vê essa vista todo dia quando acorda?

— Exatamente.

— Como é que você consegue sair deste paraíso? — Seus olhos estavam mais verdes naquela luz azulada. Ah, como ele era lindo!

— Não é uma tarefa fácil.

— Não, não deve ser mesmo. — Ele voltou a atenção para a parte interna e se pôs a analisar os aposentos: a mesinha de centro Finn Juhl e o sofá Herman Miller Tuxedo na sala de estar, a mesa Arne Vodder e o aparador Hans Wegner na sala de jantar à esquerda. — Esses são seus móveis de meados do século xx?

Assenti com a cabeça.

— Você conhece esse estilo de móveis?

— Eu sei que você gosta deles.

— Como você sabe?

— Você me contou — respondeu, sorrindo. — Lá em Las Vegas.

— E você ainda se lembra disso?

— Eu me lembro de tudo… principalmente das coisas de que você gosta. Talvez eu tenha ficado vermelha.

— Foi você quem pintou tudo isso? — Ele estava admirando as várias aquarelas que eu havia emoldurado e pendurado na parede oposta.

— Quase todas. Algumas são de Isabelle.

Ele cruzou o cômodo para vê-las mais de perto. Uma mistura de paisagens e figuras e naturezas-mortas. Momentos que achei que valia a pena registrar.

— São lindas, Solène. Lindas mesmo.

— Obrigada.

— Eu quero uma. Você já vendeu alguma arte sua?

— Não — respondi, rindo. — É só um hobby. Não faço para vender.

— Mas quero uma mesmo assim. Faça uma para mim.

— Fazer uma aquarela para você? Eu não faço arte por encomenda, Hayes. É algo que faço por mim.

Ele não pareceu muito satisfeito com essa resposta, mas deixou o assunto de lado. Continuamos explorando a casa. Percorremos o corredor, onde havia uma porção de porta-retratos da família. A maioria era de Isabelle, mas também havia algumas fotos de quando eu era mais nova. Precisei mudar toda a disposição dos retratos depois que tiramos os de Daniel. Não foi um processo fácil.

Hayes se deteve diante de um autorretrato em preto e branco, tirado no meu último ano na Buckingham Browne & Nichols, quando estava saindo da fase de aspirante a bailarina e entrando na do estilo artístico moderninho com influências europeias. Sem dúvida, uma fase muito interessante: cabelos compridos e pesados, jaqueta de couro larga, rebeldia.

Hayes esticou a mão e tocou o retrato.

— Quantos anos você tinha aqui?

— Dezessete.

— Dezessete — repetiu ele, deslizando a ponta do dedo pelo vidro. — Porra, olha sua boca...

Abri um sorriso.

— Eu vivo sonhando com sua boca.

— E eu vivo sonhando com seu pau. Estamos quites.

Ele riu, jogando a cabeça para trás.

— Você não pode simplesmente dizer uma coisa dessas para mim. E depois... Tudo bem, ande logo... me mostre o resto da casa.

Percorremos o resto do corredor, e Hayes parou diante de outra fotografia. Nela, eu estava dançando na Boston Ballet School, em uma época em que não parecia tão insano fazer aulas de balé seis vezes por semana.

— Quantos anos?

— Quinze.

— Uau!

Em seguida, se deteve diante de uma foto em que eu estava em uma praia em Kona, grávida de sete meses de Isabelle. Hayes ficou em silêncio e me puxou para mais perto, minhas costas contra seu peito, o queixo dele apoiado em meu ombro. Passamos um tempinho assim, sem dizer nada, até que ele pôs a mão na minha barriga e ali a deixou.

— Você é tão linda...

— Não. — Afastei a mão dele. — Não faça isso.

— Hum, tudo bem... Mas o que foi que eu fiz?

— Não comece com essa história de me fantasiar grávida.

— Era isso que eu estava fazendo? — Ele parecia tão confuso que quase fiquei com pena.

— Era para onde isso estava indo.

— Hum, tudo bem — repetiu ele. — Desculpe.

Ele deixou o assunto morrer, uma decisão sensata. Se eu me deixasse levar por qualquer um dos inúmeros cenários que Hayes talvez estivesse tecendo em sua cabeça, provavelmente teria pedido a ele que fosse embora e não voltasse nunca mais. Ainda não estava pronta para arcar com aquele peso. Com a ideia de que não haveria um final feliz na nossa história.

Mostrei o resto da casa: meu escritório, o quarto de hóspedes, o quarto de Isabelle. Minha filha estava passando por uma fase de decorar tudo no estilo Hollywood Regency, com direito a almofadas felpudas e luminárias cheias de adornos. Havia laca branca e fúcsia por todos os lados, com detalhes metálicos e pufes marroquinos aqui e ali.

— Eu sei que isso pode parecer surpreendente, mas não entrei em muitos quartos de meninas de treze anos ao longo da vida — comentou Hayes, dando uma olhada no cômodo.

— Bem, provavelmente é melhor assim.

Isabelle tinha alguns quadros na parede, lindos pôsteres cor-de-rosa com dizeres como "Para sempre *mesmo*" e "Fique calma e siga em frente". Bem acima da escrivaninha, pregadas no quadro de cortiça abarrotado, havia nada menos do que meia dúzia de fotos da August Moon, além do calendário da banda. A foto tirada no *meet & greet* estava na mesinha de cabeceira.

Quando Hayes viu o retrato, soltou um suspiro profundo.

— É muito estranho, não é?

Ele assentiu e se virou para me encarar.

— A gente fez uma merda das grandes, não fez?

— Sim. E agora você sabe com o que tenho que lidar.

— Sinto muito por isso. As coisas mudam um pouco quando vistas dessa perspectiva.

— Ah, jura?

— É... — Ele se jogou na cama, apoiando a cabeça nos travesseiros cor-de-rosa. — Caralho... Isso vai ser bem feio.

— Pois é.

— Ela vai estar lá amanhã à noite? O que vamos dizer a ela?

— Que você é meu cliente. E meu amigo. E só.

— E ela vai acreditar?

— Vamos torcer para que acredite.

Eu ainda sentia o peso das palavras de Daniel sobre meus ombros.

Hayes ficou calado por um instante, os olhos procurando os meus.

— Por que você não contou a ela, Solène? Você se sente culpada?

Não respondi. Culpa era fichinha perto de tudo o que eu estava sentindo.

— Você está tentando proteger Isabelle? Ou está protegendo a si mesma?

— Nós duas, talvez.

O cantinho de sua boca se curvou de leve, mais pesarosa que sorridente.

— Você fica com a impressão de que se esperar tempo suficiente, isso vai acabar e você nem vai precisar dizer nada?

— Bem, acho que é uma possibilidade, não é?

Hayes manteve o olhar fixo no meu, a expressão séria.

— Eu continuo aqui…

— Estou vendo…

— Venha cá — pediu, dando tapinhas no edredom.

Um olhar de pura perplexidade cruzou meu rosto. Eu não ia me deitar com Hayes na cama de Isabelle nem a pau.

— De jeito nenhum.

— Desculpe. — Ele se empertigou. — Acho que é esquisito mesmo.

A campainha tocou. Eu não estava esperando visitas.

— Tudo isso é esquisito. Espere aí, já volto.

Havia dois entregadores no portão. Eu os reconheci, pois sempre entregavam as encomendas na galeria. Não tinha nenhum envio programado para minha casa, mas o nome da Marchand Raphel aparecia na nota fiscal, então assinei o recibo e deixei os rapazes entrarem. Eles apoiaram o pacote em uma das paredes da sala e, a meu pedido, abriram a embalagem de papelão. O nome de Josephine aparecia na papelada, mas quando enfim vi o quadro meu coração quase saiu pela boca. Ali, na minha sala de estar, estava *Revelada*, de Ailynne Cho.

Comecei a tremer.

— Hayes!

Demorou um instante para que ele despontasse no corredor, um sorriso travesso nos lábios.

— Foi você? Você que mandou?

— Você disse que era a única obra de arte que você amava.

Assenti e, de repente, irrompi em lágrimas.

Hayes acompanhou os entregadores constrangidos até a porta e depois voltou para perto de mim, puxando-me para um abraço.

— Shhh. — Ele beijou meu rosto. — É só uma obra de arte, Solène — provocou ele.

Dei risada. Em meio a lágrimas e emoções avassaladoras e à grandeza daquele gesto, tudo que fiz foi rir.

— Obrigada. Você não precisava ter feito isso.

— Eu sei que não. Mas não podia perder a oportunidade de fazê-la sentir… Como foi mesmo que você disse? De sentir "tudo".

Senti meu coração derreter.

— Você…

— Eu?

— É por isso que eles amam você, né?

— Eles quem?

— Todo mundo.

Hayes sorriu.

— É, sim.

Passei um tempo ali, perdendo-me naquela pintura sedutora. O jardim, a mulher, a luz. O ímpeto, a percepção de que aquilo era meu. A constatação de que esse era o arrebatamento causado pela arte.

Hayes chegou mais perto das paredes de vidro para admirar a vista. O sol estava começando a se pôr, banhando o cômodo de raios de luz adamascados.

— Você está feliz?

— Acho que você já sabe a resposta.

— Que bom! — respondeu.

Os olhos ainda estavam fixos no oceano lá fora, mas notei a mudança em seu tom de voz.

— Que horas você tem que buscar Isabelle?

— Às seis. Ainda temos um tempinho.

Fiquei olhando enquanto ele atravessava o cômodo.

— Esta aqui é uma mesa de meados do século xx? — perguntou, deslizando o dedo pelo tampo oblongo do móvel Arne Vodder.

A mesa tinha ficado para mim depois do divórcio, assim como a casa e o resto dos móveis. Daniel ficara com o chalé em Vineyard. E com Eva.

— É, sim.

— É bem bonita — elogiou ele.

— Que bom que você gostou!

Fui até a ponta da mesa, onde ele estava contemplando a vista outra vez: o gramado, o céu, o mar, o sol poente.

Hayes segurou minha mão e em seguida, sem aviso prévio, girou meu braço, fazendo-me ficar de costas para ele. Ainda em silêncio, soltou meu pulso e espalmou a mão no meio das minhas costas, dobrando meu corpo até que eu estivesse quase totalmente apoiada sobre a mesa, sentindo o tampo de jacarandá frio e liso contra o rosto.

Ele não teve pressa.

As mãos subiram pela lateral das minhas coxas, levantaram a saia, tiraram a calcinha. Ouvi quando desafivelou o cinto, abriu o zíper da calça... E, em seguida, veio aquela pausa enlouquecedora.

Meus olhos recaíram sobre a pintura de Cho, as cores indefinidas, evocativas, e esperei o barulho da embalagem se rasgando. Nada. Então, de súbito, senti-o contra mim, quente, rijo.

— Você não colocou camisinha.

— Não mesmo.

Virei o rosto para encará-lo, mas não disse nada.

— Eu já tomei minha decisão — declarou. As palavras pairaram no ar, carregadas.

Não o impedi quando deslizou para dentro de mim. Grosso, macio, profundo. Senti-lo daquele jeito, livre, pele com pele, me deixou inebriada. Hayes, preenchendo-me por completo. Ele se desvencilhou por um instante e esperou, provocando-me, antes de deslizar de volta para dentro, bem devagar. Mais fundo. E depois tirou de novo. Na terceira vez, perguntou baixinho:

— Quer que eu coloque camisinha?

— Não.

— Tem certeza?

Pude senti-lo contra minha abertura, me provocando. *Porra... me come.*

UMA IDEIA DE VOCÊ 181

— Tenho.

— Que bom! — respondeu, e me penetrou tão rápida e vigorosamente que bati a bochecha contra o tampo da mesa.

Enquanto acontecia, as mãos dele nos meus quadris, o som de pele se chocando contra pele, pensei que talvez a mesa já tivesse sido usada para aqueles mesmos fins. Alguma dona de casa dinamarquesa dos anos 1950, as coxas pálidas batendo contra o tampo liso, desfrutando do design escandinavo, enquanto a caçarola estava no forno e as crianças brincavam no andar de cima.

Hayes enfiou a mão entre meus cabelos e puxou minha cabeça para trás. Senti seu hálito quente no pescoço, os dentes no ombro, o pau indo tão fundo que chegava a doer. Enlaçou minha cintura com um dos braços, os dedos fincados na pele por cima da minha blusa. E ver as veias em seu antebraço, o relógio, os anéis, o tamanho daquela mão foi o suficiente. Alcancei o clímax.

Depois, quando ele desmoronou em cima de mim, mais uma vez senti o tampo frio de jacarandá contra o rosto, tão perto que podia contar as nódoas na madeira lustrosa. E foi então que ela veio: a constatação de que esse era o arrebatamento causado por transar em cima de uma obra de arte.

Joanna Garel era filipina, e tinha trabalhado como modelo e atriz antes de se tornar artista plástica. Suas obras influenciadas pelo movimento Pop Art retratavam a cultura praiana de Los Angeles. Valendo-se de técnica mista, criara uma coleção de postos de salva-vidas icônicos que serviram como base para *Sea Change*, sua primeira exposição individual na Marchand Raphel. Muita gente compareceu ao evento, mesmo antes de saber que meu músico estaria por lá.

Naquela noite, a galeria estava apinhada com a família multirracial de Joanna e seus amigos modelos, todos muito fotogênicos, além do público diverso que compunha nossa clientela habitual. A meu ver, era a multidão mais animada e colorida de La Cienega. A certa altura, bem no início da noite, abracei Lulit e a agradeci mais uma vez por ter tido aquela ideia. Pelo desejo de agitar as coisas.

Quando Hayes chegou, houve apenas uma pequena comoção (ou ao menos era o que eu esperava). Eu tinha dito a Isabelle que ele pretendia dar uma passada por lá, mas que ela não deveria contar com isso. E, ainda assim, minha filha passou horas e mais horas conversando com Georgia e Rose ao telefone, planejando o que iriam vestir (calça jeans, não vestido) e como iriam agir (cultas, não malucas) e onde se reuniriam depois do evento para discutir todos os detalhes (uma festa do pijama na casa de Georgia, o que, por razões óbvias, contou com meu total apoio).

Eu sabia que Hayes havia chegado antes mesmo que viesse falar comigo. Eu senti: os átomos se agitando, o frenesi acentuado, um aumento no volume. O comportamento das pessoas muda na presença de celebridades. Primeiro ficam em silêncio, depois cochicham entre si. Em seguida, começam a falar mais alto, como se quisessem se fazer ouvir. Ficam mais animadas, joviais e incrivelmente espirituosas. Eu já tinha visto isso em ação em um Starbucks, com Ben e Jen, e na estreia de um filme de Will Smith em que Daniel trabalhou. Tinha visto nas aulas de spinning na SoulCycle, nas de ioga e nas de pilates. Tinha visto no mercado Whole Foods. Aquele tipo de comportamento bizarro e forçado de "olhe, somos iguais a você, nossa vida é igual à sua". Jamais imaginei, porém, que alguém tão próximo a mim pudesse inspirar tamanha comoção.

— Mãe, ele chegou, ele chegou. Hayes chegou. — Isabelle foi atrás de mim na cozinha, onde eu estava ocupada dando ordens a um dos garçons.

— Você deu "oi" para ele?

— É claro que não. Ele nem vai saber quem eu sou. Não posso simplesmente chegar lá e dizer que já o conheci antes. Eu ia morrer de vergonha. Por favor, venha comigo e nos apresente outra vez.

— Já vou, filha — prometi. Se ela sonhasse que no dia anterior Hayes estivera estirado na cama dela, teria um piripaque.

Isabelle me levou até onde ele estava, no salão da frente, que estava ficando cada vez mais apinhado. O burburinho das conversas estava alto, o vinho rolava solto e Georgia e Rose estavam escondidas em um dos cantos, tentando manter a calma enquanto esperavam para ser apresentadas a Hayes. Lulit estava mostrando uma das obras de Joanna a ele: um posto de salva-vidas arrojado, sombreado por pontos Ben-Day nas cores do sol poente, executado em uma grande placa de madeira.

Seu olhar pousou em mim conforme eu me aproximava, e seu rosto exalava sexualidade. Naquele momento, percebi que, antes de a noite chegar ao fim, um de nós acabaria pondo tudo a perder.

— Oi.

— Oi — respondeu ele, com um sorriso.

— Você veio.

— Vim, sim.

Lulit sorriu como quem sabia das coisas.

— Vou deixar vocês dois a sós. Tenho pessoas para bajular e artes para vender. Hayes, quer beber alguma coisa? Um vinho, uma água?

— Não, obrigado. Estou bem.

— Bom, se você precisar de alguma coisa, é só pedir. Mas tenho certeza de que essa mulher aqui vai cuidar muito bem de você.

— Vai mesmo. Não tenho dúvidas.

Assim que Lulit deu as costas, cheguei mais perto de Hayes para cumprimentá-lo com um daqueles beijos ao estilo francês, um em cada bochecha. Nunca tínhamos feito isso antes, e pareceu tão esquisito e descabido que nós dois desatamos a rir. E, ainda assim, eu sentia que as pessoas o estavam observando, *nos* observando. Incluindo a adolescente que estava bem atrás de mim. A mesma adolescente que, dali a algumas horas, dormiria na casa da amiga, completamente alheia ao fato de que a mãe estaria a poucos metros de seu quarto branco e cor-de-rosa praticando coisas inomináveis com um dos cinco integrantes da maior *boy band* do mundo. Fique calma e siga em frente *mesmo*.

— Hayes, você se lembra da Isabelle, minha filha?

— Isabelle? Acho que me lembro, sim.

— Oi, Hayes. — Isabelle não sabia se abria o maior sorriso de toda a sua vida ou se escondia o aparelho.

— E aí? Como vão as coisas? — Ele a abraçou, e deu para ver que Isabelle virou mingau, os braços dobrados junto ao corpo, as mãos sem saber para onde ir.

Ah, se ela soubesse... Se ela soubesse...

— Eu não acredito que você está aqui.

— Mas estou. — Ele pôs a mão na cabeça dela. — Acho que você está mais alta. Você cresceu?

Ela assentiu e abriu um sorriso radiante para ele.

Senti algo se agitar no meu peito. Como se tivesse traído a confiança dela.

— E você trouxe suas amigas? — continuou Hayes, atendo-se ao roteiro.

Rose e Georgia já tinham chegado mais perto. Eu as apresentei a seu ídolo de novo e assisti à onda de bajulação.

— Parabéns por ter ganhado o VMA — declarou Georgia, de supetão.

— A gente queria muito que a banda tivesse se apresentado no programa — comentou Rose, juntando-se à conversa e jogando o cabelo ruivo por cima do ombro. Segundo Isabelle me contara, a menina tinha feito escova só para ir ao evento, uma prova de como aquela noite era importante para elas.

— Eles deram a entender que a banda estaria lá, mas vocês não foram, então só teve Miley do começo ao fim.

— Ah, sim, a Miley. — Hayes abriu um sorriso.

— Minha mãe não gosta nada, nada daquele clipe dela — comentou Rose. — Ela diz que Miley é uma má influência e que está enfiando um monte de caraminholas na nossa cabeça.

— Miley está fazendo isso? Bem, então é melhor ouvir sua mãe. E não chegar perto de canteiros de obras e tal.

— Mas a música é tão boa... — declarou Isabelle.

— É boa mesmo.

— Vocês ainda estão gravando o próximo álbum? — quis saber Georgia. Era fascinante ver como elas conseguiam ficar a par de tudo o que acontecia na vida daqueles caras e ainda arranjar tempo para viver a vida delas.

— Acabamos de terminar. O pessoal ainda está fazendo umas mixagens, mas nós já terminamos nossa parte.

— Não vejo a hora de escutar. — Isabelle sorriu e cobriu a boca com a mão. O anel que ganhara de Eva ainda cintilava em seu dedo. Estava usando direto desde o acampamento.

— Não vejo a hora de vocês escutarem.

Percebi que era minha deixa para ir embora quando Georgia cruzou os braços sobre os peitos (meu Deus, quando é que eles tinham surgido?), pendeu a cabeça para o lado e perguntou, com a maior seriedade:

— Então, Hayes, você gosta de arte contemporânea?

Percebi que isso fazia parte do plano de "parecer cultas" que elas tinham bolado, então fiz a delicadeza de me retirar.

— Se você precisar de alguma coisa, me procure. Vou ficar circulando pela galeria — avisei. — Se não me encontrar, procure na minha sala.

Ele sorriu e assentiu com a cabeça. Hayes, elegante e lascivo com aquele lenço de seda, a revoada de garotas adolescentes, o cabelo perfeito e o sorriso encantador.

— Farei isso — sussurrou. Era uma promessa.

Josephine tinha criado uma playlist para a inauguração, e o soul acústico com toques de hip-hop alternativo de Ed Sheeran ressoou pela galeria. Era o complemento ideal para a serenidade das obras de Joanna. Pop Art feita em tons suaves e inesperados de sol, mar e areia.

— Seu namorado. — Lulit se aproximou de mim na segunda galeria, o salão do meio. — Uau.

— Por favor, não diga que ele é meu namorado.

— Estou morrendo de dó daquele olhar de cachorrinho perdido. Ele não para de olhar para você. O que é que você fez com aquele pobre rapaz?

— Não faço ideia — respondi, fazendo um gesto para dispensar o garçom que se aproximava com uma bandeja. — A gente simplesmente… *se encaixa*. Para ser sincera, chega a ser assustador. — Fiquei de frente para ela, dando as costas para as pessoas que contemplavam as obras de arte. — Sabe por que ele não está bebendo nada? Porque não tem *idade* para beber.

Os olhos de Lulit se arregalaram, e nós duas desatamos a rir.

— Ah, Solène. Isso não é *nada bom*.

— Pois é, eu sei. Não faço ideia de onde isso vai dar. Só estou curtindo a jornada.

— Tenho certeza disso… Você é tipo a mulher-propaganda do ato de retomar as rédeas da própria sexualidade.

Dei risada.

— Eu não sabia que tinha *soltado* as rédeas.

— Acho que ela estava meio de lado e agora voltou com força total. Para que ninguém ache que mulheres da nossa idade não têm vida sexual ativa.

— Isso. — Sorri. — Para que ninguém ache uma coisa dessas… Bem, vou esperar mais uns minutinhos e depois resgatá-lo das garras das meninas. E aí vou pedir a ele que tire algumas fotos. Que tal?

— Acho ótimo — concordou Lulit, coçando o pescoço. O cabelo estava penteado para trás, e as alças finas do vestido acentuavam os ossos delicados. — Daniel vai ficar maluco.

— Ora, azar o dele, não? Ninguém mandou ferrar com tudo.

Eu estava transitando entre o mar de corpos que apinhava a galeria quando esbarrei em Josephine, que conversava com um convidado. Ela segurou meu cotovelo, fazendo-me parar.

— A inauguração está sendo um sucesso. Olhe quanta gente apareceu!

— Sim, estou feliz demais. Vocês trabalharam para caramba. Aliás, a seleção de músicas está incrível.

— Eu tomei o cuidado de não colocar nenhuma música da August Moon na playlist — respondeu ela, sorrindo.

— Provavelmente uma decisão sensata.

Ela me apresentou ao convidado com quem estava conversando, um homem de trinta e poucos anos com barba de lenhador e o cabelo preso em um coque. Dei uma olhadinha para ver como estavam suas unhas e seus sapatos. Estava ficando cada vez mais difícil determinar quem eram os compradores em potencial.

Quando o cara hipster pediu licença e se afastou para examinar uma obra, Josephine chegou mais perto de mim, furtivamente.

— Imagino que você já tenha recebido a encomenda.

— Recebi, sim. Obrigada.

— Ele queria que fosse surpresa. Você não faz ideia de como foi difícil guardar segredo. Você ficou com uma carinha tão desapontada quando viu que o quadro tinha sido vendido…

Naquela noite de sábado em julho, durante a estreia de *Fumaça* e *Espelhos*, eu tinha visto uma anotação na nossa lista mestra indicando que a obra havia sido vendida. Quando perguntei a Josephine quem era o comprador, ela mencionou uma pessoa de quem eu nunca tinha ouvido falar.

— Eu queria tanto ter lhe contado naquela época...

— Estou feliz por você ter guardado o segredo.

— Então — continuou ela, tomando um gole da água Pellegrino —, acho que isso significa que aquela história do *Access Hollywood* é verdade? Olhe só, você não precisa me contar nada. Mas ele está *aqui*. E aquela obra custava catorze mil dólares.

— Estou ciente do preço, obrigada.

— E também tem aquele vídeo nos Hamptons...

Gelei na hora.

— Que vídeo?

— Do TMZ. Não é nada de mais... Só umas imagens dele dentro de um SUV, acompanhado do guarda-costas. E você está no banco de trás, virada para longe da câmera. A imagem está toda borrada, nem dá para ver seu rosto, mas reconheci seu cabelo e seu vestido. Aquele branco, cheio de botõezinhos nas costas, sabe? Eu amo aquele vestido.

Por um instante, não me mexi, incapaz de falar. A ideia de que nós, de que eu, tínhamos sido pegos em flagrante. E nem estávamos fazendo nada. Mesmo assim, me enchi de culpa.

— Ninguém comentou nada sobre isso — declarou Josephine, enfim.

Assenti bem devagar.

— Eu aprecio sua discrição. Pegue uma bebida para o cara de coque. Pode ser que ele compre alguma coisa.

Eles não tinham se afastado muito. Embora houvesse cada vez mais convidados gravitando em torno de Hayes, as meninas ainda estavam a seu lado. Tinham assumido uma posição estratégica bem atrás da obra *SexWax*, uma homenagem de Joanna à peça *Latas de sopa Campbell*, de Warhol. Na tela, via-se uma reprodução descarada da popular parafina usada por surfistas, com o logotipo icônico estampado: "Mr. Zog's Sex Wax — perfeita para passar na sua rabeta". Que encantador...

Quando cheguei mais perto, vi que Rose, ainda cheia de pose, fazia uma piada, e Hayes começava a rir. Fiquei com medo do rumo que a conversa poderia ter tomado.

— Posso pegá-lo emprestado por um segundinho? — Minha voz soou forçada, o efeito colateral de presenciar meus mundos colidindo. De descobrir sobre a notícia do TMZ. Eu só precisava sobreviver ao resto da noite. — Hayes, quero apresentá-lo a alguém. Meninas, prometo que vou trazê-lo de volta.

Hayes pediu licença, todo educado, e me seguiu em meio à multidão.

— Sinto muito pelas garotas.

—Ah, não tem problema. Elas são umas fofas. Sua filha é muito fofinha, sabia?

— Sabia, sim — respondi. E, em seguida, acrescentei: — Espero que você se lembre disso quando estivermos esmigalhando o coraçãozinho dela.

—Ah, merda! — praguejou ele, e não pude deixar de sorrir. — Não vejo a hora. Mas, então, para quem você vai me apresentar?

— Para ninguém. Eu só queria você para mim por um instantinho.

— Uuuh, isso parece promissor!

Seguimos rumo à segunda galeria, que estava um pouco mais vazia. Avistei Joanna, a artista da noite, do outro lado do cômodo, radiante e vigorosa, um espetáculo naquele vestidinho preto. Estava gargalhando, e tinha o público na palma da mão.

— Tudo bem. — Minha atenção retornou ao garoto que estava a meio passo de distância. — Apenas se finja de sério e aja como se estivéssemos falando sobre arte.

— Podemos falar sobre o vestido que você está usando? — perguntou Hayes, com um sorriso.

— Não.

— E sobre como sua bunda está um espetáculo nesse vestido? Porque, definitivamente, parece uma obra de arte.

Dei risada.

— Não, de jeito nenhum. — Parei diante de uma das maiores telas. *Low Tide at nº 24*, acrílico sobre linho. — Quero que você aja como se realmente gostasse disso.

Os olhos de Hayes pousaram sobre a tela.

— Ah, mas eu gosto bastante.

— Melhor ainda. Finja que tem interesse em comprar a obra. Eu vou dar um pulo na minha sala e voltarei com algumas informações sobre o quadro, e depois você vai me seguir até lá, como se estivesse prestes a comprá-lo.

Hayes assentiu lentamente.

— Hum, tudo bem. Já vi que você pensou em tudo.

Em seguida, pendeu a cabeça para o lado, me examinando atentamente.

— O que aconteceu com seu rosto? — perguntou, apontando para minha bochecha.

Passei um instante o encarando, esperando que sua ficha caísse, mas não caiu.

— Sério? Foi a mesa.

Hayes arregalou os olhos, boquiaberto, e eu não sabia se ele estava prestes a rir ou a chorar.

— Ah, Sol... — Ele nunca tinha me chamado assim antes. — Por que você não disse nada?

— Ah, não foi nada. Está tudo bem.

— Não está, não. Desculpe. — Ele se aproximou, como se fosse beijar o hematoma.

— Não faça isso.

— Desculpe — repetiu. — Daqui em diante, nada de mesas. Prometo.

— Eu gostei da mesa — declarei. E então dei as costas e saí andando.

Passados alguns minutos, já estávamos no meu escritório, a porta devidamente trancada.

— Será que agora podemos falar sobre esse vestido?

Hayes não perdeu tempo. As mãos deslizaram pelo tecido e pelo meu corpo: a cintura, os quadris, a bunda.

Era um vestido cinza-escuro justinho de frente única, arrematado por sandálias pretas matadoras de salto dez da Alaïa Bombe, com tiras adornadas que prendiam no tornozelo. Ele não conseguiria resistir.

— E o que você tem a dizer sobre ele?

— É muito… bonito — declarou, levando os lábios de encontro aos meus, a mão subindo pelo meu torso até chegar à nuca.

— Eu não o trouxe até aqui para fazer isso.

— Não?

— Não. Eu só queria sentir seu cheiro.

—Ah, é? — Ele sorriu. — Só sentir meu cheiro? Nada mais?

Senti sua boca explorando meus seios. Ouvi vozes do lado de fora. "Don't", de Ed Sheeran, ressoava na galeria.

— Você é viciante, Hayes Campbell.

Depois de um minuto, ele se desvencilhou de mim e deu um passo para trás, sorrindo como o gato de Cheshire.

— Então pode vir. Pode me cheirar.

Aproveitei a deixa e senti seu cheiro. Passei pelo pescoço, pela garganta, por aquele lenço de seda ridículo. Enfiei a mão por dentro de sua camisa, que sempre estava desabotoada, e passei os dedos pelo peitoral macio, pelos mamilos intumescidos, perfeitos. Eu poderia morar em seus braços.

— Eu trouxe chiclete — avisou ele.

— Trouxe chiclete, mas não trouxe camisinha.

Hayes abriu um sorriso tímido.

— Trouxe, sim.

— Você tem camisinhas *agora*?

Ele assentiu.

— Então ontem você só estava… me testando?

— Eu estava *desfrutando* de você.

A lembrança do dia anterior me atingiu em cheio. A sensação de tê-lo tão perto.

Ouvimos risadas no corredor. Pareciam familiares. Talvez fossem de Matt.

Hayes chegou mais perto e sussurrou no meu ouvido:

— Posso colocar você de bruços na mesa, por favor? Só por um segundo…

Não era do feitio dele pedir permissão.

Lancei-lhe um olhar perplexo, como se ele estivesse maluco. E, no instante seguinte, me ouvi dizer:

— Você tem dois minutos.

— Consigo terminar em dois minutos — declarou, sorrindo.

— *Não* suje meu vestido.

— Não vou sujar. Prometo.

Seis minutos depois, já estávamos de volta à galeria e ninguém tinha percebido nada. Ou, pelo menos, era nisso que eu queria acreditar.

— Será que posso pedir um grande favor? — perguntei a Hayes conforme avançávamos em meio ao mar de gente. — Tem uma fotógrafa da Getty Images aqui. Eu queria muito tirar uma foto sua com Joanna. Mas, se você não se sentir confortável com isso, não tem o menor problema.

Eu odiava ter que pedir isso a ele. Odiava todas as insinuações presentes nesse pedido. Não queria que Hayes achasse que eu estava me aproveitando do fato de ele ser famoso para alavancar as vendas.

— Solène… — Ele envolveu meu pulso, puxando-me para mais perto. — Por que eu não faria isso por você?

Virei-me para encará-lo, ciente de que ele estava me tocando em um lugar cheio de gente. O cara com quem eu tinha acabado de transar no meu escritório.

— Eu só estou aqui por sua causa.

— Você está aqui por minha causa, não pela galeria.

— Eu estou aqui por *sua* causa — repetiu ele. — E, até onde sei, a galeria também é uma coisa sua.

Tiramos uma foto de Hayes, Joanna e o marido dela bem ao lado da *Low Tide at nº 24*. Hayes fez questão de não sair sozinho na foto com Joanna, pois ela era "bonita demais" e isso poderia trazer problemas.

— Eles vão achar que eu estou dormindo com ela — explicou-me ele quando perguntei o porquê de tudo aquilo.

— Quê? Eles quem?

— A imprensa. Os fãs. O mundo inteiro.

— Ela tem o dobro da sua idade, Hayes.

— Ora, não é como se isso tivesse me impedido antes, não é? — Ele abriu um sorriso lascivo, mascando chiclete. — Você quer vender obras de arte ou quer que isso vire um escândalo?

Hayes claramente sabia o que estava fazendo.

O marido de Joanna era um modelo sino-jamaicano, com feições esculpidas e o físico de quem passava horas e horas na academia, além de covinhas que rivalizavam com as de Hayes. Sua presença tornou aquela sessão de fotos ainda melhor.

Naquela mesma noite, Stephanie, a fotógrafa, postou uma dúzia de fotos dos três na Getty Images. No domingo, já tinham virado notícia em vários veículos de imprensa, como *Hollywood Life* e *Daily Mail*, e ao longo da semana estamparam reportagens na *Us Weekly, Hello!, Star, OK!* e *People*. Àquela altura, as peças da exposição *Sea Change* já estavam esgotadas havia muito, e a demanda pelo trabalho de Joanna já superara todas as nossas expectativas.

Paris

Em outubro, fui a Paris.

Lulit e eu comparecíamos à Feira Internacional de Arte Contemporânea, a FIAC, todos os anos, e a data normalmente coincidia com meu aniversário. Quando Hayes sugeriu que nos encontrássemos por lá, aceitei. Fiquei impressionada com seu empenho em tornar aquela viagem memorável. Ele agendou a sessão de fotos da campanha com a TAG Heuer justamente para os dias em que estaríamos lá. Reservou a cobertura do Four Seasons Hotel George v e insistiu que eu ficasse hospedada com ele, e não no apartamento que Lulit e eu costumávamos alugar. Arranjou passagens de primeira classe para mim e para Lulit, e só descobrimos essa grata surpresa quando fizemos check-in no guichê da Air France.

— Eu queria que você estivesse bem descansada quando chegasse — explicou-se ele mais tarde, enquanto tomávamos Dom Pérignon em nosso quarto de hotel. Era a viagem a trabalho mais luxuosa de que eu tinha lembrança, regada a vinho, arte e clima de outono. E, como sempre acontecia quando eu estava com Hayes, o tempo voou.

Ele chegou de Londres na terça-feira à noite, algumas horas depois de mim, após ter passado quatro dias nas Dolomitas, onde estava sendo gravado o clipe de "Sorrowed Talk", o primeiro single de *Wise or Naked* que eles pretendiam lançar.

— Eu estava com saudade. Com tanta, tanta saudade... — declarou.

Tínhamos acabado de transar e ele estava deitado ao meu lado, o cotovelo apoiado na cama, os dedos acariciando minha bochecha.

Percebi logo de cara: Hayes estava se apaixonando.

— Não aguento ficar tanto tempo sem ver você. Acho que você vai ter que largar o emprego, vender a galeria e passar os próximos anos viajando comigo por aí.

Dei risada.

— E o que eu faço com minha filha?

Ele encolheu os ombros e sorriu.

— Daniel? Internato? Bem, em último caso, a gente pode arranjar um quarto para ela, contratar um professor particular...

—Ah, claro, parece bem viável.

— E é mesmo. Que menina de treze anos não ia querer sair em turnê com a August Moon?

— Que mãe em sã consciência permitiria que a filha de treze anos saísse em turnê com a August Moon?

— Hum... Você tem razão.

Lembrei-me do rosto de Isabelle ao se despedir de mim na manhã anterior. Os grandes olhos azuis, o sorriso doce. Alheia a tudo aquilo. Tinha até escrito um cartão para mim: "Espero que este seja o aniversário mais feliz de todos!".

E eu sabia que, mesmo que a notícia fosse dada com a maior delicadeza, ainda a deixaria arrasada.

Eu a deixaria arrasada.

Hayes estava sorrindo, tracejando meus lábios com a ponta dos dedos.

— Mas ainda temos o plano A. Daniel? Imagino que isso esteja fora de cogitação, certo?

— Totalmente fora de cogitação.

— E se eu largar a banda?

Falou com uma voz tão, tão suave que fiquei com medo de responder. Passamos um instante ali, deitados em silêncio. E então, sem dizer mais nada, ele rolou para cima de mim, beijou os cantinhos da minha boca e envolveu meu pescoço com uma das mãos.

— Eu preciso de você... Quero mais.

— Não sei se ainda sobrou algo a oferecer.

— Essa resposta não é boa o bastante.

Sorri, enlaçando sua cintura com as pernas, passando as mãos em seu cabelo.

— O que você quer de mim, então?

Ele deslizou para dentro de mim. Tínhamos ficado negligentes em relação às camisinhas.

— Tudo.

Minha quarta-feira se resumiu a perambular com Lulit pelo segundo andar do Grand Palais, onde ficava nosso estande na FIAC. As exposições especiais começaram às dez da manhã e, desse momento em diante, nosso dia foi uma sucessão de colecionadores e dignitários estimados, o *crème de la crème* do mundo da arte. Um visitante mais fabuloso e abastado que o outro, falando uma porção de idiomas diferentes, todos um pouco arrebatados pela arte que os cercava. E, mais uma vez, lembrei por que eu amava tanto meu trabalho. Para mim, era reconfortante estar rodeada por pessoas tão diversas e intrigantes e fazer parte de uma comunidade em que quebrar as regras era algo admirado — algo *esperado*.

Hayes passou o dia no estúdio fazendo as fotos da campanha da TAG Heuer. No segundo dia da feira, o primeiro aberto ao público — que consistiu em dezoito mil visitantes —, Hayes saiu mais cedo da sessão de fotos e apareceu no Grand Palais pouco depois das cinco para me fazer uma surpresa. Em um mundo repleto de iPhones e mensagens de texto, foi um choque vê-lo ali no nosso estande. Demorei uns três segundos para me dar conta de que aquele estranho bonito era ele, o que me fez pensar em como os outros o viam. A altura notável, o cabelo, os olhos, a mandíbula, a boca larga... calça jeans preta da mesma cor das botas e um casaco de camurça escuro... Seria difícil não reparar nele, mesmo que não fosse famoso. E pensar que, naquele momento, ele era todo meu...

— O que você está fazendo aqui?

— Eu queria ver o que você fica fazendo quando não está comigo… E achei que ia gostar de ganhar uns macarons… — Ele sorriu e me entregou uma caixinha da Ladurée.

Puxei-o para um abraço bem apertado e, por um instante, nem dei bola para quem poderia estar nos vendo. Para o que poderiam estar pensando.

— Sabe, você está começando a agir como um namorado.

Ele riu.

— Um namorado, e não um…?

— E não uma pessoa que simplesmente gosta "muito, muito *mesmo*" da minha companhia.

— Rá!

Lulit, que até então estivera conversando com um colecionador chinês do outro lado do estande, veio até nós.

— Ora, ora, a que devemos essa grande honra? — Ela o cumprimentou com um beijo em cada bochecha, à moda dos franceses. Quando ela fazia, não parecia esquisito.

— Vim dar uma olhada para ver do que se tratava esse alvoroço todo.

— Mas as filas devem estar quilométricas. Você teve que ficar esperando por muito tempo?

Hayes negou com a cabeça, uma expressão divertida no rosto. Como se nunca tivesse precisado entrar em uma fila na vida.

— Quero agradecer de novo pelas passagens na primeira classe.

— Não há de quê. Ah, e comprei macarons para você. — Nesse momento, virou-se para mim e avisou: — É para você dividir esses aí com Lulit.

— Você não está com pressa para ir embora, está?

A feira tinha ficado muito movimentada ao longo do dia, mas no fim da tarde as coisas estavam um pouco mais calmas. Por isso, me ofereci para mostrar os arredores a Hayes, a começar pelo nosso estande: as telas de Nira Ramaswami, as esculturas de Kenji Horiyama, as obras de técnica mista de Pilar Anchorena. Artes por vezes assombrosas, inspiradoras, políticas.

Anders Sørensen, um manipulador de arte que trabalhava conosco havia um tempão, encarregado de fazer a montagem de nossos estandes nas feiras, tinha vindo de Oslo no início daquela semana. Vendemos sete peças durante a exibição privada, e Anders já havia retirado as obras vendidas e posto outras no lugar. Se conseguíssemos vender todas as dezoito peças que tínhamos levado para o evento, seria uma semana e tanto, e expliquei tudo isso a Hayes.

— Então você está aqui para vender o máximo de obras que puder?

— As feiras não se resumem a vender arte. — Estávamos circulando pelos corredores do segundo andar, dando uma olhada nas outras galerias de médio porte. — São uma oportunidade de conhecer pessoas do ramo, descobrir novos artistas, ver como essas obras estão sendo recebidas pelo público. E também é uma excelente forma de promover a galeria e os artistas que representamos. Não é todo mundo que consegue montar um estande aqui.

— E quem decide onde ficam os estandes?

— O comitê. As galerias de grande porte, as mais rentáveis, sempre ficam no piso principal, pois lá a circulação de visitantes é maior.

— E você tem esse desejo? De ter uma galeria maior?

Sorri para ele. Adorava o fato de Hayes me fazer tantas perguntas. Adorava o fato de ele se importar com o que eu fazia.

Daniel nunca foi muito fã do mundo da arte. Quatro anos antes, no baile de gala anual do MOCA, aconteceu a gota d'água. Ele passou a noite puxando o saco de figurões como Brian Grazer e Eli Broad, mas não deu a mínima para a exposição de arte. Quando lhe perguntei o que tinha achado da exibição, Daniel tomou um gole de vinho e respondeu que era "superestimada e autoindulgente", fazendo-me questionar como é que eu tinha me casado com alguém tão diferente de mim. Passei o resto da noite lutando contra as lágrimas, ciente de que o relacionamento havia acabado.

— Eu acho que gosto das coisas como estão — respondi a Hayes. — Se tivéssemos uma operação maior, teríamos que abrir galerias em Nova York, em Londres, em Paris ou no Japão. Não seria fácil dar conta de tudo isso, já que sou mãe solo.

Hayes passou um instante em silêncio, pensativo, mas não disse nada.

Descemos ao andar principal. Embora estivesse usando botas Saint Laurent de salto alto, minha vontade de mostrar as coisas a ele era tanta que consegui abrir caminho em meio àquele mar de pessoas com surpreendente rapidez.

— Não me deixe para trás — pediu ele, segurando minha mão. Quando percebeu minha relutância, me soltou e começou a rir. — Vamos ter que falar sobre isso em algum momento. Mas, por ora, por favor, não me deixe para trás. Tem muita gente aqui.

— Não vou. Prometo.

Tinha *mesmo* muita gente ali, embora pouquíssimos integrassem o público-alvo de Hayes, de modo que presumi que ele estaria em segurança. Mas nem imaginava como ele devia se sentir em uma situação dessas, sabendo que a qualquer momento poderia haver uma comoção seguida de um corre-corre, sem que houvesse um Desmond ou um Fergus para protegê-lo. Eu não fazia ideia de como era levar uma vida assim.

Diminuí o passo e andei a seu lado, tentando não me preocupar com o que os outros estavam pensando. Se é que havia alguém prestando atenção em nós dois. De súbito, me ocorreu que talvez nem precisássemos estar de mãos dadas para que alguém desconfiasse. Talvez a nossa química por si só já desse bandeira.

— Você vai me mostrar as artes que ama? — quis saber ele.

— Vou, sim.

Conduzi-o até duas obras estupendas do artista dinamarquês-islandês Olafur Eliasson. *The New Planet*, um grande oloide giratório feito de aço e vidros coloridos. E *Dew Viewer*, que consistia em inúmeras esferas de cristal de prata aglomeradas que refletiam para todos os lados. Obras fascinantes, memoráveis.

— Tem muitos de nós ali nos reflexos — sussurrou ele no meu ouvido enquanto admirávamos o *Dew Viewer*. — Um montão de Hayes e Solènes pequenininhos… Deve ter no mínimo uns duzentos.

— Por aí mesmo.

— Gosto da ideia de nos ver multiplicados — declarou Hayes bem baixinho.

— Não sei se entendi o que você está querendo insinuar.

— Nada. — Ele sorriu. — Nadinha mesmo.

* * *

Enquanto refazíamos nossos passos pelo corredor principal, demos uma passada no estande da Galeria Gagosian, onde apresentei Hayes à minha amiga Amara Winthrop. Foi com ela que tomei café da manhã naquele dia, meses antes, quando a aparição da August Moon no programa *Today* fez todos no centro de Manhattan se atrasarem. Mas se Amara reconheceu Hayes ali, no Grand Palais, não deixou transparecer, mesmo que eu o tivesse apresentado por nome e sobrenome e dito que era um "amigo", e não um "cliente". Eu queria sondar o terreno, ver como eu me sentia ao me referir assim a ele.

— Você está maravilhosa como sempre.

Amara se pôs a ajeitar o coque no cabelo. Estava com um blazer *peplum* justinho e saia lápis, perfeitamente ajustados ao corpo, provavelmente de alguma marca britânica. Na pós-graduação, todos tínhamos ficado intimidados por aquela loura de Bedford Hills.

— Bem, você sabe como é: pode ter os diplomas que for, mas a aparência continua prevalecendo. Mas, afinal, o importante é vender as obras de arte, certo?

Abri um sorriso. Lulit e eu já tínhamos nos queixado disso tantas e tantas vezes.

— Exatamente. O importante é vender as obras de arte.

— Você vai ao jantar esta noite, não vai?

— Vou, sim.

— Que jantar? — Hayes pendeu a cabeça para o lado.

— Eu comentei com você... É o único jantar de negócios que tenho esta semana.

— Acho que esqueci de propósito.

Duas jovens de vinte e poucos anos estavam rodeando uma das esculturas de John Chamberlain, bem pertinho do estande. Estava na cara que tinham reconhecido Hayes, pois não paravam de lançar olhares furtivos em nossa direção, mas ele as ignorou.

— Ela não se cansa de me abandonar — queixou-se ele para Amara, revelando meio que... tudo.

Ela levou um segundo para processar a informação, mas enfim respondeu:

— Ora, então você deveria ir também.

Hayes se virou para me encarar, um sorriso irônico despontando nos lábios.

UMA IDEIA DE VOCÊ 201

— Talvez eu vá mesmo.

— *Pardon.* — Uma das jovens tinha decidido fazer uma abordagem. — *Excusez-moi, c'est possible de prendre une photo?* Podemos tirar uma foto?

— *De l'art? Oui, bien sûr* — respondeu Amara.

— *Non. De lui. Avec Hayes* — declarou, com aquele traço tão adorável dos franceses de não pronunciar a letra H. — Podemos tirar uma foto com você, 'Ayes, por favor?

Hayes acatou o pedido e Amara ficou observando tudo, visivelmente confusa. Quando ele fez menção de retomar o assunto, dizendo "Então, sobre hoje à noite…", como se posar para fotos com estranhos que o conheciam não fosse nada de mais, Amara o interrompeu.

— Nossa… Você é alguém, não é?

— Alguém? Sou, sim. — Ele sorriu.

— Tudo bem. Eu vou descobrir. E, sim, venha jantar com a gente. O pessoal é bem divertido. Solène, leve-o. — Ela me encarou antes de se voltar para o meu "alguém" e dizer: — Faça com que ela leve você.

Tínhamos uma reserva no restaurante Market, na avenida Matignon, para mais tarde naquela noite. Era um grupo de dez pessoas, e acabamos ficando com a maior mesa do salão dos fundos. Era isolada, elegante, banhada por uma iluminação quente. E, depois de uns amassos e um banho no hotel, fiquei feliz por Hayes ter se juntado a nós. Estava um pouco receosa de que ele pudesse se sentir deslocado, mas a boa criação e os três anos como celebridade mundialmente famosa provavelmente o tinham preparado para esse tipo de situação. Quando ainda estávamos nos arrumando no George v, recebi uma mensagem engraçada de Amara:

> Acabei de pesquisar seu novinho no Google. COMO ASSIM? Onde foi que você arranjou um cara desses??? Se você não quiser ir jantar com um bando de velhotes do meio artístico, eu vou entender MESMO. Eu provavelmente também não iria querer. Mas vou precisar de mais detalhes depois. Muitos detalhes. Bjs!

No restaurante, porém, ela manteve total discrição. Nosso grupo era bem animado: Amara e Lulit, Christophe Servan-Schreiber, que tinha galerias em Paris e em Londres, e o pintor Serge Cassel, um dos artistas representados por Christophe. Também havia Laura e Bruno Piagetti, que eram coleciona-dores de Milão, Jean-René Lavigne, que trabalhava na Galeria Gagosian em Paris, e Mary Goodmark, consultora de arte londrina. E Hayes e eu.

O vinho fluía livremente e as vozes se elevavam, sobretudo entre os italianos. Hayes e eu estávamos sentados no banquinho no canto da mesa, de costas para a janela, ladeados por Christophe, Lulit e Serge. Hayes deu um jeito de passar a noite inteira de mãos dadas comigo... e eu não o impedi.

— Então, como foi que você conheceu Solène? — perguntou Christophe ao meu acompanhante.

Já estávamos lá havia quase uma hora, desfrutando dos aperitivos com-partilhados entre todos: tartare de vieira com trufas negras e pizza de queijo fontina trufado. Metade da mesa discutia uma obra de Anish Kapoor, que, segundo diziam, tinha sido vendida no dia anterior por dois milhões de dó-lares. O restante estava compartilhando histórias de outras feiras de arte, e Mary e Jean-René nos inteiraram do que havíamos perdido na Frieze de Londres. E, enquanto isso, Hayes tinha que responder a perguntas do res-peitado negociante de arte.

Hayes sorriu, virando-se para me encarar.

— Solène... — disse, a voz rouca, profunda, carregada de insinuações. — Como foi que a conheci?

Bem nessa hora, ele se pôs a acariciar a parte interna da minha coxa, logo acima do joelho, e senti que estava ficando excitada. Ele não precisava de muita coisa para me deixar naquele estado.

Em seguida, Hayes sorriu e voltou sua atenção para Christophe.

— Nós somos bons amigos — declarou.

— Você é estudante de arte?

— Não — respondeu, rindo.

— Um pintor?

Hayes negou com a cabeça.

— Um colecionador iniciante.

— E já viu algo que tenha chamado a sua atenção na feira?

— Hum… — Ele ficou pensativo por um instante, e fiquei com receio de que não tivesse retido nenhuma das informações que aprendera naquela tarde. — As obras de Basquiat me pareceram particularmente fascinantes — disse, por fim. — Inquietantes, perturbadoras. Mas as obras dele sempre são assim, não? Seus demônios internos transparecem no trabalho. Além disso, vi algumas peças de Nira Ramaswami no estande de Solène que chamaram muito a minha atenção. Poéticas, melancólicas. Isso sem contar as obras de Olafur Eliasson. Dá até para se perder nelas. Dá mesmo…

Minha vontade era afundar a cabeça no colo de Hayes e cair de boca ali mesmo. Quem era esse cara e o que ele tinha feito com meu novato em arte? Eu tinha imaginado que, na melhor das hipóteses, ele regurgitaria algumas de minhas opiniões, mas aquelas eram todinhas dele.

— *Sì, mi piace molto*. Eu amo as obras de Basquiat — comentou Laura, que estava do outro lado da mesa. — Ao olhar para elas, dá até para sentir… *il dolore. Come si dice?* — Ela se virou para Bruno, que estava bem ao lado, e o movimento agitou seus cabelos curtos e escuros. Laura tinha pele de alabastro e lábios carnudos e usava um vestido vermelho-tomate com um decote profundo, que deixava o pescoço císneo à mostra.

— Dor — respondeu Bruno. Era mais velho que Laura, com mais fios grisalhos do que pretos na cabeça, detentor de um maxilar distinto e de uma *villa* no lago Como.

— *Sì*. Dá até para sentir a dor. Eu amo.

— Eu não vejo a necessidade de sentir dor — declarou Lulit, juntando-se à conversa. — Aprecio o fato de a maioria dos artistas ser um pouquinho maluca… sem querer ofender, Serge… mas nem sempre vejo a necessidade de sentir isso na obra que produzem. Às vezes, simplesmente quero olhar para uma obra e ficar feliz.

— Como Murakami — comentei —, em certas doses.

— Isso mesmo. Como Murakami. — Ela sorriu. — Já tem tantas coisas ruins no mundo… Às vezes só preciso que a arte levante meu astral.

Hayes estava girando a taça de Cabernet Sauvignon, um movimento lento, hipnótico.

— Talvez a dor *esteja* presente nas obras de Murakami, mas a gente não consiga ver, já que ele conta com a ajuda de colaboradores para expressar sua genialidade.

Todos nos viramos para encará-lo, intrigados.

— O que você faz da vida mesmo? — perguntou Christophe. Ele tinha um daqueles sotaques impossíveis de identificar. Pai francês, mãe britânica, parte da vida passada em internatos suíços. Uma mistura de culturas diferentes, algo bastante comum no mundo da arte.

— Eu sou cantor e compositor. Tenho uma banda.

— E tocam que tipo de música?

— Principalmente pop.

Enquanto isso, Serge, Jean-René e Lulit davam continuidade ao assunto sobre sofrimento na arte e passaram a discutir a ascensão perturbadora de antissemitismo que tinha se dado na França no ano anterior e a quantidade de judeus que migrara por conta disso.

— *C'est horrible* — comentou Jean-René, do outro lado da mesa. — *C'est vachement triste, et ça va continuer à se dégrader, c'est sûr. Si personne ne fait rien, ne dit rien... On va attendre jusqu'à quand? Comme la fois précédente? Non, pas question!*[*]

Ignorando o peso da conversa que se desenrolava na ponta da mesa, Christophe perguntou, dirigindo-se a Hayes:

— Música pop? Que legal! E você faz shows?

Hayes assentiu.

— Faço, sim. Com a banda.

— E vocês tocam onde? Em clubes noturnos e coisas assim?

Amara, que estava do outro lado da mesa, se pronunciou:

— Ah, Christophe, ele não quer contrariá-lo. Hayes é um dos integrantes da August Moon. Eles venderam um zilhão de álbuns e fazem bastante sucesso... principalmente entre garotas adolescentes.

— Ah, é você *mesmo*! Eu sabia! — Mary quase cuspiu o vinho. — Eu vi vocês no programa do Graham Norton um dia desses. Vocês estavam *tão* adoráveis. Fizeram a *alegria* de todas as garotas. Minhas sobrinhas vão pirar.

---

[*] É horrível. É muito triste e vai ficar cada vez pior se ninguém fizer nem falar nada... Vamos esperar até quando? Vai ser como da última vez? De jeito nenhum! (N. E.)

— É sério? — Christophe parecia estar se divertindo com a situação. — Você é famoso? Ele é famoso, Solène? — perguntou, inclinando-se na minha direção.

— Em alguns círculos de pessoas — respondi, dando um apertãozinho na mão de Hayes.

— Mas claramente vocês não estão entre elas — declarou Hayes, rindo.

— As *boy bands* são uma espécie de Murakami do mundo da música. — Amara sorriu, satisfeita com a própria observação. — Ninguém presta atenção à dor que reside atrás da genialidade. Podemos simplesmente olhar para vocês e nos sentir felizes...

Hayes franziu a testa.

— Em certas doses?

— Em todas as doses — respondeu ela, com um sorriso.

— Obrigado. Isso foi muito gentil de sua parte. Eu acho...

Amara assentiu, tomando um gole de sua água Vittel.

— Há muitas coisas boas no seu trabalho. Você não teria tanto reconhecimento se não fosse o caso. Quer dizer, seu público é composto de meninas adolescentes, com todas suas angústias e loucuras. Essa é a idade mais difícil de se fazer feliz...

— Tirando as mulheres de meia-idade — acrescentou Mary.

— Tirando as mulheres de meia-idade — repetiu Amara, rindo. — E você claramente conquistou esse público também.

— Sem pressão — respondeu ele, rindo baixinho.

Dei outro apertãozinho na mão dele. Foi bom que ele escutasse que sua arte era apreciada, em especial em meio àquela plateia tão crítica. Embora, a bem da verdade, tal incentivo devesse ter vindo de mim.

— E como você sabe tanto sobre arte? — quis saber Christophe, dando continuidade ao assunto.

Hayes sorriu, a mão acariciando meu joelho outra vez.

— Eu tenho uma professora muito, muito boa...

Eu não via a hora de levá-lo de volta ao quarto de hotel. Poderia pôr a culpa no vinho, em Paris ou no fato de ele ter emitido opiniões embasadas sobre

Murakami e Basquiat, mas, no fim das contas, talvez fosse apenas a noção do que ele era capaz de fazer. Da mágica que eu sentia quando estava com ele.

— Você estava *tão* adorável, Hayes. Fez a *alegria* de todas as garotas…

Estávamos no elevador, a caminho do oitavo andar, quando repeti a fala de Mary. Meu corpo estava colado ao dele, minha boca em seu pescoço.

— E fiz mesmo. Eu *faço*.

— Por que você não me mostra… como faz a alegria de todas as garotas?

Ele riu, lascivo.

— Aqui?

— Aqui.

Enfiei a mão dentro de seu casaco, procurando a fivela do cinto.

— Não.

— Não?

Eu não estava acostumada a ouvir um "não" vindo dele.

— Tem câmeras aqui.

Ergui o olhar, procurando-as no teto. Lá estavam. Foi aí que percebi que eu nunca tinha dado muita bola para câmeras em elevadores, mas Hayes precisava se preocupar mais com a própria privacidade.

— Acho que você não vai querer que sua filha veja como faço sua alegria…

— Não. Não mesmo.

— Tem câmeras *aqui*? — perguntei quando chegamos ao andar da nossa suíte.

Ele estava procurando o cartão magnético nos bolsos.

— Geralmente tem, sim.

— Ah, que pena… — Minhas mãos foram de encontro ao seu cinto outra vez, desafivelando-o, depois desabotoando a calça e abrindo o zíper.

— Caralho! — exclamou, rindo e agarrando meu pulso. — Foi algo que eu disse? Ou foram as trufas?

— Isso. — Meus dedos espalmaram a parte da frente da calça, sentindo Hayes e aquele pau perfeito. — Foram as trufas.

— Caralho… — repetiu ele, fechando os olhos.

Passamos um instante ali, em frente à nossa porta fechada, enquanto eu o masturbava no nosso corredor quase privativo do George v. As câmeras que se danassem.

— Você vai nos meter em encrenca.

— Eeeu?

— Você.

Por fim, ele me fez parar. Passou o cartão magnético na porta e me puxou para dentro do quarto.

Depois, fechou a porta e me pressionou contra a parede.

— Onde foi que paramos mesmo?

— Nas trufas.

—Ah, as trufas.

Seus lábios encontraram os meus enquanto ele lutava para arrancar meu casaco. As mãos deslizaram pelo vestido, esgueirando-se por baixo da bainha.

— Eu ainda não terminei.

— Não?

Neguei com a cabeça, me desvencilhando de seu aperto e me pondo de joelhos no vestíbulo apertado.

Nem deu tempo de chegarmos à cama.

— Puta merda… — Ele enfiou as mãos no meu cabelo, ainda vestindo o casaco, com as calças arriadas até as panturrilhas.

Hayes, fazendo o que o deixava feliz.

Por mais que eu tivesse passado a adorar a reação dele, por mais que tivesse passado a adorar *Hayes*, odiava o fato de aquele momento me dar tanto tempo para pensar. Minha mente sempre se desviava para lugares ruins. Por que raios eu estava me relacionando com alguém tão novo? E como, em nome de Deus, eu tinha ido parar ali, ajoelhada em um hotel cinco estrelas, chupando o pau do integrante de uma *boy band*? E oh, meu santo Deus, não deixe minha filha seguir pelo mesmo caminho, por favor! O tipo de coisa que você nunca espera.

—Ah, caralho, caralho, caralho… Solène. — Ele se desvencilhou antes de gozar, me levantando do chão e me pressionando contra a parede outra vez. — É isso que acontece quando você está em Paris? Vamos ter que vir para cá mais vezes…

— Por mim tudo bem.

— Dá para ver — sussurrou, colocando os dedos dentro da minha calcinha, deslizando para dentro de mim com a maior facilidade. — Caraalhooo...

— É "caralho" demais, hein? Mesmo para os seus padrões.

Ele sorriu, arrancando minha calcinha.

— Você está contando?

— Talvez esteja...

— Não faça isso.

Em seguida, Hayes fez três coisas em um só instante: levantou-me do chão, meteu o pau em mim e enfiou os dedos molhados na minha boca. Basta dizer que todos os pensamentos sombrios que me atormentavam dois minutos antes foram esquecidos.

Enquanto meus braços agarravam seu pescoço, minhas pernas enlaçavam sua cintura e meu vestido jazia retorcido e enrolado na altura do umbigo, percebi que, durante todos os anos que passamos juntos, Daniel nunca tinha me comido daquele jeito. Nem no comecinho do relacionamento. Ele não era tão forte quanto Hayes, nem tão grande, nem tão desinibido, e certamente não era tão passional. Fiquei com a impressão de que, por mais que já tivesse feito muitas coisas com Hayes, ele ainda tinha muitas cartas na manga.

Nós dois gozamos. E tive a vaga impressão de que eu deixara escapar um grito e que Hayes pressionara os dedos contra meus lábios antes de desabarmos no chão.

— Porra! — Ele estava rindo, o corpo estirado no vestíbulo. A calça ainda enrolada ao redor dos tornozelos, e ele estava com o casaco, a camisa e as botas.

— Qual é a graça? — Aninhei-me em seu colo para beijar aquelas covinhas, para sentir seu calor.

— *Você...* Você é *barulhenta*, senhora "Nunca fui uma dessas garotas que gritam".

Eu ainda estava ofegante.

— Eu disse isso?

Hayes assentiu, com os olhos fechados.

— No Four Seasons, em Nova York.

— Como você se lembra disso?

— Já disse: eu me lembro de tudo.

Ficou calado por um instante, afagando meu cabelo com uma das mãos.

— E agora nunca vou me esquecer de como você foi barulhenta no Four Seasons em Paris.

Dei risada.

— Ótimo.

Ele assentiu outra vez, sonolento.

— Foi ótimo *mesmo*. *Mais* do que ótimo. Eu gosto quando você grita. Feliz aniversário adiantado, Solène Marchand... — Ele caiu no sono por um segundo, mas quando o beijei sussurrou: — Estou me apaixonando por você. Vou botar isso para fora, porque posso. Porque você me disse que eu não poderia fazer isso se estivesse dormindo com mais alguém, e não estou. Então, pronto, agora você já sabe...

— Shhh. — Pus o dedo sobre seus lábios. — Você está falando enquanto dorme.

— Eu não estou dormindo — respondeu ele, ainda de olhos fechados.

Passamos um bom tempo deitados no chão, em silêncio, até que senti seu sêmen escorrer de dentro de mim, espalhando-se entre minhas coxas. Um montão de Hayes e Solènes pequenininhos...

— Como você começou a entender tanto de arte de uma hora para outra, Hayes?

Por um instante, não houve resposta, e eu já estava crente que ele tinha caído no sono quando vi seu sorriso débil.

— Eu li um livro.

— Você leu um livro?

Ele assentiu.

— Li. *Sete dias no mundo da arte*. Achei que deveria aprender algumas coisas sobre o seu trabalho...

E, naquele momento, agradeci aos céus por Hayes estar quase dormindo, porque assim ele não me veria chorar.

* * *

No domingo, depois de dois dias inteiros matando tempo, Hayes estava inquieto.

— Fique aqui, por favor — implorou, ainda esparramado na cama, enquanto eu me arrumava para meu quinto e último dia de feira.

Eram onze e quinze da manhã, e eu tinha que chegar ao Grand Palais antes do meio-dia.

— Vou passar o dia inteirinho com você amanhã. Prometo.

— Isso não é suficiente. Eu quero você agora.

Dei risada e fechei o zíper da saia.

— De novo?

Ele sorriu, o rosto apoiado nos braços, o cabelo todo macio e despenteado. Não vestia nada além de uma cueca boxer preta da Calvin Klein.

— Eu quero você perto de mim. Não vá embora… Por favor.

Depois de colocar os brincos e o relógio que Hayes havia me emprestado, fui até ele, aninhando seu rosto entre as mãos.

— Você é muito, muito, muito irresistível, e sabe muito bem disso. Mas eu preciso trabalhar. Por favor, respeite isso.

Ele continuou deitado, permitindo que eu bagunçasse seu cabelo e beijasse seus lábios, mas não respondeu nada.

— Eu mando mensagem mais tarde. Tudo bem? Tudo bem?

Ele assentiu. Lá estava Hayes, em seu momento vulnerável.

Naquela tarde, o Grand Palais parecia um pouco mais cavernoso do que de costume, e pude sentir no ar que algo lindo chegava ao fim. Ainda faltava vender duas peças, e Lulit e eu já estávamos fazendo planos sobre a visita a Miami em dezembro. A instalação, as festas… Ainda não eram nem três e meia quando ergui o olhar e dei de cara com Hayes, que acabara de adentrar nosso estande.

— Sabe que dia é hoje? — perguntou logo de cara. Nada de "oi", nada de beijo.

Lulit e eu trocamos um olhar.

— Domingo? Vinte e seis de outubro? O último dia de feira?

— É seu último dia na casa dos trinta — declarou ele.

— Shhh — disse Lulit, rindo. — Não se diz esse tipo de coisa em voz alta.

— Desculpe, mas é verdade... — Ele fez uma pausa para esperar o casal, que até então estivera admirando uma das esculturas de Kenji Horiyama, sair do estande. — Por isso... — continuou, chegando mais perto de mim. — Vou levá-la comigo.

— Você vai o quê? — perguntou Lulit.

— Vou levá-la comigo — repetiu Hayes, segurando meu pulso com uma das mãos. — Posso levá-la comigo? Porque eu vou levar.

— Hayes, eu estou trabalhando.

— É, ela está trabalhando.

— É seu aniversário, estamos em *Paris*... — Seu rosto angelical esmigalhou uma partezinha do meu coração.

— Eu sei, e fico muito feliz por você ter pensado nisso, mas ainda temos o dia todo amanhã. E temos a noite de hoje.

— Se eu comprar uma obra, vai mudar alguma coisa? — Hayes começou a esquadrinhar as paredes com o olhar.

— Eu não quero que você compre nada.

— Mas e se eu quiser comprar?

— Eu não quero que você compre nada — repeti.

Virei-me para olhar para Lulit, e a expressão estampada em seu rosto me deixou perplexa. Ela estava considerando a oferta. Ciente de que ele faria o que fosse necessário para fechar aquele negócio. O olhar de Lulit dizia tudo: "Vá vender arte para homens brancos ricos".

— Não. — Neguei com a cabeça.

— O que ainda está à venda? — perguntou Hayes, dirigindo-se a Lulit. — Ela disse que ainda havia duas peças à venda. Quais são?

— Tem um quadro de Ramaswami. E uma das esculturas de Kenji.

— Qual é o de Ramaswami? — quis saber Hayes, e Lulit apontou para o quadro.

As obras de Nira Ramaswami, quase sempre feitas com óleo sobre tela, detalhavam a situação difícil das mulheres na Índia, país de origem da artista. Figuras desoladas nos campos, meninas à beira de uma estrada, noivas inocentes no dia do casamento. Comoventes, apaixonadas, olhos escuros e rostos solenes. Sempre foram pinturas instigantes, mas o caso do estupro coletivo em Délhi em dezembro de 2012 desencadeou uma onda de interesse pelo assunto. Por isso, a artista passou a ter uma grande procura.

— Aquele ali? — Os olhos de Hayes se iluminaram. — Gostei dele. *Sabina na mangueira.*

— Não é nada barato.

— Nada barato quanto?

— Sessenta — declarou Lulit sem pestanejar.

— Mil?

— Sessenta mil... euros.

— Caralho! — Hayes se deteve por um instante, alternando-se entre olhar para Lulit e para o quadro. De todas as pinturas de Nira expostas na feira, aquela era a mais inspiradora, a mais esperançosa.

A mão de Hayes ainda segurava meu pulso.

— Se eu comprar, você vai me deixar levar Solène?

— Não. Hayes, *não* faça isso. Eu vou sair daqui às oito.

— Você vai me deixar levar Solène? — repetiu ele, dirigindo-se a Lulit.

Ela deu um leve aceno de cabeça.

— Ótimo. Então está feito.

— Hayes, isso é um absurdo. Não vou permitir que você faça isso.

— Solène... Já está feito.

Fiquei imóvel, completamente atordoada.

— Isso parece até escravidão. Escravidão branca.

— Com a diferença de que estou comprando sua liberdade, não seus serviços. Pare de pensar tanto no assunto.

Abrimos caminho em meio à multidão no primeiro andar e saímos para a rua, com Hayes me conduzindo pela mão durante todo o trajeto. Parecia tão descarado e óbvio, e fiquei imaginando o que o mundo artístico da Europa estaria comentando sobre o fato de eu ter abandonado meu marido para me envolver em um relacionamento claramente inapropriado.

Quando chegamos a uma travessa da Champs-Élysées, vi uma porção de garotas. Muitas mesmo. Era domingo à tarde, afinal. E, quando Hayes parou para pôr os óculos de sol e o gorro cinza de tricô, aproveitei para me afastar dele e cruzar os braços.

— Você vai mesmo fingir que não estamos juntos? — perguntou ele enquanto nos dirigíamos à fila de táxis.

Eu ri, um pouco apreensiva. Não queria aparecer no TMZ outra vez.

— Que seja.

Na nossa frente, havia uma família com duas garotas novinhas e um menino. Elas reconheceram Hayes logo de cara e, depois de muitos gritinhos em japonês, conseguiram tirar uma foto com ele. Hayes foi muito simpático, como de costume.

Esperei um pouco afastada, ao lado do garoto adolescente, que estava todo empacotado para se proteger do vento.

Quando entramos no táxi, Hayes deu um endereço no bairro Marais ao motorista, e seguimos em silêncio rumo ao leste, passando pela Champs--Élysées, pela Place de la Concorde e pelo Quai des Tuileries. A certa altura, estiquei o braço para pegar a mão de Hayes, mas ele se desvencilhou.

— Você está irritado? Comigo? Depois do que você acabou de fazer, você está irritado *comigo*?

Através da janela, ele contemplava o rio Sena, o Museu d'Orsay e outros pontos turísticos ao sul. A luz era maravilhosa a essa hora do dia. Mesmo em meio a tanto cinza, as folhas de outono tingiam a paisagem de dourado e carmim. Percebi que não via o céu do fim de tarde havia quase uma semana.

Hayes passou um tempo sem dizer nada. E, quando enfim quebrou o silêncio, sua voz estava suave.

— Estou irritado comigo mesmo. Eu só queria passar o dia com você.

— Eu sei. E fico feliz por isso. Mas você não pode simplesmente aparecer do nada e fazer gestos grandiosos, como se estivesse em um filme de Hugh Grant. Você não pode… me *comprar*… Não pode comprar meu tempo.

Ele se virou para mim, mordiscando o lábio inferior.

— Desculpe.

— E eu avisei que tinha que trabalhar, mas você não respeitou. O que foi muito egoísta e indelicado de sua parte. Como se tivesse o direito de fazer isso.

— Desculpe — repetiu.

— Nem sempre se pode ter tudo o que quer, Hayes.

Ele manteve o olhar fixo no meu por um minuto, sem dizer nada. Passamos zunindo pelo Louvre, que estava à nossa esquerda.

— Você por acaso *quer mesmo* aquele quadro?

— É lindo.

— É lindo mesmo, mas isso não vem ao caso. Não se deve comprar arte de forma impulsiva ou como uma forma de manipular algo. Deve ser uma coisa pura.

Ele abriu um sorriso fraco.

— Você é um pouco idealista, sabia?

— Talvez seja mesmo.

Ficou em silêncio outra vez, mas deslizou a mão pelo banco do carro e enroscou o dedo mindinho ao meu, e aquele pequeno gesto foi o suficiente.

— Por que você não quer ser vista comigo? — Essa pergunta me pegou de surpresa. — Por quê? Por que se sente tão desconfortável com essa ideia? Por que está com vergonha disso? O que você acha que vai acontecer quando as pessoas descobrirem? Nós estamos juntos, não estamos?

— É complicado, Hayes...

— Não é *nada* complicado. Eu gosto de você. Você gosta de mim. Quem liga para a opinião dos outros? Por que você se importa tanto com isso?

— Como *você* não liga para isso?

— Estou em uma *boy band*. Se eu me importasse com a opinião dos outros, definitivamente não poderia ter entrado nesse ramo... Sério, Solène, por que você liga tanto para isso? Olhe só, eu quero proteger sua privacidade porque não acho que Isabelle deveria descobrir desse jeito. Mas, se existir alguma outra razão para você não se sentir confortável em ser vista ao meu lado, preciso saber qual é.

Fiquei em silêncio enquanto o táxi serpenteava pela rua em frente ao Hôtel de Ville e entrava no Marais. As ruas estavam apinhadas de parisienses.

Eu queria tanto ignorar os milhões de motivos que me impediam de me apaixonar completamente por ele...

— Eu nem sei por onde começar — declarei.

— Pelo começo.

Bem nessa hora, o táxi parou e nosso motorista árabe disse:

— *Trente, rue du Bourg Tibourg.*

— *Oui, merci, monsieur* — respondeu Hayes, tirando a carteira do bolso. Seu francês com sotaque britânico era maravilhoso.

Descemos do táxi e nos pusemos a andar pela ruazinha estreita em frente à Mariage Frères, a famosa casa de chá. É claro que o garoto britânico estava me levando para tomar chá. Afinal, já eram quatro da tarde.

— Mariage Frères!

— Você já conhecia?

— Eu *amo* este lugar! A minha avó paterna sempre me trazia aqui, e ficava me ensinando o que significa ser francês. Já faz milênios... antes de você nascer.

Ele sorriu de orelha a orelha, pegou minha mão e me conduziu porta adentro.

— Eu sabia que escolher você tinha sido um acerto.

—Ah, então foi *você* que *me* escolheu?

Ele assentiu. Fomos até a área de espera do restaurante para aguardar nossa mesa. Hayes deu o nome à recepcionista, pois, ao que parecia, ele tinha feito uma reserva. Ri por dentro ao perceber que, desde o início, ele tivera a audácia de acreditar que seu quase sequestro ia dar certo.

— Por que você me escolheu, Hayes?

— Porque parecia que você queria ser escolhida.

Ri, um pouco sem graça, os dedos ainda entrelaçados aos dele.

— O que isso quer dizer?

— Exatamente o que você pensou.

Ele deixou o assunto pairar no ar por um momento e não disse mais nada.

O garçom nos acompanhou até nossa mesinha, que ficava nos fundos do restaurante. O cômodo era bem iluminado, então não tinha como Hayes se esconder. Talvez tenha sido a altura, o chapéu ou os óculos de sol, mas o fato é que as pessoas estavam se virando para olhá-lo... mais uma vez.

— O melhor de tudo — continuou Hayes, chegando mais perto de mim — era que você era cheia de regrinhas adoráveis e completamente arbitrárias.

A essa altura, já estávamos acomodados na mesa, os cardápios em mãos.

— Você se lembra de tudo, não é?

— Exatamente. Por isso, não me faça promessas que não pretende cumprir.

Não sei se ele tinha dito isso para soar inteligente, mas fiquei remoendo aquelas palavras por um bom tempo.

— Então — prosseguiu —, por favor, me diga por que você não quer ser vista comigo. É por causa da banda? Por causa da diferença de idade? Da fama? Pelo fato de eu não ter frequentado a faculdade? Ou tudo isso junto? Hein, o que é?

Sorri ao ouvir aquela lista de coisas tiradas de sua linda cabecinha.

— O fato de não ter frequentado a faculdade?

Ele encolheu os ombros.

— Eu não faço ideia do que se passa na sua mente. Regras arbitrárias, esqueceu?

Fiquei o admirando por um instante. O cabelo espetado em mil e uma direções por causa do gorro. As feições dignas de Botticelli.

— Eu sou velha demais para você, Hayes.

— Acho que você não acredita mesmo nisso. Quer dizer, você gosta de mim? Não se diverte quando estamos juntos? Você acha que não consigo acompanhar a conversa?

— Não é nada disso.

— Então realmente acho que você não acredita nisso. Se acreditasse, não estaria aqui. Acho que o problema é que você dá muita importância ao que as pessoas podem pensar ou dizer, e isso está fodendo com sua cabeça.

Fiquei calada por um instante.

— E como você faz para não ligar para nada disso?

— Você tem noção do tanto de *merda* que falam sobre mim? Agora, pergunte se eu ligo para isso? Não. Nem um pouquinho.

Continuei imóvel, observando-o tamborilar os óculos de sol sobre a mesa.

— Você sabe o que dizem sobre mim? Que sou gay, que sou bi, que estou dormindo com Oliver, com Simon, com Liam, com os três ao mesmo tempo. Que estou dormindo com Jane, nossa empresária, que de fato é uma mulher bonita, mas isso não é verdade. Dizem que já dormi com pelo menos três atrizes diferentes, sendo que nunca troquei uma palavra com nenhuma delas. Dizem que arruinei quatro casamentos em três continentes diferentes e que tenho no mínimo dois filhos... Eu tenho *vinte* anos. De onde eu teria tirado tempo para fazer essa *porrada* de coisas?

Caí na gargalhada.

— Eu queria muito que tudo isso fosse invenção da minha cabeça, Solène, mas não é. Por isso, nunca acredite em tudo que lê na internet. Ah, e Rihanna pode ou não ter escrito uma música sobre mim. Porque a gente pode ou não ter transado...

— *Você transou com a Rihanna?*

Ele me lançou um olhar indecifrável. Parecia ser um misto de "É sério que você acha que eu fiz isso?" e "É sério que você me perguntou isso?".

— Ela compõe as próprias músicas?

— A questão não é essa.

— Verdade. Desculpe. Pode continuar.

— Eu fico muito feliz quando estamos juntos. E tenho a impressão de que você sente o mesmo. E, se isso for verdade, acho que você não devia dar a mínima para o que os outros podem pensar sobre a nossa diferença de idade. Além disso, se fosse o contrário, se eu fosse o mais velho, ninguém ia estranhar. Não é verdade? Ou seja, tudo isso não passa de uma *idiotice* sexista e patriarcal, e você não me parece o tipo de mulher que vai permitir que isso determine se você pode ou não ser feliz. Certo? Então, próximo assunto...

O garçom chegou para anotar nosso pedido, mas é claro que ainda não tínhamos olhado o cardápio.

— *Encore un moment, s'il vous plaît* — pediu Hayes, dispensando-o.

Depois que o homem se afastou, Hayes inclinou o corpo para a frente e segurou minhas duas mãos.

— Acho que, quando formos embora, você precisa contar a verdade a Isabelle. Não acho certo nos encontrarmos de novo sem antes contar a ela. Não é justo. E eu quero ver você outra vez.

— Nossa, estamos discutindo vários assuntos difíceis hoje!

— Quero pôr tudo para fora antes de você fazer quarenta anos. — Ele abriu aquele sorriso de canto de boca. — Além do mais, não consigo manter uma conversa eloquente quando estamos no hotel, porque só consigo pensar em comer você.

Ele se recostou na cadeira e abriu o cardápio.

— Então… — continuou. — Aceita um chá?

Mais tarde, quando já tínhamos saído do restaurante e caminhávamos pela ruazinha estreita, Hayes passou o braço ao redor do meu corpo, protetor.

— Vamos procurar uma *tabac* — sugeriu. — Quero um cigarro.

Olhei para ele, achando graça.

— Hum, tudo bem…

— Ah, eu não transei com a Rihanna — declarou, depois sorriu. — Mas não foi por falta de tentativa. Pelo jeito, não faço o tipo dela.

— Você não é rebelde o bastante. — Sorri.

— Não mesmo.

— Mas é rebelde o bastante para mim.

Passamos as primeiras horas da noite perambulando pelo Marais até chegarmos à Île Saint-Louis, onde percorremos o Quai de Bourbon até a Place Louis Aragon, a pontinha oeste da ilha que tinha vista para o rio Sena, para a Île de la Cité, para a catedral de Notre-Dame e para todos os pontos de Paris que eu considerava mágicos. Aninhamo-nos em um banco, apreciando a vista e a companhia um do outro, até nossas pernas ficarem dormentes. Era o lugar perfeito para assistir ao sol se pôr, levando com ele meus trinta e nove anos. E talvez tenham valido a pena aqueles sessenta mil euros.

Mais tarde naquela noite, Hayes e eu fomos ao bar do hotel para tomar uns drinques e observar as pessoas. O salão parecia algo vindo do Velho Mundo: painéis de cerejeira, piso de tacos com estampas, cortinas de veludo. Paredes adornadas com desenhos de caça à raposa feitos a carvão, além de retratos ao estilo do século XVIII. Havia muitos casais flertando, regados a coquetéis de trinta dólares. Pares inesperados, curiosos. Talvez não muito diferentes de nós dois. Ficamos observando tudo de onde estávamos, empoleirados no sofá de chita ao lado da lareira.

Apesar de toda a pompa, Hayes parecia muito à vontade naquele bar lúgubre, bebendo seu uísque como se fosse um membro da aristocracia rural. Parecia muito confortável e à vontade na própria pele. Era algo tão *natural*, tão lindo de ver...

Imaginei que a casa de campo de sua família, localizada na região de Cotswolds, não devia ser muito diferente disso. Por um instante, me permiti imaginar como seria levar uma vida assim. Uma vida com ele. Fins de semanas passados em jardins em meio a corgis e ovelhas. Jantares em Londres durante a alta temporada. E então, com a mesma rapidez com que alimentei o pensamento, tratei de rechaçá-lo. Onde é que eu estava com a cabeça?

— Isso aqui está na moda? — perguntou ele.

Fazia mais ou menos uma hora que estávamos lá, ouvindo as músicas que chegavam até nós, vindas da banda do outro lado do salão. Uma mistura das canções de sempre com pop contemporâneo aguado, como "Happy", de Pharrell Williams, e "Mack the Knife".

— Do que você está falando?

— *Disso*. — Hayes pendeu a cabeça para o lado, apontando sutilmente para o restante do salão. Havia nada menos que sete casais inter-raciais entre a clientela. Cinco deles eram compostos de homens brancos de sessenta e tantos anos e mulheres asiáticas na casa dos quarenta.

— É bem comum na Califórnia.

— Todos dentro dessa *mesma* faixa etária? Um pouco peculiar, não acha?

Dei de ombros e beberiquei meu drinque com champanhe.

— Eva, a namorada de Daniel, é asiática. Metade asiática.

Eu não tinha o costume de falar sobre Eva. Em todos aqueles meses com Hayes, eu só a tinha mencionado de passagem, e não mais do que uma dúzia de vezes.

Ele deu um apertãozinho na minha mão.

— Sinto muito por ter trazido o assunto à tona. Você fica incomodada com isso?

— O que me incomoda é o fato de ela ser jovem demais.

— Quantos anos ela tem?

— Trinta.

Hayes riu.

— Trinta anos não é tão jovem assim.

— Fique quieto. É claro que é.

— Bem, veja por este lado: você ganhou, certo? Porque eu sou consideravelmente mais novo que isso.

Abri um sorriso. Eu nunca tinha pensado nisso. Nunca quis me vingar de Daniel, só queria seguir em frente com minha vida. Não era uma competição. Mas isso era parte da beleza de me relacionar com alguém de vinte anos. Era revigorante saber que, às vezes, enxergávamos o mundo de formas completamente distintas.

— Hayes, você sabe que, quando estiver com quarenta anos, eu já vou ter sessenta, né?

— Eu adoro quando você fala essas coisas sedutoras para mim — comentou, dando risada.

— Estou apenas dizendo a verdade.

Ele tomou um gole de uísque e chegou mais perto de mim.

— Você sabe que vai continuar sendo atraente quando tiver cinquenta e tantos anos, não sabe?

— Com cinquenta e *tantos* anos? — perguntei, rindo. — Tudo isso?

— Exatamente. — Ele sorriu. — Michelle Pfeiffer...

— O que tem ela?

— Já tem cinquenta e tantos anos. E continua sexy pra caralho. Julianne Moore, Monica Bellucci, Angela Bassett, Kim Basinger... Não estou dizendo que elas são apropriadas para a minha idade, apenas mencionando que essas mulheres vão continuar sendo sexy por um bom tempo.

Fiquei parada ali, encarando-o fixamente. As bochechas coradas, o cabelo arrepiado. Suas feições jovens naquele cômodo tão adulto.

— Você sabe essa lista assim, de cabeça?

Hayes sorriu.

— Entre outras coisas.

— Você já fez terapia?

Ele caiu na gargalhada.

— Não. Você está tentando insinuar alguma coisa? Pois saiba que sou surpreendentemente equilibrado. E *você*? Já fez terapia?

— Já.

— Hum… — Ele inclinou a cabeça para o lado. — Interessante…

— Quantos anos sua mãe tem, Hayes?

Ele hesitou por um segundo, mas então respondeu:

— Quarenta e oito…

Merda. Quase a mesma idade que eu. O que, apesar de muito incômodo, não era tão surpreendente.

— Você tem alguma foto dela?

Ele pegou o Iphone em cima da mesa e começou a deslizar o dedo pela tela. Por fim, estendeu-o para mim. Era uma foto dos dois no que presumi que fosse o interior da Inglaterra. Hayes estava com uma jaqueta Barbour e galochas Hunter e parecia tão britânico que chegava a ser engraçado. Sua mãe, Victoria, estava com trajes de montaria completos. Segurava o capacete em uma das mãos e as rédeas de um belo cavalo na outra. Hayes estava virado para ela, com um olhar que exprimia total adoração.

Ela era linda. Alta, esbelta, com pele de porcelana e cabelos pretos e ondulados presos em um rabo de cavalo rebelde. Tinha o mesmo sorriso largo do filho, assim como as covinhas e os olhos, embora os pés de galinha fossem mais fundos. Apesar das feições um pouco mais delicadas, não havia dúvidas de que aquela era a mãe de Hayes.

— Quem é o cavalo?

Ele sorriu.

— É o Churchill. E tenho certeza de que minha mãe gosta mais dele do que de mim.

Dei risada.

— Aí está um *ótimo* assunto para você discutir na terapia.

Hayes pegou o celular de volta e o fitou em silêncio antes de bloquear a tela.

— O que há entre você e mulheres mais velhas, hein, Hayes Campbell?

Ele aproveitou a deixa para tomar o restinho do uísque e assinar a conta, com um sorriso irônico despontando nos lábios.

— Com quem você tem conversado?

— Com ninguém.

— Então andou pesquisando meu nome no Google.

— Você me falou para não fazer isso. Esqueceu?

Ele mordeu o lábio e balançou a cabeça.

— Nada. Não há nada entre mim e mulheres mais velhas.

— Mentiroso.

Ele começou a rir.

— Venha, vamos para o quarto.

— Não vou deixar você se safar tão fácil assim.

Ele suspirou alto.

— Eu gosto de mulheres de todos os tipos.

— Você gosta de mulheres mais *velhas*. Você tem um tipo específico.

— E *você* faz meu tipo?

— Bem, imagino que sim.

Ele abriu um sorriso, afundando-se de volta no sofá.

— Por acaso, você acha que eu conheço muitas divorciadas gostosas de quase quarenta anos durante as turnês?

— Sei lá. Conhece?

Ele bufou e cruzou os braços, na defensiva. Não era de seu feitio ficar assim.

— Conte-me mais sobre Penelope — pedi.

— O que você quer saber?

— Onde foi sua primeira vez?

— Na Suíça.

— Na *Suíça*?

Ele assentiu.

— Em Klosters. Fui esquiar com a família de Ollie.

Comecei a rir.

— Os pais de Oliver o convidaram para esquiar na Suíça e, como agradecimento, você trepou com a filha deles?

— Bem, para ser justo, eu diria que foi ela quem trepou comigo.

Ficamos em silêncio por um instante. Hayes esparramado no sofá, na defensiva, um sorriso enigmático no rosto perfeito. E eu só conseguia pensar em sentar na cara dele.

— Tudo bem. Vamos voltar para o quarto.

Fiz quarenta anos. E o mundo não acabou. O céu não desabou. A gravidade não me abandonou de uma hora para outra. Meus seios, minha bunda, minhas pálpebras estavam exatamente onde eu os tinha deixado na noite anterior. Assim como Hayes. Deitado em nossa cama gigantesca, a cabeça apoiada no meu travesseiro, o braço estendido sobre minha cintura, mantendo-me perto de si. Como se estivesse com medo de me soltar.

Foi um dia cheio de agrados, como os aniversários costumam ser. Com direito a mimos e sexo e *foie gras* e a um passeio de duas horas às margens do Sena, com o clima de outono no ar e Hayes ao meu lado. O adorável, atencioso e gentil Hayes.

À noitinha, enquanto eu me arrumava para o jantar de comemoração, ele ficou encarapitado na bancada do banheiro principal, me assistindo. O cômodo, como tudo na suíte da cobertura, era luxuoso. Ornamentos excepcionais, mármore impecável, uma banheira com borda infinita. Embora Hayes não tivesse me passado o valor exato, eu sabia que devia estar desembolsando milhares de dólares a cada diária. Era uma quantia exorbitante, mesmo que a TAG Heuer estivesse cobrindo metade dos custos.

Ele estava com uma calça preta e uma camisa branca ainda desabotoada, o cabelo penteado e atipicamente arrumado. Os cachos de garotinho tinham sumido.

— Em que você está pensando?

Hayes balançou a cabeça e sorriu.

— Só estava pensando que é meio redundante você usar maquiagem.

Dei risada enquanto passava um pouco de sombra nos olhos.

— Não estou usando muita maquiagem.

— Eu gosto de conseguir ver sua pele. Eu gosto da sua pele.

— E minha pele gosta de você. — E gostava mesmo. Não sei se era o ar parisiense ou a mudança de clima, mas o fato é que minha pele estava radiante.

Ele sorriu, observando todo o processo. Delineador, curvex, rímel.

— Você está desabrochando como uma flor de novo.

— Estou?

Ele fez que sim.

— Mesmo que esteja se cobrindo toda... Assistir ao processo revela mais uma parte sua.

Abaixei a escovinha do rímel e nossos olhares se encontraram no reflexo do espelho. Embora houvesse uma porção de superfícies espelhadas na *salle de bains*, ao menos a iluminação era quente, o que favorecia minha silhueta com lingerie. Não que eu fosse me preocupar com isso, já que ter quarenta anos não parecia muito diferente de ter trinta e nove.

— Quem é você, Hayes Campbell?

Ele sorriu, as mãos enfiadas nos bolsos da calça.

— Eu sou seu namorado.

— Meu namorado de vinte anos?

— Exatamente. Tudo bem pra você?

Abri um sorriso.

— Por acaso eu tenho escolha?

— Sempre existe uma escolha — respondeu, apropriando-se de minhas palavras. Achei graça.

— Então, sim... Estou *muito* bem com isso.

— Venha cá.

Cheguei mais perto dele. Tinha passado a amar aquele "venha cá" e o que geralmente resultava disso.

Ele envolveu meus pulsos, com os polegares bem em cima dos pontos que latejavam.

— Não vai usar relógio?

Neguei com a cabeça, o olhar fixo ao dele.

— Melhor assim — declarou, inclinando-se para me beijar. E foi então que senti um leve beliscar no meu pulso direito.

Quando ele enfim se afastou, baixei o olhar e vi que uma pulseira de ouro deslumbrante adornava meu braço. Um bracelete de três centímetros, o metal delicado torcido em filigranas, em estilo indiano, forjado de forma intrincada e adornado por um *pavé* de diamantes. Era, sem sombra de dúvida, a joia mais linda que eu já tinha visto.

— Feliz aniversário — disse Hayes, bem baixinho.

Meu olhar encontrou o dele. Eu poderia ter dito mil e uma coisas, mas nenhuma delas seria o suficiente. Por isso, lancei os braços ao redor de seu pescoço e o abracei bem forte. Passamos um bom tempo assim.

Quando enfim nos afastamos, eu vi: bem em cima do ombro dele, e em todos os cantos do cômodo, estávamos nós dois. Multiplicados.

MALIBU

NÃO ERA PARA ser assim. Era para ser um casinho descomplicado, casual e *divertido*. Torrar os neurônios tentando decidir como e quando partir o coração da minha filha não estava nos planos. E, no entanto, foi assim que passei a maior parte do mês de novembro. Quando o primeiro single do novo álbum da banda foi lançado, parecia que eles estavam por toda parte. No rádio, na TV, em um outdoor gigantesco no Sunset Boulevard que me enchia de náuseas e tontura sempre que eu passava por lá. Hayes, elevando-se a uma altura de seis andares. Isabelle ouvia "Sorrowed Talk" sem parar, e eu não pude lhe dizer que Hayes havia me enviado seis faixas adicionais de *Wise or Naked*. Tinha medo de que ela contasse para as amigas e as canções acabassem vazando. Ao que parecia, isso — ter o álbum vazado — era uma preocupação real. E eu não podia comentar com *ninguém* sobre a mudança no teor de suas músicas. Como tinham passado de canções pop inofensivas para composições inspiradas, sérias. As palavras de Hayes e a voz dele me afetavam profundamente, de formas inesperadas. Não era para nada disso ter acontecido.

Eles iam se apresentar no American Music Awards. Tinham uma série de entrevistas programadas para os dias que antecederiam o show, e Hayes decidiu chegar mais cedo e passar alguns dias em uma casa alugada em Malibu antes de se juntar ao resto da banda no Chateau Marmont.

A minha intenção era contar tudo a Isabelle antes disso, mas, sempre que tentava, algo acontecia para me frustrar.

— Preciso contar uma coisa — declarei. Estávamos fazendo uma trilha no cânion Temescal no domingo antes da chegada de Hayes. Isabelle seguia na frente.

— Eu também. — Ela se virou para mim, um sorriso no rosto, os olhos brilhando.

— Quer falar primeiro?

— Então, eu meio que estou gostando de um cara, mas ele mal sabe que eu existo.

Aquelas palavras jorraram com tanta rapidez que precisei de um segundo para entender tudo.

E foi aí que entrei em pânico. Ela não tinha parado de falar maravilhas sobre Hayes desde o evento de inauguração na galeria.

— Que cara?

— Avi Goldman. Ele está no último ano do ensino médio. E joga futebol com o time da escola. Ele é, tipo, perfeito.

Ah, o doce alívio...

— Ah, mas isso é ótimo, Izz!

— Não tem nada de ótimo, mãe. Ele até olha para mim, mas parece que não me vê. — Tinha apertado o passo, e a trilha estreita ficava cada vez mais sinuosa. — É como se eu nem existisse.

— Isso deve ser só coisa da sua cabeça, filha. Em último caso, você pode ir falar com ele, se apresentar.

— Não vai fazer a menor diferença. Ele só sai com garotas legais, bonitas e populares. E eu sou só... — Ela balançou a cabeça, interrompendo-se antes de concluir o que ia dizer.

— Você é só o quê?

— Sou só uma esgrimista do oitavo ano que usa aparelho.

— E você está tentando me dizer que isso não é legal? — Sorri para ela.

Isabelle parou de andar de repente, os olhos marejados.

— Ah, Izz, sinto muito por isso... Não vai ser assim para sempre, eu prometo. Você não vai se sentir assim para sempre.

— Para você, é fácil dizer isso. Veja como você é linda.

Hesitei por um instante. Eu não queria que ela se comparasse a mais ninguém.

— Quantos anos ele tem, esse tal de Avi? Dezessete? Dezoito? Garotos dessa idade nem sempre têm muito bom senso. Nem sempre sabem o que querem ou o que é melhor para eles. E mesmo que soubesse, Izz, ele é um pouquinho velho para você. Seu pai e eu nunca concordaríamos com uma coisa dessas.

A ironia da situação não me passou despercebida.

— Eu sei disso. É só que odeio me sentir invisível.

Eu a puxei para um abraço apertado.

— Você não vai se sentir invisível para sempre, filha. Prometo.

Ela se acalmou e, passado um tempo, voltamos a andar pela trilha.

— Então, o que você queria me contar? — perguntou.

— Sabe de uma coisa? Isso pode ficar para outra hora.

E foi assim que, às vésperas da chegada de Hayes a Los Angeles, eu ainda não cumprira a primeira coisa que ele havia me pedido. Pouco depois, também não cumpriria a segunda.

Seu voo seria no domingo, e ele passaria para me pegar antes de irmos para Malibu, onde ficaríamos três dias, totalmente isolados do resto do mundo.

Por isso, havia feito planos para que Isabelle ficasse com Daniel. Disse a ele que precisava de uns dias para relaxar, sem entrar em muitos detalhes. No domingo de manhã, porém, ele me ligou para avisar que teria que pegar um voo de última hora para Chicago a trabalho e, portanto, não teria como cuidar de Isabelle.

Fiquei transtornada.

— Você está de sacanagem comigo, Daniel? A gente já tinha combinado.

— O que você quer que eu faça, Sol? Não estou indo por *vontade própria*. Chame Maria. — Sua voz parecia distante do outro lado da linha, ausente.

Fiquei pasma com a sugestão de que nossa empregada passasse três dias na minha casa, como se não tivesse que lidar com suas próprias responsabilidades. Mas Daniel tinha crescido em um lar cheio de empregados. Ele era a personificação do privilégio.

— Maria tem que cuidar dos próprios filhos, Daniel. Não posso pedir que fique de babá em dia de semana.

— E Greta?

— Já falei com ela, mas está ocupada.

— O que é que você vai fazer? Para onde você vai?

Hesitei. Não estava pronta para contar.

— Porra! É aquele garoto? Você vai se encontrar com aquele garoto? Solène…

Não respondi.

— Olhe só — continuou ele depois de um instante —, eu sinto muito por isso. Eu até sugeriria que você trouxesse Isabelle para cá, mas… Eva está doente. E não acho que você ficaria muito confortável com esse arranjo, de um jeito ou de outro. Estarei de volta na terça-feira…

— Deixe pra lá — respondi. — Deixe pra lá.

Hayes, como eu já imaginava, não foi muito compreensivo.

Ele tinha me enviado uma mensagem pouco antes das três e meia.

Cheguei.

Ao que respondi:

Precisamos conversar. Mudança de planos. Ligue para mim.

Pode deixar.

E, então, tempos depois:

Malditos paparazzi. Foi mal. Já, já eu ligo.

— Oi — disse ele ao telefone, depois do que pareceu uma eternidade.

— Oi. Como foi o voo?

— Demorado. — Sua voz estava rouca, áspera.

— Você está sozinho?

— Estou. Por quê? Vamos falar sacanagem pelo telefone de novo?
Dei risada.

— Não. Só queria saber onde você estava.

— Estou no carro... Indo buscar você.

— Então... — Foi aí que contei tudo a ele.

Contei que Daniel tinha me deixado na mão, que Daniel sabia, que eu poderia passar o fim de tarde com ele em Malibu, mas que teria que voltar para casa ou Isabelle ficaria sozinha. Contei que poderia ir passar o dia com ele na segunda-feira, mas que teria que voltar para casa à noite.

Ele não ficou nem um pouco feliz.

— *Quê?* Mas que merda é essa?

— Desculpe...

— Eu passei onze horas na porra de um avião e você está me dizendo que não vai ficar comigo?

— Vou ficar com você, só que não o tempo todo.

— Ela não pode dormir na casa de uma amiga ou coisa assim?

— Ela tem aula.

Ele ficou em silêncio por um instante, e pude imaginá-lo do outro lado da linha, quase arrancando os cabelos.

— Maldito Daniel!

— Pois é, me desculpe. Eu sinto muito mesmo... E, Hayes, você não pode vir me buscar aqui em casa. Isabelle está aqui e eu não quero que ela o veja — sussurrei esta última parte, enfiada no meu esconderijo no cantinho do armário do meu quarto. As coisas tinham chegado a esse ponto. — A gente se encontra em Malibu. Pode ser?

Ele demorou um instante para responder, e pude perceber que estava frustrado só pela forma que respirava.

— *Você ainda não contou a ela?* O que você está esperando, Solène?

— Eu tentei, mas não deu e...

— Você me *prometeu*...

— Eu sei. E eu *vou contar*.

— Quanto mais você esperar, mais ela vai sofrer.

Aquilo me atingiu em cheio.

Seguiu-se um momento de silêncio, e depois:

— Tudo bem. Não vou entrar na sua casa, mas vou passar para buscar você. Encontre-me no portão. Estarei aí em trinta minutos.

Isabelle estava me assistindo enquanto eu me vestia, embora ela não soubesse que eu estava me arrumando para sair com Hayes. Comentei que ia sair para jantar e tomar uns drinques com alguns clientes, e que não voltaria muito tarde, mas que ela não precisava me esperar acordada. E não disse mais nada além disso.

— Você está linda — elogiou-me, os olhos azuis arregalados, admirando cada detalhezinho.

Eu tinha escolhido um vestido chemise preto de seda, longo e com um decote profundo, recatado e sexy ao mesmo tempo. Tinha aprendido aquela estratégia com minha mãe impreterivelmente francesa: ser ao mesmo tempo uma dama e uma mulher.

— Você não parece uma mãe — comentou Isabelle.

— E que aparência você acha que uma mãe tem?

— Sei lá. — Ela sorriu. — Pulseira Love da Cartier? Roupas de ginástica da Lululemon?

Achei graça do comentário, que fazia alusão aos tipos que apareciam para buscar os filhos na escola particular que ela frequentava.

Eu queria ensinar muitas coisas a ela. Ensinar que ser mãe não significava deixar de ser mulher. Que ela poderia continuar levando uma vida que desafiava os limites. Que os quarenta anos não eram o fim da linha. Que ainda havia muita alegria a ser vivida. Que existiria um segundo, um terceiro e um quarto ato, se ela quisesse... Mas, como Isabelle tinha só treze anos, imaginei que não ia ligar para nada disso. Imaginei que só queria se sentir segura. Não tinha como culpá-la. Já tínhamos abalado suas estruturas.

— *Eu* sou uma mãe, não sou? — perguntei a ela, dando-lhe um beijo na testa. Ela assentiu. — Bem, então essa é a aparência de uma mãe.

* * *

Para alguém que tinha acabado de passar onze horas em um avião, Hayes estava surpreendentemente arrumado. A pele sem nenhum poro à vista, uma sombra de barba por fazer no maxilar. E, ainda assim, só permiti que me beijasse quando já estávamos no carro. Só por precaução.

— Você é incorrigível — declarou ele. Tinha estacionado o carro perto do sopé da colina, à sombra de um abacateiro.

— *Eu?*

— Sim, *você*.

— Mesmo?

— Você estragou tudo. — Ele começou a me beijar, uma das mãos envolvendo minha nuca, a outra entre os joelhos.

— Por que não me leva de volta para casa, então?

— Bem que eu deveria…

Sem perder tempo, sua mão se esgueirou pela barra do vestido, que, segundo minha filha, não me deixava com aparência de mãe.

— É assim que você diz "oi"?

— Exatamente.

— Oi, Hayes — disse eu, toda trêmula. Seus dedos afastavam minha calcinha para o lado.

— Oi, Solène.

Não reconheci a música que tocava no rádio, mas senti o cheiro de carro novo, observei as linhas elegantes do painel. Onde ele tinha arranjado esse carro? Por acaso alguém como Hayes Campbell podia simplesmente entrar em uma locadora de carros e pedir um Audi R8 Spyder? Será que ele tinha a *idade* necessária para alugar um automóvel? Tantas perguntas… Senti seus dedos, e o toque frio dos anéis contra minha pele.

— Você ficou com saudade de mim? — perguntei depois de alguns minutos, já ofegante.

— Nem um pouco — respondeu com a voz arrastada, o hálito quente no meu ouvido. — Eu adoro ficar a dez mil quilômetros de distância de você. Principalmente quando venho até aqui e você não consegue arranjar a porra de uma babá.

De súbito, tirou a mão da minha calcinha e a pousou sobre o volante.

— Para onde é que eu vou?

Demorei um instante para entender.

— Hum… Ah, tudo bem… Vire à direita na Sunset e depois siga reto até a PCH.

Ele não disse mais nada depois disso, mas esticou a mão para segurar a minha enquanto dirigia. E continuamos assim, de mãos dadas, durante todo o trajeto.

A equipe de Hayes tinha encontrado uma casa moderna e elegante de quinhentos metros quadrados para ser seu lar por aqueles dias. Ficava encarapitada no alto do penhasco e tinha vistas deslumbrantes e paredes de vidro retráteis, além de uma cozinha profissional e decorações e aparatos de grife. Fiquei com o coração apertado ao pensar que só estávamos ali de passagem. Porque, por um instante, me permiti imaginar como seria brincar de casinha com Hayes ali. Talvez pudesse vender minha parte da galeria e mandar Isabelle para a Malibu High School e passar meus dias pintando aquarelas, fazendo amor e sendo feliz. Depois, tentei imaginar Hayes como padrasto de Isabelle e desatei a rir.

— O que foi? — quis saber ele.

Eu estava admirando a vista da janela enorme da suíte principal enquanto Hayes vasculhava as próprias malas.

— Nada. É só que… este lugar é tão perfeito.

— É mesmo.

— Você sabe se está à venda?

— Não sei — respondeu, sucinto. — Vou tomar uma ducha. Temos uma reserva para jantar no Nobu às sete e meia. Com isso, vai sobrar mais ou menos uma hora para eu fazer as coisas que quero fazer com você. Não saia daqui.

Jantamos sob as estrelas no Nobu. Um banquete exuberante regado a sushi e saquê, enquanto Hayes fazia carinho na minha mão por cima da mesa. Ele me atualizou sobre os novos compromissos de sua agenda. O álbum seria lançado em dezembro para coincidir com a estreia do documentário *August*

Moon: Naked. O evento de estreia aconteceria em Nova York. A turnê começaria em fevereiro e duraria pouco mais de oito meses, passando por cinco continentes. Tentei não pensar muito nisso, pois era um lembrete de todo o tempo que passaríamos separados. E o mero pensamento bastava para me deixar triste.

Nove pessoas vieram à nossa mesa para conversar com ele. Pessoas que o conheciam, ou diziam conhecer, e três fãs. Hayes tratou todos com cortesia, mas percebi que já estava ficando cansado.

—Acho que eu devia ter escolhido um lugar menos badalado — comentou. — Mas é domingo, e estamos em novembro. Imaginei que estaria mais vazio.

— Continua sendo o Nobu.

Passou um instante em silêncio, fitando o mar ao longe. Um respingo de estrelas, uma meia-lua, um horizonte escuro que parecia não ter fim.

— E se eu largar a banda?

—Achei que você tivesse dito que isso era impossível.

— Não é impossível, só é… *complicado*.

— O que você faria se largasse a banda?

— Eu não sei. — Ele se virou para me encarar e esticou a mão para tocar na minha pulseira. O bracelete que tinha me dado em Paris. Eu não havia tirado do braço. — Eu só estou cansado. Preciso de um tempo para respirar.

Por um momento, nenhum de nós disse nada. Fiquei olhando seus dedos tracejarem o contorno da filigrana. Movimentos lentos, hipnóticos.

— Por que você decidiu trabalhar com isso, Hayes? O que tinha em mente?

— Eu gostava de compor músicas. E aí pensei… que tinha algo a dizer. Sou um bom compositor e tenho uma voz razoável. Não é uma daquelas vozes inigualáveis como a de Adele, mas dá para o gasto. E eu sabia que tinha um rosto bonito e que isso não ia durar para sempre, mas que, se me juntasse com mais um punhado de rostinhos bonitos com vozes razoáveis, o apelo seria maior. Eu teria mais chances de fazer minha música ser ouvida. — Ele ergueu o olhar e o fixou no meu. — E deu certo. Mas já não tenho mais vontade de compor músicas pop alegres…

— Muitas de suas músicas não são alegres. São irônicas ou irreverentes. Sagazes.

— Mas ainda é uma opção... *segura*. Não quero me sentir tão seguro assim.

Ele ficou calado por um instante. Ouvimos o marulho das ondas avançando pela areia logo abaixo, o riso vindo de outra mesa.

— Mas também tenho uma oportunidade que não imaginei que teria... A oportunidade de chegar até as pessoas, chamar a atenção delas. E seria um desperdício não usar isso para algo bom, para uma causa maior do que simplesmente tocar música. É uma oportunidade de fazer algo nobre. Mas ainda estou tentando entender o quê.

— Você sabe que ainda tem só vinte anos, né?

Ele sorriu.

— Você nunca me deixa esquecer disso.

— Você tem tempo de sobra para fazer o que quiser. Aproveite o que tem agora, porque não vai durar para sempre. E você ainda tem o resto da vida para se redescobrir, caso um dia se canse de ser "Hayes Campbell, astro da música pop".

Aos poucos, seus lábios se curvaram em um sorriso, e ele se inclinou sobre o tampo da mesa. À luz de velas, seus olhos tinham adquirido um tom turvo de azul.

— Se eu a beijar agora, você vai achar ruim?

— Não sei — respondi. — Por que você não tenta para ver?

Voltamos para minha casa por volta das onze da noite. Todas as luzes de dentro estavam apagadas, então presumi que Isabelle já estivesse dormindo.

— Então, qual é o plano? — quis saber Hayes, entrando na garagem e desligando o carro.

— Vou levá-la para a escola de manhã e depois volto para ver você.

— É um absurdo você não passar a noite comigo. Sabia disso? Vou ficar tão sozinho naquela casona gigantesca...

— Você vai sobreviver.

— Por muito pouco.

Dei risada. Ele chegou mais perto de mim, e passamos alguns minutos nos beijando. Era quase como ter dezoito anos outra vez, escondida no carro, sua mão no meu rosto, o leve gosto de álcool. E Hayes, como era de esperar, tratou de enfiar a mão por baixo do meu vestido.

— Nada disso. — Agarrei-lhe o pulso. — Minha filha está lá dentro. Tenho que ir.

— Só mais um minutinho…

— Você gosta mesmo disso, hein?

— Eu gosto de saber que posso fazer isso.

— Amanhã — respondi, abrindo a porta do carro.

Ele abriu aquele sorriso de canto de boca.

— Eu gosto de você.

— Eu também gosto de você.

— Volte para mim — pediu ele.

— Amanhã…

A casa estava mergulhada em silêncio quando entrei, o que era estranho. Quando ficava sozinha durante a noite, Isabelle tinha o costume de deixar a televisão ligada. Algo naquele silêncio me deixou com os nervos à flor da pele.

O Audi de Hayes tinha acabado de dar a partida, e eu ainda conseguia ouvir os pneus cantando conforme ele descia a colina. Provavelmente estava dirigindo rápido demais. Meninos e seus brinquedinhos…

Estava percorrendo o corredor na ponta dos pés, carregando os sapatos nas mãos, quando a porta do quarto de Isabelle se abriu de supetão.

— Minha nossa, você me assustou! — declarei. — Achei que você já estivesse dormindo.

— Onde você estava?

— Por que ainda está acordada, Izz? Já está tarde.

— Onde você estava, mãe? — repetiu ela, com urgência na voz.

Já estava pronta para dormir: camiseta, calça de flanela, o cabelo escuro e grosso preso em um rabo de cavalo. Mas havia algo estranho em seu rosto, em seu olhar.

— Eu já disse: fui jantar com um cliente... com alguns clientes.

Eu estava tentando me lembrar da historinha que tinha inventado.

— Você estava com Hayes?

Merda.

— Quem?

— Hayes Campbell. Você estava com Hayes Campbell? — Não era uma pergunta inocente. Ela não estava sendo educada. Ela *sabia*.

De súbito, percebi que o peixe com missô que eu tinha comido na janta estava ameaçando dar as caras.

— Estava. Ele é meu cliente. Nós saímos para jantar.

— Seu *cliente*? Não minta para mim, mãe. Eu vi. Você estava *beijando* Hayes. Eu *vi*.

As lágrimas começaram a brotar em seus olhos, e meus joelhos fraquejaram ao testemunhar seu sofrimento.

Não era para acontecer assim, no meio daquele corredor estreito, com as paredes se fechando contra mim, os porta-retratos com suas fotos me julgando, enquanto eu ficava na defensiva. Não era para ser assim.

— Izz... — Comecei a suar.

— Ai, meu Deus! Você está *saindo* com ele?

— Eu não estou saindo com...

— *Você está saindo com ele? Você está saindo com Hayes Campbell*!?

— Não, filha, eu não estou *saindo* com ele. Nós somos só... amigos.

Meu Deus, que mentira deslavada! Eu estava ali, com o esperma de Hayes ainda dentro de mim, tentando convencer minha filha do contrário. Mas ela conseguia enxergar a verdade.

— Eca, eca, eca! Isso é nojento, mãe! — Percebi que ela estava tremendo. — Isso é tão nojento! Como você pode estar saindo com Hayes Campbell? Você é *velha*! Você tem o *dobro* da idade dele!

Se ela queria me machucar, tinha conseguido.

Pousei a mão em seu ombro, mas ela a empurrou para longe. As lágrimas jorravam de seus olhos, e fiquei com a impressão de que, se ela pudesse me bater, faria exatamente isso.

— Por que você não me contou? Você não ia me contar nunca?

— Isabelle... Eu sinto muito.

— Eu amo o Hayes.

— Você não o ama, Izz. Você ama a ideia de quem ele é.

Ela me encarou, os olhos cheios de fúria.

— Eu. Amo. O. Hayes.

— Tudo bem — respondi. — Tudo bem.

Ela começou a balbuciar, o muco escorrendo do nariz, os lábios enroscando nos ferrinhos do aparelho.

— Eu ouvi o carro, porque a TV não estava ligada, então ouvi o carro, e aí eu olhei e parecia Hayes, mas pensei: "Óbvio que não é". Não tinha como ser Hayes, já que era para ele ficar em Londres até o fim desta semana, quando a banda vai vir para cá para participar do AMA e do programa da Ellen, mas parecia *muito* com ele, então pesquisei na internet, e os paparazzi tiraram fotos dele no aeroporto de Los Angeles hoje. Então é ele. É *ele*. E ele estava na nossa garagem e estava beijando você. Ele estava beijando *você*. Ele escolheu *você*. E eu odeio você. Odeio você, odeio você…

A forma como ela disse tudo isso, como se fosse uma espécie de competição entre nós duas, me deixou paralisada.

— Izz, me desculpe.

Ela sacudiu a cabeça, ensandecida.

— Vocês dois já…? Vocês estão…? — Ela parou de falar, incapaz de concluir o raciocínio.

Eu não sabia as coisas sórdidas que ela estava imaginando a nosso respeito, mas provavelmente eram verdade.

— Ai, meu Deus! Como você pôde fazer isso comigo? Como? Ai, meu Deus, isso não pode estar acontecendo de verdade!

— Isabelle… — Estendi a mão em sua direção outra vez, mas ela se desvencilhou.

— Não toque em mim. Não toque em mim. Que tipo de mãe *você é*? — vociferou, voltando para seu quarto branco e cor-de-rosa. Deixando meu coração em frangalhos.

— Izz, você está fazendo tempestade em copo d'água…

— Não entre no meu quarto — determinou ela, batendo a porta e passando a chave. — Não entre no meu quarto.

Passei uma hora ali, sentada no chão, do lado de fora de seu quarto. Ouvindo-a se debulhar em lágrimas e atirar coisas na parede. E eu não podia fazer nada. *Fique calma e siga em frente.*

— Desculpe, Izz. Por favor, me desculpe — repeti sem parar.

Para ela, porém, isso não significava nada. Fiquei esperando madrugada adentro. E, como Hayes tinha previsto, foi bem feio mesmo.

Ela passou uma semana sem falar comigo.

Na segunda-feira, Isabelle foi para a escola com o rosto tão inchado que parecia ter acabado de sair de um ringue de boxe. Insisti para que ficasse em casa, mas ela não quis. Não queria ficar perto de mim. Não sei o que disse às amigas.

Na terça-feira, depois da aula, ela arrumou uma mala e ficou esperando Daniel aparecer para buscá-la. Quando roguei por desculpas mais uma vez, ela se virou para mim, tratando-me com muita frieza, e perguntou:

— Você transou com ele?

E, quando não consegui responder, ela começou a chorar.

Isabelle só voltou para casa no domingo, quando Daniel insistiu em trazê-la de volta. Não havia atendido a nenhuma das minhas ligações nem respondido às mensagens, mas não tinha outra escolha a não ser voltar, pois Daniel viajaria a trabalho outra vez. Ele a deixou em casa naquela tarde e, quando tentei abraçá-la, não retribuiu o abraço, mas não se desvencilhou.

— Eu estava com saudade — declarei, sentindo o cheiro de seu xampu, do protetor solar.

Ela assentiu e foi para dentro de casa.

Daniel ainda estava lá fora, tirando as coisas dela do porta-malas da BMW, e me aproximei para ajudar.

— Oi.

— Oi — respondeu.

— Obrigada por trazê-la de volta.

Ele balançou a cabeça, visivelmente irritado.

— Foi uma semana do cão.

— Eu sei.

Ele fechou o porta-malas e enfim se virou para me encarar.

— Eu bem que avisei. Porra, eu avisei que isso ia acontecer! Por Deus, Sol, onde é que você estava com a cabeça?

Não respondi.

— Sério, *onde é que você estava com a porra da cabeça?* Ele é só um *garoto*. Você perdeu o juízo?

Senti as têmporas latejarem. Já estava com dor de cabeça havia dias, inundada por pensamentos obscuros, lentos e turvos, como se estivesse presa em uma pintura de William Turner.

— Sabe de uma coisa? Não quero falar sobre isso com você agora. E, provavelmente, nem no futuro.

— Ah, mas vai falar sobre isso, *sim*. Porque nossa filha está um caco e eu avisei que isso ia acontecer, porra. Isso não diz respeito só a você…

Aquilo doeu, porque eu sabia que ele tinha razão.

— Isabelle ficou ouvindo o álbum novo da Taylor Swift sem parar e disse que finalmente entende a dor dela — continuou ele. — Eu nem sei o que isso significa…

— Ela está sofrendo, Daniel. Está com o coração partido.

— Por causa desse tal de Hayes? Ou por *sua* causa?

O comentário me atingiu em cheio.

Por um instante, Daniel fitou a rua, sem dizer nada.

— Por Deus, Sol… — sussurrou. — O que as pessoas vão dizer?

Então percebi que, em meio a todo esse caos, ele estava preocupado em manter as aparências e evitar julgamentos alheios. Era mesquinho e desagradável. Tive que me perguntar se era assim que Hayes me via. Como alguém que se preocupava com as aparências e com o que os outros achavam, e não com o que realmente importava.

Duas pessoas passaram na rua, descendo colina abaixo, e Daniel ficou em silêncio até que sumissem de vista.

— Como foi que isso aconteceu? — quis saber ele. — Está rolando há quanto tempo?

Não respondi. Meu pensamento estava longe, em mil lugares diferentes, em uma dúzia de quartos de hotel. Nova York. Cannes. Paris.

— Você está apaixonada por ele? Céus, por que estou perguntando isso? Ele deve ter uns dezoito anos.

— Ele não tem dezoito.

— Você *precisa* pôr um fim nisso.

— Por favor, não me diga o que tenho ou não tenho que fazer.

— Você *precisa* pôr um fim nisso. É como se minha esposa fosse Mary Kay Letourneau.*

— Eu não sou sua esposa, Daniel.

Ele ficou sem reação quando se deu conta do deslize e precisou de um instante para se recompor.

— Eu comentei com Noah, e ele já sabia. Porra, como é que o Noah já sabia? Por acaso você tem conversado com ele?

— Não.

— Então como diabos ele já sabia?

Encolhi os ombros.

— Sei lá. Soho House…

— *Soho House?*

Fiquei olhando enquanto ele processava a informação, como se estivesse em câmera lenta, o sol brilhando em seus olhos.

— Aquele era *ele*? Foi *ele* quem passou na nossa mesa durante o almoço? Você já estava trepando com ele naquela época? Vocês já estavam *trepando* quando ele veio me cumprimentar?

— Daniel…

— Você só pode estar de brincadeira comigo, porra.

— Por favor, pare com isso.

— Eva está grávida. Nós vamos nos casar — declarou sem rodeios.

---

* Professora norte-americana condenada em 1997 pelo estupro de um de seus alunos, à época com treze anos, com quem veio a se casar depois de cumprir a pena. (N. E.)

Um soco doeria menos.

— Eu estava esperando para contar a você no momento certo, mas ele nunca chegou. Sinto muito.

Passou um instante ali, imóvel, sem saber o que fazer. Em seguida, entrou no carro e foi embora. Deixando-me, mais uma vez, sozinha para lidar com toda a bagagem.

Na segunda-feira, um dia depois de a banda apresentar "Sorrowed Talk" e arrebatar quatro prêmios no American Music Awards, Hayes veio me ver.

Eu tinha passado uma boa parte da segunda e da terça-feira da semana anterior na casa em Malibu, aos prantos. Hayes me ofereceu abraços e alento, sem jamais me repreender por ter esperado tanto tempo para contar a Isabelle. Até se dispôs a conversar com ela quando as coisas estivessem mais calmas.

—Acho que só vai piorar as coisas — tinha sido minha resposta. Estávamos sentados na varanda, admirando as ondas, as colinas assomando às nossas costas.

— Acho que não. Parte do problema é que eu não pareço real para ela. Como se eu fosse apenas o cara do pôster e, pelo menos para ela, uma pessoa inalcançável. Isabelle me pôs em um pedestal, e é impossível que eu corresponda às expectativas criadas em sua cabeça. E ela precisa ver que não passo de um ser humano normal.

— Você? Humano? Normal?

Ele sorriu.

— De vez em quando...

E assim, na segunda-feira à tarde, quando eu ainda estava me recuperando da bomba de Daniel e Eva, Hayes deu uma passada na minha casa. Isabelle ainda estava me dando um gelo, e não a avisei de que ele viria. Não queria que tivesse tempo para se preparar ou para remoer o assunto. Só queria que Isabelle fosse ela mesma.

Ela estava sentada em um dos sofazinhos no quintal, fazendo a lição de casa, um cobertor enrolado nos ombros estreitos.

— Izz, tem alguém aqui que quer falar com você.

Ela ergueu o olhar e, quando avistou Hayes, todas as emoções possíveis a uma garota de treze anos pareceram estampar seu rosto. Amor, desconfiança, sofrimento, expectativa, decepção, raiva, desejo e mágoa. E o fato de tudo isso recair sobre os ombros de Hayes me deixou preocupada. Mas, se ele ficou intimidado com isso, não demonstrou.

— Oi, Isabelle — cumprimentou-a, sentando-se ao seu lado no sofá. A voz rouca, reconfortante, familiar.

Ela abriu um sorriso débil, e então se pôs a chorar.

Ao que parecia, Hayes estava acostumado a lidar com garotas aos prantos. Garotas aos prantos por causa dele. Passou um dos braços ao redor do ombro de Isabelle, aninhou a cabeça dela em seu pescoço e, enquanto acariciava seu cabelo, começou a sussurrar:

— Pronto, pronto. Está tudo bem.

E até parecia mágica. Permitiu que Hayes fizesse por ela tudo que não tinha me permitido fazer. E assim ficaram, lado a lado, por um bom tempo.

— Você está bem? — perguntou ele, por fim.

Ela assentiu.

— Você veio aqui só para me ver?

— Fiquei sabendo que estava chateada.

Isabelle olhou para onde eu estava, em pé perto das portas de correr. Fez menção de dizer alguma coisa, mas logo se interrompeu. Em vez disso, limitou-se a comentar:

—A apresentação de ontem à noite foi muito boa.

— Obrigado. Você viu que eu quase tropecei? Uma desenvoltura impressionante. — Ele ficou quieto por um instante antes de acrescentar: — Então... isso é esquisito, não é? Eu sei. É meio esquisito para mim também.

—A diferença é que você não tem todos os meus álbuns, fotos e coisas assim. E nunca ficou acordado até tarde da noite assistindo a meus clipes e imaginando como seria seu casamento comigo e com minhas amigas. Então, não, para você não é tão esquisito quanto para mim.

— Certo. — Ele sorriu para ela. — Você tem razão. — Então, depois de um longo minuto de silêncio, acrescentou: — Eu gosto muito da sua mãe.

Isabelle não disse nada. Estava evitando contato visual, mexendo na pulseira da amizade, a única que ainda estava inteira depois do acampamento de verão. As outras já estavam todas esfarrapadas.

— Sinto muito que isso a chateie tanto, mas meio que *aconteceu*. Às vezes as coisas simplesmente acontecem, mesmo sem planejar.

Hayes a deixou digerir o assunto, sem apressá-la nenhuma vez. Ele era tão bom nisso. Lembrei-me de nossa conversa no bar do George v. "Pois saiba que sou surpreendentemente equilibrado", disse ele.

— Mas olhe aqui. Sou só eu, viu? E eu estou bem aqui. E meio que faço parte da vida da sua mãe agora. O que significa que também meio que faço parte da sua vida. Pelo menos por enquanto. E eu queria muito que fôssemos amigos.

Senti meus olhos se encherem de lágrimas.

— Eu sei que agora a situação parece uma merda...

Isabelle abriu um sorrisinho.

— Desculpe — pediu Hayes. — Eu sei que a situação parece um lixo... Mas quando as coisas melhorarem, se você estiver a fim, o documentário da banda vai sair no mês que vem, e a estreia vai acontecer em Nova York... E eu ia adorar se você fosse. E talvez possa levar uma ou duas amigas. Mas tem que me prometer que não vai chorar. Nada de chororô no tapete vermelho. Você acha que consegue?

Ela começou a rir, escondendo o aparelho com a mão. Fazia oito dias que eu não a via sorrir.

— E você também tem que me prometer que vai ser boazinha com sua mãe. Ela nunca quis magoá-la e está arrasada de ver você tão triste. Tudo bem? Pode me prometer isso?

— Posso.

— Ótimo — respondeu ele. — Está fazendo lição de quê?

— Matemática.

— Matemática? Eca! Eu era péssimo em matemática.

Ela deu risada.

— Sinto muito que você seja obrigada a enfrentar essa... tortura. Sinto muito mesmo. — Enfiou a mão no bolso da calça. — Quer chiclete? — Enquanto Isabelle abria a embalagem, ele olhou para mim e mostrou a língua. O meu Hayes de sempre.

Um tempo depois, enquanto eu preparava um chá na cozinha, ele veio falar comigo.

— Aquilo foi genial. Como você conseguiu?

Ele abriu um sorriso e deu de ombros.

— Sou bom em lidar com pessoas.

— Isso estava na sua lista?

— Provavelmente. Eu sou uma espécie de... reparador.

— *Reparador?* — repeti, rindo.

Ele assentiu, me observando despejar a água quente na xícara.

— É a mim que eles chamam quando precisam acalmar todas as fãs enlouquecidas e ofegantes.

— Achei que você não soubesse lidar com mulheres que perdem a cabeça.

— E não sei *mesmo*... mas sei lidar com as garotas.

Abriu um sorriso fácil.

— Uma linha bem tênue.

— Às vezes... — Ele chegou mais perto de mim, enlaçando minha cintura com os dois braços. — E, como você sabe, eu faço a *alegria* de todas as garotas...

— É o que parece — respondi, dando-lhe um beijo.

— E, vez ou outra, também faço a alegria da mãe delas.

— Muito mesmo...

— Muito mesmo.

Miami

As coisas estavam longe de ser perfeitas. Não criei a ilusão de que Isabelle concordaria com aquilo de uma hora para outra só porque Hayes havia pedido. Mas esperava que aos poucos fosse se acostumando com a ideia, até que enfim a aceitasse. Como tinha feito em relação ao divórcio. Mas ela era mais jovem naquela época, menos sensível, menos propensa a ver as coisas como uma afronta pessoal. Naqueles dias, tinha sido surpreendentemente fácil fazê-la encarar tudo de forma racional. Com o passar dos anos, porém, tudo parecia ser o fim do mundo. Essa era a vida das adolescentes.

— Você quer conversar sobre isso? — perguntava a ela pelo menos uma vez por dia.

— Não — respondia-me toda vez, voltando para seu quarto. — Estou bem.

E então a porta se fechava e a voz de Taylor Swift começava a ressoar.

"Are we out of the woods yet?", perguntava a letra da música. Mas a verdade era que o pior ainda não havia passado.

Daniel contou a Isabelle sobre Eva. De acordo com ele, nossa filha chorara e dissera que tudo estava mudando. E, embora Daniel tivesse concordado, também dissera que isso não mudava o amor que sentíamos por ela, e que ela sempre seria nossa primogênita. Sempre seria a primeira melhor coisa que acontecera a nós dois. Seria mesmo. Já era.

Quando Daniel a deixou em casa no domingo à noitinha, Isabelle entrou no meu quarto, se enrodilhou na cama e começou a chorar. O fato de ela me deixar confortá-la já era um avanço. O fato de me deixar abraçá-la e sentir seu cheiro e admirar toda sua beleza já era uma recompensa por si só.

— Eu sinto muito — disse ela, por fim. A voz rouca, magoada. — Sinto muito pelo papai. E por Eva... Eu sinto muito por tudo.

Senti um aperto no coração ao vê-la daquele jeito. Seu mundo estava ruindo, ficando irreconhecível, e ela não podia fazer quase nada para consertá-lo. Deitei-me ao seu lado, aninhada junto dela, me perguntando como tínhamos chegado a esse ponto. Uma família tão dividida e remendada. Como os rostos de uma pintura de Picasso.

— Eu amo você — declarei.

Ela assentiu, entrelaçando os dedos aos meus.

— Eu também amo você.

— Nós vamos ficar bem, Izz. Vamos ficar bem.

Passamos a primeira semana de dezembro em Miami por causa da Art Basel. Quando o avião pousou, Lulit me deu um sermão.

— Você não vai me abandonar dessa vez — declarou. — Nós somos uma equipe. Nada de escapulir no meio da tarde para passear com seu namorado.

— Tudo bem — respondi, assentindo com a cabeça.

Hayes passaria aquela semana em Nova York, participando de coletivas de imprensa para o documentário *August Moon: Naked*. Mas ia dar uma escapadinha na quinta-feira para passar o fim de semana em South Beach.

— Eu sei que vocês são malucos um pelo outro e sei que não se veem com tanta frequência, mas preciso da sua ajuda — continuou Lulit. — Eu preciso de você. Não entrei nesse ramo para trabalhar sozinha. Somos uma equipe. Nós nos damos bem juntas. E nos *divertimos* quando estamos juntas, como uma equipe.

— Tudo bem — repeti. — Já entendi.

Ela estava certa. Nós realmente nos divertíamos juntas. Miami era como uma festa sem fim: coquetéis e jantares e eventos que varavam noite adentro. Era muito mais fácil equilibrar o trabalho e a diversão quando podíamos contar com a ajuda de Matt. Nós jantamos e bebemos vinho e socializamos e vendemos arte. E foi ótimo.

Reservei uma suíte com vista para o mar no Setai, e o resto da equipe se hospedou em um apartamento alugado. Eu sabia que Hayes ia gostar de ter um pouco de privacidade e calmaria. Ele chegou a Miami na noite de quinta-feira, um pouco esgotado depois da maratona de coletivas de imprensa, entrevistas e sessões de foto, sempre tendo que responder às mesmas perguntas. "Se você não fosse músico, o que seria?" "Você namoraria uma fã?" "Já se apaixonou alguma vez?" "Qual é o seu jeito preferido de se referir a peitos?" "Gosta mais de tacos ou de burritos?"

— É uma baboseira atrás da outra — comentou ele, me olhando enquanto eu me arrumava para o jantar. — Chego a ficar com inveja dos meus amigos que fazem faculdade.

— E eu tenho certeza de que eles têm inveja de você…

— Só porque estou em South Beach com a galerista mais gostosa do mundo? — Ele sorriu.

— Isso — respondi, rindo. — Exatamente por isso.

Ele fez uma pausa e respirou fundo antes de continuar:

— Então, eu tenho uma coisa interessante para contar… Meus pais vão estar na estreia.

Virei-me para encará-lo. Ele estava estirado na cama, as pernas compridas cruzadas, as mãos atrás da nuca, totalmente à vontade. A meu ver, uma pose muito incompatível com o assunto em questão.

— Porra… — sussurrei.

— Está tudo bem. Eu já os deixei avisados.

— Você contou a eles quantos anos eu tenho? Contou sobre Isabelle?

Ele assentiu devagar.

— E eles surtaram?

— Defina "surtar"… Brincadeira. Eles não surtaram. Para dizer a verdade, aceitaram isso surpreendentemente… bem.

— Bem?

— Bem — repetiu, com um sorriso se formando nos lábios. — Vai ficar tudo bem.

Mas eu não acreditava nisso. Não mesmo.

Decidimos abrir mão dos eventos da indústria artística naquela noite e sair para um jantar tardio no restaurante Casa Tua, na James Avenue. Tínhamos acabado de entrar no recinto e estávamos serpenteando pelas mesas à luz de velas no pátio ajardinado quando alguém chamou Hayes pelo nome. Quando me virei de costas, avistei-o ao lado de uma mesa ocupada por três jovens que pareciam modelos. Estavam acompanhadas de um cavalheiro de meia-idade. Talvez um agente, um pai, um amante predatório. Hesitei por um instante. Era isso que eu tinha me tornado? Alguém de meia-idade?

A garota mais perto de Hayes era loura, linda e delicada. A mão fina envolvia o pulso dele.

— Meu nome é Amanda — dizia ela. — Nós nos conhecemos no Chateau há algumas semanas.

Eu o vi associar o nome à pessoa e depois sorrir.

— Ah, Amanda. Claro. Oi, tudo bem?

— Tudo ótimo — respondeu ela.

Claro que estava tudo ótimo. A pele dela era impecável, com sardinhas salpicadas sobre o nariz delicado. E era jovem o suficiente para poder sair à noite em South Beach sem usar nem um pingo de maquiagem.

— A gente estava falando sobre você agora mesmo — continuou ela. — Acho que você conhece minha amiga Yasmin. — Ela apontou para a garota sentada logo em frente.

Era um pouco mais velha, uma aparência um tanto étnica, com cabelos castanhos, olhos grandes e espaçados e uma boca pornográfica.

Hayes demorou um instante para reconhecê-la, até enfim assentir, bem devagar.

— Conheço, sim.

— Oi — disse Yasmin, sorrindo e ajeitando o cabelo.

— Oi. — Hayes abriu um sorriso. Ele já tinha trepado com ela. Estava na cara.

Era evidente pela mudança em sua linguagem corporal, e pela forma como ela se recusava a manter contato visual. E eu tinha percebido logo de cara porque o conhecia bem demais. Hayes, meu namorado.

Eu tinha evitado ao máximo me preocupar com as mulheres do passado de Hayes. Porque o que passou, passou. E, desde setembro, eu vinha tentando não me preocupar com as mulheres do presente, porque ele prometeu que não havia mais nenhuma. Hayes me pediu para evitar a internet e os tabloides, me pediu para confiar nele. E, na maior parte do tempo, foi exatamente o que fiz. Mas não tinha mais nada em que me fiar além de sua palavra.

— Vamos precisar usar camisinha? — tinha sido minha pergunta a ele mais cedo naquele dia. Isso havia se tornado uma espécie de ritual.

Ele pendera a cabeça para o lado, ardiloso.

— Não sei. Precisamos?

— Estou perguntando a *você*.

— Você fez alguma coisa de que não se orgulha?

— Não. Mas não sou eu que faço parte de uma banda.

— Se eu fizer algo de que não me orgulho, vou avisar — declarara ele, virando-me de bruços.

— Eu *confio* em você, Hayes.

— Eu sei disso.

Mas ali, no jardim do Casa Tua, sob as estrelas e as árvores frondosas e as lanternas marroquinas, a realidade me atingiu em cheio. Houve muitas antes, sempre haveria, e elas estariam em toda parte. As conquistas de Hayes. Esgueirando-se, enredando-o, como uma trepadeira.

— Você veio para cá por causa da Art Basel? — quis saber Amanda.

Ela pronunciou "Basel" errado, o que me deu nos nervos.

— Isso — respondeu Hayes.

— Legal. — Seus dedos finos ainda estavam enrodilhados no pulso dele, como cobras. — Onde você está hospedado?

Ele hesitou por um instante, e seu olhar recaiu sobre todos à mesa antes de pousar em mim.

— Com uma amiga... Com licença, ela está me esperando. — Sua tentativa de se esquivar. — Foi bom ver vocês. Yasmin. Amanda. Aproveitem o jantar.

Ele acenou para os outros dois e saiu de perto.

Mais tarde, enquanto comíamos *burrata* e tomávamos vinho, Hayes achou que me devia uma explicação.

— Então, Amanda... é amiga de Simon.

— Eu não perguntei.

— Sei que não, mas não queria que você ficasse imaginando coisas.

— E Yasmin? Também é amiga de Simon?

Ele sacudiu a taça de vinho.

— Não. Yasmin não é amiga de Simon.

— É, deu para ver.

— Desculpe... Aconteceu há muito tempo.

Balancei a cabeça e tomei um gole de vinho.

— Achei que você não gostasse de modelos.

Ele riu.

— Tenho quase certeza de que nunca disse isso. Quem não gosta de modelos?

— Oliver.

A expressão de Hayes ficou séria de repente.

— É, *Oliver*. Versado em arte e sofisticado demais para gostar de modelos.

O tom de sua voz me pegou de surpresa.

Hayes esticou a mão para segurar a minha.

— Não tenho nada contra modelos. Na maioria das vezes, elas são muito bonitas. Mas, se tiver escolha, prefiro ficar com alguém que já viveu um pouco, que tenha algo interessante a dizer e não seja apenas um colírio para os olhos.

Ele fez uma pausa antes de continuar:

— Sabe sobre o que garotas assim conversam? Instagram e Coachella… Isso pode ser bom por, sei lá, uma noite. E Yasmin foi exatamente isso. Uma noite.

Meu olhar estava fixo nas nossas mãos entrelaçadas. Os dedos longos e grossos de Hayes. Os dois anéis que usava: de prata, adornados, um no dedo anelar, outro no dedo médio. Ele vivia trocando.

— Achei que você amasse o Instagram — comentei.

— Eu só uso o Instagram porque a equipe nos obriga. Sabe do que gosto em você? O fato de nunca ter ido ao Coachella… E o fato de só postar fotos relacionadas a obras de arte no Instagram.

— Você fuçou meu Instagram?

— Talvez… — Ele abriu um sorriso tímido. — Estou pensando em me inspirar em você e começar a postar fotos mais artísticas.

Dei risada.

— Quê? Nada de fotos de partes do corpo? Nada de "Hayes, posso sentar no seu dedão?".

Ele estremeceu.

— Isso é muito… Nem sei dizer o quê. Às vezes os fãs me assustam.

— É — concordei. — Eles também me assustam.

Na manhã seguinte, acordei com o barulho de um celular vibrando. As cortinas estavam fechadas e eu não conseguia determinar que horas eram, mas parecia bem cedo. Cedo demais para uma ligação. Depois de vários toques, Hayes atendeu, irritado. Seguiu-se um instante de silêncio, então ele se levantou de um salto.

— Caralho, não pode ser!

— O que aconteceu?

Ele se virou na minha direção. Olhos arregalados, cabelo despenteado, voz rouca... e um sorriso radiante nos lábios.

— Aparentemente, eu fui indicado ao Grammy.

A August Moon estava concorrendo ao prêmio de Melhor Performance Pop de Duo/Grupo pela música "Seven Minutes". A canção, que Hayes havia composto com a ajuda de um dos produtores, também estava concorrendo como Canção do Ano. Era, em todos os sentidos, algo muito importante.

Jantamos no Bazaar no Hotel SLS naquela noite, acompanhados de Lulit, Matt, nossa artista, Anya Pashkov, e Dawn e Karl von Donnersmarck, que eram colecionadores nova-iorquinos. Estávamos em clima de festa.

— Hayes, sua vida vai ficar ainda mais maluca se você ganhar? — perguntou Lulit enquanto tomava um coquetel, a voz ficando mais aguda ao fim da frase, como se de última hora tivesse decidido transformá-la em uma pergunta.

— Ah, não vamos ganhar. *Boy bands* não ganham Grammys. Mas ser indicado já é uma honra e tanto. Eu estou extasiado. — Ele sorriu. — Talvez a gente passe a ser mais respeitado. Mas, pensando bem, já estamos praticamente lá embaixo no quesito respeitabilidade.

Dawn gargalhou, erguendo o copo.

— Amo o fato de você estar levando isso tudo com tanto bom humor. E, aliás, Anya, meus parabéns.

Naquela manhã, um artigo favorável sobre a instalação de Anya havia sido postado no Artnet. *Invisível* era um vídeo conceitual que abordava o fato de que, a partir de uma certa idade, as mulheres deixam de ser vistas. Como a sociedade as varre para debaixo do tapete, as ignora, as joga fora assim que passam do auge. Anya tinha feito a curadoria de uma série de retratos de mulheres de meia-idade e de mulheres mais velhas, combinados com imagens tiradas da mídia e metáforas comumente usadas em propagandas, enquanto mulheres reais falavam sobre suas experiências, seus medos e suas inseguranças. Era um vídeo doloroso, brutal e verdadeiro.

— Eu e minhas amigas vivemos falando sobre isso. É como se você deixasse de existir — continuou Dawn. Era uma loura de ares aristocráticos, nascida e criada em Nova York. Alta, hábil. Não devia ser muito mais velha que eu. — Quantas vezes você não se vê em algum lugar, alguma festa, e se pergunta: "Eu estou aqui mesmo? Será que alguém está me vendo? Olá!".

Karl, um homem quieto, estudioso, passou o braço em volta dela e sorriu.

— Eu sempre vejo você, meu amor.

— Você me entendeu, Karl. — Ela se virou para mim e continuou: — E os caras que geralmente nos abordam na rua... Não estou falando das cantadas dos pedreiros, e sim dos porteiros que têm o costume de desejar um bom-dia... Isso para de uma hora para outra. Para. Por acaso já não mereço mais nem um bom-dia? É muito perturbador quando eles nem notam mais sua presença. Você fica se perguntando: "*Merda!* Quando foi que isso aconteceu?".

Hayes estava de mãos dadas comigo debaixo da mesa e, de repente, deu um apertãozinho. Olhei para ele, me perguntando o que tinha lido no meu rosto. A incerteza de tudo. A ideia de que minha própria invisibilidade poderia estar chegando. Em breve, dali a um tempinho ou daqui a um tempão, mas ainda assim, inevitável.

— Você está fazendo algo revolucionário, Anya — declarei.

— Obrigada, Solène.

Ela estava sentada na minha frente, bebericando uma vodca tônica. Tinha traços marcantes, inesquecíveis. Pele clara, cabelo preto, lábios vermelhos. Era alguns anos mais velha que eu, mas parecia extremamente bem resolvida. Eu, por outro lado, ainda estava remoendo o fato de a noiva do meu ex-marido estar grávida e tentando cuidar de uma adolescente em frangalhos ao mesmo tempo que dormia com seu ídolo, que tinha vinte anos. Enquanto isso, Anya abordava o que o futuro reservava para as mulheres.

— Enviamos notas de imprensa às revistas femininas, em vez de enviar apenas a periódicos voltados ao mundo da arte, porque elas têm uma plataforma importantíssima — continuei. — Claro, algumas também são parte do problema, mas agora têm a oportunidade de virar o jogo. De aprofundar essa discussão. De abordar o fato de sempre associarmos beleza e desejo à juventude e de nos martirizarmos em vez de abraçar o inevitável. E são *mulheres* que comandam essas revistas. Por que fazemos isso a nós mesmas?

— Porque sofremos lavagem cerebral — declarou Lulit, tomando um gole de seu mojito. — Mas essa é a beleza da arte, não é? Nós encaramos nosso reflexo no espelho e dizemos: "Quem diabos eu me tornei?". É isso que fazemos.

Olhei para ela, minha parceira de crime, minha melhor amiga.

— É isso que fazemos.

Depois do jantar, o pessoal decidiu ir a uma festa no Soho House, onde haveria um show de Questlove, do The Roots. Como Hayes achou que poderia ser um pouco caótico demais, preferimos não nos juntar a eles.

— Vou ver Questlove na semana que vem. Vamos aparecer juntos no *Tonight Show* — comentou ele, como se fosse a coisa mais normal do mundo.

— Que vida emocionante a sua! — disse Dawn, sorrindo. Estávamos do lado de fora, esperando o Uber deles. — Bem, divirtam-se, vocês dois. Eu estou indo ser invisível no Soho House.

Dei risada.

— Você não está nada invisível, Dawn. Está com uma roupa do Dries Van Noten.

— Rá! — Ela jogou a cabeça loura para trás, o vestido floral com estampas em alto-relevo. — Obrigada por notar! Obrigada por me ver.

— Eu vejo tudo — respondi. — É o meu trabalho.

— Amo o fato de você amar o seu trabalho — comentou Hayes, algum tempo depois.

Estávamos em um cantinho escondido do bar no pátio do Setai: pouca iluminação, espelho d'água, palmeiras. Parecia até que estávamos na ilha Moorea, e não em Miami.

Ele tomou um gole de uísque. Laphroaig 18 anos.

— O que as mães das amigas de Isabelle fazem? Elas trabalham?

— A maioria não.

— Minha mãe parou de trabalhar depois que nasci. Ela praticava montaria e fazia coisas de caridade e… frequentava almoços — contou, rindo. — Pensando bem, não sei exatamente o *que* ela fazia. Não sei *como* passava seus dias.

— Você diria que ela é uma boa mãe?

— Acho que sim. Eu virei uma pessoa decente. Quer dizer, *você* gosta de mim.

— Gosto *mesmo*. — Sorri. — Você acha que ela era feliz?

— Não sei. Talvez. *Você* é feliz?

— Neste momento? Sou, sim.

Por um instante, Hayes ficou em silêncio, só olhando para mim.

— Você acha que teria sido mais feliz se tivesse largado o trabalho?

Balancei a cabeça.

— Se tivesse me casado e tido filhos quando fosse mais velha, talvez eu sentisse vontade de sossegar. Mas era instruída e repleta de energia e vontade e senti que ainda havia mais coisas a serem vividas. E agora tudo isso representa uma parte tão grande de quem eu sou… E, sim, às vezes me sinto culpada de não ser o tipo de mãe que está sempre com o almoço quentinho na mesa. Mas não sei se isso teria me tornado uma mãe melhor. Eu provavelmente viveria inquieta e infeliz. E ressentida.

Ele assentiu, os dedos tracejando meu bracelete.

— É, eu entendo.

— O que você estaria fazendo se não tivesse entrado na banda?

— Rá! Pergunta típica de coletiva de imprensa. Estaria na Universidade de Cambridge, assim como metade dos meus colegas da escola, dormindo no mesmo edifício de quinhentos anos em que quatro gerações dos Campbell dormiram, jogando futebol, correndo atrás de rabo de saia, remando e me divertindo pra valer.

— Muito interessante — respondi. Não conseguia imaginá-lo fazendo nada disso. — Prefere tacos ou burritos?

Ele deu risada.

— Tacos.

— Já se apaixonou de verdade alguma vez?

— Não.

Hesitei. Não estava esperando essa resposta.

— Não?

Ele tomou um gole de uísque, depois pousou o copo na mesa diante de nós.

— Não.

— Nunca? Sério? Nossa.

— Eu pareço o tipo de pessoa que já se apaixonou?

— Você parece o tipo de pessoa que sabe o que está fazendo.

— Tive boas professoras. Algumas até disseram: "Não se apaixone por mim".

Ele deixou isso pairar no ar, acusatório.

— Eu disse isso? Desculpe.

— Não tem problema. Eu não dei ouvidos mesmo. — Ele disse isso sem a menor pretensão. A mão enveredou por baixo da mesa até meu joelho, subindo para a barra rendada do meu vestido. — Achei que eu estava apaixonado uma vez, mas me enganei.

— Penelope?

— Penelope.

Relembrei as vezes que ele dissera que estava se apaixonando, no Chateau Marmont, no George v. Depois do que acabara de contar, porém, aquelas declarações pareciam ter um peso diferente. Antes, eu as tinha classificado como uma paixonite. O tipo de coisa que um garoto diria. Mas talvez, durante todo esse tempo, ele estivesse revelando uma parte maior de si mesmo.

Uma brisa cálida soprou do oceano. O ar estava úmido, agradável. Os dedos de Hayes se esgueiraram por debaixo da barra do vestido, e eu estremeci. Passamos um bom tempo em silêncio. Ele manteve o olhar fixo no meu conforme forçava meus joelhos a se abrirem, descruzava minhas pernas, afastava minhas coxas.

Havia outro casal em uma mesinha ali perto. Do outro lado do espelho d'água, havia um grupo de pessoas com toda a pinta de que tinham vindo para a Art Basel. E, mesmo assim, não o impedi de continuar.

— Acho que já chega de falar sobre Penelope...

Hayes riu, malicioso. Os dedos deslizando para dentro de mim.

— Com certeza já chega de falar sobre Penelope.

Ele chegou mais perto, a boca colada à minha orelha, o hálito quente contra meu pescoço. De repente, ocorreu-me como eu sentiria saudade disso quando ele tivesse partido para outra. Quando estivesse com uma pessoa dez anos mais nova que eu, e eu estivesse em algum outro lugar, invisível. Eu ia sentir saudade daquelas mãos.

Disto.

Seu polegar no meu clitóris, meu coração saindo pela boca e a umidade nos envolvendo como um cobertor.

Quando achei que estava quase lá, que eu ia mesmo gozar bem ali, no pátio do Setai, Hayes se deteve e retirou a mão. Segurei-lhe pelo braço.

— Onde você pensa que vai?

— Eu não vou a lugar algum — respondeu. E, em seguida, tirou a mão do meio das minhas pernas e esfregou os dedos úmidos na minha boca. Nos lábios, na língua... Fiquei imóvel, sem palavras.

Ele abriu aquele sorriso de canto de boca, tomou um gole de uísque e me beijou. Com tudo.

— Você... — comecei a dizer, assim que recuperei a fala.

— Eu.

— Você é tão canalha...

Ele se aproximou mais uma vez para me beijar.

— Sou?

— Podemos voltar para o quarto?

— Ainda não. — Ele estava sorrindo quando sua mão se esgueirou por entre minhas pernas outra vez, os dedos passando por baixo da calcinha, deslizando para dentro de mim sem o menor esforço. — Você está tão molhadinha...

Passei mais um minuto ali, perdendo-me nele. Até que, por fim, agarrei seu pulso.

— Pague a conta — declarei — e depois me encontre lá no quarto.

— Tudo bem.

Hayes demorou mais do que eu gostaria para chegar à suíte. Mas a mera visão dele na porta do quarto — camisa preta com alguns botões abertos, o copo ainda na mão — me deixou tão alucinada que nem me lembrei de perguntar o motivo de tanta demora.

— Velas? — perguntou ele, dando uma olhada no quarto enquanto tirava as botas. — Você estava querendo um pouco de romantismo?

— Na verdade, eu só estava querendo que você trouxesse sua boca para cá.

Ele sorriu.

— Tenho certeza disso.

Deitada na cama, eu o observei se aproximar, o corpo alto, esbelto, lindo. Parou um instante para conectar o iPhone à caixa de som. Então, quando a música começou, com uma linha de baixo sugestiva que não reconheci, ele tomou um gole de uísque e se pôs a me admirar.

— Você vai me fazer esperar, Hayes Campbell?

Ele sorriu, pousando o copo na mesa.

— Talvez. Só um pouquinho.

Os vocais começaram. Uma voz marcante, familiar. Bono. Mas nunca tinha ouvido essa música antes. Letras cruas, sensuais e desconexas.

— U2?

— U2.

Hayes veio ao meu encontro na cama e abriu o zíper do meu vestido sem a menor pressa. Os dedos cálidos contra minha pele. Um dedilhar impetuoso, as mãos abrindo meu sutiã, a boca deslizando por meus peitos. A língua… Por fim, começou a descer, tracejando minha calcinha com a ponta do dedo, de um osso do quadril ao outro, sem parar. A voz de Bono nos embalando. *Sleep like a baby, tonight…*

Ele se deteve por um instante, seus olhos encontrando os meus, e depois baixou a cabeça, prendeu o tecido entre os dentes e a foi tirando, bem devagar. Deslizou a calcinha até meus tornozelos, então se sentou e cruzou os braços. Uma expressão quase presunçosa no rosto.

— O que foi? Em que você está pensando?

— Quero ver o que você faz quando está sozinha.

Demorei um instante para entender o que ele queria.

— Agora?

— Agora. Mostre para mim.

* * *

Quando cheguei ao nosso estande na feira no dia seguinte, pouco antes das onze da manhã, Matt já estava debruçado sobre seu notebook. Lulit ainda não tinha chegado.

— Você quer ouvir a boa notícia ou a ruim primeiro? — perguntou ele, cumprimentando-me.

— Nossa! Não vai nem me desejar bom dia?

Ele abriu um sorriso e ajeitou os óculos.

— Desculpe. Bom dia. A boa notícia é que vamos vender muita arte hoje.

As coisas estavam indo bem até então. A instalação *Gatekeeping*, de Glen Wilson, era impactante. Cercas de arame reaproveitadas, com retratos em grande escala entrançados ao longo da malha de aço, simbolizando o processo de gentrificação pelo qual a comunidade artística da região de Venice Beach, em LA, estava passando. As peças representavam os fragmentos de propriedades outrora acessíveis, bem como seus moradores desabrigados. Era uma arte política, poderosa.

— Então, qual é a má notícia?

— Você é um boato anônimo — respondeu, virando o notebook para que eu pudesse ver a tela.

— Um o quê?

— Jo acabou de enviar isso.

O navegador estava aberto em um site que não reconheci. "Boatos Anônimos" ou coisa do tipo. A página era encabeçada pelo título "Almoço Nu".

Adivinhem qual rostinho bonito com uma quedinha por mulheres mais velhas passou esta semana com a cabeça na lua, brincando de ser colecionador de arte em South Beach... Será que ele está satisfazendo aos próprios desejos artísticos ou aos de sua galerista enamorada?

Encarei a tela por um instante, tentando digerir aquilo tudo. Parecia-me tão misterioso, tão aleatório.

— Tem alguma foto?

— Não.

— Mencionaram meu nome?

— Ainda não, mas é só uma questão de tempo até alguém descobrir.

— Como Josephine sabia que era sobre nós dois? Poderia estar falando de qualquer pessoa.

Matt suspirou e fechou o site.

— As pistas: Almoço *Nu*... por causa de *Wise or Naked*. Cabeça na *lua*... August *Moon. Desejos* artísticos... *Petty Desires*. Está na cara.

— Que merda! — praguejei. Tínhamos sido tão cuidadosos. Tão sortudos. — Alguém lê esse treco?

— Basicamente qualquer pessoa que goste de uma fofoca — respondeu ele, rindo. — Sinto muito.

Assenti com a cabeça. Sabíamos que isso ia acontecer uma hora ou outra.

— "Galerista enamorada." Que ótimo!

Matt sorriu.

— Poderia ter sido muito pior. Lulit ainda não sabe. Não precisamos contar a ela.

— Tudo bem — concordei. — Talvez seja melhor não contar mesmo.

Meu lindo namorado deu as caras pouco depois das duas da tarde para me ver, para ver a feira. Houve uma folguinha na hora do almoço, então escapulimos do estande com a permissão de Lulit.

— Esse vestido... — comentou ele, enquanto passávamos pelos estandes vizinhos.

— O que tem ele? — Era um vestido tubinho crepe cor de creme, curto e sem mangas.

— É bem... *curtinho*.

— É mesmo. — Sorri para ele.

Como de costume, estava ciente dos olhares voltados para Hayes. Cachos macios, calça jeans justinha, botas. Um ponto de exclamação ambulante. Eu não sabia se era só fruto da minha imaginação, mas, pela primeira vez, tive a impressão de que os olhares também estavam voltados para *mim*.

Serpenteamos até chegar ao estande de Sadie Coles para ver a instalação *Small Rain*, de Urs Fischer, que consistia em mil gotas de chuva de aparência cartunesca, feitas em gesso esverdeado, pendendo do teto. Uma vez lá, aproximei-me do ouvido de Hayes e disse:

— Somos um boato anônimo.

— Nós dois?

— Não, você e a garota com quem passou esses dias em Miami. — Fiz uma pausa. — Você não estava com outra garota nos últimos dias, estava?

Ele abriu um sorriso.

— Quero saber como eu teria tido tempo para isso. Talvez depois de você ter caído no sono após gozar pela oitava vez? Aí dei uma escapulida e fui ao Soho House para aprontar alguma. Aliás, acho que esse foi nosso recorde. Se bem que não posso levar o crédito pelos dois primeiros, já que você fez praticamente tudo sozinha... Podemos repetir a dose hoje à noite?

— Podemos não falar sobre isso aqui?

— Você está sendo curta e grossa comigo. — Ele sorriu. — Quase tão curta quanto esse vestidinho.

— Estou um pouco nervosa.

— Por causa do boato?

— É.

Ele assentiu devagar.

— Posso dar um conselho? Ignore. Vai piorar. Ainda vai ficar muito pior.

Virei-me para encará-lo.

— Como assim? Pior quanto?

— Ah, a coisa vai ser feia.

Até então, eu achava que o pior que poderia acontecer era Isabelle descobrir e surtar. Eu mal tinha sobrevivido a esse episódio. Nem conseguia imaginar algo mais traumático que isso. Mas, ao que parecia, tinha sido um pensamento muito ingênuo de minha parte.

— Então é isso? Não vai me dizer mais nada? Simplesmente vai me jogar no meio dos seus fãs psicóticos e dizer: "Vai piorar, só ignore?".

Ele sorriu, mas havia um quê de tristeza em seu olhar.

— Solène… — sussurrou, envolvendo minhas mãos. — Não existe um manual de instruções para esse tipo de coisa. Nós vamos resolvendo conforme seguimos em frente. É o seguinte: eu não falo sobre minha vida pessoal. Nunca. Não dou declarações à imprensa. Não teço comentários. Não discuto o assunto em entrevistas nem nas redes sociais. Você pode decidir seguir por outro caminho, mas acho que essa é a melhor forma de lidar com isso. Caso contrário, só está dando munição a eles. Deixe que especulem. As pessoas vão dizer muitas coisas, e a maioria delas não será verdade. E muitas dessas coisas não vão ser nada boas. Mas você precisa ser forte e deixar pra lá, não responder a nada disso. Se conseguir ignorar tudo, melhor ainda. Se não conseguir, não se esqueça de que essas pessoas não a conhecem de verdade, não me conhecem de verdade. E, na maioria das vezes, só estão inventando coisas para ganhar dinheiro. Entendeu?

Assenti.

— E, aconteça o que acontecer, nunca leia os comentários. Nunca.

— Tudo bem.

— Você parece apavorada. — Ele sorriu.

— E eu estou *mesmo*. Queria que você tivesse me dito tudo isso antes.

— Antes de quê? Antes de você começar a se apaixonar por mim?

— Quem disse que estou me apaixonando por você?

— É só um palpite.

— Ah, os oito orgasmos me entregaram, não foi? — perguntei, desviando-me do assunto. As lágrimas ameaçavam irromper a qualquer momento. Ali, entre gotas de chuva do tamanho de peras, bem no meio da Art Basel. — Mas que droga, Hayes!

— Shhh. — Ele segurou meu rosto e beijou minha bochecha. — Está tudo bem. Um dia de cada vez. Hoje vamos simplesmente ignorar o boato.

— Tudo bem. Vamos ignorar o boato.

Quando voltamos ao estande da galeria, Lulit estava mostrando a instalação *Invisível* a um curador do Museu Whitney. Estavam travando uma conversa profunda sobre o trabalho de Anya: parte de uma série mais extensa de retratos em preto e branco impactantes, tirados com exposição muito alta ou muito baixa, de modo que as pessoas retratadas, todas mulheres, ficassem estouradas ou cobertas de sombras, tornando-as praticamente invisíveis.

— Lulit está *toda séria*.

Hayes se aproximou por trás, chegando bem perto de mim. Eu pedi que fizesse silêncio. Havia um punhado de gente admirando as obras de Glen. Matt tinha saído de perto.

— Sabe — continuou ele, baixinho — eu adoro vocês duas, mas estão cientes de que não são as pessoas ideais para vender esse negócio de invisibilidade, né? Já se viram no espelho?

Demorei um instante para entender o que ele queria dizer. Ah, a audácia...

— Eu sei que você provavelmente disse isso como um elogio, mas não me parece um.

— Só quis dizer que é bem possível que as pessoas achem que vocês estão de gozação.

— Quê? Achem que estamos fazendo o quê?

Ele sorriu, adorável mesmo quando me dava nos nervos.

— Zombando delas. Vocês duas são as mulheres menos invisíveis deste centro de convenções inteirinho.

— Não sei se isso é verdade. Mas mesmo que fosse, com base nessas razões que você está insinuando, teríamos ainda mais vontade de apoiar esse projeto.

Ele ficou em silêncio por um instante, pensativo.

— Você sabia que a nossa é a única galeria desse porte encabeçada por duas mulheres? Se não apoiarmos esse tipo de projeto, não sei quem mais apoiará.

Era algo de que eu me orgulhava. Apesar de todas as dificuldades, Lulit e eu tínhamos dado um jeito de prosperar. Havíamos conquistado um certo grau de respeito e sucesso naqueles dez anos de galeria. Tínhamos concebido a ideia de lutar pelos artistas sub-representados, subestimados, e estávamos conseguindo.

— Eu *não* sabia disso. Agora acho que você é ainda mais gostosa.

Dei risada.

— Tudo bem. Vá embora. Eu tenho que trabalhar.

Ele me puxou para perto de si, as mãos pousadas nos meus quadris, um gesto definitivamente sugestivo.

—Acho que devemos quebrar o recorde esta noite, chegar ao nono.

— E eu acho que você precisa ir embora.

— E eu acho que você precisa tirar esse vestido.

— *Xô!*

— "Vejam só como sou gostosa. Mas ei, vocês que não são tão gostosas assim, venham dar uma olhadinha nessa instalação maravilhosa que aborda todas as suas inseguranças."

— Caia fora daqui, Hayes. Ser mulher é algo muito complicado.

—Aposto que sim. — Ele chegou mais perto e beijou a ponta do meu nariz. — Tenha um bom dia. Eu amo você. Tchau.

— O que foi que você disse?

— Nada. Eu não disse nada. Porra! Eu não disse isso. Tchau.

O rosto de Hayes estava todo vermelho quando saiu do estande e, por um breve momento, cogitei ir atrás dele. Para onde quer que fosse.

— O que você está fazendo? — Lulit veio falar comigo assim que o curador do museu foi embora. — Essa história com Hayes... O que você está fazendo, Solène?

Olhei para ela, confusa. Não foi ela quem me incentivou desde o começo? Que me disse para ir atrás do meu astro do rock?

— Eu achei que ia ser só uma aventura — continuou ela, a voz branda. — Um casinho de verão... Achei que seria algo temporário, que você estava só se divertindo, o que é ótimo. E *importante*. Para que você... seguisse em frente, evoluísse. Mas agora as coisas parecem muito sérias, e você está se apaixonando por ele de verdade... E isso está comprometendo seu discernimento. E ele tem *vinte* anos, Solène. *Vinte*.

Fiquei atônita, sem saber o que dizer.

— E ele vai partir seu coração, e eu não posso ficar parada e deixar isso acontecer outra vez. E nem venha me dizer que é algo carnal, que é só sexo. Eu vi a forma como vocês se olham... Não é só sexo.

Eu queria ficar com raiva dela. E fiquei mesmo. Mas também estava apavorada, porque, no fundo, ela tinha razão.

Quando Hayes e eu voltamos ao Setai no domingo, depois de um brunch tardio no Design District, demos de cara com nada menos do que duas dúzias de meninas postadas diante do hotel.

Tínhamos sido descobertos.

Para evitá-las, descemos dois quarteirões até a rua 18, onde ficava a entrada dos fundos. Também havia um punhado de fãs por ali, e Hayes parou para tirar fotos com eles. E então, quando começamos a abrir caminho para chegar à porta, uma das pessoas perguntou, com a maior educação:

— Essa aí é sua namorada?

Senti cada pelinho dos braços e da nuca se arrepiar. Virei-me para olhar para Hayes, o que provavelmente não foi uma decisão das mais sábias. Ele acenou para os fãs e sorriu.

— Um bom dia para vocês, pessoal! — disse e, em seguida, fechou a porta.

Tinha acabado.

— Crise evitada? — perguntou-me ele.

— Crise evitada.

Estávamos atravessando o saguão abafado quando a vi: uma mulher estonteante, com pele morena, cabelos castanhos e estrutura óssea primorosa. Parecia ter trinta e poucos anos e era esbelta, sexy. Era o tipo de pessoa que não se consegue ignorar e, no entanto, Hayes parecia alheio à sua presença. Ele estava usando aquela estratégia que as celebridades por vezes adotam, de evitar o contato visual com estranhos para que eles não pensem que têm permissão para vir puxar papo. Eu já o tinha visto fazer isso antes, em multidões, em lugares públicos. Isolando-se do mundo. Dessa vez, estava usando o iPhone como distração.

Eu, por outro lado, a avistei logo de cara. E vi quando seu olhar recaiu sobre nós, sobre Hayes, e observei a sucessão de emoções que atravessaram seu rosto. Ela desviou o olhar depressa e deu as costas, como se tivesse sido puxada contra sua vontade. Uma olhadela aqui, outra ali, e depois tornando a desviar o olhar. E aí eu me dei conta. Ela era velha demais para ser uma fã. Ela o conhecia. Ela *conhecia* Hayes.

— Você conhece aquela mulher que não tira os olhos de você?

Ele ergueu o olhar, avistando-a assim que ela olhou na nossa direção. Fiquei observando sua expressão. Reconhecendo, relembrando a história. Ele tinha dormido com ela. Talvez até a tivesse amado. Quer classificasse isso como amor ou não.

— Fee — disse ele. — Conheço.

Ela abriu um sorriso ligeiro, e ele, nós, seguimos na direção dela.

— Oi — cumprimentou Hayes, um tanto atrapalhado, inclinando-se para lhe dar um beijo na bochecha. — Fee.

— Hayes… — disse ela bem devagar, com um leve sotaque.

— Como você está?

— Bem. Estou bem.

— Que bom. — Ele estava remexendo o cabelo, desconfortável. — Hum… Solène, essa é Filipa. Fee, essa é minha amiga Solène.

Ela sorriu para mim, avaliando-me de cima a baixo. E, da mesma forma, me peguei analisando-a, ponderando, lendo nas entrelinhas. O que quer que tivesse acontecido entre eles, tinha sido intenso. É assim que seria se eu esbarrasse com Hayes dali a alguns anos, quando ao menos um de nós já tivesse partido para outra? Será que ele também ficaria ansioso e atrapalhado, remexendo no próprio cabelo? O desejo e o desdém também estariam estampados nos meus olhos? Vi meu rosto espelhado no dela, e isso era assustador.

— Vai passar muito tempo aqui na cidade? — quis saber ela.

— Só uns diazinhos.

— Veio a trabalho?

Ele balançou a cabeça. Era doloroso de ver.

— Hum, preciso falar com Matt — avisei, pedindo licença. Eu queria dar um pouco de privacidade aos dois.

Mesmo do meu refúgio a alguns metros de distância, porém, onde eu estava conferindo meus e-mails a esmo, dava para sentir o peso da conversa deles. O peso do que acontecera entre os dois. E então percebi o quanto ela se parecia comigo. Hayes tinha mesmo um tipo. Talvez todas nós fôssemos versões do ideal concebido por Hayes Campbell. O mesmo se aplicava a Yasmin.

Por fim, eles se despediram e Hayes se aproximou para voltarmos ao quarto.

Permaneceu em silêncio até entrarmos no elevador.

— Desculpe por isso. Era só…

— É, estava bem na cara o que era.

Ele suspirou, pegou minha mão e deu um apertãozinho.

Quando chegamos à suíte, Hayes se dirigiu até a sacada. Passou uns dez minutos ali, fitando o oceano, antes de voltar para dentro.

— Então, Fee era… — começou ele, pigarreando.

— Eu não preciso saber — interrompi.

— Mas eu preciso que você saiba… Sinceridade total: eu meio que fodi com o casamento dela.

Olhei para ele, ainda parada perto da entrada do quarto.

— Você *meio* que fodeu com o casamento dela? Ou você fez isso ou não fez.

Ele hesitou, beliscando o lábio inferior com a ponta dos dedos. Tínhamos voltado a esse estágio.

— Eu fiz.

— Se eu bem me lembro, você disse que não passavam de boatos.

— A maioria é. Esse não.

Demorei um instante para digerir tudo aquilo.

— Só para eu saber, por acaso vamos continuar esbarrando em pessoas que foram *fodidas* por você? Se é que você me entende…

— Isso não é justo.

— Não?

— Você não está com ciúme, está?

— Não, não estou.

— Gosto de você.

— Não duvido disso…

— Eu estou aqui com *você*.

— Essa não é a questão.

— Qual é, então? Estou confuso.

— Deixe pra lá — respondi, porque nem eu sabia ao certo.

Talvez a questão fosse o fato de eu não ter certeza em relação a nada. Não tinha certeza em relação a nós dois. Talvez a ideia de que isso ia continuar acontecendo, uma vez atrás da outra, fosse demais para mim. Talvez eu não estivesse pronta para gastar tanta energia me comparando a outras, competindo com outras. E talvez, apenas talvez, eu tivesse cometido um erro.

— Talvez eu não tenha pensado direito nisso tudo — declarei.

— O que isso significa? Por que você está dizendo isso?

— Eu sei que você quer que eu o enxergue como Hayes, só Hayes, mas toda vez que saímos você também é Hayes Campbell. E isso vem acompanhado de muitas bagagens... e algumas são mais difíceis de carregar do que outras.

Ele ficou parado me observando, o oceano Atlântico se estendendo às suas costas.

— O que você está dizendo? Que não quer mais continuar?

— Estou dizendo que, quando estamos a sós, isolados no nosso casulo, tudo é perfeito.

— E quando não estamos?

— E, quando não estamos, as coisas mudam de figura.

Percebi que ele estava ficando nervoso, frustrado.

— O que você quer com isso, Solène? Está tentando me afastar, me mandar embora?

— Não, não estou tentando mandá-lo embora.

— Bem, então, o que você está fazendo? Não era para você estar tão surpresa com isso tudo — disparou ele. — Você sempre soube o que eu fazia. O que eu faço. Já sabia de tudo isso quando se envolveu comigo.

— Eu sei disso.

— É complicado, eu sei que é. E tem muita bagagem, sim. Mas também tem muita bagagem vinda do seu lado. Mas eu já aceitei isso... e tenho metade da sua idade. — Ele deixou isso pairar no ar. Pungente. — Vou dar uma volta — declarou, sucinto.

Todo o ar do quarto parecia ter saído com ele, pois, de uma hora para outra, eu não conseguia mais respirar. Sua ausência era sufocante.

Eu sabia que estava errada. Era meu jeito de lidar com as coisas: me afastar antes de o inevitável acontecer. De certa forma, eu fizera a mesma coisa com Daniel. Tinha o afastado, o mandado embora. E agora ele estava prestes a se casar e ter um filho com outra pessoa. E não tinha como voltar atrás.

Não custaria nada me afastar de Hayes. Não ter mais que me preocupar com mulheres aleatórias em saguões de hotéis. E com modelos reptilianas. E com a multidão de fãs que, se pudessem, tomariam meu lugar em um piscar de olhos. Livrar-me de tudo isso. De sua fama, onerosa, como um maldito navio a vapor. Fiquei me perguntando quem ele teria se tornado sem tudo isso.

A porta se abriu e Hayes entrou, apressado. Já fazia alguns minutos que tinha saído.

— Não posso nem sair para dar a porra de uma volta! — Os olhos estavam úmidos, a voz trêmula. — Esqueci meus óculos de sol e não tenho chapéu, então não posso nem sair para dar a porra de uma volta!

Ele não tinha chapéu.

Eu teria rido se não achasse que isso só o deixaria mais incomodado.

— Eu odeio essa merda — continuou antes que eu pudesse abrir a boca.

Eu não sabia se ele estava se referindo à nossa briga ou ao fato de não poder sair sem ser reconhecido.

— Eu sei o que você está fazendo e não vou ficar aqui parado deixando você me afastar. Você está tentando me afastar.

— Talvez — respondi.

— Por quê?

— Você é um astro do rock e…

— Eu sou uma *pessoa*. Antes de qualquer coisa. Eu tenho sentimentos. E sei que essa carreira vem acompanhada de um montão de bagagem, mas, porra, não me descarte só porque eu tenho uma banda. Isso é o que eu faço, não o que eu sou. Isso não… Como foi que você disse mesmo? Isso não me *define*… O que aconteceu? Tudo estava indo tão bem…

— Deixou de ser apenas sexo.

— Já deixou de ser apenas sexo há muito tempo, Solène. — Suas palavras pairaram no ar, carregadas como o ar de Miami.

— Até onde vamos levar essa história, Hayes?

— Até onde você *quer* ir com isso?

— Até onde *você* quer ir com isso?

— Quero ir até o fim. — Naquele momento, apesar das lágrimas, ele parecia muito seguro de si mesmo. Muito certo quanto à possibilidade de existir um "nós".

Fiquei imóvel, calada.

— Você está com medo? — quis saber ele.

Assenti com a cabeça.

— Eu também estou. Mas já fiz as pazes com isso. Se eu me machucar, fazer o quê? É normal, não é? Alguém sempre sai machucado. Mas não quero que o medo me faça perder o que temos.

Nova York, II

Começou aos poucos.

Os pais de Rose não a deixaram comparecer à estreia do documentário em Nova York. O pai argumentou que ela perderia dois dias de aula, o que era verdade. Mas eu me lembrava de que ela havia passado uma semana sem ir à escola logo antes das férias de primavera para que pudessem aproveitar melhor o safári em família no Quênia, então sabia que não estavam preocupados com o fato de cabular aulas, e sim com meu status de relacionamento.

Ganhei onze seguidores no Twitter. Pessoas que eu não conhecia e que usavam nomes como @Cachinhos_do_Hayes17 e @CaseComigoCampbell. Recebi uma mensagem aleatória, enviada por um tal de @NakedAugustBoyz, que dizia: "Você é a felizarda?". E, por alguma razão, essa simples pergunta parecia intrusiva demais, pessoal demais. Como se a pessoa tivesse me tocado, mesmo de longe.

Depois, em uma foto de uma das peças de Glen Wilson que eu tinha postado no Instagram, uma pessoa com o peculiar nome de usuário @Holiparamim comentou: "Hayes?". E só.

Certa vez, Hayes me explicara que havia uma parcela dos fãs que fantasiava que os membros da banda se relacionavam entre si.

— Eles *shippam* a gente — disse-me ele. — Por exemplo, eles acham que estou me relacionando com Oliver ou Liam ou Simon, então juntam nossos nomes e ficam bolando um monte de cenários ilusórios. É engraçado, mas também um pouco perturbador.

Por esse motivo, eu sabia que qualquer conta com "Holi" no nome pertencia a alguém que *shippava* Hayes e Oliver.

— Essa é a coisa mais bizarra que eu já ouvi. Por que as adolescentes ficam fantasiando sobre você e seus amigos transando?

— Não faço a menor ideia — respondeu-me ele.

Mas eu ainda não sabia como os fãs haviam descoberto quem eu era, então cometi o erro de acessar o site do boato de novo. E, para piorar, resolvi ler os comentários. Todos os cento e vinte e oito comentários. A maioria tinha sacado que o artista mencionado era Hayes. Uma dúzia de pessoas tinha se lembrado de sua foto na inauguração da exposição de Joanna Garel e deduzido que a mulher em questão devia trabalhar na Marchand Raphel. O resto foi fácil.

Chegamos em Nova York na terça-feira à noite. Os garotos tinham gravado uma participação no *The Tonight Show with Jimmy Fallon* durante o dia, depois de uma porção de entrevistas. Estavam com a agenda lotada por conta do lançamento do documentário e do álbum, que seria dali a uns dias. Hayes estava esgotado, mas mantinha a pose.

— Mande uma mensagem quando estiver chegando ao hotel — pediu ele, ao telefone, pouco depois de pousarmos. — Tem uma pá de fãs na entrada. Vou pedir que alguém desça para buscar você e as meninas.

— O que é uma "pá" de fãs?

Ele deu risada.

— Um montão de fãs. Quase todos. Mas vai dar tudo certo, prometo.

Ele não estava exagerando. Havia pelo menos cento e cinquenta meninas em frente ao Mandarin Oriental, às onze da noite de uma terça-feira de dezembro. Onde estavam as mães dessas garotas?

— Ai, meu Deus! — O rosto de Georgia ficou radiante ao ver a multidão. — Isso é *tão* legal!

Isabelle se virou para mim e vi o pânico estampado em seus olhos.

— Vamos ter que passar no meio disso aí? Elas sabem quem você é?

— Sim, vamos ter que passar por ali. E, não, elas não sabem quem eu sou. Vai dar tudo certo.

Tentei soar o mais convincente possível.

Então, no exato instante em que o carro estacionou em frente ao hotel, vi Fergus sair do edifício com um carregador de malas logo atrás. Eu nunca tinha ficado tão feliz em ver uma careca familiar.

— Bem, olá a todas — cumprimentou-nos ele, abrindo a porta do carro.

As fãs formavam barricadas em ambos os lados da entrada, mas ainda era inquietante presenciar o frenesi e os gritinhos de "Quem é essa?", além do bater de pés e do coro de "Sorrowed Talk".

Já estávamos quase na entrada quando alguém me chamou. Eu me virei na direção da voz, esperando ver algum conhecido que também estava hospedado no Mandarin Oriental, mas de súbito me dei conta: não havia nenhum conhecido ali.

Alguém gritou: "É ela!". E, em seguida, houve um suspiro coletivo, os flashes começaram a disparar, e percebi, naquele momento, que a vida como eu a conhecia havia chegado ao fim.

As meninas nem quiseram saber de dormir.

Hayes tinha reservado quartos contíguos no quadragésimo sexto andar e deu uma passada por lá para se certificar de que estávamos bem acomodadas. Duas horas mais tarde, as meninas ainda estavam na maior empolgação, tramando aos risinhos e comentando sobre como eram sortudas, então nem pude escapulir do meu quarto para encontrá-lo em sua suíte no andar de baixo.

Ele tinha me mandado a seguinte mensagem de texto: "Estou esgotado. Pode me acordar quando chegar. Suba na minha cama e faça o que tem que fazer...".

Já eram quase duas da manhã quando enfim cheguei ao quarto de Hayes. Àquela altura, eu já teria ficado mais que satisfeita em simplesmente dormir abraçada com ele, sentindo seu cheiro. Mas, ao que parecia, Hayes tinha outros planos.

— Oooi.

— Ué, você disse que estava esgotado.

— Estou esgotado, não morto — respondeu ele, tirando a cueca.

— Elas me reconheceram.

— Quem?

— Suas fãs.

Ele sorriu, tirou minha camiseta e afastou meu cabelo do rosto. Dava para ver que não estava cem por cento acordado.

— Está tudo bem. Você está a salvo aqui. Você está a salvo aqui na minha cama.

— E quando eu for embora?

— Quando você for embora, se eu tiver feito meu trabalho direito, você estará muito feliz.

Na manhã seguinte, Isabelle e Georgia foram dar um mergulho na piscina do hotel e eu saí para uma longa corrida. Vesti um agasalho, pus os fones de ouvido e saí camuflada em meio a um grupo de turistas alemães, e nenhum fã percebeu. Passei uma hora andando nas nuvens. Subi a Central Park West, atravessei a rua 86, dei duas voltas no reservatório e depois voltei ao hotel. O ar estava frio, fresco, perfeito. Tinha sentido saudade disso. De Nova York.

Depois da corrida, enquanto esperava o elevador no saguão do trigésimo quinto andar, topei com um hóspede que estava tendo problemas com a chave do quarto.

— Este cartão magnético está com problema — disse ele ao funcionário da recepção. — Será que você poderia arranjar outro para mim?

Abri um sorriso ao ouvir o sotaque: britânico, elegante, desejável.

Acabamos pegando o mesmo elevador. Ele era alto, jovial, com cabelos cheios e grisalhos. Devia ter uns cinquenta anos, no máximo.

— A corrida foi boa? — perguntou-me depois que cada um já tinha apertado o botão de seu respectivo andar.

— Foi ótima.

276 *Robinne Lee*

— Até onde você foi?

Contei a ele.

— Você correu tudo isso? Hoje de manhã? Caramba, quanta dedicação! Se você tivesse ligado para me acordar, talvez eu tivesse ido com você.

Dei risada. Ele tinha um olhar bondoso, um sorriso convidativo.

— Mas infelizmente ninguém me acordou.

— Quem sabe amanhã? — provoquei.

— Amanhã — respondeu, com uma risadinha. — Quarto 4722. Estarei na espera.

— Tudo bem.

— Se minha esposa atender, desligue.

— Pode deixar — respondi, dando risada. — Farei isso.

Tínhamos chegado ao quadragésimo sexto andar, e as portas começaram a se abrir.

— Você é linda — disse ele de repente, como se não tivesse conseguido se conter.

— Obrigada.

— Tenha um ótimo dia.

— Você também.

Eu ainda estava com um sorriso no rosto quando cheguei ao quarto. Era bom saber que, mesmo que estivesse pingando de suor, ainda poderia topar com empresários de meia-idade em elevadores de hotel e me sentir atraente/ atraída. Talvez fossem as roupas de ginástica Lululemon.

Eu mal tinha tirado o tênis quando as meninas irromperam porta adentro, histéricas. Estavam dando gritinhos e pulos e falando uma por cima da outra. Pelo que entendi, tinham esbarrado com Simon Ludlow e seu personal trainer na piscina. E depois de um bate-papo, no qual explicaram quem eram, Simon as tinha convidado para dar um pulinho na Apple Store e depois almoçar, antes que tivesse que se arrumar para a estreia daquela noite. E será que elas poderiam ir, por favor, por favorzinho?

— De jeito nenhum.

— Mãe, o guarda-costas dele vai estar junto.

— Eu não estou nem aí, Isabelle. Simon tem vinte e um anos. Por que ele convidou vocês duas para almoçar?

— Vamos só comer uma pizza…

— Na verdade, ele fez vinte e dois no mês passado — corrigiu Georgia, como se isso fosse melhorar as coisas.

— Não. *Não*.

— *Por favor*, mãe. Ele só convidou a gente depois que contei que você era minha mãe. Ele só estava tentando ser legal. *Por favor*.

— Ele é o mais bonzinho da banda — comentou Georgia, e nessa hora percebi que elas estavam de maquiagem. Mas que diabos?

— Talvez até seja gay — acrescentou Isabelle. Essa era sua tentativa de suavizar o golpe?

Georgia lançou-lhe um olhar atravessado.

— Ele não é gay. Simon é o *menos* gay de todos.

— Ele não é o *menos* gay de todos.

— Existe um *menos* gay? Quem é o menos gay?

— Rory — responderam as duas em uníssono.

— Tudo bem. Não consigo lidar com isso agora. Vou tomar um banho e pensar no assunto e aviso vocês quando decidir se vou deixar ou não. Mas não criem expectativas. E lavem o rosto. Vocês não vão botar o pé lá fora se estiverem de maquiagem.

— Tudo bem — concordou Isabelle. — Mas combinamos de encontrar Simon no saguão do hotel às onze e quinze… Então será que você pode tomar um banho bem rapidinho?

Tentei relembrar tudo o que sabia sobre Simon. Se ele tinha me parecido um estuprador em potencial, ou um abusador de crianças, ou um predador. Mas a única imagem que eu tinha dele era a do louro brincalhão que gostava de modelos de sua idade. Ainda assim, achei melhor enviar uma mensagem a Hayes.

> Simon convidou as meninas para visitar a Apple Store.
> Quero saber sua opinião, por favor.

> Totalmente seguro.

> Sério?

> Sério.

> Ah, você sabia que tem um cara MENOS gay na sua banda?

> Hahaha. Rory.

> Que ótimo! Eu estou com vontade de perguntar qual é sua posição nessa lista, mas não sei se quero saber…

> ?????
> Até agora, você não reclamou de nada.
> Pare de se informar com meninas de treze anos.

Às onze e dez, estávamos todos reunidos no saguão intermediário, que tinha uma vista arrebatadora da Columbus Circle, do parque e do centro da cidade. As meninas estavam praticamente dando pulinhos de empolgação, ao mesmo tempo que tentavam manter a pose. E eu ainda não tinha tomado uma decisão.

— *Por favor*, mãe.

— Você não confia em mim? — Simon sorriu, ombros largos, covinha no queixo, um louro perfeitamente esculpido. Os caras na Inglaterra eram todos assim? Como foi que eles encontraram uns aos outros? — Sua namorada não confia em mim, Campbell.

Sua franqueza me pegou desprevenida. Eu ainda não tinha o hábito de me intitular "namorada" de Hayes, especialmente na frente de Isabelle.

— Eu prometi para a mãe da Georgia que cuidaria dela — respondi.

Prometi mesmo. No começo daquela semana, quando passei pela casa de Georgia para pegar as malas, Leah, a mãe dela, perguntou sobre Hayes. Eu contei a verdade. Ela me deu um "toca aqui" e achei graça, mas prometi que manteria sua filha trancada a sete chaves.

— Ela vai ficar bem — disse Simon. — Trevor não vai sair do nosso lado.

Procurei Trevor com os olhos e o encontrei perto do elevador, vigilante. Trevor, o instrutor de krav maga alto e todo-poderoso. Pronto para encarar a enxurrada de fãs agrupadas na rua.

Algumas meninas estavam reunidas um pouco adiante, não muito longe de nós. Fãs que tinham dado um jeito de descobrir o itinerário dos garotos e reservado quartos no mesmo hotel que eles. A equipe de segurança as mantinha afastadas, mas eu conseguia vê-las de canto de olho, sussurrando e rindo e registrando tudo com a câmera do celular. Mais tarde, nossa conversa, inaudível àquela distância, acabaria indo parar no YouTube.

— Elas vão ficar bem, Solène — tranquilizou-me Hayes, reconfortante, a mão apoiada nas minhas costas.

Mas aquelas meninas não eram responsabilidade *dele*.

Meu olhar se alternou entre Hayes, as meninas e Simon.

— Trevor — chamou Desmond. Ele estava vigiando os arredores, nunca a mais de cinco metros de distância de Hayes. — Eu vou com eles. Você fica aqui. Tudo bem por você, Solène?

Assenti com a cabeça, tocada por aquele gesto bondoso.

— Obrigada! — Isabelle me abraçou. — Você é a melhor mãe do *mundo*!

As meninas pareciam prestes a explodir de emoção quando seguiram para os elevadores ao lado de Simon. Fiquei imaginando o que diriam às amigas em Los Angeles. Pobre Rose, com aqueles pais julgadores! Olhe só o que ela estava perdendo.

— Obrigada — agradeci, puxando Desmond para um abraço. Acho que eu nunca o tinha abraçado antes.

— Não há de quê — respondeu ele. — Não o machuque — acrescentou, apontando para Hayes.

— Só o coração dele. — Sorri.

— Nem isso.

Quando ele já estava quase chegando aos elevadores, chamei-o de volta.

— Des, elas só têm treze anos.

— Entendido.

— Cuide delas como se fossem suas próprias filhas.

— Pode deixar.

Depois que eles já tinham ido embora, Hayes me lançou um olhar perplexo.

— O que você acha que vai acontecer na Apple Store? — perguntou, rindo. — Que tipo de animais você acha que nós somos?

— Elas são virgens, Hayes. Eu já vi vocês em ação. Sei como podem ser persuasivos.

— Sério? — Ele me pegou pela mão, conduzindo-me a um dos elevadores para voltarmos ao quarto. Não parecia se importar com o fato de estarmos sendo vigiados, gravados. — Bem, para começo de conversa, tenho quase certeza de que você não tinha treze anos quando nos conhecemos. E não era virgem. E mesmo assim...

— E mesmo assim o quê?

Esperamos as pessoas saírem do elevador antes de entrarmos. As portas se fecharam. Estávamos a sós.

— E mesmo assim eu fui muito respeitoso. Não a forcei a fazer nada que a deixasse desconfortável. Nem uma única vez. E agora você é tipo: "Anal? Claro, vamos lá".

Dei risada, um tanto constrangida.

Isso era novidade. Achei que o que tinha acontecido em Miami ficaria em Miami. Só que, pelo jeito, estava enganada. E, pelo visto, o que antes acontecera depois de um ano de casamento e muita lábia, com Hayes podia ser negociado à base de dois copos de uísque e uma promessa de que seria gentil. Isso que dava me meter com *millennials*. Isso que dava *meter* com *millennials*.

— Tem câmeras aqui — sussurrei.

— Não tem microfone nessas câmeras — declarou ele, com confiança.

Aí me lembrei de Solange Knowles dando um soco em Jay Z, e daquele jogador de futebol americano nocauteando a noiva, e percebi que ele tinha razão. Nada de microfones.

— Eu tenho quase certeza de que não disse: "Claro, vamos lá".

— Verdade. Acho que você disse: "Sim, por favor". — Ele sorriu, acanhado. As covinhas à mostra. — Você gosta *muito* de mim.

— Não abuse da sorte.

Ele chegou mais perto de mim, envolvendo meu rosto entre as mãos.

— Por favor — repetiu antes de me beijar. Tão suave, tão doce, que quase me esqueci de onde estávamos.

— As câmeras... — sussurrei quando nos afastamos.

— Não estou nem aí. Que vejam — disse ele, e então me beijou outra vez. — Temos mais ou menos duas horas juntos. Vamos aproveitar.

As portas do elevador se abriram e, parados no corredor, havia dois seguranças que eu não conhecia. Não eram os mesmos do turno da noite. Eu já tinha desistido de tentar diferenciá-los. Ficar em um hotel com Hayes era completamente diferente de ficar em um hotel com a banda toda.

— Obrigado por isso, Simon Ludlow — declarou Hayes assim que saiu do elevador. — Já depositei seu cheque.

Fiquei imóvel, a ficha caindo.

— Você... Você combinou tudo isso com Simon? Pediu que levasse as meninas para dar uma volta?

Ele estava segurando a porta do elevador, esperando que eu saísse.

— Talvez.

— Hayes... Isso é muito inapropriado.

— É mesmo?

— Você *pagou* Simon por isso?

— Ele estava me devendo.

Não consegui evitar o riso.

— Você é péssimo. Péssimo mesmo.

— E é por isso que você me ama — declarou ele. — Duas horas. O tempo está passando...

Eu nunca tinha visto nada igual à multidão que se agrupava em frente ao Ziegfeld Theater para a estreia de *August Moon: Naked*. Havia milhares de fãs apinhados em todas as direções. A rua 54 estava fechada. O tráfego estava congestionado na esquina da Sexta Avenida com a Sétima. O tapete vermelho tomava um quarteirão inteiro, e havia fotógrafos e membros da imprensa por toda parte. Uma equipe de segurança robusta. Tudo por conta de cinco caras que, apenas alguns anos antes, eram meros estudantes "que jogavam futebol no Green Park". Devia ser uma experiência avassaladora.

Chegamos quase duas horas depois dos rapazes. Tinham que posar para fotos, falar com a imprensa e dar atenção aos fãs. Hayes já tinha me avisado de que seria sugado por esse tipo de coisa e que provavelmente seria melhor se eu levasse uma amiga. Por isso, eu havia ligado para Amara duas semanas antes e perguntado se ela queria ser minha acompanhante.

— Você está de sacanagem? — disse ela ao telefone, rindo. — A oportunidade de riscar um item da minha lista de desejos? Comparecer a um evento cheio de celebridades para assistir ao documentário de uma *boy band*? Que tipo de roupa vamos usar?

O teatro era enorme. A multidão estava caótica. Figurões da indústria, britânicos, fãs que tinham ganhado ingressos e celebridades com as filhas adolescentes. A minha própria filha estava pisando nas nuvens. Ela e Georgia estavam em êxtase desde o passeio à Apple Store, tagarelando sobre cada minuto daquela tarde. Comentando todas as falas, ações e risadas de Simon. Já tinham vivido o inimaginável. A estreia era apenas a cereja do bolo.

Tudo aconteceu muito rápido. O documentário tinha uma qualidade surpreendentemente boa: um lindo relato da ascensão meteórica da banda. Filmagens dos shows, vídeos que mostravam a intimidade dos integrantes, um olhar cativante e quase melancólico a respeito da base de fãs em toda sua glória fervorosa. Muitas das cenas tinham sido filmadas em preto e branco, um toque artístico. Uma série de closes perfeitos, focando a pele, os cílios e os lábios. Ao fim do filme, eu já estava certa de que a diretora tinha se apaixonado por todos eles.

Amara pensava o mesmo.

— Parece que acabei de assistir a um clipe de noventa minutos do Herb Ritts. É muito errado eu estar com vontade de lamber todos eles? Olhe essa pele… Por acaso a gente dava valor à nossa pele quando éramos mais novas?

— Acho que não.

— Que desperdício de juventude! — comentou ela, rindo.

Só tornei a ver Hayes na festa que aconteceu depois da estreia. Quando os créditos começaram a rolar, a multidão rodeou a mesa à que a banda estava sentada de tal maneira que seria impossível abrir caminho em meio ao mar de seguranças e puxa-sacos. Mas, quando eu estava no carro a caminho do Edison Ballroom, recebi uma mensagem dele.

> Cadê você? Por que você não está aqui comigo?
> Estou com saudade. Preciso de você.

> Digo o mesmo.

> O que você achou do documentário? Gostou?

> Amei.

> Venha ficar comigo. Quando chegar à festa, venha me encontrar.

E foi justamente o que fiz, embora não tenha sido nada fácil. O salão era amplo, dois andares banhados pela iluminação ambiente e ocupados por mais de novecentos convidados. Serpenteamos em meio à multidão, aos garçons e a mesas de coquetel e aos vasos adornados com luzinhas brancas, uma atmosfera que mesclava bares clandestinos e paraísos invernais. O DJ estava tocando "All the Love", o próximo single a ser lançado pela banda, e havia um telão acima do palco passando trechinhos do documentário. Eu estava muito ciente de que todos estavam ali para celebrar meu namorado ou quase isso.

Quando estava perto do bar principal, alguém me chamou e me virei para dar de cara com Raj. Eu não o via desde Cap d'Antibes. Ele me cumprimentou com um abraço caloroso e se apresentou para Amara e as meninas. Ele nos tratou com tanto carinho e intimidade que percebi que, para o bem ou para o mal, Hayes provavelmente vinha atualizando algumas pessoas sobre nosso relacionamento.

Raj nos levou a algumas mesas na lateral do salão, reservadas a pessoas importantes. Sobre o tampo de cada uma delas, havia um cartãozinho: "Universal", "WME", "Lawrence Management", "Liam Balfour", "Rory Taylor", "Oliver Hoyt-Knight", "Simon Ludlow", e, logo adiante, no cantinho mais isolado, vi "Hayes Campbell". Ele estava de costas para mim, conversando com um homem que não reconheci.

Raj o chamou e, quando Hayes me viu, a expressão em seu rosto fez meu coração derreter. Surpresa, felicidade, admiração. Como se estivesse me vendo pela primeira vez. Como se não tivéssemos passado a tarde juntos fazendo sacanagem.

E, embora eu conseguisse ler cada sentimento estampado em seu rosto, mal pude acreditar quando ele envolveu meu rosto entre as mãos e me beijou. Na frente da minha filha, na frente da minha amiga, na frente de seus empresários, de seus fãs... Na frente de todas as pessoas do salão.

— Oi — disse ele.

— Oi. — Sorri. Ele estava usando um terno Tom Ford, um sorriso deslumbrante no rosto. — Então... acho que assumimos nosso relacionamento para o mundo?

— Exatamente. — Ele chegou mais perto, acariciando os lóbulos das minhas orelhas com os polegares, e disse bem baixinho: — Você está incrivelmente linda.

— Obrigada.

Meu vestido era sublime. Lanvin. Drapeado, de seda azul-escura, franzido, ajustado, na altura dos joelhos.

— Batom vermelho?

— Achei melhor trocar.

— Assim fico morrendo de vontade de fazer certas coisas com essa boca... — comentou ele.

— Ah, sim, como se não passasse o tempo todo pensando nisso.

Ele riu e deu um passo para trás.

— Olá, senhoritas!

Ele cumprimentou Amara e as meninas e depois nos apresentou para as pessoas em sua mesa: amigos dos pais dele, alguns representantes da TAG Heuer e um agente. Como bom anfitrião que era, Hayes se certificou de que todos estávamos bem, pegou taças de champanhe para mim e para Amara e suco de cranberry para as meninas, enquanto ele mesmo só tomava água.

— O puto do Graham não sai do meu pé nem do de Liam — murmurou ele para mim. — Ah, meninas... — Ele se virou para Isabelle e Georgia. — Vocês já conheceram Lucy Balfour? É a irmãzinha mais nova de Simon. Tem treze anos. Veio de Londres com os pais e está muito chateada porque disse que não tem ninguém da idade dela aqui. Quando comentei que tem um montão de meninas de treze anos neste salão, ela reclamou que não passavam de "fãs malucas e imaturas". Então eu respondi: "Ora, isso é porque você não conheceu minhas amigas Isabelle e Georgia. Elas não são nada disso".

Minhas meninas ficaram radiantes. Estavam tão fofas com aqueles vestidos...

— Venham. Vamos atrás de Lucy!

— Onde foi que você encontrou esse cara? — quis saber Amara. Tínhamos saído de perto da mesa e estávamos seguindo para o andar principal. — Ele é perfeito.

— Eu sei — concordei. — Ele é perfeito mesmo.

— Minha nossa! Como você conseguiu? Eu estou usando o Tinder, mas está difícil, viu?

Balancei a cabeça, solidarizando-me. Amara era alguns anos mais velha que eu e nunca tinha se casado. Nunca quis filhos, mas também nunca quis ficar sozinha.

— E nesses aplicativos de namoro... — continuou ela. — Parece que tudo se resume a fotos, à aparência física, ao rosto. Tudo que importa no Tinder é seu rosto. As pessoas deslizam para a esquerda ou para a direita por causa do seu rosto. E o meu está mudando. As pessoas reagem a ele de forma diferente. Os homens reagem a ele de forma diferente. Eu era uma loura jovem e gostosa, mas não sou mais. Embora ainda me veja assim por dentro — comentou, rindo.

— Eu ainda a vejo assim. — Sorri. Pelo visto, todos os meus amigos estavam passando pela mesma coisa. A crise de não reconhecer a si mesmo.

— Mas não sou mais assim. Pelo menos não por fora. E é como se minha identidade estivesse em constante mudança. Já não sou quem eu costumava ser. E, daqui a dez anos, talvez seja outra pessoa completamente diferente. Mesmo que eu não me torne mãe ou mude de carreira ou vá morar em Idaho. Minha identidade muda porque a forma como o mundo responde à minha aparência muda. E a reação deles também muda a forma como eu me enxergo. E isso é um tanto... insano.

— É mesmo — concordei. — Mas nós nos redefinimos. Evoluímos. É isso que as pessoas fazem.

— Mas eu quero evoluir porque *decidi* evoluir. Não quero que outras pessoas ditem quando isso deve acontecer comigo.

Ela tinha um bom argumento. Tive que me perguntar se eu estava evoluindo ou se essa história com Hayes era um passo gigantesco para trás. Independentemente do que as pessoas achassem da situação.

O dj começou a tocar Justin Timberlake, o rei das *boy bands* da velha guarda. Justin, que tinha se casado e logo seria pai. Claramente tinha evoluído.

— Acho que envelhecer é difícil para todo mundo. — Amara pegou um aperitivo de batata assada com *crème fraîche* e caviar de um garçom que passava por ali. — Mas sem sombra de dúvida é mais difícil para as mulheres. E acho que é ainda pior para as mulheres bonitas. Porque uma parte muito significativa da sua identidade e do seu valor está ligada à sua aparência e à forma como o mundo reage à sua aparência, então o que fazer quando isso muda? Como você passa a se enxergar? Quem você se torna?

Fiquei em silêncio, tentando digerir tudo aquilo. Hayes apareceu no telão. As feições adquirindo proporções esdrúxulas, mas a simetria ainda era arte pura. A beleza claramente o definia.

— Acho que vou precisar de mais uma bebida.

Ela riu, comendo o aperitivo de batata.

— Não se preocupe. Você ainda tem mais uns anos pela frente. As coisas só começam a degringolar de verdade lá pelos quarenta e dois.

Nós nos vimos na mesma hora. Ele conversava com duas garotas bonitas de vinte e poucos anos que estavam claramente interessadas. Mas ele acenou e eu retribuí o gesto, então ele as dispensou e veio até mim.

Oliver.

— Esse aí é bem bonitinho — sussurrou Amara, conforme ele se aproximava.

— Pode esquecer. Ele é encrenca. Mas é versado em arte, isso não tem como negar.

— Murakami. — Ela sorriu. — Basta olhar para ele para ficar feliz.

Foi um comentário casual, relembrando uma conversa de tempos antes, mas algo ali fez sentido. Encontrar alegria na arte.

— Solène Marchand. — Oliver sorriu. Fiquei surpresa por ele saber meu sobrenome.

— Oliver Hoyt-Knight. Essa aqui é Amara Winthrop, uma amiga minha. Amara, Oliver.

Ele a cumprimentou antes de voltar a atenção para mim.

— Oi.

— Oi.

Aproximei-me para beijar sua bochecha, e foi só quando a mão dele envolveu minha cintura que percebi que havia cometido um erro.

— Você está deslumbrante — sussurrou no meu ouvido.

Desvencilhei-me dele e fiz questão de responder bem alto:

— Você também não está nada mal.

Ele deu risada.

— É uma brincadeira, Amara. Oliver está sempre elegante assim. Quando você aprende quem é quem, percebe que Oliver é o dândi da banda.

Ele estava usando um terno cinza-escuro, colete e gravata escura, um lenço de bolso combinando. Sexy e elegante ao mesmo tempo.

— Quem foi que disse isso? Beverly?

— Beverly é quem cuida dos trajes da banda? Se for, foi ela mesma.

A mão dele ainda estava apoiada no meu quadril.

— Aliás, eu e os caras não temos nada a ver um com o outro — comentou ele, fitando-me com seus olhos castanho-esverdeados penetrantes.

— Cadê sua namorada?

— Ela não pôde vir. Tinha prova.

— Ah, que pena!

Ele se desvencilhou da minha cintura e tomou um gole da bebida.

— Fazer o quê?

— Dominic e Sylvia D'Amato estão ali no bar — disse Amara de repente. O fato de eu quase ter me esquecido de sua presença era um tanto revelador. — Vou lá falar com eles.

Demorei um instante para perceber de quem ela estava falando: os donos da casa nos Hamptons. *Sra.* D'Amato.

— Você os conhece?

— É claro que conheço. Eles praticamente pagam minha hipoteca. — Ela deu uma piscadela.

E foi aí que me lembrei: obras de Hirst, de Lichtenstein, de Twombly, de Murakami... A Galeria Gagosian representava todos esses artistas.

— Oliver, foi um prazer... — declarou Amara. — Solène... — Olhou para mim com uma expressão divertida. — Tudo bem se eu a deixar sozinha por um minutinho?

— Tudo ótimo — respondi, rindo e tomando um gole de champanhe.

— Então… — continuou Oliver assim que Amara se afastou. — Você está se divertindo?

— Estou.

— Está sendo bem tratada?

— Sim. Obrigada.

— É, bem que ouvi. — Ele sorriu, tomando outro gole da bebida. — As paredes do Mandarin Oriental são mais finas do que a gente imagina.

Fiquei paralisada enquanto me dava conta do que ele acabara de dizer. A facilidade com que tinha passado dos limites. Como se tivesse esticado o braço para me tocar outra vez.

— Se eu soubesse que você estava escutando, teria feito um esforcinho para chamar seu nome.

Ele riu. Não era a resposta que esperava.

— Bem, talvez eu possa assistir da próxima vez…

— Você quer me assistir? Ou a Hayes?

Os músculos de Oliver se retesaram.

— O que *você* acha?

— Acho que você está insinuando alguma coisa e eu quero que a esclareça.

Ele ficou me encarando por um instante. Depois, abriu um sorriso. Era lastimável que um cara tão bonito pudesse ser tão babaca.

— Bem, você sabe onde me encontrar. Quando estiver pronta para algo melhor…

— Eu amo a sua cara de pau, Oliver. Vou ser boazinha, porque sei como você é importante para Hayes. E porque gosto de Charlotte. E porque você é bonitinho. Mas não vou deixar que você passe dos limites…

Ele hesitou por um instante, sorriu, tomou outro gole da bebida.

— Eu acho que você já deixou.

— Ollie! — chamou uma voz.

Ele se virou para o lado, e eu segui seu olhar. Avistei uma jovem estonteante vindo na nossa direção, usando um vestido esverdeado. A princípio, achei que era uma modelo, mas depois percebi que parecia muito segura de si. E Oliver a estava encarando com muita adoração.

— Oi. — Ela o abraçou e bagunçou seu cabelo. Oliver beijou a boche-cha dela. E foi aí que minha ficha caiu.

— Solène, você já conhece minha irmã, Penelope? Pen, essa é Solène. Ela é amiga de *Hayes*. — A última parte parecia ter sido dita de forma incisiva, mas não consegui entender por quê.

Ela era deslumbrante.

Tinha a mesma altura do irmão e os mesmos olhos castanho-esverde-ados marcantes, mas as semelhanças paravam por aí. Ela era mais sexy do que eu imaginava, lábios mais carnudos, mais cheios. O sonho de qualquer adolescente. Eu queria dar meus parabéns ao Hayes de catorze anos. Imagi-nei a alegria dele à época. E então me ocorreu que *ela* poderia muito bem ter sido o protótipo. A fantasia original de Hayes.

— É um prazer conhecê-la — disse ela, estendendo a mão elegante para mim.

Percebi que ela estava me analisando, e logo me lembrei de que, em teoria, eu não podia estar a par da história entre os dois, então não podia analisá-la tão abertamente assim.

— Você é de Nova York? — quis saber ela.

— De Los Angeles — respondi, e ela assentiu.

— Gostou do documentário?

— Bastante…

Havia uma certa angústia em estar no mesmo cômodo que Penelope. Sabendo quem ela era e o que tinha significado para Hayes. Pensando que ela o conhecia. Conhecia sua boca, seu pau… Conhecia suas mãos. Conhe-cia tudo o que estava me esperando no quarto do hotel. Ela *conhecia* Hayes.

Essa situação parecia se repetir sem parar.

— E *você*? Gostou? — perguntei.

— Achei muito *divertido*. — Ela sorriu. — Eles todos são bem *divertidos*.

— É verdade — concordei, virando-me para Oliver. — São mesmo.

— Rá! — Oliver abriu um sorrisinho. Por mais que eu quisesse, não conseguia odiá-lo. Eu não conseguia evitar. Sempre caía na dele. Sempre me rendia ao seu ar arrogante.

— Liam é o mais divertido deles — continuou Penelope. — É bem malandrinho, aquele rapaz.

Assenti e me pus a observá-la. Seios redondos, cintura fina. Fiquei me perguntando se ela também tinha dormido com Liam. O esbelto Liam, com as sardinhas adoráveis, a voz angelical e o sorriso cativante. Logo percebi como isso parecia absurdo. Bem, mas toda aquela situação entre eles me parecia um tantinho incestuosa. Eu tinha que dar o fora dali.

— Se vocês me dão licença — comecei —, preciso ver como minha filha está. Penelope, foi um prazer. Oliver, a gente se vê por aí.

Encontrei Hayes perto das mesas reservadas, conversando com um monte de mulheres que eu não conhecia. Podiam ser agentes, executivas do ramo, ex-namoradas, fãs. Eu já não me importava mais.

O rosto dele se iluminou quando me viu, e deu um jeito de se desvencilhar do séquito de admiradoras.

— Onde é que você estava? Está tudo bem?

— Penelope está aqui. Acabei de conhecê-la.

— É...

— Você *sabia* que ela viria?

— Fiquei sabendo ontem.

— E não ia me contar *nunca*?

— Eu não queria que você se preocupasse sem motivo. — Levou a mão ao meu rosto, prendeu uma mecha do meu cabelo atrás da orelha. Uma forma sutil de mostrar aos outros que estávamos juntos.

— Você a viu?

— De relance. No teatro. — Ele segurou meu pulso, acariciou meu bracelete, um toque familiar. — Solène... Já acabou há tanto tempo...

— Eu sei disso.

Ele ficou em silêncio por um instante, então acrescentou:

— Sinto muito que você não pare de esbarrar no meu passado.

Assenti. Eu não tinha muita experiência com esse tipo de coisa. Quando nos casamos, Daniel só tinha transado com mais catorze garotas além de mim, e todas moravam na Costa Leste. Com exceção de uma, que era de Capri.

— Venha — chamou-me ele. — Meus pais estão ali. Quero que você os conheça. Já bebeu o bastante para lidar com isso?

— Provavelmente não.

— Então vamos arranjar mais uma taça de champanhe para você... E, depois, vamos conhecer meus pais.

Estavam perto da mesa de Hayes. Conforme nos aproximávamos, fitei a lateral do rosto dos dois. Ela tinha feições delicadas e uma pele impecável e se parecia com o garoto que eu passara a amar. Isso, por si só, já era inquietante. Ela começou a rir de alguma coisa, deixando as covinhas em evidência, e por um instante achei que talvez não fosse conseguir seguir adiante. Mas Hayes os chamou e os dois se viraram na nossa direção, e não havia mais como correr. Meus pés não teriam colaborado nem se eu quisesse, pois, ao lado da mãe de Hayes, estava o britânico jovial que eu encontrara no elevador do hotel.

Todo o ar saiu dos meus pulmões.

— Mãe, pai, essa é Solène — disse Hayes com orgulho, a mão pousada nas minhas costas, me encorajando, me protegendo.

— Victoria. — Ela me estendeu a mão e senti a calidez de sua pele. Mais quente do que eu esperava. — É um prazer conhecê-la.

— Igualmente — respondi.

— Ian — apresentou-se o sr. Campbell, sem sair do personagem, envolvendo minha mão com as duas manzorras que tinha. — É um prazer conhecê-la, Solène.

— O prazer é meu. — Talvez eu tenha exagerado no sorriso. A culpa era da vergonha, do champanhe, do fato de eu ter flertado descaradamente com o pai de Hayes.

Lembrei-me de quando conheci os pais de Daniel, na casa deles, em Vineyard, e como tinham me parecido assustadores à época. Naquele momento, tive a sensação de que estava passando por isso outra vez, com a diferença de que aqueles dois eram praticamente da mesma geração que eu. E eu sabia que deviam estar pensando: "Mas que caralhos você está fazendo com nosso filho?".

— Nosso filho gosta muito de você — comentou Victoria.

— Gosta? — Virei-me para Hayes, e a forma como me olhava me lembrou de sua expressão na foto em que ele aparecia ao lado da mãe e do cavalo Churchill. Um olhar repleto de adoração, admiração. E era surpreendente que aquilo fosse dirigido a mim.

— Seu filho é uma pessoa maravilhosa. — Torci para não estar dando muita bandeira. — Vocês devem estar com muito orgulho dele.

— Estamos mesmo — concordou Ian. — Você gostou do documentário?

— Gostei muito. Foi mais artístico do que eu esperava.

— Verdade. Hayes comentou que você trabalha com arte, é isso? — Victoria estava girando o colar de pérolas em volta do pescoço. Usava um vestido preto clássico, e logo percebi que era da Chanel. É claro.

— Trabalho, sim.

— Uma galerista? — perguntou Ian.

— A galeria de Solène fica em um galpão industrial fantástico, e ela e a sócia só representam artistas mulheres ou artistas não brancos, o que é extraordinário da parte delas.

— É uma decisão muito nobre — comentou Ian.

— Nobre? — Hayes deu risada. — É *estupendo*.

— Hayes comentou que você tem uma filha… — Victoria se encarregou de mudar de assunto.

— Tenho, sim. Isabelle. Ela está aqui com uma amiga. Devem estar perambulando por aí.

— Elas estão com Lucy Balfour. As três se deram muito bem.

— Quantos anos ela tem?

— Treze.

— Treze… — Victoria abriu um sorriso, com ar de entendida. — Passa tão rápido.

Ai, essa doeu.

— Campbell! — Rory Taylor estava apoiado na corda de veludo. Todo engomadinho, mas ainda o mesmo *bad boy* de sempre. Era um rapaz bronzeado, de cabelos escuros e um tanto desgrenhados e barba por fazer. Usava um terno preto com a camisa também preta parcialmente desabotoada, deixando as tatuagens do peito à mostra. Aquilo ali era uma borboleta? Um pássaro? — Desculpe interromper. Oi, sra. Campbell, sr. Campbell,

Solène… Hayes, eles querem que a gente suba ao palco para nos apresentar ou algo assim.

— Tudo bem. Já volto. Não suma daqui. — Ele me beijou. Na frente dos pais. E uma parte de mim só queria se enfiar debaixo da mesa e morrer.

— Então… *Você* é a namorada?

Um tempo depois de a banda, a diretora e um punhado de executivos terem agradecido a presença de todos e posado para um monte de fotos no palco, topei com Ian perto de um dos barzinhos.

Eu já tinha tomado três taças de champanhe, e estava em busca da quarta.

— Sou, sim.

— Uau! Isso é bem impressionante. Até para ele. Como foi que ele conseguiu…? — Ele se deteve, balançando a cabeça. — Deixe pra lá. Acho que não quero saber.

Não sei como eu não tinha visto antes, mas estava tudo lá: o nariz de Hayes, o maxilar de Hayes, as mãos de Hayes, os dedos de Hayes…

— Bem, então acho que a gente não vai sair para correr amanhã — comentou, dando risada.

Neguei com a cabeça e sorri.

— É, acho que não.

— Sim, provavelmente é melhor assim.

Avistei Hayes do outro lado do salão, cochichando alguma coisa no ouvido de Simon, rindo. O copo parecendo minúsculo em sua mão. Tinha conseguido arranjar outra coisa para beber que não fosse água, e Graham que se danasse. Sobre o que será que os dois estavam conversando?

Minha atenção se voltou para Ian.

— O número do seu quarto era 4722 mesmo?

O pai de Hayes sorriu, depois tomou um gole da bebida.

— Não vou responder a essa pergunta.

— Sim — declarei. — Provavelmente é melhor assim.

* * *

Quase no fim da noite, quando Amara já tinha ido embora e as meninas haviam voltado para o hotel com os pais de Liam, Hayes e eu nos acomodamos a uma das mesas. Estávamos a sós, mas não parecia real. A corda de veludo, Desmond parado a alguns metros de distância, de costas para nós. Como se fôssemos animais exóticos em uma jaula.

— Você sabe que esta noite muda tudo, não sabe?

— Só porque eu conheci seus pais?

— Não. — Ele sorriu. — Porque tem um monte de gente com câmeras aqui. E membros da imprensa. Todo mundo vai comentar, e vamos deixar de ser só um boato.

— Eu sei disso.

— E não vão ser mais só uma ou duas fãs gritando seu nome na frente de um hotel. As coisas vão parecer diferentes. Só queria deixar avisado.

— Você está tentando me dizer que é tarde demais para voltar atrás?

Ele riu e me beijou.

— Definitivamente já é tarde demais para voltar atrás. — Sua mão tinha enveredado até meu joelho por debaixo da mesa. — Jane e Alistair estão me olhando feio.

— Estão?

Hayes apontou a lateral do salão com a cabeça, e lá estavam seus empresários, um casal com ar autoritário, conversando com um pessoal da gravadora, ao mesmo tempo que lançavam olhares feios na nossa direção.

Hayes abriu um de seus sorrisos radiantes e acenou.

— Oi, Jane. Oi, Alistair. Eu sei que estou quebrando as regras do manual de *boy band* que vocês escreveram, já que estou me relacionando em público com uma pessoa mais velha que eu, e que vamos perder um montão de fãs mais conservadores por causa disso. Espero que me perdoem.

Comecei a rir e agarrei sua mão, que ainda acenava.

— Pare com isso.

— Você acha que eles conseguem fazer leitura labial?

— Eu acho que eles conseguem identificar seu atrevimento de longe.

Ele se virou para mim.

— Eu gosto de você.

— Eu sei que gosta.

— Obrigado por ter vindo. Sério, você estar aqui é muito importante para mim. — Ele sorriu devagar e esticou a mão para acariciar meu rosto. — O que eu sinto por você é mais do que gostar. Você sabe disso, não sabe? Não vou dizer aquilo agora… mas saiba que é verdade.

Passamos um tempo ali, nos perdendo um no outro. Eu fui a primeira a quebrar o silêncio.

— Eu estou com tanto orgulho de você…

— Por vestir um terno e dar as caras?

— Por tudo isto aqui. Nada disso teria acontecido se não fosse por você, se não fosse pela sua ideia.

Ele deu um apertãozinho na minha mão e sorriu.

— Talvez tenha sido um pouquinho egoísta da minha parte. Além do mais, não é tão difícil assim, não é?

— É arte. E deixa as pessoas felizes. Isso é uma coisa muito boa. Temos um grande problema na forma como enxergamos alguns aspectos da nossa cultura. Desvalorizamos a arte voltada para o público feminino, sejam filmes, livros ou músicas. Presumimos que não pode ser considerada uma arte elevada. Principalmente se não abordar um tema pesado, difícil, lamentoso. E a coisa evolui de tal modo que passamos a desvalorizar até as mulheres por trás de algumas dessas artes. Embrulhamos o conteúdo com um lindo laçarote cor-de-rosa e nos recusamos a chamá-lo de arte.

Hayes estava calado, processando tudo.

— Em parte, é isso que me motiva a fazer o que faço. Lutar contra esse problema, combatê-lo. E é por isso que deve ter um pouco mais de orgulho daquilo que *você* faz…

Observei enquanto ele tentava formular uma resposta. Um sorriso ameaçando despontar nos lábios.

— Como foi que eu a encontrei mesmo?

— Meu ex-marido comprou você em um leilão.

Ele riu, inclinando a cabeça para trás. Aquele maxilar…

— Então acho que devemos um agradecimento a ele.

— Devemos mesmo… Vamos voltar para o hotel. Podemos agradecer a ele quando estivermos lá.

— Tudo bem. — Ele sorriu. — Vamos lá.

Anguilla

IAM FAZER UMA FUGA ROMÂNTICA para se casar. Daniel e Eva. Tinham planejado se casar em Maui pouco depois do Natal. Pelo jeito, Daniel gostava de levar suas esposas grávidas ao Havaí. Ao menos teve a decência de escolher uma ilha diferente.

Ele me contou no sábado, depois que chegamos de Nova York. Foi direto ao ponto:

— Vai ser uma cerimônia pequena, e eu gostaria que Isabelle fosse.

— Claro — respondi, tentando esconder meus sentimentos.

Estávamos na cozinha. Ele estava de pé, os braços cruzados sobre o peito, aparentando desconforto. Os olhos esquadrinhavam o ambiente, detendo-se nos cartões-postais e retratos nada familiares pregados na geladeira. Aquela não era mais sua casa.

— Isabelle contou que se divertiu muito em Nova York...

— E se divertiu mesmo.

— E *você*? Também se divertiu?

Fiquei imóvel em frente ao fogão, onde estava preparando o risoto. Por acaso Daniel estava tentando arrancar informações sobre minha vida com Hayes? Ou só estava genuinamente interessado na minha felicidade?

— Eu me diverti, sim. Obrigada.

— Então... Essa história é mesmo para valer?

— É, sim.

Ele assentiu, recostou-se na bancada e se pôs a alisar o queixo, os olhos fixos em mim.

— O que foi, Daniel? O que você tem a dizer?

— Eu quero saber como você acha que vai ser o desenrolar dessa história. Mesmo que Isabelle diga que está tudo bem, quero saber como o fato de você namorar uma pessoa tão famosa não vai desgraçar a cabeça da nossa filha. E, quando ele der um basta no relacionamento e partir seu coração e aparecer na capa da revista *Us* ao lado de uma modelo de dezenove anos, quero saber o que você acha que Isabelle vai sentir ao ver a mãe passar por isso.

O risoto começou a ferver na panela. Não havia nada a dizer.

— Eu quero que você seja feliz, Solène… Quero mesmo. Mas não à custa da nossa filha.

No domingo, quatro dias depois da estreia do documentário, as coisas começaram a mudar. Drasticamente. Entrei no Twitter pela primeira vez desde a viagem a Nova York e vi que estava com quatro mil quinhentos e sessenta e três seguidores. Bem mais que os duzentos e quarenta e dois de antes. Achei que poderia ser só um engano, mas abri minha aba de notificações e havia tantas mensagens que perdi as contas. Coisas demais para digerir. Comecei a dar uma olhada nelas, contrariando meu bom senso e o conselho de Hayes, e fiquei chocada com o que vi.

Vai se foder, vadia do inferno.

Você é gata, mas é velha pra caralho.

Que história é essa entre você e Hayes? Será que dá para você confirmar só para eu poder voltar para a minha vida? Valeu.

Ele grita "Mamãe" quando goza?

Vc é tão ridícula. Eu ia morrer de vergonha se vc fosse minha mãe. Aposto que sua filha te odeia.

Não dê ouvido a essas vadias todas, Solène. Elas só estão com inveja. Você parece legal.

Oi, namorada de dezembro.

O que ele viu em você? Não acho que seu corpinho mumificado seja tudo isso. Quantos anos você tem? Uns cinquenta?

Holi é real. Holi é real. Holi é real. Holi é real.

As coisas não eram muito melhores no Instagram. A pessoa por trás da conta @Holiparamim tinha comentado em todas as fotos que eu havia postado nos últimos dois anos e meio. Os comentários eram sempre os mesmos: "Hayes?". Outra conta, @Hayesehmeu, tinha comentado "vaca", "vagabunda" e "biscate" várias e várias vezes. E ainda havia outra conta, @himon96, que aproveitou a oportunidade de escrever comentários em letras maiúsculas em pelo menos uma dúzia de fotos: "VAGINA VINTAGE".

Quando Hayes ligou de sua casa em Shoreditch naquela noite, o loft amplo que eu ainda não conhecia, com obras de Nira Ramaswami e Tobias James adornando as paredes, tentei esconder a ansiedade em minha voz. Na segunda-feira, o álbum da banda seria lançado e eles teriam que comparecer à estreia do documentário em Londres, e eu sabia que Hayes já estava muito sobrecarregado. Apesar dos meus esforços, ele logo percebeu que havia algo errado.

— O que aconteceu?

— Twitter.

— Sinto muito, Sol. Sinto muito.

— Eles são cruéis.

— Nem todos.

— Só os que comentam no meu perfil?

— Eu disse a você para não ler os comentários. Às vezes tem umas coisas bem pesadas lá. Sinto muito por isso.

* * *

Cogitei excluir as duas contas, mudar a configuração de privacidade, bloquear todos os fãs rancorosos. Mas, no fim, simplesmente desliguei o celular e deixei aquilo pra lá. Não podiam me atingir se eu não permitisse.

Na terça-feira, cheguei ao trabalho um pouco antes das dez. Embora os outros já estivessem lá, a galeria estava estranhamente silenciosa. Eu estava lendo meus e-mails quando Lulit entrou no escritório e fechou a porta.

— Oi. Como você está se sentindo?

Era uma forma estranha de cumprimentar alguém.

Olhei para ela, ciente de que havia algo errado.

— Estou bem, obrigada. Por quê?

Ela respirou fundo, cruzou os braços e se apoiou no tampo da mesa. Eu a conhecia bem o bastante para saber que essa era sua postura de confronto.

— Nossa caixa postal estava lotada quando Josephine chegou hoje de manhã — começou ela. — Nossa caixa postal nunca fica lotada. Cerca de um terço era de gente que ligou e desligou antes de atender, um terço de jornalistas querendo saber se você poderia confirmar se está namorando Hayes Campbell ou não, e o restante vinha de garotas muito mal-educadas deixando comentários grosseiros. E isso só na linha principal.

— Oh… — respondi.

— *Oh?*

— Sinto muito por isso.

— Solène…

— Eu sei. Eu sei o que você vai dizer, Lulit… Sinto muito por tudo isso. E lamento que estejam ligando e lamento que isso esteja tendo repercussão no meu ambiente de trabalho. Eu sinto muito.

Ela ficou em silêncio por um instante, o olhar fixo em um ponto ao lado. O que será que estava passando naquela linda cabeça?

— O que você vai fazer? — perguntou, por fim. Parecia que estava se referindo apenas aos telefonemas, mas eu sabia que ela queria saber o que eu faria em relação a tudo.

300 *Robinne Lee*

— Eu não sei — respondi. — Não sei o que vou fazer. Quando ligarem para cá, diga a Josephine para responder "Nada a declarar".

No fim das contas, não fazia diferença se Hayes ou eu respondíamos aos comentários da imprensa, pois os tabloides se apropriaram das pouquíssimas informações a que tinham acesso e saíram publicando. E, embora eu não tivesse acessado a internet para ler as matérias sobre nós, Amara me mantinha informada. Várias fotos de nós dois saindo do Edison Ballroom foram publicadas na *Us Weekly*, na *People* e na *Star*.

— Você está maravilhosa nas fotos — disse Amara ao telefone, na quarta-feira de manhã. — Hayes está segurando sua mão, você está usando o paletó dele... Ele está com o rosto virado para você. Os dois estão sorrindo um para o outro e parecem ridiculamente apaixonados.

— Pare com isso. Não diga uma coisa dessas.

— Desculpe, mas é verdade. A foto está linda. Você deveria dar uma olhada.

— Não quero ver nada — respondi.

Estava presa no trânsito da rua 10, atrasada depois da minha aula de spinning. De uma hora para outra, tinha começado a receber um montão de mensagens de velhos amigos e conhecidos: "Ei, fiquei sabendo que você está namorando". O dia já estava sendo difícil para mim, e Hayes estava a um milhão de quilômetros de distância.

— Vocês estão parecendo os Kennedy.

— Se John-John tivesse namorado a mãe dele?

— Isso, exatamente — concordou ela, rindo. — Merda! Tenho que ir por causa de Larry. Aguente firme. Tome cuidado com as adolescentes enfurecidas.

Naquela noite, me distraí durante uma ligação com Hayes, que estava em Paris e iria para Roma na manhã seguinte, e acabei me atrasando para buscar Isabelle na aula de esgrima. De novo. Hayes queria me levar para passar uma semana em Anguilla durante as festas de fim de ano. Ele queria que fosse surpresa, mas logo descobriu que combinar uma viagem em pleno Natal com uma mulher que tinha uma filha adolescente e um ex-marido não era para os fracos de coração.

— Bem, se fosse fácil, não teria graça, não é? — disse ele, fazendo-me rir.

— Você gosta que eu seja toda complicada, não gosta?

— Eu gosto que você seja toda complexa. Não gosto de você complicada.

— E eu gosto de você de todos os jeitos — declarei, sabendo que ele estava sorrindo do outro lado.

— Eu tenho que dormir, mulher. Já não basta eu estar em Paris sem você? Não me provoque.

Mais tarde naquela noite, eu ainda estava pensando em Hayes e em nossa viagem de uma semana ao Caribe quando Isabelle me chamou do quarto, o pânico evidente em sua voz.

— Mãe! Mãe!

Quando cheguei, ela estava sentada diante da escrivaninha, assistindo a um vídeo do YouTube no notebook.

— O que é isso? O que você está vendo aí?

— Nós. Vocês.

Demorei um instante para me dar conta do que estava vendo. Algumas pessoas conversando ao longe. Um espaço amplo, iluminado. E então a ficha caiu. O saguão do Mandarin Oriental, na manhã em que Simon levou as meninas à Apple Store. Hayes e eu estávamos de costas para a câmera, e os outros estavam de frente para nós, os rostos entrando e saindo de foco. Eu não conseguia ouvir nada do que estávamos dizendo, mas não fazia diferença. À medida que gravavam, as garotas por trás das câmeras narravam tudo o que acontecia:

"Ele está com a mão na bunda dela? Puta merda! Ele está com a mão na bunda dela. Você está filmando? Shhh! Estou filmando. Nossa, ele está mesmo com a mão na bunda dela. Fique quieta. A menina acabou de dizer 'Mãe'? Ela a chamou de mãe? Meu Deus, será que aquela é a filha dela? Não pode ser! Puta que pariu! É a *filha* dela. *Garota, sua mãe está trepando com Hayes Campbell*. Nossa! Deve ser horrível ser ela. Hum, ela acabou de entrar no elevador com Simon, então não acho que esteja sofrendo nesse momento. Mesmo assim, imagine só se sua mãe estivesse trepando com Hayes Campbell. É tipo uma *fanfic* que ganhou vida. Ela provavelmente pode chamá-lo de *papai*. 'Oi, papai.' 'Oiiiii, papai.' 'Tenho fome de algo que só você pode me dar, papai.' 'Papai, por que você não…'"

— Desligue isso! Desligue, desligue, desligue! — Fechei a tela do notebook com tanta força que o porta-canetas de Isabelle voou longe. — Ignore isso, Izz. Só ignore. Ninguém está assistindo a essas coisas.

— Tem certeza? — Ela me encarou, os olhos marejados. — Porque aparentemente já tem trinta e quatro mil visualizações.

Eu estava tremendo.

— Por favor, não veja esse vídeo. Prometa que você não vai assistir.

— Já está na internet, mãe.

— Já está na internet, mas não precisamos deixá-lo entrar na nossa casa. Você tem que me prometer, Izz. — Abaixei-me até ficar à sua altura e segurei suas mãos. — Você tem que me prometer que não vai sair procurando esse tipo de coisa. Que não vai sair caçando esse tipo de coisa. Que não vai pesquisar no Google. Porque não vai fazer nada além de trazer sofrimento a você. A *nós*. Essas pessoas não nos conhecem. Elas não conhecem você. Não me conhecem. Não conhecem Hayes. Mas elas vão dizer umas coisas muito dolorosas e vamos ter que ignorá-las, tudo bem?

Ela tinha começado a chorar. As lágrimas escorriam pelo rosto, e seu sofrimento era palpável.

— Me prometa, Izz. Por favor, me prometa.

— Tudo bem. — Ela assentiu. — Tudo bem.

Mas, no fundo, no fundo, eu sabia: era impossível ignorar esse tipo de coisa.

Isabelle e eu passamos o Natal com meus pais em Cambridge. Tecnicamente, não era meu ano de passar o Natal com ela, mas já que Daniel a levaria para o Havaí pelo resto do feriado acabou cedendo o Natal. Guarda compartilhada era algo complicado.

Minha mãe e meu pai papaparicaram Isabelle o tempo todo. Eram malucos por ela e a incentivavam de uma forma que, a meu ver, não tinham feito por mim. Ela podia ter defeitos em paz, tinha permissão para ser um pouco barulhenta demais, um pouco dramática demais, um pouco estadunidense demais. Acho que eles a viam como algo divertido. Como uma obra de Pop Art se destacando em um acervo lotado de realismo. Não tinham sido tão tolerantes assim com a própria filha.

A casa dos meus pais era apinhada de lembranças dos meus fracassos. Ali, na biblioteca, entre os inúmeros prêmios e homenagens de meu pai, e os desenhos extravagantes de minha mãe, estava o convite do meu casamento. Minha mãe tinha guardado em um expositor de vidro junto às pétalas de hortênsia do meu buquê. "Professor e sra. Jérôme Marchand têm a honra de convidá-los para o casamento de sua filha Solène Marie com o sr. Daniel Prentice Ford…" Também tinham mandado fazer uma versão em francês. Lá estava minha carta de admissão de Harvard. Isso não era exatamente um fracasso, mas um lembrete da decepção de meu pai. E também havia inúmeras fotos minhas como aspirante a bailarina.

Por conta de tudo isso, demorei a contar a eles sobre Hayes. Sabia que iriam me julgar. Como o relacionamento já tinha virado público, porém, não teria como adiar por muito mais tempo.

— Eu vou contar uma coisa, mas você tem que me prometer que não vai me criticar.

Era fim de tarde, dois dias antes do Natal, e minha mãe e eu estávamos caminhando pela rua Newbury, desfrutando do resplendor do feriado. A chuva ia e vinha, e as temperaturas estavam quase negativas. O frio se esgueirava por meu casaco, enregelando-me até os ossos. Eu tinha perdido cinco quilos desde Nova York. Não de propósito.

— *Eh, pffft* — respondeu minha mãe, fazendo aquele gesto de desdém tão típico dos franceses. — *C'est parfois difficile.*

— Não é difícil, mãe. Pelo menos tente.

— Tudo bem, *alors. Vas-y.* O que foi?

— Estou saindo com um cara. Ele tem uma banda.

Já fazia um tempo que estava me esforçando para não me referir a Hayes como um "garoto". Se não por sua dignidade, pela minha.

— Uma banda? — repetiu ela. — Ele é drogado? Tem tatuagem?

— Não. — Sorri. — Não é drogado. Não tem tatuagem.

— Ele é pobre?

— Não. — Achei graça da ideia de Hayes na penúria. — É uma banda bem famosa. Sabe a estreia de que Isabelle tem comentado? Foi de um documentário da banda dele.

— *C'est quoi, leur nom?*

— August Moon.

Ela balançou a cabeça.

— Nunca ouvi falar.

Eu ri, soltando fumacinha pela boca. Um carro passou por nós e buzinou. O som me encheu de nostalgia. Trânsito, pneus rolando pela pista fria e úmida. O inverno na cidade.

— Ele é idiota?

— Não, mãe. Quem você acha que eu sou? Ele é inteligente. É educado e charmoso... Acho até que você ia gostar dele. É britânico. Vem de uma boa família e é gentil...

— Então, qual é o problema?

Hesitei por um instante.

— *Il a vingt ans* — declarei.

— *Vingt ans?*

Não sei por que achei que contar em francês diminuiria o impacto. Ao que parecia, estava enganada.

— *Vingt ans?!* — repetiu ela. — Ah, Solène... *Ce que tu es drôle!*

Não era a resposta que eu estava esperando. Ela tinha achado *graça*? Bem, ao menos era melhor do que ela sentir que eu a tinha decepcionado, desonrado, enojado. Ao longo da vida, minha mãe já tinha deixado bem claro que eu tinha feito todas essas coisas. Talvez, com a idade avançada, ela estivesse ficando mais branda.

Minha mãe não disse nada por um instante, limitando-se a fitar a vitrine da Longchamp. Em seguida, quando retomou o passo, virou-se para mim e perguntou:

Uma ideia de você 305

— Bem, é uma relação carnal, certo? Só sexo e nada mais...

Fiquei olhando para ela, estupefata, embora o comentário direto e reto não devesse ter me pegado de surpresa. Era minha mãe, afinal. Ela sempre tinha sido assim.

— Você não pode se apaixonar por ele — continuou ela. Um aviso. — Solène? Você *não* pode...

Continuei em silêncio.

Seu semblante mudou.

— Você já está apaixonada. *Disdonc!* — Balançou a cabeça.

Agora, *sim*, estava decepcionada.

Na opinião dela, apaixonar-se era algo ruim. Não porque eu poderia sair machucada, e sim porque, a seu ver, isso equivalia a abrir mão do próprio poder. Era um pensamento bizarro. Acreditar que eu não poderia me entregar de corpo e alma e continuar sendo forte. Que eu deixaria de estar no controle do relacionamento se não controlasse meus sentimentos. Como se essas coisas de fato tivessem importância.

— *Vingt ans* — repetiu mais uma vez, com um suspiro. Passamos em frente a uma igreja histórica conforme seguíamos rumo à rua Berkeley. — *Eh bien...* Talvez você seja mais francesa do que eu imaginava, afinal.

E então vi, no cantinho de sua boca... o indício de um sorriso.

Anguilla era um lugar mágico. Uma ilhota bem no meio das Pequenas Antilhas. Tranquila e serena mesmo na alta temporada. Hayes — ou, melhor dizendo, sua assistente Rana — tinha alugado uma *villa* isolada para nós, localizada na costa sul, com vistas deslumbrantes de Saint-Martin. Uma construção primorosamente decorada, feita de calcário e teca. Tínhamos funcionários e seguranças a nosso dispor, além de quatro quartos e sete dias para aproveitar.

— Você gostou? — quis saber ele. Estávamos no cômodo principal, com portas de vidro retráteis que se abriam para o terraço, onde se viam a piscina de borda infinita e o majestoso horizonte caribenho ao longe.

— Ah, dá para o gasto.

Ele sorriu, me abraçando por trás.

— Você está feliz?

— Muito.

Passamos um tempo abraçados, seu corpo pressionado contra o meu, o nariz enterrado no meu cabelo, aproveitando o momento, a brisa tropical, a paisagem litorânea, a serenidade.

— Venha — chamou ele por fim. — Vamos dar uma olhada no resto da casa.

Percorremos os vários cômodos da *villa* para ver os outros quartos com banheiros privativos, cada qual com uma vista espetacular. Havia chuveiros e banheiras ao ar livre nas varandas, e Hayes contemplava tudo com uma empolgação quase infantil.

— Imagino que o plano seja "batizar" todos esses cômodos, não?

Ele riu, assentindo com a cabeça.

— Você me conhece tão bem...

— Bom, eu sabia que não tínhamos vindo até aqui para jogar golfe.

Quando adentramos o terceiro quarto, com piso frio de pedra e paredes de vidro, avistei um cavalete em um dos cantos, acompanhado de lápis, folhas de papel, um conjunto novinho de aquarelas Holbein e pincéis Kolinsky.

— O que é aquilo ali? Você viu? Hayes...

Ele estava parado junto à porta. E foi aí que me dei conta. Aquilo tudo era obra dele.

— A luz daqui é ótima — comentou. — Achei que você poderia querer fazer umas pinturas.

Virei-me para ele, tomando-o em meus braços, o coração quentinho.

— Você...

— Eu?

— Você gosta de mim.

Ele hesitou por um instante, sem dar continuidade à nossa brincadeira de sempre.

— Eu *amo* você — declarou. Sem eufemismos, sem condições.

Deixou as palavras pairarem no ar e me envolverem por completo. Cálidas como o sol do Caribe.

— Você não precisa dizer nada — acrescentou. Pelo jeito, não precisava. — Só quero que saiba o que sinto.

* * *

Na segunda-feira, tendo batizado com sucesso todos os cômodos da casa, saímos para explorar a ilha. Sentar-me ao lado de Hayes em nosso jipe alugado, o vento bagunçando nosso cabelo, seus braços bronzeados e maravilhosos controlando o volante conforme dirigia do lado esquerdo da estrada, parecia uma fantasia adolescente ganhando vida. O namorado que eu nunca tive no ensino médio. E, por mais banal que possa parecer, eu estava feliz por viver aquele momento. Eu, com meu eu de meia-idade.

Passamos a tarde em uma prainha chamada Mimi's Bay, na parte leste da ilha. Tínhamos ficado uma hora explorando o Museu do Patrimônio de Anguilla um pouco antes, e a praia ficava bem pertinho dali. Era bem isolada e, para chegar lá, era necessário primeiro seguir de carro por uma estradinha de terra e depois fazer uma trilha no meio do mato. Nosso principal objetivo nessa viagem era não ser reconhecido por ninguém. Então, quando chegamos à faixa de areia branca e percebemos que estávamos sozinhos, Hayes me cumprimentou com um "toca aqui". Quem diria que ele ficaria tão feliz de escapar da própria fama?

— Lembra quando fui à sua casa pela primeira vez e você me pediu para não começar a fantasiar com você grávida?

A pergunta veio do nada. Depois de nadar, tomar sol e devorar o almoço que Hyacinth, nossa cozinheira, havia preparado, estávamos estirados sobre a canga, aproveitando o sol de fim de tarde, e Hayes trouxe o assunto à tona de uma hora para outra. Não fantasiar comigo grávida. Ele tinha se lembrado direitinho.

—Você não queria que eu falasse sobre isso? Ou não queria que eu sequer imaginasse? — continuou ele.

—As duas coisas.

Hayes se virou para mim, pegando minha mão.

— Por que isso a assusta?

Eu não podia responder. Não podia lhe dizer que, mesmo que eu estivesse de peito aberto para recebê-lo, mesmo que ele tivesse declarado seu amor por mim, ainda não poderia haver um final feliz para aquela história. Não podia dizer que a fantasia adolescente que eu estava pondo em prática não passava disso.

Ele se ajeitou e apoiou a cabeça no meu peito.

— Você não vai nem conversar sobre isso comigo? Vai me deixar pensando nesse assunto sozinho?

— Tenho quarenta anos, Hayes...

— Eu sei quantos anos você tem, Solène. E imagino o que deve estar passando pela sua cabeça...

— Você é tão jovem... — Fiz carinho naqueles cabelos cheios, lindos. — Você tem a vida inteira pela frente. Não apresse as coisas.

Ele passou um instante em silêncio, fitando o céu.

— Você teria outro filho?

— Não sei... Teria que acontecer nas circunstâncias certas. E não poderia demorar muito...

— Você e Daniel já quiseram ter outro?

— Já. Houve uma época que queríamos isso... mas eu também queria trabalhar. E ele não queria que eu fizesse as duas coisas.

Ele segurou minha mão, deu um apertãozinho.

— Eu não a impediria de fazer as duas coisas.

Eu chegava a achar graça disso. Do fato de ele estar tão apaixonado que não conseguia pensar racionalmente. Que só queria me fazer feliz.

Eu o amava.

Ainda não tinha dito isso a ele, mas eu o amava.

Na quarta-feira, véspera de ano-novo, alugamos uma lancha de cinquenta e dois pés para explorar as ilhas da região. Hayes tirou St. Barth e Saint-Martin da lista porque queria evitar os paparazzi a todo custo, então nos limitamos a conhecer Anguilla e as outras ilhas do arquipélago. Desfrutamos de lagosta e champanhe e da companhia um do outro, e estávamos felizes. A certa altura, no meio da tarde, Craig, nosso capitão, atracou a lancha na costa da ilha Dog, e Hayes e eu demos um mergulho para explorar. Era uma ilhota deserta com uma beleza tão serena e natural que não queríamos ir embora. A areia era branca como talco, e a água tinha um tom inexplicável de azul.

— Vamos comprar a ilha e vir morar aqui e envelhecer juntos — sugeriu Hayes. Estávamos deitados na praia, contemplando o mar.

— Tipo *A lagoa azul*?

— Quê?

Dei risada. Ele não pegava minhas referências de cultura pop.

— Que foi? Por que você está rindo? É um filme?

— Deixe pra lá.

— Eu sou jovem demais?

— Você não é jovem demais — respondi. — Você é perfeito.

Mais tarde, depois que já tínhamos nadado de volta à lancha e estávamos estirados nas espreguiçadeiras no convés da popa, o capitão ocupado com seus afazeres, Hayes começou a tomar algumas liberdades. Um punhado de barcos havia ancorado nos arredores, incluindo um catamarã sofisticado que tínhamos visto em Shoal Bay algumas horas antes. Nenhum deles, porém, estava perto o bastante para perceber que Hayes estava acariciando a parte de cima do meu biquíni. Um toque leve e deliberado ao mesmo tempo.

— Você está puro osso. Não tem feito uma dessas dietas detox malucas não, né?

Ele tracejou minhas costelas com as mãos. Gotas caíram de seu cabelo molhado e se empoçaram entre meus seios.

— Não, mas talvez tenha algo a ver com o fato de seus fãs não pararem de ligar para a galeria.

— É sério? Estão fazendo isso? — Ele ficou imóvel. — Sinto muito. Você *está falando* com eles?

Neguei com a cabeça.

— Eles simplesmente ligam e deixam mensagens na caixa postal. Dizendo o que realmente acham sobre mim.

— Sinto muito — repetiu ele. — Imagino que Lulit não esteja nada contente.

— Não, não está mesmo.

— Você deveria falar com eles. Dizer que mandei um "oi". Que mandei lembranças carinhosas. Diga a eles: "Hayes está mandando um beijo".

Ele riu, os dedos percorrendo minha pele outra vez, deslizando sobre a barriga, detendo-se no umbigo.

— Você só está tentando me fazer rir, né?

— Exatamente. Sinto muito. Eu sei que você não esperava nada disso quando se envolveu comigo...

— Eu só estava esperando um almoço e nada mais.

— Almoço e uma masturbaçãozinha de leve?

Dei risada.

— Achei que *esse* era o almoço.

— É um código, na verdade.

— É dialeto de *boy band*?

— Não de todas, só da nossa. — Ele se ajeitou, posicionando-se em cima de mim, abrindo minhas pernas. — O jantar é algo totalmente diferente.

—Anal?

— Não, anal é sobremesa.

Abri um sorriso, explorando suas costas com as mãos. Macias, largas, firmes.

— Sou velha demais para isso.

— Você diz isso toda hora, mas já está claro que não é.

Ele foi descendo até chegar ao meu quadril, desatando o nó do meu biquíni com os dentes.

— Você... e essa boca.

— Você gosta da minha boca...

— Pra caralho...

Ele desatou o nó do outro lado, e me lembrei de que não estávamos sozinhos no barco.

— Você está vendo o capitão Craig daí?

Ele estava afastando o biquíni para o lado, os dedos deslizando lá embaixo.

— Este não é o primeiro passeio de barco do capitão Craig. Ele não vai vir aqui atrás. Prometo.

Prendi a respiração quando ele baixou a cabeça, antecipando o que viria a seguir. Ciente de que ele poderia me fazer gozar em um piscar de olhos.

E Hayes não me decepcionou. Os lábios envolveram meu clitóris, tão precisos, tão maravilhosos... Aquela técnica de chupar que ele tinha...

— Oooi.

— Oi. Então esse é o jantar?

— Não. — Ele sacudiu a cabeça, deixando-me sentir sua língua. — É só o chá da tarde.

Dei risada, as mãos entremeadas ao seu cabelo, o sol ardido lançando seus raios sobre nós, a água batendo nas laterais da lancha. A boca de Hayes no meu corpo.

Muito tempo depois, quando começava a pensar em Anguilla, era esse momento que me vinha à mente. Quer eu quisesse ou não.

Passamos a virada de ano na *villa*, dispensando as festas nos resorts Viceroy e Cap Juluca, a fim de evitar a multidão, o caos, as câmeras.

— Eu quero passar só com você — declarara ele enquanto a lancha retornava ao porto. — Só quero ficar com você. Sempre.

Na quinta-feira, posicionei-me diante do cavalete na sacada da nossa suíte, capturando a luz mágica do fim da tarde e as montanhas de Saint-Martin, pináculos em azul-anil recortando o céu cor de salmão.

Hayes estava no quarto repassando o itinerário da turnê da banda. Iriam para a América do Sul dali a um mês, e ele queria que eu fosse junto.

— Pelo menos para o Brasil. E para a Argentina — pediu ele, entrando na sacada. — Vamos ter alguns dias de folga para passear. — Ele passou os braços ao redor da minha cintura, aninhando o rosto no meu pescoço. — Tenho certeza de que essas são suas férias dos sonhos, não? Buenos Aires comigo e com os rapazes.

Achei graça da ideia de viajar sozinha com os cinco. Em seguida, me detive, largando o pincel.

— Eu não confio nos seus amigos, Hayes.

— Quem? Rory?

— Não, Rory é inofensivo. Embora seja o menos gay. — Sorri. — Por quê? Não devo confiar em Rory?

— Eu não diria que ele é *inofensivo*...

— Não tenho nenhum problema com Rory — declarei.

Hayes se desvencilhou, virando meu rosto em direção ao seu. Ele sabia.

— O que Oliver fez?

Contei tudo a ele. Ou quase tudo.

— Por que você não me contou antes? Por que não me falou nada assim que aconteceu, Solène?

— Porque eu não queria transformar isso em algo maior do que era... do que é.

Ele suspirou, puxando-me para um abraço.

— Eu sinto muito por isso.

— Está tudo bem. Eu sei me cuidar.

— Oliver é um cara inteligente. É um dos caras mais inteligentes que eu conheço. Mas também pode ser um babaca. Nem sempre essa é uma boa combinação... Ele é... o mais próximo que tenho de um irmão.

— Sei disso...

— E tudo que isso envolve.

— Sei disso... — repeti.

— Ele é competitivo e vai forçar a barra. Mas não é *perigoso*. Não vai machucar você.

Hesitei, admirando-o, vendo seus olhos mudarem de cor à luz do sol poente.

— Mas talvez machuque *você*...

Hayes assentiu devagar.

— Talvez — concordou. — Talvez machuque mesmo.

Na sexta-feira, nosso último dia inteiro na ilha, passamos um bom tempo na beira da piscina. Eu lendo, Hayes compondo letras em sua caderneta de couro. Uma expressão intensa e focada no rosto, os dedos beliscando o lábio inferior, com a cabeça em outro lugar. Depois do almoço, quando não havia nenhum funcionário por perto, nadamos pelados e fizemos amor nos degraus da piscina, antes de nos aconchegarmos em um dos sofazinhos, ao som de Bob Marley. Hayes adormeceu em meus braços e estava tão lindo naquele momento que saí de fininho e fui buscar meu bloco de desenho e alguns lápis.

Eu o desenhei. Nu, deitado de bruços, uma expressão serena no rosto de menino. Era uma beleza tão extraordinária que chegava a ser inquietante. E eu sabia, mesmo naquele momento, que estava retratando algo intocado e perfeito. E sabia que a juventude se esvaía em um piscar de olhos e que logo Hayes não seria mais assim. O cabelo rarearia e os pelos cobririam partes que me pareciam melhores sem nada, os músculos atrofiariam, a pele perderia a elasticidade, a perfeição, o viço… E ele não seria mais o Hayes por quem eu me apaixonei.

Naquele momento, no entanto, ele ainda era perfeito. E ainda era meu.

No sábado, estávamos fazendo a conexão no aeroporto de San Juan quando o feitiço foi quebrado. Hayes tinha providenciado que um funcionário nos encontrasse e nos acompanhasse pela alfândega antes que cada um seguisse para seu respectivo voo. Havíamos acabado de despachar as malas e estávamos matando tempo na sala de embarque VIP quando veio a notícia.

— Mas que merda! — praguejou ele, mais alto do que costumava falar em lugares públicos. Os olhos estavam fixos na tela do celular, uma expressão angustiada no rosto. — Mas que merda!

— O que foi? O que aconteceu?

Ele cobriu o rosto com as mãos, e passou trinta segundos assim enquanto eu imaginava o pior. Por fim, ele me olhou e achei que estava prestes a chorar.

— Hayes, o que aconteceu? — Cheguei mais perto dele.

— Eu amo você — disse ele, baixinho. — Eu sinto muito.

Meu coração começou a bater mais rápido.

— Sente muito por quê?

— Vou lhe mostrar uma coisa, tudo bem? Mas você não pode surtar, porque tem muita gente aqui. — Sua voz mal chegava a um sussurro, de modo que praticamente tive que ler seus lábios.

— Alguém morreu?

— Não.

— Você engravidou outra pessoa?

Ele esboçou um sorriso, mas não sorriu.

— Não.

— Tudo bem — respondi. — Então eu consigo lidar.

Mas a verdade é que não consegui.

Ele abriu um blog de fofocas de celebridades no celular, e ali, em destaque, havia uma foto nossa no convés da lancha na ilha Dog, e não havia dúvidas sobre o que estávamos fazendo.

Senti um embrulho no estômago. Comecei a tremer, minhas mãos transpirando, minha cabeça girando. Era isso o que se sentia durante uma crise de ansiedade, não era? O sentimento de pânico. A falta de ar.

— Ai, meu Deus! Ai, meu Deus!

— Calma. — Hayes estava segurando meus braços, a testa pressionada na minha. — Sinto muito por isso, Sol. Muito mesmo.

— Quem publicou isso? Onde está?

— Já está em toda parte.

— Quem mandou para você?

— Graham.

Graham. É claro.

— É a única foto?

Ele negou com a cabeça, e eu comecei a chorar.

— Isabelle…

— Eu sei. — Deu um beijo na minha testa. — Eu sei…

Mas ele não tinha como saber, porque não tinha um filho. Porque era famoso e, de certa forma, já devia esperar esse tipo de coisa. Ou, no mínimo, já estava preparado para lidar com esse tipo de coisa. Não era algo que fugia de sua realidade. A intromissão, a criatura parasita que se alimentava de cada coisinha que ele fazia, e depois transmitia para o resto do mundo. Aquela base de fãs que o sugava.

Eu queria bater nele. Por ser tão idiota. Por nos expor daquele jeito. Mas de que adiantaria? Não era como se ele tivesse sido o único culpado.

— Quem tirou as fotos?

— Não sei. Alguém com uma lente muito poderosa… Você se lembra de ter visto algum barco nos seguindo?

Vasculhei minhas lembranças. O catamarã que tínhamos visto em Shoal Bay. Poderia ter sido ele. Poderia ter sido qualquer um.

— Que diferença faz? Minha vida foi para o saco. Meus pais vão me deserdar. Daniel vai tirar Isabelle de mim. Lulit vai propor comprar minha parte da galeria. Já era. Minha vida acabou.

— Sua vida não acabou, Solène. Não seja tão dramática.

— Mas você me chupa tão, *tão* bem que talvez tenha valido a pena.

Ele deu risada e beijou meu rosto úmido de lágrimas.

— Eu amo você. Sinto muito por tudo isso. Eu amo você.

— É… É o que todos os caras dizem.

— Não é, não — sussurrou ele. — Não é, não.

ASPEN

QUANDO O AVIÃO pousou em Los Angeles, a notícia, como Hayes havia afirmado, já estava por toda parte. Assim que liguei meu iPhone, fui saudada por dezenove mensagens de voz, trinta e três mensagens de texto e quarenta e dois e-mails. Ignorei todos eles e desliguei o celular.

Daniel só ia voltar com Isabelle no dia seguinte. Então, fui para casa, tirei o telefone fixo da tomada, me enfiei debaixo das cobertas e chorei.

E depois chorei um pouco mais.

Só tornei a ligar o celular às onze horas da manhã seguinte, e havia nada menos que uma dúzia de mensagens de Hayes. Liguei para ele assim que as vi.

— Mas que caralho, Solène? Cadê você? Onde é que você se meteu? — Ele estava em pânico, enfurecido. Não me lembrava de já tê-lo visto com tanta raiva.

— Estou aqui. Na minha casa. Desliguei o celular quando cheguei. O que aconteceu?

— Não passou pela sua cabeça me dar notícias depois de sair do avião? Não podia nem ter me enviado uma mensagem ou algo do tipo?

Fiquei em silêncio. Minha cabeça latejava, meu rosto estava inchado, minha mente estava anuviada. Eu tinha feito algo errado?

— Você não pode simplesmente… Porra… — Sua voz estava trêmula. — Você não pode simplesmente desaparecer da face da Terra desse jeito.

Não pode. Eu não sabia se tinha acontecido alguma coisa com você. Não sabia se você tinha feito alguma coisa. Não sabia se tinha fãs cercando sua casa. Não sabia de nada. Você não pode simplesmente desaparecer desse jeito, porra!

— Desculpe — pedi. — Eu só não estava a fim de lidar com as coisas.

— Bem, mas você *tem* que lidar... *comigo* — respondeu Hayes, e percebi que ele estava chorando. — Veja só, estamos nessa juntos, e eu me sinto responsável por tudo que está acontecendo. E, se eu não conseguir falar com você, fico sem saber se você fez alguma besteira ou se está machucada... Você está a dez mil quilômetros de distância de mim. Você entrou naquele avião toda abalada e depois simplesmente... sumiu. Você não pode fazer isso comigo.

— Desculpe.

Ele ficou em silêncio por um instante, a respiração pesada do outro lado da linha.

— Ligue para Lulit — disse ele por fim. — Ela está indo para sua casa. Ligue para ela e avise que você está bem.

— Você ligou para Lulit?

— Ligue para ela — repetiu Hayes. — E depois me ligue de volta.

— Tudo bem... Desculpe.

— Eu amo você. Não faça isso outra vez.

Embora quisesse muito, não consegui evitar o inevitável. A humilhação, o sofrimento que me seguiriam para onde quer que eu fosse. Começou com Lulit, que parecia aliviada, mas não muito carinhosa, quando liguei para ela.

— Só quero saber como você está.

— Estou bem. Quer dizer, ainda não liguei meu computador nem escutei as mensagens que me deixaram, mas estou bem.

— Pode me ligar se precisar de alguma coisa — avisou ela.

— Pode deixar. E obrigada por sair da sua cama no domingo de manhã para conferir como eu estava.

— Seu namorado foi muito insistente. Eu disse a ele que você não é do tipo suicida, mas ele nem quis saber... — Calou-se por um instante antes de acrescentar: — Acho que ele ama você.

— Eu sei disso — respondi.

Imaginei que Lulit quisesse me perguntar o que eu pretendia fazer, o que tinha em mente, por quanto tempo seguiria com essa história, mas ela mordeu a língua e ficou calada. E, em se tratando de Lulit, isso não era pouca coisa.

Minha mãe, que não conseguia segurar a língua, me deu uma bronca em francês. Usou palavras que nunca havia usado comigo antes, e olhe que eu já tinha ouvido poucas e boas. Ela encerrou o sermão com o costumeiro *"Je t'adore avec tout mon cœur"*, mas dizer à sua filha que "a ama com todo o coração" não é lá grandes coisas depois de ter acabado de chamá-la de *"une pute"*.

Amara me ligou para se certificar de que eu não estava caindo aos pedaços. Para me garantir de que as fotos não eram tão ruins assim.

— Estão bem embaçadas. Nem dá para ver seu rosto. Nem o dele. Não dá para ver nenhum detalhe.

Fez uma pausa e, tentando me fazer rir, acrescentou:

— Poderia ter sido muito pior. Solène. Já pensou se fosse você ali, caindo de boca? E se ele fosse… o presidente?

A leveza que Amara trouxe para a situação se dissipou assim que Daniel e Isabelle chegaram. Minha filha mal olhava na minha cara. Estava linda, mais alta e mais bronzeada, e nem sequer olhava na minha direção. E, para piorar, não queria nem tocar no assunto.

— E aí? O Havaí estava incrível?

Ela assentiu com a cabeça, remexendo na alça da mochila. Estávamos paradas na porta enquanto Daniel descarregava as malas.

— O vestido de Eva era bonito?

— Era.

— Você arrumou seu cabelo sozinha? — Estiquei a mão para ajeitar uma mecha rebelde atrás da orelha, e o corpo dela se retesou.

— Não, arrumei no Four Seasons. Vou para o meu quarto.

— Tudo bem... Tudo bem.

Assim que terminou de tirar as malas do carro, Daniel fez sinal para que eu me juntasse a ele do lado de fora. Ficamos ali, perto da BMW, enquanto o sol implacável da Califórnia brilhava, zombeteiro, como se risse da minha cara. Só dessa vez, queria que o clima não estivesse tão perfeito. Só dessa vez, queria que ele refletisse meu estado de espírito.

— Parabéns — declarei.

Daniel assentiu devagar.

— Obrigado.

Seu cabelo estava mais claro, quase louro, e as linhas de expressão em volta dos olhos azuis pareciam atenuadas. Estava com uma aparência descansada.

— Então você é um homem casado outra vez?

— Exatamente.

Com o polegar esquerdo, ele se pôs a girar a aliança brilhante de platina. Era mais estreita do que a que eu tinha colocado em seu dedo. O momento ainda estava fresco na memória. O convite ainda exposto em uma moldura de vidro.

— Eu não a chamei aqui fora para falar sobre meu casamento...

— Sei que não.

— Isso é inacreditável, Solène. É uma... *merda das grandes*. Acho que você não entende a gravidade da situação...

— Entendo, sim.

— Sei que não tenho o menor direito de dizer o que você deve ou não deve fazer da sua vida, mas Isabelle continua sendo minha filha. E, quando você faz uma idiotice dessas, sempre haverá consequências.

— *Idiotice?* É isso que estou fazendo?

Fitei seu semblante perturbado. O polegar girando a aliança.

Saber que ninguém iria questioná-lo por partir para outra me dava nos nervos. Ninguém o questionaria por se casar e engravidar uma mulher dez anos mais nova. Porque era exatamente isso que homens divorciados com quarenta e poucos anos faziam. Seus negócios continuavam prosperando. Seu poder continuava intacto.

320 *Robinne Lee*

De alguma forma, Daniel se tornara mais desejável, ao passo que eu me tornara menos. Como se o tempo adotasse um ritmo diferente para cada um de nós.

— Você acha mesmo que isso é do melhor interesse de Isabelle?

Ele botara as cartas na mesa. *Melhor interesse*. Um termo jurídico, e não havia dúvidas quanto às intenções por trás daquilo.

— Você está me *ameaçando*?

— Não estou ameaçando ninguém, estou simplesmente explanando a situação...

— E que situação seria essa, exatamente?

— Acho que Isabelle já passou por coisas demais.

— E você vai jogar tudo nas minhas costas. Vai jogar o divórcio nas minhas costas, vai jogar Eva, seu filho e seu casamento nas minhas costas.

— Solène, nada disso teria acontecido se...

— Se o quê? Se eu tivesse ficado em casa? Se eu tivesse sido feliz? Vá se foder, Daniel.

Por um momento, ele não disse nada, apenas ficou parado ali, fitando a rua e os transeuntes ao longe.

— Lamento que eu não tenha sido o suficiente para você. Lamento que nossa família não tenha sido o suficiente.

Acertou em cheio.

— Decida o que você vai fazer quanto a esse cara, antes que isso destrua sua relação com sua filha.

Foi uma semana infernal. Tentei direcionar todas as minhas energias à exposição de Ulla Finnsdottir que inauguraria no sábado, mas não foi uma tarefa fácil. Não com o bombardeio que eu recebia nas minhas redes sociais. As quatrocentas e vinte e três solicitações de amizade no Facebook vindas de pessoas que eu não conhecia, muitas das quais pareciam garotos de vinte e poucos anos. Os inúmeros comentários cruéis no Twitter:

Pq vc ainda tá com ele, vadia? Já era pra vc ter dado o fora. Estamos em janeiro.

Puta, vaca, biscate! Você já é mãe, não é? Então aja como uma.

Por que você não se mata e nos poupa desse aborrecimento?

Pare de trepar com o namorado de Simon.

Morra. Morra. Morra. Morra. Morra. Morra. Morra.

Os textões no Instagram questionando meu valor; as briguinhas entre os próprios fãs; os perturbados, os desequilibrados. "Oportunista. Só está com ele por causa do dinheiro e da fama. Você nem é tão bonita assim." "Sejam gentis com ela. Hayes parece estar feliz. Não é isso que importa?" "Eu estou com raiva, tá? Estou com raiva porque faz três anos que sou fã dele, e aí chega uma puta velha dessas para estragar tudo…" "Saia de perto de Hayes." "Eu penso em você toda vez que me corto. Espero que esteja feliz."

E mesmo as mensagens escritas com a melhor das intenções me assustavam, me marcavam. "Não se esqueça de que, quando está segurando a mão dele, está segurando o universo inteiro. Por favor, não o magoe."

Acabei bloqueando todas as minhas contas.

Seguindo o conselho de Hayes, contratamos seguranças para a inauguração na galeria. Nunca tínhamos recebido tanta gente em um evento. Havia uma multidão de garotas agrupadas diante da galeria, além de um punhado de paparazzi, que devem ter ficado muito decepcionados quando descobriram que meu namorado estava do outro lado do oceano Atlântico. Foi um baita estorvo, mas vendemos todas as peças em tempo recorde. Então Lulit nem pôde reclamar.

No domingo, Georgia apareceu para passar um tempinho com Isabelle. As duas se trancaram no quarto, e pude ouvi-las rindo de longe. Aquilo me pareceu tão doce, tão raro… Fiquei imaginando o que Georgia tinha dito ou feito para enfim trazer minha filha de volta.

* * *

Eu tinha chamado Isabelle para uma conversa no começo daquela semana. As fotos, ainda que um tanto censuradas, tinham sido publicadas na *Us Weekly* e na *People* e em outras revistas, então não tinha mais como fingir que estava tudo bem. Nem conseguia imaginar o que ela devia estar tendo que aturar na escola.

— Precisamos conversar sobre o que está acontecendo — comecei, sentando-me em um dos pufes marroquinos em seu quarto.

— Não quero falar sobre isso...

— Eu sei que não quer, Izz. Mas é algo muito sério e não quero que você fique reprimindo suas emoções. Nem consigo imaginar o que está passando pela sua cabeça.

Ela olhou para mim. Estava aninhada na cama, debaixo do pôster "Fique calma e siga em frente" e ao lado da mesinha de cabeceira onde antes ficava a foto tirada no *meet & greet*. Ela a tinha rasgado em novembro.

— Você já é adulta — declarou ela. — Hayes também. Vocês podem fazer o que bem entenderem, certo? Não é da minha conta.

Não era a resposta que eu esperava. Ela parecia tão madura, tão mudada... Meu passarinho.

— Eu sinto muito por tudo ser tão público assim, Izz. Sinto muito que esteja por toda parte. Nunca foi minha intenção.

Ela encolheu os ombros.

— Ele é famoso. É o que acontece quando se é famoso.

Assenti com a cabeça, devagar. Quem ela tinha se tornado? Sábia, calejada.

— Hayes é muito especial para mim, Isabelle. Ele me faz feliz. E as pessoas... a mídia e os fãs e quem quer que seja... vão tentar pintar isso como uma coisa repugnante. E o que existe entre mim e Hayes não é repugnante. Eu preciso que você entenda isso.

Ela assentiu.

— Eu estou tentando, mãe. Estou mesmo.

Leah apareceu para buscar Georgia, munida de uma garrafa de vinho Sancerre e biscoitos com gotinhas de chocolate.

— Vamos lá fora admirar a vista — sugeriu ela.

Nós nos acomodamos no quintal, enroladas em cobertores, e assistimos ao pôr do sol. Eu queria acreditar que o vinho e os biscoitos eram um gesto amigável, mas temia que, como ex-advogada e presidente da associação de pais de Windwood, suas intenções fossem outras.

— Então… eles querem expulsar Isabelle da escola?

Ela sorriu.

— Não.

— Vão me dar uma bronca e dizer: "Por favor, não pratique atos sexuais em lugares públicos com garotos que mal atingiram a maioridade"?

Leah deu risada. Sua pele morena tinha um tom quente, e os cachos eram iguais aos da filha.

— Solène, vocês estavam em um barco particular no meio do mar caribenho. Isso nem se enquadra em "lugar público". Aliás, acho que é para isso que o Caribe serve. Os caras da indústria da música vivem transando em barcos por lá. Mick Jagger, Tommy Lee, Diddy, Jay Z…

Abri um sorriso.

— Você acabou de pensar nessa lista?

— Sim. E, agora, Hayes Campbell também está nela… — Seu semblante ficou sério. — Ninguém está falando sobre isso.

— Não minta para mim.

— Não estou mentindo. Ninguém está falando sobre isso. E, mesmo se estiverem, o assunto logo será esquecido. Na lista de escândalos das escolas particulares de Los Angeles, o seu está lá embaixo. Tem pai de aluno dormindo com a mãe de outro, tem alunos do ensino médio tendo que se tratar por vício em pornografia. Tem alunos do oitavo ano trocando mensagens picantes e professores de inglês se comportando de forma inapropriada com alunas menores de idade, além de borracha granulada tóxica nos campinhos de futebol. Isso é fichinha. É só sexo oral em um barco. Você não matou ninguém.

Sorri para ela. Por mais que Leah tivesse suavizado o assunto, eu sabia que as coisas não deviam estar muito fáceis para minha filha.

— Georgia comentou alguma coisa com você? Sobre como andam as coisas na escola… Se Isabelle está tendo que enfrentar algo…

— Ela não disse quase nada. Você sabe como elas são nessa idade, sempre reservadas...

Assenti, os olhos fixos no oceano.

— Quero saber o que os outros alunos estão falando para ela. Imagino que estejam dizendo alguma coisa.

— Você perguntou para Isabelle?

— Ela não quer conversar sobre isso.

Leah assentiu, mordiscando um biscoito.

— Ela tem mais alguém com quem possa conversar? Alguma ajuda profissional?

Tinha sido uma pergunta reticente, mas fiquei irritada com a insinuação. Eu não queria que Isabelle tivesse que voltar à terapia por causa disso. Por *minha* causa. Porque significaria que eu a tinha deixado na mão. E eu daria um basta naquela história antes que as coisas chegassem a esse ponto.

— Não — respondi. — Não estou pronta para isso. Ainda.

Hayes veio a Los Angeles na última semana de janeiro. A banda tinha um monte de entrevistas e reuniões agendadas antes do Grammy e, depois, iria para a América do Sul para a turnê mundial de *Wise or Naked*. E parecia impossível impedir que o tempo corresse.

Comemoramos o aniversário de Hayes na noite de quinta-feira, em um jantar festivo no Bestia. O restaurante ficava localizado em um galpão industrial no coração do Arts District. Um antigo armazém transformado em uma meca da gastronomia. Ficamos em uma mesinha escondida nos fundos do pátio. Hayes e eu, o resto da banda, Raj, Desmond, Fergus e uma ruiva linda chamada Jemma que ficou o tempo todo de braço dado com Liam.

Foi uma noite divertida: coquetéis fortes, luzes baixas e comida divina. Os garotos estavam barulhentos e felizes. Depois de tantos telefonemas carregados de tensão, era incrível ver Hayes sereno e à vontade.

Ele passou a noite toda agarrado comigo, a mão sempre pousada em alguma parte do meu corpo. A certa altura, quando estava fazendo carinho no meu pulso, virei-me para encará-lo.

— Você estava com saudade de mim — comentei bem baixinho, o rosto aninhado em seu ombro, sentindo seu cheiro.

— Estava mesmo. Está tão na cara assim?

Assenti.

— Você está muito carinhoso. Até para os seus padrões.

Ele ergueu meu queixo e me beijou. Como se não estivéssemos em um restaurante lotado. Como se nossa mesa já não fosse o alvo de todos os olhares por abrigar uma das bandas mais conhecidas da época. Como se não estivéssemos sendo criticados em absolutamente todos os tabloides do mundo por conta de nossa demonstração pública de afeto. Ele me beijou como se nada disso importasse.

— Não me abandone — pediu.

— Eu não estou indo a lugar nenhum.

— Não me abandone *nunca*.

Permaneci em silêncio, então ele me deu outro beijo e repetiu:

— *Nunca*.

— Tudo bem — concordei.

E, nesse instante, eu não sabia ao certo qual de nós estava mais inebriado.

Mais tarde naquela noite, escapuli para ir ao banheiro e, quando saí, dei de cara com Oliver no vestíbulo. Mal tínhamos conversado até então.

— Bem, você parece estar aguentando firme — comentou, com um sorriso inocente no rosto.

— Quê?

— Ora, eu imaginei que você ia largar nosso garoto depois que as fotos vazaram.

Hesitei. Estranhei algo na forma como ele dissera aquilo.

— Bem, imaginou errado.

— Dá para ver.

Era um vestíbulo apertado, com pouca luz. Dava para sentir o cheiro de gim de seu hálito.

— Cadê a Charlotte?

— Acabou. Nós terminamos.

— Ah, sinto muito.

— É, bem… Ela que terminou comigo.

— E você pode culpá-la?

Oliver riu.

— Ah, Solène… — Ele estava bêbado. — Hayes já lhe contou o que ele disse quando a viu pela primeira vez? Lá em Las Vegas? Contou ou não?

Não respondi. De alguma forma, eu já sabia aonde ele queria chegar.

— "Eu quero meter naquela boca" — recitou Oliver devagar, com a voz suave. — Ele contou isso a você? "Viu aquela mãe ali? Eu quero meter naquela boca."

Fiquei parada, sem conseguir me mexer. Sentindo sua proximidade naquele cômodo apertado.

— Qual é o problema, Oliver? Você não quer que ele seja feliz, é isso?

Ele balançou a cabeça, e uma sombra de tristeza lhe atravessou o olhar.

— Você não tem ideia mesmo, não é?

— Não — respondi. — Não tenho.

Mas estava começando a desconfiar.

Na manhã de sexta-feira, Hayes e eu pegamos um avião para Aspen, onde passaríamos quatro dias para comemorar seu aniversário. Eu tinha reservado uma suíte luxuosa para nós no Little Nell, um resort requintado no sopé da montanha Ajax. O lugar era elegante, sereno. O quarto era decorado em tons suaves de cinza, repleto de lareiras e mantas aconchegantes e vistas espetaculares. Um refúgio perfeito para passar o inverno.

No fim da tarde, depois de termos feito massagens, amor e um passeio pela cidade, Hayes decidiu que queria tomar um "chá decente". Ligou para o serviço de quarto e pediu "uma xícara de Earl Grey e algo doce para acompanhar, talvez *scones* ou biscoitinhos, se você tiver", e senti um aperto no coração só de ouvir. Meu doce garoto, tão longe de casa…

— Bem, essa é nova — comentou ele, assim que pôs o fone no gancho.

Estávamos na sala de estar, livrando-nos de algumas peças de roupa. A neve caía no terraço lá fora.

— O quê?

— O atendente acabou de me chamar de sr. Marchand.

Comecei a rir.

— E você não o corrigiu? Você não disse: "É sr. Doo para você"?

Ele sorriu, me puxando para perto de si, as mãos e o nariz ainda gelados, as bochechas ainda vermelhas.

— Não, até que eu gostei. *Sr. Marchand*. É bem *sofisticado*. — Carregou no sotaque britânico aristocrático na última parte, zombando de seu próprio povo, por assim dizer. — Acho que vou usar por uns dias, para ver se gosto a ponto de mudar de vez. Para o caso de a gente se casar no futuro e tal. — Ele me beijou. — Vou tomar um banho para me aquecer. Pode se juntar a mim, se quiser.

Ele atravessou o cômodo até o banheiro. Vi seus ombros largos na camisa de flanela, a calça jeans bem justinha na bunda. Como eu podia ser tão sortuda? Como, em um mundo tão cheio de gente, tínhamos nos encontrado? E, quando chegasse a hora, como é que eu ia abrir mão dele?

Por fim, segui até o banheiro da suíte. Hayes estava no chuveiro a vapor. Senti o cheiro do sabonete, do gel de banho de grapefruit. Ele levava seus próprios produtos de banho quando viajava, pois, como passava muito tempo em hotéis, dizia que era seu jeito de conservar a própria identidade. De se lembrar de quem era.

Ele se virou quando abri o vidro do boxe, os olhos radiantes. Eu não estava vestindo nada.

— Oooi.

— Oi… — Fiquei ali, admirando-o por completo e sentindo tudo que podia sentir.

E, em seguida, me declarei.

— Eu amo você.

Hayes se deteve, um olhar confuso no rosto, a água escorrendo por seu torso comprido.

— Você está dizendo isso só porque eu estou pelado?

— Não.

— Está dizendo só porque é meu aniversário?

— Estou dizendo porque é verdade. Eu amo você.

Ele ficou em silêncio, ponderando. Em seguida, sorriu de orelha a orelha.

— Por que demorou tanto?

Dei risada.

— Eu queria ter certeza de que era você, e não a ideia que eu tinha de você.

— Venha cá — chamou ele, puxando-me para debaixo do chuveiro. As mãos afastando as mechas de cabelo do meu rosto, a boca colada na minha, o pênis latejando contra minha virilha. — Você se importa de repetir? Só para eu ter certeza de que não foi fruto da minha imaginação?

— Eu amo você.

— É. — Ele sorriu, as covinhas em evidência. — Achei que você tivesse dito isso mesmo.

No sábado de manhã, Hayes acordou cedo para ir à academia antes que saíssemos para esquiar. Ele ainda estava confuso com o fuso horário. Do conforto da cama, fiquei assistindo a ele se trocar: bermuda, uma faixa para manter o cabelo longe daquele rosto lindo, uma camiseta com os dizeres: #VidasNegrasImportam.

— Hayes Campbell, ativista político?

Ele sorriu, pegando os fones de ouvido em cima da cômoda. O dia ainda não tinha raiado lá fora.

— Hayes Campbell, um cidadão preocupado com o mundo — respondeu ele. — Por mais que eu adore seu país, ele tem umas questões bem problemáticas no que diz respeito a raças…

— Ah, não me diga!

— Digo, sim. Essa é uma das coisas que mais amo em você: o fato de estar dando voz a esses artistas. Li um artigo bem interessante no *New York Times* esta semana. Era sobre Kehinde Wiley… Essa é a pronúncia certa? Enfim, ele é bem *fascinante*. E isso só me deixou ainda mais orgulhoso de você. Eu sei que peguei no seu pé por causa da instalação *Invisível*, mas tenho pensado muito sobre isso desde aquela nossa conversa em Nova York, sobre como damos mais valor a alguns tipos de arte… E, sério, eu admiro muito o que você faz.

Fiquei ali, deitada olhando para ele. Cada vez que Hayes abria a boca, me fazia gostar ainda mais dele. Daniel tinha levado muito mais tempo para deixar de encarar meu trabalho como uma espécie de projeto de caridade para massagear o ego. Em vários aspectos, acredito que ele ainda o encarava dessa forma.

Hayes veio para perto de mim, inclinou-se e me beijou.

— Eu amo essa boca. Já, já eu volto.

— Oliver me disse algo interessante uma noite dessas...

— Disse? — Ele estava visivelmente tenso.

— Ele me contou que, na primeira vez em que você me viu, naquela noite em Las Vegas, você disse a ele: "Viu aquela mãe ali? Eu quero meter naquela boca". — Deixei a frase pairar no ar. — É verdade? Você disse isso mesmo?

Ele ficou em silêncio por um instante, pensativo.

— Hum, parece mesmo algo que eu diria... Mas, em minha defesa, eu era apenas um rapaz de vinte anos. Podemos ser bem grosseiros.

— Hayes...

— Maldito Oliver... Ah, qual é? O que foi que você disse quando me viu pela primeira vez? Mesmo que tenha sido em pensamento. O que foi que você disse?

— Provavelmente algo como: "Oh, ele é bonitinho".

— Sério? Hum... Porque me lembro muito bem de uma conversa em que uma certa pessoa disse, e eu vou repetir: "Meu Deus, eu quero sentar na cara desse garoto e puxar o cabelo dele".

Abri um sorriso.

— Não sei, não — continuou ele. — Mas isso parece só um outro jeito de dizer "quero meter naquela boca".

— Mas soa mais delicado do meu jeito.

— *Delicado?* Meter na boca de um jeito delicado? — Ele sorriu. — Ok. Você é maluca, Solène, e é por isso que eu te amo. — Ele me deu mais um beijo antes de seguir em direção à porta. — Por favor, me avise quando estiver pronta para meter na boca de um jeito delicado. Já, já eu volto.

* * *

Acordei no meio da noite com a boca de Hayes passeando pelas minhas costas. Os lábios, a língua macia... deslizando para baixo. Desceu até minha bunda, depois até o meio das minhas pernas antes mesmo que eu me desse conta de onde estava. Abafei meus gemidos no travesseiro. E, quando Hayes terminou, me virou de barriga para cima e repetiu a dose.

E eu não sabia se tinha alguma coisa a ver com o ar rarefeito da montanha, mas todas as sensações pareciam mais intensas, mais elevadas, então eu nem sabia se estávamos comemorando o aniversário dele ou o meu. A língua de Hayes me desabrochando. Os dedos, longos e grossos, e tão, tão familiares. A forma como sempre me explorava por completo, como se fosse a primeira vez. Como se ele estivesse *gostando*. Eu queria mais. Minha bunda se içou da cama, indo ao encontro dele. Minhas mãos entremeadas em seu cabelo, segurando sua cabeça. Minhas unhas fincadas em seu couro cabeludo. Puta que pariu!

Gozei tão forte que o quarto inteiro parecia girar.

— Oh, não! — disse Hayes, sorrindo para mim. — Não foi muito delicado da minha parte, foi? Peço desculpas.

Ele limpou o rosto com o dorso de uma das mãos e agarrou meus dois pulsos com a outra, prendendo-os contra o colchão, bem acima da minha cabeça.

E, antes mesmo que eu tivesse tomado fôlego, seu pau estava deslizando para dentro de mim. E, como sempre, aquela primeira sensação era maravilhosa. Aquilo me deixava embasbacada: a forma como ele se encaixava em mim. Grosso. Perfeito. Como nenhum dos que tinham vindo antes dele. Como se eu tivesse passado a vida inteira andando por aí com uma vagina feita especialmente para Hayes, sem nunca saber disso. O pensamento me fez sorrir. Mas, logo em seguida, de uma hora para outra, comecei a chorar.

Hayes se deteve, usando a mão livre para afastar a mecha de cabelo que cobria meu rosto.

— Você está bem?

Assenti com a cabeça.

— Tem certeza?

— Tenho.

— Por que você está chorando? É um pouco preocupante você começar a chorar enquanto estamos transando.

Em seguida, acariciou meu rosto com uma das mãos.

— Desculpa.

— Por que você está chorando, Solène?

— Porque… eu amo você. Porque isso é perfeito e eu não quero que termine.

Eu nunca tinha sido tão honesta assim com ele. Nunca tinha sido tão honesta assim comigo mesma.

— E você vai terminar?

Neguei com a cabeça.

— Então não tem por que chorar. Eu não vou a lugar nenhum.

Ele começou a me penetrar de novo. Muito. Fundo.

— Mas termina toda vez que você vai embora. Toda vez que volto para minha vida e para meu computador idiota.

— Bem, então vamos ter que arranjar um computador novo para você. — Ele sorriu. — Olhe para mim. *Olhe para mim.* Somos só eu e você. Somos só eu e você nesse relacionamento. Foda-se o resto.

Era incrivelmente sexy como ele conseguia me dizer tudo isso enquanto mantinha meus pulsos presos contra o colchão e deslizava para dentro e para fora de mim. Como conseguia manter o olhar fixo no meu durante todo o tempo, sem hesitar, sem perder o ritmo. Como meu cheiro estava impregnado em seu rosto. Eu não queria que isso terminasse.

Não queria que terminasse.

Quando Hayes estava quase gozando, chegou mais perto e mordeu meu lábio inferior com tanta força que me preparei para sentir o gosto de sangue, mas não sangrou.

— Caralho… Você é tudo para mim — declarou ele. A respiração ofegante, entrecortada. — Eu não vou a lugar nenhum.

Mais tarde, quando eu estava me deleitando com a alegria proporcionada por meu terceiro orgasmo, com Hayes já desmaiado ao meu lado, o corpo escorregadio de suor, pensei muito sobre o que ele dissera. Éramos só eu e ele. Foda-se o resto.

* * *

Em todos aqueles meses de escapadas românticas para diversos lugares diferentes, Hayes e eu nunca tínhamos embarcado e desembarcado juntos no mesmo terminal. Nunca tínhamos partido e chegado como um casal. Isso nem tinha passado pela minha cabeça até a noite de segunda-feira, quando nosso avião pousou no aeroporto de Los Angeles.

— Vai estar uma loucura lá fora — avisou ele, enquanto a aeronave taxiava na pista. — Esteja preparada.

— Fotógrafos?

— Fotógrafos, fãs, tudo isso. O Grammy é nesta semana. As coisas vão estar feias.

— Tudo bem — respondi.

Mas "tudo isso" não era o suficiente para expressar o caos que nos esperava. Fomos escoltados por três pessoas desde o portão de desembarque até as esteiras de bagagens, e durante todo esse tempo, andando em um passo relativamente acelerado, fomos perseguidos por um punhado de paparazzi. Hayes seguia à minha frente, segurando-me com força pela mão, protegendo-me da confusão que nos cercava. O que mais me chamou a atenção não foi toda a intromissão daquela experiência, e sim os comentários apressados das pessoas por trás das câmeras. "Ei, Hayes. Feliz aniversário, Hayes! E aí, o que está achando de ter vinte e um anos? Como foi Aspen? Oi, Solène. Vocês conseguiram esquiar bastante? Vão sair para beber hoje à noite? A que bares vocês vão? Você está empolgado com o Grammy? Você está com uma aparência ótima, cara. Adoro seu trabalho, meu chapa. Amei o álbum novo. Sua namorada é muito bonita. O que você acha da tatuagem nova de Rory?" Por Deus! Quem era essa gente?

Em seguida, quando adentramos o caos da esteira de bagagens, a extensão da fama de Hayes ficou mais evidente. Havia mais de cem garotas aos berros, com o celular em riste e se jogando na frente dele para tentar tirar selfies, gritando seu nome e caindo e chorando, e era assustador. Os flashes dos paparazzi nos cegavam. Avistei Desmond ao lado de nosso motorista, mas nem mesmo a familiar cabeleira ruiva diminuiu meu pânico. Hayes estava sendo tocado e puxado, enquanto intensificava o aperto em minha mão.

Os humores da multidão se alternavam, ora eufóricos, ora diplomáticos, ora violentos. "Saiam da frente, porra." "Afastem-se." "Oi, Solène." "Você é tão linda, Solène!" "Pessoal, deixe-os passar, por favor." "Feliz aniversário, Hayes!" "Será que você pode autografar minha cara?" "Uma garota desmaiou." "AimeuDeus!AimeuDeus!AimeuDeus!" "Posso tirar uma foto, por favor?" "Abram caminho!" "Feliz aniversário!" "HayesHayesHayesHayesHayes." "Saiam da frente!" "Ele não quer tirar foto com vocês. Saiam da frente!" "Soltem Hayes!" "Vão achar que somos um bando de animais!" "Sai da frente, sua vaca!" "Hayes, eu sinto muito por isso." "Poxa, gente, deixem Hayes passar. Mas que droga!"

Quando entramos no banco de trás do carro, eu estava arfante. E Hayes parecia normal, como se não tivesse nem se abalado.

— Sinto muito por isso — disse ele. — Sinto muito mesmo.

Precisei de um instante para recobrar o fôlego, me recompor e me certificar de que não estava ferida.

— É — respondi. — Somos só eu e você nesse relacionamento. Foda-se o resto.

Beverly Hills

A 57ª EDIÇÃO do Grammy aconteceria no domingo seguinte, no Staples Center. A August Moon faria uma apresentação de "Seven Minutes", o single que estava concorrendo a um dos prêmios. Na semana que antecedeu a premiação e o início da turnê, a banda passou por uma bateria de entrevistas, inclusive uma exclusiva para Oprah, filmada em Santa Bárbara. Isso me deixou um tanto impressionada.

Depois da calmaria das festas de fim de ano, as coisas na Marchand Raphel estavam a pleno vapor. Hamish Sullivan Jones, o curador do Museu Whitney, estava de passagem na cidade e tinha agendado uma visita ao estúdio de Anya Pashkov, a fim de dar uma olhada na coleção *Invisível*. O fato de ele ainda estar interessado era promissor. Seria um baita feito se conseguíssemos expor a obra de Anya em um lugar tão badalado quanto o novo Whitney. Entrementes, Lulit e eu estávamos separando as peças que enviaríamos à Exposição Internacional de Arte Moderna, que aconteceria em Nova York na primeira semana de março.

Era bom estar de volta ao trabalho e não me preocupar tanto com as mensagens de voz mal-educadas e com os fãs que, vez ou outra, apareciam na galeria na esperança de ter um vislumbre de Hayes. Josephine resolveu esse problema ao pendurar uma plaquinha com os dizeres "Apenas com hora marcada" na porta da frente. Quando era interrogada por jornalistas, dava sempre a mesma resposta: "Desculpe, a Marchand Raphel tem a política de não comentar sobre a vida pessoal de nenhum de nossos funcionários". E eles pareciam acreditar.

Na sexta-feira à noite, depois de um dia de ensaios no Staples Center e entrevistas, Hayes passou pela galeria para me dar um "oi" e ver a exposição de Finnsdottir. Matt e Josephine ficaram tão fascinados com a gentileza genuína de Hayes que nem parecia que a fama dele tinha nos causado tanta dor de cabeça. Que não tínhamos recebido ameaças de morte.

Lulit não se deixava cativar tão facilmente.

— Então… — começou Hayes, chegando mais perto de Lulit enquanto ela preparava um cappuccino. — Eu conheci a Oprah.

— Fiquei sabendo.

— E fiz um tour na casa dela em Montecito…

Ele cruzou os braços e se recostou na bancada da cozinha, um sorriso presunçoso nos lábios.

— Ela redecorou a casa toda uns tempos atrás e tem uma coleção de arte de dar inveja… mas acho que faltam algumas peças contemporâneas.

— Rá! — respondeu Lulit, esboçando um sorriso. — E você disse isso a ela?

— Disse, *sim*. E também disse que conhecia as mulheres perfeitas para dar um jeito nisso. Ela tem algumas obras africanas e ajuda muitas instituições de caridade na África do Sul, então comentei sobre você e…

— Mentira! Você fez isso mesmo?

— Fiz, *sim*. E aí ela respondeu: "Peça a ela que entre em contato com meus assessores". Então… — Hayes pegou a carteira no bolso da calça e tirou um papelzinho lá de dentro. — Aqui está o contato dos assessores dela. Estão esperando sua ligação.

Lulit não se mexeu, uma expressão pateta no rosto, e depois se virou na minha direção. Encolhi os ombros.

— Você está tirando uma com a minha cara — disse ela.

— Juro que não. E você sabe quem são amigos bem íntimos de Oprah?

Lulit e eu trocamos um olhar e sorrimos.

— A família Obama.

— A família Obama — repetiu Hayes. — E, se bem me lembro, Sasha ainda está na idade de gostar da August Moon.

— Pare com isso — respondeu Lulit, rindo.

— E você achava que o namoro de sua melhor amiga com o membro de uma *boy band* só traria problemas.

— Eu nunca disse isso.

Hayes pendeu a cabeça para o lado e revirou os olhos antes de sair pela porta.

— Porra, ele é bom mesmo — comentou Lulit, sorrindo para mim.

Assenti.

— Sim, ele é.

Depois, fomos buscar Isabelle na aula de esgrima, e a expressão dela quando Hayes entrou no ginásio foi impagável.

— Gostei do traje. — Ele sorriu. — Você está parecendo uma mosqueteira.

Ela riu. Uma risada escancarada, alegre, confiante. Tinha tirado o aparelho duas semanas antes e estava compartilhando com o resto do mundo.

— Puta merda! — Hayes se virou para mim. — *A boca de Isabelle é igualzinha à sua*.

Lancei-lhe um olhar, ele deu as costas e nunca mais tocamos no assunto.

Demos uma passadinha no Whole Foods em Brentwood, e ninguém o parou para pedir uma foto ou um autógrafo ou um minuto de seu tempo. E vê-lo escolher vinhos enquanto Isabelle dava uma olhada na gôndola de queijos me trouxe uma felicidade que eu não sentia havia muito tempo. Como se tudo aquilo pudesse dar certo, afinal.

Jantamos em casa: ratatouille e carré de cordeiro. Nós três nos sentamos à mesa oblonga, as luzes de Santa Mônica cintilando ao longe. Hayes parecia estar se divertindo com as histórias de escola da Isabelle, mas às vezes parecia apaixonado, lançando-me olhares melancólicos, furtivos.

Quando Isabelle se levantou para levar o prato até a pia, ele pendeu o corpo para a frente, as mãos espalmadas contra o tampo de jacarandá.

— Você sabe do que eu me lembro quando olho para esta mesa? — Sua voz estava baixa, rouca.

— Sei.

— Que ótimo! — respondeu. — Fico feliz que esteja pensando o mesmo que eu.

Depois do jantar, quando Isabelle tinha ido conversar com as amigas no FaceTime, aproveitei a deixa para levar Hayes ao meu escritório, com o pretexto de conferir minha agenda para acompanhá-lo na turnê pela América do Sul. Assim que ele pisou no cômodo, porém, fechei a porta.

— Tenho um presente para você. Queria entregar antes da viagem para Aspen, mas ainda não estava pronto.

Hayes arqueou a sobrancelha, intrigado. Peguei o grande pacote achatado que estava apoiado na parede e entreguei a ele.

— Você me comprou um presente de aniversário? Não precisava…

— É só uma lembrancinha.

— Não parece ser só uma lembrancinha. É uma obra de arte?

— Abra.

Ele desembrulhou o papel pardo com cuidado, revelando uma aquarela em uma moldura com paspatur. O nascer do sol, visto do nosso quarto em Anguilla. Hayes permaneceu em silêncio por um instante, fitando a pintura, e quando finalmente olhou para mim havia uma expressão risonha nos olhos.

— Foi você que fez.

— Foi, sim.

— E é meu?

— Sim, é um presente. *Eu fiz para você.*

— É lindo, Solène. É perfeito. — Ele apoiou o quadro na mesa antes de me puxar para um abraço. — Eu amei. É o presente perfeito.

Passamos um bom tempo abraçados, nos deixando levar pela pintura, pelo momento.

— Eu não me lembro de ter visto você pintando esse quadro, nessas cores. Estão maravilhosas.

E estavam mesmo. O tom azul-petróleo das águas, as montanhas cor de carvão, o sol adamascado contra o céu lilás.

— Fiz de manhã, quando você ainda estava dormindo. Achei que as cores iam combinar bem com as obras da sua casa em Londres.

Ele me encarou por um instante, uma expressão inescrutável em seu semblante. Depois, esticou a mão para beliscar o próprio lábio e disse:

— Você se lembra da casa que alugamos em Malibu? Está à venda. Descobri ontem. E achei que você ia gostar de saber.

Era intenso. O que ele estava me dizendo. O que estava insinuando. O que queria que eu entendesse.

— Oh… — respondi.

Ele riu, apreensivo.

— Você acha que é muita loucura?

— Talvez. Um pouquinho.

— É. Também achei. Mas não tanto a ponto de eu não cogitar fazer isso.

A August Moon não ganhou o Grammy, mas nem por isso deixamos de comemorar. Não compareci à cerimônia de premiação, mas fui encontrar Hayes e o resto da banda no Ace Hotel, onde aconteceria a festa da Universal. Estava abarrotado e barulhento e apinhado de grupinhos de bajuladores, que se enxameavam ao redor de Rihanna e Katy Perry, enquanto Sam Smith se deleitava na glória de todos os prêmios que arrebatara naquela noite.

Depois de terem feito uma apresentação ao vivo impecável, os caras da banda pareciam inebriados. Rory, com quem cruzei enquanto adentrava o salão ornamentado, parecia inebriado de verdade. Os olhos injetados, o rosto enterrado no pescoço de alguma modelo da Victoria's Secret. Liam estava travando uma conversa animada com uma cantora jovem que eu não conhecia. Olhos verdes cintilantes, lábios carnudos, sardas. Por mais adorável que Liam fosse, ele nunca seria o sexy da banda. Quando me aproximei da mesa reservada à August Moon, Simon e Oliver estavam lá, entretidos na própria conversa.

Havia um punhado de garotas bonitas ao redor, esperando sua vez de serem notadas, filhotinhos ansiosos cobertos de lantejoulas e elastano. Eu me aproximei para cumprimentar os dois. Simon se levantou para me dar um abraço, mas Oliver nem se mexeu.

— Você não vai me dizer "oi"?

— Não. Fui informado de que não posso mais falar com você. Então é isso que vou fazer.

— Tudo bem. — Abri um sorriso.

— Lindo vestido — comentou ele, e Simon riu.

— Você não consegue se conter, meu amigo. Você é todo errado mesmo. — Os dois pareciam um pouco embriagados.

— Eu não faço ideia de onde seu namorado foi parar. Ele saiu correndo daqui. Aceita um champanhe?

Passado um tempo, acabei encontrando Hayes do outro lado do salão, conversando com uma modelo. Mas que inferno! Jovem, magra, com olhos espaçados. Ela parecia ser brasileira ou portuguesa. Alguma etnia exótica que fazia cem por cento o tipo de Hayes. Por um segundo, senti o ímpeto de dar as costas e ir embora. Quando Hayes ergueu o olhar e me avistou, porém, uma expressão completamente apaixonada tomou seu rosto. Se ele estava se sentindo culpado por alguma coisa, não deixou transparecer.

— Oi. Você chegou.

— Cheguei, sim.

Ele envolveu meu rosto entre as mãos e me beijou. Cheirava a frutas cítricas, âmbar e uísque. E, em um instante, tudo estava perdoado. Ou quase isso.

— Você está maravilhosa — declarou ele, baixinho.

— Você também.

— Essa é Solène. — Ele se virou para a modelo. — E, perdão, mas qual é seu nome mesmo?

— Giovanna. — Ela sorriu, e vi que seus dentes não eram perfeitos.

— Giovanna — repetiu Hayes. Depois, virou-se para mim, sorrindo de orelha a orelha. — Giovanna estava me contando quantos seguidores ela tem no Instagram.

340 *Robinne Lee*

Tentei conter o riso enquanto Hayes fazia de tudo para se desvencilhar de sua nova amiga e dar o fora dali.

— O que você está fazendo? — perguntei quando começamos a atravessar o salão, serpenteando entre a multidão e os vasos de bonsai.

— Eu estava matando tempo enquanto você não chegava.

— Com modelos de dezoito anos?

— Eu estava tentando evitar a Rihanna — respondeu, rindo. — Ei, espera aí. Você está indo rápido demais. Quero olhar para você.

Virei-me de frente para ele. Hayes estava absurdamente sexy, mesmo para seus padrões. Terno preto, camisa preta translúcida com alguns botões abertos, uma longa echarpe de seda enrolada em volta do pescoço. O cabelo despenteado de um jeito elegante. Nem fiquei incomodada por ele ainda estar usando um pouco de maquiagem por conta do show.

— Oi — cumprimentou-me outra vez.

— Oi. Sinto muito que vocês não tenham ganhado.

Ele deu de ombros.

— Acontece. Que vestido é esse?

— É um Balmain — respondi. — Comprei uns anos atrás.

Era, sem sombra de dúvidas, uma das roupas mais sexy que eu tinha. A parte de cima era intrincada, de renda, e a saia era bem justinha na cintura, coberta de tachas, e caía até a altura dos joelhos. Nos pés, meus sapatos Isabel Marant. Era um look preto, ousado, rock and roll.

Dei-lhe as costas e continuei seguindo em direção à mesa, ainda incomodada com a questão da modelo.

Hayes envolveu meus quadris com as duas mãos, puxando-me para junto dele. Colou a boca ao meu ouvido.

— Porra, eu quero comer sua bunda nesse vestidinho…

Dei risada.

— Meu Deus, *quem* é você?

— Eu sou o cara que vai comer sua bunda nesse vestidinho.

Suas palavras me deixaram sem reação. Fiquei parada ali, no meio do salão do Ace Hotel. Cercada por executivos da indústria da música e aspirantes a estrelas e vencedores do Grammy. E, bem ali, meu namorado, o astro do rock, pressionou seu corpo contra o meu.

— Você quer ir *agora*?

— Agora — respondeu ele. — Vai rolar uma festa da GQ com a Armani em Hollywood, e tenho que aparecer para ser visto. E depois vamos dar uma passada na festa de Sam em Bel-Air porque eu disse a ele que iríamos. Mas, depois disso, vamos voltar ao hotel para que eu possa comer sua bunda nesse vestidinho… Você está de acordo?

— Por acaso eu tenho escolha?

— Você sempre tem escolha.

— Você tem lubrificante?

Ele riu.

— A gente dá um jeito.

Ele enlaçou minha cintura com a mão, pressionando-me contra seu corpo. Contra ele todo.

— Tudo bem. Chama nosso motorista.

— Já chamei.

Mais tarde, horas mais tarde, quando Hayes estava desmaiado ao meu lado em uma suíte exclusiva no SLS Beverly Hills, fiquei o observando dormir. A noite tinha sido um borrão regado a champanhe, música e sexo. Ia doer pela manhã. Já estava doendo.

Varri o quarto com os olhos, um ambiente suntuoso e elegante, com toques de Philippe Starck e otomanas de couro por todos os lados. Diante da cama, havia um espelho nada sutil que ia do chão até o teto.

— Quem escolheu este quarto? — tinha sido minha pergunta logo que chegamos, um pouco depois da uma da manhã. Ou será que já eram duas? — Estou me sentindo uma prostituta.

— E vai se sentir ainda mais depois de tudo que vou fazer com você — declarara ele, fazendo-me rir.

Ele tinha sido intenso. E divertido. E eu amara cada segundo.

Em dado momento, quando estava deitado em cima de mim, dentro de mim, o peito colado às minhas costas, os braços estirados sobre os meus, nossos dedos entrelaçados, ele roçara a boca contra minha orelha e perguntara baixinho:

— E aí? Ainda acha que poderia ser minha mãe?

* * *

Ouvi uma leve batida vinda do corredor. Uma batida seguida de uma espécie de choro. Olhei para ver se Hayes também tinha escutado, mas ele continuava no vigésimo sono, alheio ao resto do mundo. Entregue ao descanso pós-orgasmo.

Apanhei um roupão e espiei pelo olho mágico, mas não consegui ver muita coisa. Havia uma pessoa solitária no corredor, batendo na porta em frente. Era uma garota.

— Liam, abra a porta, por favor — pedia ela, baixinho. — Por favor, me desculpe. Eu estraguei tudo. Abra, por favor.

Continuou batendo e choramingando, mas nada de a porta de Liam se abrir. Então, abri a do meu quarto.

— Oi, está tudo bem?

Ela era jovem. Muito jovem. Cabelo castanho, grandes olhos de corça castanhos, todos borrados de maquiagem. Ela estava chorando.

— Acabou a bateria do meu celular e eu não trouxe carregador e a minha carteira está na bolsa da minha amiga, mas não sei onde ela está, e eu só quero ir embora.

— Tudo bem — respondi. — Tudo bem. Como posso ajudar? Você quer que eu coloque seu celular para carregar?

— Por favor.

Esquadrinhei o corredor em busca de algum segurança, mas não havia nenhum à vista.

— Como você veio parar aqui?

Ela balançou a cabeça. O vestido adulto demais para sua idade. Vermelho, Herve Leger. Um pouco demais para uma menina tão jovem.

— Você veio sozinha?

— Não, vim com Simon — respondeu, enxugando as lágrimas. Segurava um molho de chaves e algo que parecia uma carteirinha de estudante.

— E onde ele está?

— No quarto dele. Dormindo.

— Qual é o quarto de Simon?

Ela apontou para a suíte ao lado da minha.

Uma ideia de você 343

Fiquei confusa.

— Então por que você estava batendo na porta de Liam?

Ela balançou a cabeça, e as lágrimas começaram a jorrar outra vez.

— Tudo bem. Tudo bem. Cadê seu celular? Vou colocar para carregar, vamos encontrar sua amiga e depois vamos lhe arranjar uma carona para casa.

Hayes estava se remexendo na cama.

— O que você está fazendo aí? — perguntou ele. — Com quem você está falando?

— Tem uma menina no corredor. Não sei se ela é uma fã ou uma groupie ou sei lá o quê. Mas ela é bem novinha e está chorando lá fora.

— Bem, peça a Desmond para resolver isso.

— Eu não sei onde ele está. São quatro da madrugada, Hayes. Não tem nenhum segurança no corredor.

— Que droga! — Ele se virou de bruços e enfiou a cabeça debaixo do travesseiro.

— Hum, tudo bem. Acho que vou ter que lidar com isso sozinha, então.

— Ela não é problema seu. Não se meta.

— Ela é filha de alguém, Hayes.

— Todo mundo é filho de alguém, Solène. Não se meta.

Coloquei o celular da menina para carregar e voltei ao corredor para conversar com ela.

— Cadê sua amiga? A que veio com você para cá?

Ela deu de ombros.

— Ela sumiu com o baterista.

Voltei para a suíte e perguntei:

— Quem é o baterista da banda?

Hayes estava acordado, de cueca na sala de estar, procurando o celular.

— Roger — respondeu, com um suspiro. — É um cara legal.

— É, todos eles são caras legais. — Voltei para o corredor. — Onde você acha que sua amiga pode estar agora?

— Na última mensagem que ela me mandou, avisou que estava indo embora para casa. Eu disse a ela que podia ir, porque eu estava com Simon e ele tinha falado que ia me arranjar uma carona...

— Mas ele não fez isso.

— Não, ele não fez...

— E você acabou indo parar com Liam?

Ela começou a chorar de novo.

Eu estava tentando imaginar o que poderia ter acontecido, mas todas as hipóteses eram horríveis e não se pareciam com algo que Liam ou Simon fariam.

Mas como eu poderia saber com certeza? Será que eu conhecia mesmo esses caras? Como é que eu tinha sido louca a ponto de deixar minha filha nas mãos deles?

Pedi licença à menina e voltei para dentro da suíte.

— Desmond não está atendendo o celular — avisou Hayes. — Nem Fergus.

— A menina está um caco. Não podemos deixá-la sozinha no corredor. Por que a gente não fala para ela ficar aqui dentro enquanto o celular não termina de carregar? Só até ela encontrar a amiga, e aí podemos colocá-la em um táxi e mandá-la de volta para casa.

Hayes negou com a cabeça, os olhos arregalados, o cabelo despenteado e arrepiado em mil e uma direções.

— Ela não pode entrar aqui. Ela está surtando. Já falei que não lido bem com mulheres que perdem a cabeça.

— Ela é uma mulher ou uma menina? Porque parece uma menina para mim.

— Ela não está nem lá nem cá.

— Hayes, ela é a filha de alguém.

— Eu sei, mas ela não pode pisar neste quarto.

Ele disse isso com tanta firmeza que fiquei alarmada.

— Eu só quero me certificar de que ela está bem e chamar um Uber.

— Ela *não pode* pisar neste quarto.

— *Quem* é você?

— Nesse momento? Sou Hayes Campbell. E não posso ter o DNA daquela garota espalhado no meu quarto.

— Você está de sacanagem com a minha cara?

— Olhe para mim, Solène. Estou falando muito sério. Não posso ter o DNA daquela garota espalhado no meu quarto de hotel. Não sei o que aconteceu com Simon e Liam, e amo os dois como se fossem meus irmãos, mas não posso me meter nisso.

— Tudo bem. Tudo bem. Eu cuido disso. Mas diga aos seus amigos que eles não podem simplesmente *trepar* com meninas menores de idade e deixá-las chorando no corredor.

Ele levou as mãos à cabeça, puxando as mechas do cabelo.

— Viu só? É por isso que nunca me envolvo com quem tem menos de trinta anos.

— Isso é porque você tem complexos relacionados à sua mãe.

Ele pendeu a cabeça para o lado.

— O que foi que você disse?

— Isso mesmo que você ouviu. Saia daqui. Volte para o quarto. Esparrame-se sobre seu próprio DNA. Eu cuido disso.

— Quantos anos você tem? Seja honesta comigo — perguntei à garota assim que voltei ao corredor.

Seu batom estava todo borrado e, quando dei por mim, estava me perguntando de quem era o pau que ela tinha chupado.

— Dezesseis.

Merda!

— E você disse a eles que tinha quantos anos?

Ela hesitou.

— Dezoito.

Caralho!

— Você *não* deveria estar aqui.

— Sei disso. Eu só quero ir para casa.

— Você quer ir ao hospital?

— Não.

— Tem certeza? Se quiser ir, tem que ser agora.

Eu me sentia péssima por ter que apunhalar Simon e Liam pelas costas. Onde estava Desmond? Por que ele não estava tomando conta disso?

— Tenho certeza. Eu estou bem. Só quero ir para casa.

Suspirei.

— Tudo bem. Vou chamar um Uber para você.

— Obrigada — agradeceu-me ela, olhando para mim com aqueles olhos castanhos borrados de rímel. Parecia um filhote de panda.

Mas que raios eles tinham feito com essa menina?

— Você me parece familiar — acrescentou ela. — Sua filha estuda na Windwood?

Meu coração parou. Merda!

— Como você se chama, querida?

Ela me disse.

— Onde você mora?

— Em Brentwood.

— Pode me dar licença um segundinho? Vou ver um negócio aqui no quarto. Não saia daqui, tá bom?

Quando entrei na suíte, Hayes estava estirado na cama, digitando furiosamente no celular.

— Como ela está? — quis saber ele.

— Ela frequenta a mesma maldita escola que Isabelle.

— Puta que pariu!

— Não me diga! — Peguei minha bolsa e comecei a vasculhar minha carteira. — Vou dar um dinheiro para ela chamar um táxi. Não posso usar meu celular para chamar um Uber para uma menina de dezesseis anos que mora em Brentwood. Como foi que eu me meti nessa enrascada? Eu não queria nada disso. Isso é péssimo, Hayes.

Ele deu um longo suspiro e largou o celular em cima da cama.

— Falei com a recepção. Eles vão mandar alguém aqui para ver se ela está bem. Depois vão arranjar um carro para levá-la para casa.

Virei-me para encará-lo.

— Você fez isso mesmo?

— Fiz.

— Obrigada.

Ele assentiu.

— De nada. Agora, será que dá para você voltar para a cama?

* * *

As coisas não estavam nada boas quando acordei naquela manhã. Minha cabeça doía, meu corpo doía... Eu não tinha mais vinte e quatro anos. Droga, eu não tinha nem trinta e cinco!

Tomamos banho e pedimos serviço de quarto, e depois voltamos para a cama. A sensação compartilhada de que o tempo estava se esvaindo. De que ele logo iria embora. De que as coisas iam mudar. Eu estava começando a ter uma ideia de como seria a vida de Hayes durante a turnê e não estava gostando nem um pouco.

— Sinto muito pelo que aconteceu durante a madrugada — disse ele. Voz rouca, olhos vermelhos, mas ainda lindo.

— Ela era tão nova...

— Eu sei. Sinto muito por isso.

— Quero acreditar que, se fosse Isabelle, você a teria ajudado. Que não a teria deixado chorando sozinha em um corredor às quatro da manhã.

Hayes suspirou.

— É claro que eu teria ajudado Isabelle, porque eu a *conheço*. Mas há tantas delas, Solène. Tantas. E não tem como eu conhecer todas elas... Venha cá — continuou ele, puxando-me para perto, aninhando-me em seus braços. — Vou contar uma história, mas não diga nada até eu terminar. Pode ser?

— Pode...

— Dois anos atrás, estávamos em Tóquio para a turnê do álbum *Fizzy Smile*. Estávamos hospedados no Palace Hotel em um andar bem alto, acho que no vigésimo. A vista era impressionante. Depois do show, levei uma garota para o hotel. Ela não era tão nova assim, devia ter uns vinte e três. Quando terminamos, eu disse a ela, da forma mais educada possível: "Isso foi ótimo, mas preciso acordar bem cedo amanhã, então é melhor você não passar a noite aqui". Ela ficou me encarando como se não tivesse entendido nada. Ok, é bem provável que ela não tenha entendido *mesmo* o que eu estava falando, porque eu só sei umas cinco palavras em japonês: "Oi", "por favor", "boa sorte" e "obrigado pelos peixes".

Olhei para ele, perplexa.

— Mas eu não disse nenhuma dessas coisas. Juro. É que são as únicas frases que conheço mesmo. Enfim, ela insistiu para ficar ali e eu disse que não… Aí ela saiu da cama e atravessou o quarto, e achei que tinha ido buscar as roupas ou algo assim, mas ela abriu a porta da sacada e foi para lá, completamente nua, e deu um jeito de subir na grade e ameaçou se jogar de lá de cima. Ela ficou sentada na grade, de frente para mim, mas pendendo o corpo para trás e chorando histericamente. Ela não estava brincando ou fingindo, estava aos prantos mesmo, e eu só conseguia pensar "Putaquepariuputaquepariuputaquepariu". E eu não podia gritar pedindo ajuda porque achei que isso poderia acabar assustando a garota, e não podia ligar ou mandar mensagem para alguém, porque meu celular estava longe… Mas também não podia deixá-la sozinha ali. Então fiz a única coisa que podia fazer: implorei para que ela saísse de lá. Foram os sete minutos mais longos e horríveis da minha vida. E então, até que enfim, consegui convencê-la a descer da grade e a voltar para o quarto. E fiquei deitado com ela na cama até que ela parasse de chorar e caísse no sono, o que demorou umas duas horas, e nesse ponto mandei uma mensagem para Desmond e ele apareceu para tirá-la de lá.

Por um instante, não consegui dizer nada. E então um pensamento me ocorreu.

— Sete minutos… "Seven Minutes"… A música.

Ele assentiu bem devagar.

— É… Isso mesmo.

— As pessoas sabem do que se trata a letra?

— Ninguém sabe. Bem, talvez Desmond…

— Ah, Hayes… Sinto muito por isso.

— É, bem… Depois disso, aprendi a ser um pouco mais criterioso em relação a quem eu levo para o meu quarto de hotel.

Fiquei em silêncio por um instante, em sinal de respeito.

— Achei que a música era sobre cair de amores por alguém.

Ele negou com a cabeça.

— Não. É sobre cair…

Na terça-feira, os garotos foram para Bogotá. E eu voltei ao trabalho.

América do Sul

Na sexta-feira de manhã, quando eu estava a caminho da Marchand Raphel, Hayes me ligou da Colômbia.

— Está a maior loucura aqui, Sol. Nunca tivemos uma equipe de segurança tão intensa assim. Tem uns duzentos seguranças, e todos andam armados. Como se fossem militares. E nos seguem para onde quer que a gente vá.

— Qual é a grande ameaça? Meninas de catorze anos tentando beijar todos vocês?

— É — concordou ele, rindo. — Exatamente.

— É sério…

— Querem nos proteger de sequestradores. Pelo jeito, é um problema por aqui.

— Por favor, se cuide, tudo bem?

— *Você* é que tem que se cuidar. Tenho seguranças armados que me seguem até quando vou ao banheiro. Acho que estou bem seguro.

Percebi que tinha mais alguém me ligando. Devia ser da galeria. Eu disse a Hayes que ligaria de volta e atendi à chamada de Lulit, que parecia exausta.

— Você está vindo para cá?

— Estou. Temos uma reunião com Cecilia Chen às dez.

Cecilia era uma fotógrafa e diretora de filmes de arte consagrada. Nascida no Caribe e criada em Nova York, passara os últimos vinte anos em

Paris construindo um portfólio impecável e estava querendo se mudar para Los Angeles. Ela tinha sido uma recomendação de outra artista da galeria, Pilar Anchorena. Cecilia era negra, asiática e mulher, o triunvirato sagrado da Marchand Raphel. Lulit e eu não víamos a hora de nos encontrar com ela.

— A reunião foi cancelada — avisou Lulit. — Mas… venha logo para cá.

— O que foi? Aconteceu alguma coisa?

— Não, está tudo bem. Só estamos esperando você.

Mas ela não tinha sido cem por cento honesta. Quando cheguei, havia duas viaturas de polícia em frente à galeria, e logo senti um arrepio na nuca. Três policiais estavam postados diante da Marchand Raphel, conversando e andando de um lado para outro. Um deles estava escrevendo algo em um bloco de notas, e havia um quarto policial sentado em uma das viaturas. Não estava tudo bem.

Estacionei na minha vaga atrás da galeria e entrei pela porta dos fundos.

Lulit, Matt e Josephine estavam na cozinha, uma expressão séria no rosto.

— O que aconteceu? Foi um assalto?

Eles se viraram para mim. Lançaram-me um olhar curioso, mas não disseram nada. Matt tomou um gole de café.

— O *que aconteceu?*

— Tivemos um probleminha — respondeu Josephine. — Não é nada de mais. É só uma pichação.

— Então o que a polícia veio fazer aqui?

Lulit demorou um instante para responder.

— Eles estão levando o assunto muito a sério.

— Que assunto?

Sem dizer nada, ela agarrou minha mão e me conduziu pela galeria, até chegarmos à porta da frente. Do lado de fora, na parte inferior da parede de tijolinhos brancos que estava escondida atrás da viatura quando cheguei, alguém tinha usado tinta preta para pintar a seguinte frase em letras garrafais: MORRA, VADIA.

—Ai, meu Deus! AimeuDeusAimeuDeusAimeuDeus! Isso é para mim? É sobre mim? É por minha causa? — Minha cabeça estava girando e eu não conseguia sentir minhas pernas. —Acho que vou vomitar.

— Venha, vamos lá para dentro — sugeriu Lulit, pegando-me pelo braço.

— Eu vou vomitar.

— Você não vai vomitar. Vai ficar tudo bem.

Comecei a tremer.

— Esses desgraçados desses fãs. Esses desgraçados desses fãs malucos.

— Tudo bem... Vamos pegar um copo d'água para você. Jo, você pode pegar um pouquinho de água para ela? Os policiais vão querer fazer algumas perguntas, mas está tudo bem.

— Não está tudo bem.

— Mas vai ficar. Eles tiraram fotos da pichação. Procuraram por impressões digitais. Vão conferir as imagens da câmera de segurança. Provavelmente foram só umas adolescentes. Vai ficar tudo bem.

— Não está tudo bem, Lulit.

— Olhe para mim. *Olhe para mim. Vai ficar tudo bem.*

Ela me levou até o escritório e me acomodou na cadeira. Eu estava tremendo tanto que derramei água para todos os lados enquanto bebia.

— Quem chamou a polícia?

— Josephine. Ela contou aos policiais sobre tudo que vem acontecendo, as ligações, as ameaças. Eles vieram na hora.

Josephine estava apreensiva.

— Eu sei que você pediu que fôssemos discretos, que só respondêssemos que não tínhamos nada a declarar, mas me pareceu algo muito sério. Desculpe.

— Não. Você fez a coisa certa. — Minha cabeça estava a mil por hora. — Eles vão pintar a pichação? Podemos pintar? Podemos nos livrar daquilo antes que a imprensa veja? Ai, meu Deus, eu nem acredito que estou dizendo uma coisa dessas!

Fiz uma pausa antes de acrescentar:

— Aquelas... *vacas* do caralho. — E então comecei a rir, e os outros se juntaram a mim. — Não tem graça. Parece até que estou no ensino médio. Mas nunca tive a chance de namorar o cara bonito no ensino médio. Será que eu não posso simplesmente aproveitar agora? Isso não é justo.

— Eu acho que a gente devia ir atrás dessas vacas — começou Matt — e dar umas boas palmadas nelas. Quem topa? Temos estiletes lá nos fundos.

Uma ideia de você   353

* * *

Se alguma vez eu tive dúvidas em relação à minha equipe, aquela manhã serviu para dissipar todas elas. Passei a apreciá-la ainda mais. Todos tomaram meu partido. Estavam muito calmos e controlados, e passaram o resto do dia agindo com a maior tranquilidade, como se eu não tivesse posto todos nós em risco.

— Obrigada — agradeci a Lulit naquela tarde, quando estávamos no escritório.

— Por quê?

— Por não ter dito "Eu bem que avisei".

Ela deu risada.

— Ei, nem eu poderia ter imaginado uma coisa dessas. Eu só lhe disse para usar camisinha.

— Hum… — Sorri. — É, você disse isso mesmo.

Lulit olhou no fundo dos meus olhos por um instante e então franziu a testa e balançou a cabeça.

— Faça o que quiser. A vagina é *sua* mesmo.

Isabelle foi passar a noite na casa de Rose. A amizade das duas estava meio estremecida desde novembro, e eu sabia que tinha tudo a ver com o fato de eu estar namorando Hayes. A ideia de que as amizades da minha filha estavam se deteriorando porque eu tinha encontrado alguém parecia uma piada cruel e sem graça. E mais um lembrete de que, na verdade, não éramos só eu e ele naquele relacionamento, e foda-se o resto. Rose havia convidado Isabelle e Georgia para assistir ao filme *Sexta-feira 13* naquela noite, e minha filha estava radiante por ter caído nas graças da amiga outra vez. Levei-a ao bairro Westwood e voltei para casa sozinha, ainda um tanto abalada por conta do incidente daquela manhã.

Eu tinha acabado de chegar e estava dando uma olhada na correspondência quando me deparei com um pacote: um grande envelope vaivém acolchoado, sem endereço do remetente, com selo postal do Texas. Não me lembrava de conhecer ninguém de lá, mas isso não me impediu de rasgar o envelope e enfiar a mão lá dentro. Assim que senti o conteúdo, retirei a mão, horrorizada. Mesmo sem olhar, eu sabia exatamente o que era. E, pela segunda vez naquele dia, comecei a tremer e a suar e a me sentir enjoada. Pois dentro daquele envelope havia um vibrador enorme, acompanhado de um bilhete que dizia: "Vá se foder e deixe nosso garoto em paz".

Eles tinham me encontrado. Tinham dado um jeito de descobrir meu endereço e me feito sentir tão violada que parecia até que estavam dentro da minha própria casa. Ouvi alguém ofegar conforme corria para ativar o alarme e acender todas as luzes e demorei um instante para me dar conta de que aquela respiração ofegante era minha. Todas as portas de vidro que davam para aquela vista tão apreciada pareciam escuras e agourentas, e mesmo depois de ter acendido as luzes do pátio não consegui me livrar da sensação de que havia alguém à espreita. E parecia uma idiotice ficar tão nervosa com algo que certamente devia ser obra de algumas adolescentes, mas o medo não dava ouvidos aos meus apelos racionais.

Tentei ligar para Hayes. Várias e várias vezes. Mas é claro que ele não atendeu. Estava no meio de um show na Colômbia, cercado pelos gritos de trinta e cinco mil garotas. É claro que ele não iria atender.

Fiquei tentada a ligar para Daniel, mas logo me lembrei de que ele tinha sido contra aquele relacionamento desde o início. E seria um absurdo ele abandonar a esposa, que estava grávida de quase sete meses, em plena sexta-feira à noite para ver se eu estava bem, principalmente porque Isabelle nem estava em casa.

E foi aí que percebi como eu estava sozinha.

Liguei para minha mãe e me debulhei em lágrimas. Ela me ouviu choramingar sobre como estava me sentindo assustada e dividida, mas ao mesmo tempo radiante por ter encontrado alguém que tinha se dado ao trabalho de me conhecer, alguém que fazia uma porção de coisinhas para me fazer feliz. E sobre como eu não queria abrir mão dele. E, pela primeira vez desde que me lembro, minha mãe não parecia estar me julgando.

— *C'est ça, l'amour, Solène. Ce n'est pas toujours parfait. Ni jamais exactement comme tu le souhaites. Mais, quand ça te tombe dessus, ça ne se contrôle pas.*

O amor, disse ela, nem sempre é perfeito. Nem sempre é como você quer que seja. Mas, uma vez que o sente, é impossível controlá-lo.

* * *

Hayes me ligou no meio da noite. Contou que o show tinha sido bom, mas que estava preocupado com todas as mensagens que eu tinha enviado para ele.

— O que aconteceu? — Sua voz estava rouca, áspera. Eram quase duas da manhã na Colômbia. Assim que acordassem, iam pegar um avião para o Peru.

Contei tudo a ele.

— Ah, Sol… — disse ele assim que terminei de narrar todas as insanidades daquele dia. — Eu sinto muito.

— Isso é assédio, Hayes. Estou sofrendo assédio sexual… E eu sei que devem ser só umas meninas inofensivas, mas não é o que parece. Parece uma ameaça. Parece real.

Hayes passou um instante calado antes de perguntar:

— Como é seu sistema de segurança aí? Na sua casa?

— Tenho um alarme instalado.

— Você tem câmeras?

Isso parecia um exagero.

— Não.

— Você precisa mandar instalar umas câmeras.

— Hayes, isso é loucura. São só *meninas*. Não preciso de câmeras.

— Precisa, sim. Vou comprar para você. Vou pedir a Rana que ligue para você pela manhã, e ela vai dar um jeito em tudo.

— Hayes…

— Você já deveria ter câmeras aí, Solène. Por que seu ex-marido não mandou instalar? Você é uma mulher linda com uma filha de treze anos e as duas moram sozinhas em uma. Você deveria ter câmeras.

— Eu amo você.

— Também amo você — respondeu ele. — Vá dormir. Eu ligo quando chegarmos a Lima.

Quando busquei Isabelle na casa de Rose na manhã seguinte, ela não estava alegre e tagarela como de costume. Achei que fosse me contar sobre os filmes de terror a que tinha assistido e sobre as conversas com as amigas noite adentro, mas ela se manteve séria durante todo o trajeto para casa. Isso estava se tornando cada vez mais comum.

— O que aconteceu? — perguntei enquanto seguíamos a oeste na Sunset Boulevard, quase chegando à rodovia 405.

Isabelle estava olhando pela janela, o rosto impassível.

Não disse nada por um tempo, até que, sem desviar o olhar da janela, respondeu:

— Não gosto que falem de você.

— Estão falando de mim?

Ela assentiu em silêncio.

— Seus *amigos* estão falando de mim?

Ela não respondeu.

— Eu não ligo para isso, Izz. As pessoas gostam de comentar sobre as coisas. E nós vivemos em um mundo... em uma cidade obcecada por gente famosa... e as pessoas gostam de comentar. E muito do que dizem nem é verdade. Então a gente simplesmente ignora, tudo bem? Eu não estou nem aí para o que dizem, porque sei quem sou de verdade. *Você* sabe quem eu sou. E não podemos deixar que os outros definam quem somos ou deixamos de ser.

De canto de olho, vi quando ela enxugou uma lágrima do rosto, o olhar ainda fixo na janela.

— Ei... — Estendi a mão e entrelacei meus dedos com os dela. — Eu estou bem. Nós estamos bem. E vamos continuar assim.

Se repetisse isso o suficiente, talvez até eu mesma começasse a acreditar.

Isabelle passou a tarde inteira lendo no quarto. Nas poucas vezes que fui ver como ela estava, parecia tão melancólica que senti um aperto no peito. Mas não a pressionei, porque conversar sobre o assunto parecia deixá-la ainda mais chateada. Por isso, deixei-a em paz.

Então, contrariando os conselhos de Hayes e todas as regras que eu estabelecera para minha filha e para mim mesma, entrei no Google e pesquisei meu nome. Porque eu queria saber. Queria saber o que tinha que enfrentar, o que estavam dizendo, o que estavam consumindo sem o meu conhecimento. Queria saber o que havia de pior.

Tinha muita coisa para ver. Sites de fofoca e tabloides e especulações e uma porção de postagens em blogs. Como tínhamos nos conhecido, há quanto tempo estávamos juntos, qual era o nível de seriedade do relacionamento, qual era a diferença de idade entre nós dois. *Daily Mail* e Perez Hilton e TMZ. Perfis falsos no Instagram e no Twitter usando coisas relacionadas a mim no nome de usuário e espalhando mentiras e obscenidades. Sites administrados por fãs e páginas no Tumblr repletas de memes cruéis. O que mais me marcou foi um que dizia "Solène Marchand: A Puta que Pariu". Também havia muitas fotos. Não só as do passeio de barco em Anguilla ou as tiradas na frente do Edison Ballroom. Tínhamos sido fotografados mais de uma dúzia de vezes. Em frente ao Ace Hotel, ao SLS, no aeroporto de Los Angeles, no Whole Foods, no Nobu... Lugares que eu nem me lembrava de ter visto fotógrafos. E isso já vinha acontecendo havia meses. Lá estava eu: entrando no barco em Saint-Tropez, saindo do Chateau Marmont com Hayes no meu carro, saindo de Londres, parada na fila de táxi em frente ao Grand Palais, esperando ao lado do guichê do manobrista em Miami, voltando da minha corrida no Central Park. Todos aqueles momentos em que eu jurava que ainda era anônima, invisível... mas estava sendo fotografada.

E nem preciso comentar que as coisas que diziam sobre mim — sobretudo os fãs — não eram nem um pouco gentis. Ferinas, cáusticas, ultrajantes, ofensivas. Discriminando meu sexo, minha idade. Comentários horríveis. Fiquei me perguntando quanto dessas coisas os amigos de Isabelle repetiam para ela. E por quanto tempo ela conseguiria ignorar. Porque não poderia guardar tudo aquilo dentro de si para sempre sem que isso a destruísse.

Então me dei conta de um dos problemas da política de Hayes de nunca tecer comentários sobre sua vida pessoal: ele não podia sair em minha defesa. Ele podia se dar ao luxo de viver em seu casulo porque os fãs sempre o protegeriam. Eles o idolatravam. Eles o adoravam. Só Deus sabe tudo o que fariam por ele. E, nos casos mais extremos, eu tinha medo do que isso poderia significar para mim... e para minha família.

Peguei um avião para Buenos Aires no domingo seguinte para encontrar a banda. Durante minha ausência, eles tinham feito shows no Peru, no Chile e no Paraguai, com paradinhas turísticas em Machu Picchu e na Região dos Lagos no Chile. Hayes estava todo animado no início da turnê, mas a empolgação logo começou a se dissipar.

— Estou me sentindo um pouco sufocado aqui — confessara-me ele ao telefone na noite de sábado, quando ainda estava no Paraguai. — A gente mal consegue sair do hotel porque tem muita gente lá fora. Vamos direto do aeroporto para o hotel e do hotel para o show e depois voltamos, e não estou conseguindo visitar nenhuma das coisas que queria. Em Santiago, tinha uns setecentos fãs do lado de fora do hotel e eles não queriam ir embora de jeito nenhum. Teve uma noite em que cantaram nossos três álbuns, do início ao fim. Com sotaque chileno. Foi bem fofo, mas estava tão alto que não consegui dormir.

— *Métro, boulot, dodo* — declarei.

— O que é isso?

— É um ditado francês. Significa: "Vá trabalhar, vá para casa, vá dormir". É basicamente o que o resto do mundo faz. Não era isso que você tinha em mente quando virou músico, hein?

Ele deu risada.

— Não, acho que não.

Já eram quase onze e meia da manhã quando cheguei ao Four Seasons em Buenos Aires naquela segunda-feira, e a banda já tinha saído para fazer a passagem de som. Até que foi bom, porque pude aproveitar para tomar o tão merecido banho e me enfiar debaixo das cobertas para dormir.

Acordei algumas horas depois, sentindo o corpo de Hayes contra o meu, o braço enlaçado em minha cintura, me puxando para perto de seu calor. Era como estar dentro de um útero. Sua respiração suave na minha nuca.

— Você voltou para mim — disse Hayes, os lábios colados à minha orelha.

— É claro que eu voltei, Liam.

Ele deu risada.

— Espere aí. De quem é este quarto?

— Do sr. Marchand.

— Merda! Acho que entrei no quarto errado.

Hayes sorriu e me rolou de frente para ele.

— Oooi.

— Oi.

— Você quer me acompanhar a um show da August Moon esta noite?

— Depende… — respondi.

— Depende de *quê*?

— Vou ficar sentada em um lugar bom?

Ele começou a fazer carinho no meu rosto.

— Você pode sentar na minha cara.

— Bem, já que é assim, eu vou.

O estádio José Amalfitani era um lugar imenso localizado no bairro de Liniers, em Buenos Aires, com capacidade para pouco menos de cinquenta mil pessoas. A August Moon tinha conseguido lotar o estádio por duas noites seguidas. Chegamos algumas horas antes de o show começar, e já havia milhares de garotas enfileiradas na larga avenida que ladeava o local. Eu nunca tinha visto tantas fãs assim.

A banda e sua comitiva chegaram em uma caravana: nove vans intercaladas com policiais em motos. A procissão abrindo caminho em meio à multidão de garotas estridentes. Barreiras contendo as multidões que se avultavam perto do hotel e do estádio. Era a isso que Desmond estava se referindo quando dissera que as coisas tinham sido insanas no Peru. Era um nível inconcebível de idolatria e pandemônio. Era até difícil processar tudo aquilo. Fiquei sentada na van, de mãos dadas com Hayes, assistindo ao caos que se desenrolava ao nosso redor, imaginando o que devia estar se passando pela sua cabeça. Como alguém conseguia processar uma coisa dessas? Como?

Ele chegou mais perto de mim, percebendo minha apreensão.

— Você vai se acostumar um dia, Sol.

Disse isso em um tom muito tranquilizador, mas eu sabia a verdade: jamais conseguiria me acostumar.

* * *

O subsolo do estádio abrigava um labirinto de túneis sinuosos. Cômodos utilitários e corredores abafados que se estendiam a perder de vista. Os rapazes foram instalados em um conjunto de camarins bem amplos: guarda-roupa, cabelo e maquiagem, bufê e um espaço para a banda de apoio. Eles se arrumaram, se vestiram, se prepararam psicologicamente e se divertiram com os estilistas e o resto da equipe, e achei que pareciam ter voltado no tempo. Eram jovens garotos no ensino médio, frenéticos antes de um jogo importante.

Quando estava quase na hora de o show começar, e eles já estavam se alinhando e a multidão já estava tão barulhenta que o teto parecia tremer, Hayes me chamou de canto e me entregou uma caixinha.

— Abra isso antes de subirmos ao palco — pediu ele, remexendo na bateria para o fone de retorno pendurada em seu bolso.

— Você me comprou um presente?

— Só uma coisinha que prometi que ia lhe arranjar... muito tempo atrás. — Ele chegou mais perto e me beijou antes de se afastar pelo corredor comprido, rodeado de seguranças. — Eu amo você. Aproveite o show.

Eu o vi seguir ao lado de seus companheiros de banda até sumir de vista, quando foi sugado pelas paredes reverberantes e pelos gritos de cinquenta mil garotas. Foi só nessa hora que abri a caixinha. Dentro dela, havia um par de fones de ouvido com cancelamento de ruído e um bilhete:

Eu avisei que haveria uma próxima vez.

E, naquele momento, eu era apenas mais uma das inúmeras mulheres que choravam por Hayes Campbell em Buenos Aires.

Lutei contra o fuso horário para ir à academia do hotel na manhã seguinte e, quando estava voltando para o quarto, acabei indo parar dentro de um elevador com Oliver. Mesmo antes de as portas se fecharem, a tensão já era palpável.

— Como foi o treino? — quis saber ele. Sua voz, assim como a de Hayes, ficava rouca depois do show.

— Foi ótimo. Obrigada.

— Que bom! — Ele estava de frente para mim, do outro lado do elevador. Os braços compridos cruzados sobre o peito, os olhos penetrantes. — Você está com uma aparência ótima.

— Sério? — Dei risada. — Mesmo toda molhada e suada?

— Mesmo toda molhada e suada. — Ele sorriu. — É assim que ele gosta?

Senti meu corpo enrijecer. E então me lembrei de que estávamos em um elevador com câmeras, então ele não encostaria um dedo em mim. Pelo menos não ali.

— Ué? Achei que você tivesse sido proibido de falar comigo — comentei.

— Pelo jeito a proibição caiu por terra.

— E foi você quem derrubou?

Ele deu de ombros.

— Por que você insiste em pegar no meu pé, Oliver?

— Porque eu posso. — Ele abriu um sorriso malicioso. — Porque você permite. Homens vão tentar se safar de tudo que puderem. Mesmo que isso signifique apunhalar os amigos pelas costas. Pergunte ao seu namorado. Ele é especialista nisso.

E foi aí que a ficha caiu. Oliver sabia sobre Hayes e Penelope. Estava apenas esperando o momento certo para agir.

As portas do elevador se abriram no sétimo andar. Um dos seguranças da banda estava de guarda. Onipresente.

— Eu acho muito fofo que você seja tão leal assim. Acho mesmo. Você até ganha uns pontos por isso — disse Oliver, saindo do elevador. Em seguida, pouco antes de as portas se fecharem, ele se virou para me olhar. — Porque a maioria dos outros… não foi.

Não contei a Hayes logo de cara. Em parte, porque eu estava sendo egoísta e queria que pudéssemos desfrutar da companhia uns dos outros sem que um clima pesado ou subversivo pairasse sobre nós. E em parte porque não queria que Hayes sofresse. Estavam passando muito tempo juntos durante a turnê, fazendo shows juntos todas as noites. A própria natureza do sucesso da banda tornava imperativo que eles se dessem bem. Ao mesmo tempo, porém, eu não queria que Hayes fosse pego desprevenido. E recordei o que ele dissera em Anguilla: que, dada a oportunidade, achava que Oliver seria capaz de machucá-lo. Com isso em mente, eu sabia que não podia enrolar por muito tempo.

Na quarta-feira, fomos para o Uruguai em um jatinho particular. Hayes e eu nos sentamos na parte de trás da aeronave, perto de Simon e Liam, e, quando ele saiu para ir ao banheiro, aproveitei a deixa para dar uma bronca nos outros.

— Estamos em apuros? — Simon abriu um sorrisinho quando mencionei que queria conversar sobre um assunto sério.

— Bem que poderiam. — Baixei a voz e me inclinei sobre a mesa. — Você se lembra da menina no SLS Hotel, na noite do Grammy? Aquela que você deixou sozinha no corredor? Eu não sei o que aconteceu. Nem sei se *quero* saber. Não estou acusando você de nada. Só quero deixar claro que ela tinha dezesseis anos e que certas coisas seriam ilegais na Califórnia. Acho que você precisa estar ciente disso.

O semblante de Simon mudou.

— Ela tinha dezoito anos. Ela disse que tinha dezoito.

— Ela mentiu.

— Que menina? — perguntou Liam, parecendo confuso.

— Aquela do vestido vermelho — respondeu Simon.

— A que estudava na UCLA?

— Ela disse que estudava na UCLA.

— Ela mentiu — repeti.

— Ela tinha até aquele trequinho da UCLA. Uma carteirinha estudantil ou algo assim…

— E um chaveiro — acrescentou Liam.

Eu encarei os dois.

— Ela. Mentiu.

— Mas que merda! — Simon começou a puxar os próprios cabelos.

Fiquei um bom tempo em silêncio, assistindo à angústia dos dois.

— Por que você está me olhando desse jeito? — perguntou Simon, por fim.

— Desse jeito como?

— Como uma mãe decepcionada.

— Porque eu *sou* uma mãe decepcionada. Eu deixei minha filha aos seus cuidados…

— Eu não encostei um dedo na sua filha…

— Eu sei disso. Mas vocês precisam ser mais cuidadosos. Vocês têm noção de que, se os pais dela descobrirem, ou se ela contar para a pessoa errada, vai tudo pelos ares, né? Isso, tudo isso aqui, vai pelos ares, e vocês vão parar na cadeia. Vocês têm noção disso?

Simon assentiu, abatido. Liam não disse nada. Ficou ali, mordiscando os lábios carnudos, enrolando o cabelo em um gesto nervoso. Parecia um garotinho. E mesmo assim…

— Liam? Você entendeu o que eu disse?

— Entendi.

— Então que isso não se repita.

— Preciso dizer uma coisa. E você vai ficar um pouco chateado, mas acho que precisa saber.

Já era fim de tarde e a banda tinha retornado ao nosso hotel em Montevidéu depois de ter comparecido à gravação de um programa de entrevistas local. Os fãs estavam estridentes do lado de fora, eu conseguia ouvir a cantoria mesmo da nossa suíte no quarto andar. "Undressed", do álbum *Petty Desires*. Uma letra distorcida, empolgante.

— Você vai terminar comigo? — perguntou Hayes. Estava deitado na cama, descansando. Tinha dito que estava com dor de cabeça.

A essa altura, eles já tinham feito nove shows da turnê. Ainda faltavam sessenta e seis.

— Se eu fosse terminar com você, acha mesmo que ia começar falando isso?

Ele abriu um sorriso débil, estendendo a mão para segurar a minha.

— Sei lá. Às vezes não consigo entender o que se passa na sua cabeça. O que foi? — quis saber ele. — O que você tem a dizer?

— Oliver…

— O filho da puta do Oliver… O que ele aprontou agora?

— Ele está pegando no meu pé, Hayes. E tem um motivo para estar pegando no *seu* pé. Acho que ele descobriu.

— Descobriu o quê?

— Acho que ele descobriu sobre você e a irmã dele.

Hayes se apoiou nos cotovelos, procurando meu olhar.

— Porra! Você contou alguma coisa para ele?

— Não.

— Você contou alguma coisa para ele, Solène?

— Não. Eu nunca faria isso com você. Mas ele está tramando alguma coisa e eu não vou entrar no joguinho dele, Hayes. Não vou deixar que ele me use para atingir você. Esse é um problema *seu*.

— Porra!

— Eu sinto muito, mas achei que você deveria saber.

Estávamos no Brasil na noite de sexta-feira. Hayes e eu estávamos em nossa suíte no Hotel Fasano em São Paulo, nos arrumando para sair para jantar, quando Isabelle me ligou no FaceTime.

— Você está se divertindo muito? É tudo incrível?

— É meio maluco — respondi. — Tem fãs por toda parte. Eles amam muito, muito, muito a banda por aqui.

— Mais do que os fãs dos Estados Unidos?

— Não sei. Não tenho como comparar. Hayes! — gritei em direção ao banheiro. — Os fãs daqui amam mais a banda do que os dos Estados Unidos?

— Talvez — gritou ele de volta. — Acho que são mais empolgados aqui, mas não é como se eu entendesse o que estão dizendo. Com quem você está conversando?

— Isabelle.

— Oooi, Isabelle. — Ele saiu do banheiro vestindo uma cueca preta da Calvin Klein e nada mais.

Balancei a cabeça, enxotando-o de volta para o banheiro.

— A câmera está ligada — murmurei.

— Tchaaaau, Isabelle.

— Estou com saudade, filha. Estou com muita, muita saudade.

— Eu também estou — respondeu ela.

— Seu pai está bem?

— Está, sim. Ele está aqui. Você quer falar com ele?

— Não. Ele quer falar comigo?

— Provavelmente não.

— Tudo bem — respondi, rindo. — Eu amo você. A gente conversa mais amanhã, tudo bem?

— Também amo você. Espero que você esteja se divertindo. *Bisous*.

Algo no jeito que ela se despediu me encheu de culpa.

— *Bisous*.

Entrei no banheiro e fiquei observando Hayes secar o cabelo e escovar os dentes e fazer todas aquelas coisinhas com que eu tinha ficado tão familiarizada.

— Que foi? — quis saber ele um tempo depois. — Por que está com essa cara?

— O que eu vim fazer aqui?

Ele enxugou o rosto e deixou a toalha na beira da pia antes de se virar para mim.

— Você veio me fazer companhia. Venha cá.

Deixei-me ser envolvida por seus braços.

— Você está com saudade da sua filha?

— Estou com saudade da minha vida.

Ele não respondeu. Limitou-se a enterrar o rosto no meu cabelo e beijar o topo da minha cabeça. E não disse mais nada.

Naquela noite, jantamos bem tarde em um dos restaurantes do hotel, acompanhados por Rory, Simon, Raj e Andrew, o novo gerente de turnê da banda. Era um britânico alto, de uns trinta e poucos anos, e tinha uma aparência marcante, com pele macia e escura e maçãs do rosto proeminentes.

— Meu Deus, de onde vocês tiram essas pessoas? — tinha sido minha pergunta a Hayes ao ver Andrew pela primeira vez.

Ele dera risada.

— Beverly, a nossa estilista, o chama de Idris.

— Na frente dele?

— Não, só escondido. Mas o apelido pegou, e agora todas as mulheres que trabalham na turnê se referem a ele como Idris.

Depois, quando todos tínhamos tomado pelo menos duas caipirinhas, os meninos decidiram que queriam dar um pulo em uma boate no bairro do Itaim Bibi. Com mais de doze milhões de habitantes, São Paulo era uma cidade gigantesca, e, de todos os lugares que eu me lembrava de ter visitado, esse era o único em que todo o horizonte parecia tomado por prédios. Nem me dei o trabalho de fingir que sabia onde estávamos ou para onde estávamos indo. A princípio, nem queria ir com eles, porque imaginei que era só uma desculpa de Rory e Simon para ir à caça, pois já vinham tagarelando sobre as modelos brasileiras nos últimos dois países que tínhamos visitado. Porém, quando Petra, a cabeleireira e maquiadora da banda, disse que se juntaria a nós, mudei de ideia.

E mais uma vez seguiu-se o esquema de segurança, depois toda a preparação da escolta, e de repente entendi o trabalhão que devia ser toda vez que Obama decidia sair para comer um hambúrguer.

O clube Provocateur estava banhado de luzes fúcsia, música ambiente e pessoas ricas e bonitas, e a multidão se abria como o mar Vermelho conforme éramos escoltados até uma área reservada, onde o álcool fluía livremente. Raj tratou de pedir três garrafas de champanhe Cristal, e os garçons as entregaram com velinhas de faíscas, como se precisássemos chamar ainda mais a atenção. Não demorou para que fôssemos cercados por um grupo de garotas jovens e lindas, e Rory e Simon pareciam extremamente à vontade. Eu, por outro lado, era velha e tinha uma filha e estava a dez mil quilômetros de casa.

— Em que você está pensando? — quis saber Hayes, as mãos enfiadas entre meus joelhos, enquanto estávamos sentados à nossa mesa.

— Nada.

— Não minta para mim. Eu a conheço muito bem. Venha, vamos dançar um pouquinho. E depois, se você quiser ir embora, a gente vai.

— Mas a gente acabou de chegar.

— Eu quero que você fique feliz — declarou ele.

— E eu estou.

— Tem certeza?

— Tenho.

E então nós dançamos. E bebemos. E só fomos embora perto das três da manhã. Rory e Simon com duas mulheres cada. E eu não sabia se duas delas estavam só acompanhando as amigas, mas pareciam bastante dispostas. Quando saímos pelas portas dos fundos para entrar no carro, eles começaram a traçar planos elaborados, e as garotas saíram sozinhas para apanhar um táxi até o hotel, onde Trevor as estaria esperando no saguão. Tudo parecia tão sórdido e ensaiado que fiquei me perguntando se eles achavam mesmo que enganavam alguém.

— Sinto muito por frustrar seus planos de passar a noite com duas garotas ao mesmo tempo.

Hayes riu.

— Ah, então é isso que você está fazendo?

Estávamos em nossa suíte no décimo sexto andar. Hayes estava acomodado no sofá de couro estilo Knoll, e eu estava de frente para ele, as mãos espalmadas na lateral de seus ombros, o joelho entre suas pernas.

— Você deveria estar se divertindo por aí.

— E por acaso você acha que eu não estou me divertindo?

— Você tem vinte e um anos.

— Eu sei quantos anos tenho.

As mãos estavam se esgueirando por baixo da barra do meu vestido, deslizando até a parte de trás das minhas coxas. Ele estava bêbado. Nós dois estávamos.

Dei um beijo nele. Estava com gosto de cachaça e limão e açúcar e felicidade. E eu queria capturar esse momento e eternizá-lo em minha memória.

Ele levou as mãos aos meus ombros, afastando as alças do vestido e desabotoando as costas com a maior facilidade, deixando meus seios à mostra.

— O que eu ia fazer com quatro peitos? Eu só tenho uma boca mesmo.

Dei risada. A língua dele já deslizava por meu mamilo.

— Acho que você daria um jeito.

— É bem provável. Mas não teria tanta graça sem você.

Fiquei em silêncio, ouvindo minha própria respiração, sentindo o cheiro do cabelo dele. Hayes estava com uma das mãos no meu peito e a outra enfiada debaixo do vestido, esgueirando-se habilmente até tirar minha calcinha.

Seu olhar se fixou no meu.

— A essa altura, eu estaria perguntando o nome delas e tentando diferenciar uma da outra. Eu já sei seu nome. Podemos pular todas as formalidades.

Abri um sorriso, desci do colo de Hayes e me ajoelhei à sua frente antes de desafivelar o cinto de sua calça. Ele ficou me olhando, os olhos vidrados, um esboço de sorriso brincando nos lábios. Desabotoei a calça e abri o zíper, e seu pau estava tão duro que parecia maior do que nunca. E olhe que já era grande. Havia algo tão convidativo em ver a cabecinha despontando da cueca... Como se fosse um presente.

— Porra, eu amo você! — declarei, puxando a cueca para baixo.

— E veja só: seria bem estranho ouvir isso de duas garotas que eu nem conheço — comentou, rindo.

— Eu amo seu pau.

— Eu sei que ama.

— Vou sentir saudade dele.

— Ele não vai a lugar nenhum.

— Vai para a Austrália, e eu vou para Nova York.

— Mas nós dois vamos estar à sua espera no Japão. Prometo. Você está chorando? Porra, não chore.

— Eu não estou chorando — respondi. Mas estava, sim.

— Você está proibida de chorar com meu pau na boca... Solène. — A mão entremeada ao meu cabelo. — Isso não é nada legal. Vai acabar com o clima.

Dei risada, enxugando as lágrimas.

— Desculpe. Tudo bem, vamos lá.

* * *

Ele gozou bem rápido, e fiquei contente pelo suco de abacaxi com hortelã que ele havia tomado na hora do almoço.

— Eu amo você pra caralho — declarou Hayes, as mãos envolvendo meu rosto, a boca colada na minha. — Você vai me encontrar no Japão, não vai? Promete?

— Prometo.

— Você não vai mudar de ideia.

— Não vou, prometo.

Hayes arrancou a calça e levantou a saia do meu vestido, me puxando para seu colo. Toda aquela grossura deslizando para dentro de mim. Sem precisar de tempo para recobrar o fôlego. E, por mais inebriada que estivesse, fiquei feliz por conseguir registrar aquela noite na memória. Porque, bem lá no fundo, eu sabia que nosso relacionamento não ia durar. E porque cada momento ao seu lado era extraordinário.

Não ouvi o começo da briga.

No domingo à noitinha, estávamos nos bastidores do estádio do Morumbi, que tinha capacidade para nada menos que sessenta e cinco mil pessoas. Era a segunda noite que a banda lotava o estádio. Já tinham feito cabelo e maquiagem e tirado as fotos no *meet & greet*. Depois do aquecimento vocal, estavam de bobeira em um dos camarins, esperando a hora do show. Liam fazia flexões, Rory dedilhava a guitarra e chupava um pirulito, e Simon e Hayes conversavam sobre alguma trivialidade, as vozes se alternando entre cochichos e gargalhadas. Oliver estava parado a poucos metros de distância. Estivera lendo durante todo esse tempo, mas tinha acabado de largar o livro. Como ele conseguia ir de zero a cem por hora faltando quinze minutos para o show estava além da minha compreensão. E lá estava o burburinho de sempre: os pés batendo e os fãs gritando, o baixo da banda local que estava abrindo o show, as paredes vibrando.

Consegui manter tudo aquilo em segundo plano enquanto respondia a e-mails de trabalho em um dos cantos do camarim. Tinha se tornado um ritual: tentar administrar a galeria nos bastidores dos shows. E foi nesse instante que ouvi a mudança no tom.

— É, Hayes é ótimo em guardar segredos. Não é, Hayes? — perguntou Oliver.

— O que você quer dizer com isso?

— Acho que você sabe muito bem.

— Você quer me dizer alguma coisa? Então diga de uma vez — vociferou Hayes.

Seguiu-se uma pausa calculada, e então:

— Eu sabia, seu filho da puta. Eu sabia.

Fiquei de cabelo em pé. Eles iam ter mesmo aquela conversa. Naquele instante.

— Já faz muito tempo, porra.

— Não foi isso que me disseram — retrucou Oliver. — Fiquei sabendo que foi bem recente, ano retrasado…

O cômodo mergulhou em silêncio. Rory parou de tocar a guitarra; Liam parou de se exercitar. E eu me dei conta de duas coisas: nenhum dos outros sabia o que estava acontecendo, e eu estava mais por fora do que imaginava.

— Quem disse isso? — quis saber Hayes, a voz lenta, afiada.

— Isso não faz diferença, meu chapa. Só quero que saiba que já sei de tudo.

— Quem disse isso, porra?

Oliver se virou para encará-lo, sem pestanejar.

— *Ela mesma.*

— Não, ela não faria isso.

— Mas *fez*. Vou repetir as exatas palavras dela: "É, eu transei com ele, mas não foi nada de mais".

Vi meu namorado se encolher por um segundo. Um leve tremelicar no canto do olho esquerdo. Eu não sabia se os outros tinham visto, mas para mim, aquele tremor dizia tudo.

— Ela não disse isso.

— Tem certeza? Quer ligar para ela e perguntar?

— Vá se foder.

— Eu? Você dorme com minha irmã e tem a pachorra de dizer para eu ir me foder? Vá se foder *você*, Hayes. Vá se foder, você e esse seu jeitinho de sempre conseguir tudo o que quer.

Uma ideia de você 371

— Pronto, já chega. — Simon se levantou, interpondo-se entre os dois. Braços estendidos, valendo-se ao máximo de sua envergadura de remador. — O show começa daqui a quinze minutos. Tratem de se acalmar, caralho.

Mas percebi que Hayes ainda estava mexido e tive certeza de que não iam se acalmar.

—Ah, é? — disse ele, sarcástico. — *Eu* consegui o que queria? Será que não foi sua irmã que conseguiu o que *ela* queria?

Oliver estreitou os olhos. E então, de forma inesperada, começou a rir.

— Hayes Campbell, você não sabe mesmo jogar em equipe.

Ele estava dando as costas, um sorriso presunçoso no semblante aristocrático, quando Hayes quebrou o silêncio. A voz baixa, mas clara o suficiente para que todos escutássemos:

— Pelo menos não do jeito que você *gostaria*.

Seguiu-se um momento de silêncio enquanto todos digeríamos o que Hayes acabara de dizer, e então tudo aconteceu em um piscar de olhos. Acho que nenhum de nós ficou tão surpreso quanto o próprio Oliver, o elegante da banda. Ele girou sobre os calcanhares, e o braço pegou impulso para trás antes de voar por cima do ombro de Simon e acertar em cheio o rosto perfeito de Hayes. Não foi um soco habilidoso ou bonito, mas surtiu o efeito desejado. Houve um estalo e o sangue começou a jorrar... por toda parte.

— Porra!!

— Puta merda!!! — Rory levantou-se de um salto.

— Caralho! Caralho!! Caralho!!!

— Raj!!!!!! — gritou Liam. Quase como uma garotinha, devo dizer.

— Puta merda!

— Mas que porra é essa? — Simon deu um empurrão no peito de Oliver, que tropeçou e caiu no chão. — Que merda você acha que está fazendo?

E Hayes, no meio de toda a confusão, segurando o nariz com as duas mãos, os olhos arregalados, incrédulos, o sangue escorrendo pelo queixo, pelos antebraços, até empapar a camisa Saint Laurent e manchar as botas. Suas botas preferidas.

— Você me bateu, caralho? Seu filho de uma puta!

Levantei-me de um salto, peguei uma toalha na mesa de Petra e fui até ele.

— Incline a cabeça para trás.

— Está doendo pra caralho.

— Eu sei, querido. Sinto muito por isso. Venha, sente-se aqui. Liam, vá atrás de Raj ou de Andrew e diga que precisamos de um médico. Rory, vá buscar um pouco de gelo. Agora!

Simon me ajudou a levar Hayes até o sofá encostado na parede e enrolou uma toalha para lhe servir de travesseiro. Quando terminou, deu um passo para trás e ficou me encarando, um sorriso irônico se espalhando pelo rosto esculpido.

— Que foi?

— Você é tipo a mãe gostosa que eu nunca tive.

— Sério? Não sou a "mãe decepcionada"?

— Campbell... — Ele se agachou perto de Hayes e fez dois joinhas com as mãos. — É como viver o fetiche da mãe gostosa e da enfermeira de uma só vez.

— Simon...

— Aliás, meus parabéns por Penelope.

— Simon, *dê o fora daqui*. E vista outra camisa. Essa aí está manchada de sangue.

— E vou trocar de roupa por quê? Como se a gente pudesse fazer o show sem ele... — Virou-se de costas para encarar Oliver, que estava do outro lado do camarim. — Você está muito ferrado, HK.

Andrew irrompeu pela porta, acompanhado de Liam e três seguranças.

— Que merda aconteceu aqui?

Por um instante, ninguém disse nada. Oliver estava com os braços cruzados, parecendo arrependido. Simon balançou a cabeça. Hayes estava de olhos fechados.

— Pelo jeito, Hayes transou com a irmã de Oliver — contou Liam. E não disse mais nada.

Andrew parecia incrédulo.

— Hoje?

— Porra... — praguejou Hayes.

— Acho que já faz bastante tempo — esclareceu Simon.

— E os dois resolveram brigar por causa disso justo *hoje*? Tem *sessenta e cinco mil* meninas que desembolsaram uma boa grana para vir aqui e estão gritando seus nomes e contando os minutos para o show começar... e vocês aprontam uma dessas *agora*? Vocês estão *malucos*?

— Não — respondeu Hayes, a voz abafada pela toalha. — Não mais malucos do que o normal, pelo menos.

A banda subiu ao palco sem Hayes. Oliver conseguira a proeza de fraturar o nariz do colega de banda, que logo ficou inchado, inutilizando sua voz pelas horas seguintes. O show começou com quase quarenta minutos de atraso, os garotos tentando resolver com o preparador vocal quem ia cantar o quê. E se teriam tempo de rearranjar as harmonias, se fosse necessário. Eles deram um jeito. Como os fãs cantavam a plenos pulmões durante as músicas, e davam gritinhos nos momentos de silêncio entre uma canção e outra, a ausência de Hayes não foi um problema tão grave assim.

— Talvez a banda fique melhor com quatro integrantes — comentou ele.

— Deixe de bobeira. Eles precisam de você. Não é a mesma coisa sem você. A ideia foi sua, esqueceu?

Já era mais tarde naquela noite, e estávamos de volta ao hotel, relembrando tudo o que acontecera: as horas no hospital, a historinha que inventaram sobre ele ter tropeçado e caído durante um ensaio, a decisão de só consertar o nariz com um especialista nos Estados Unidos.

— Não é um pouco exagerado? — perguntei a ele no consultório, quando tivemos um momento a sós. Raj saíra para fazer mais uma ligação, Desmond e dois outros seguranças estavam parados do outro lado da porta.

— Eles estão levando isso bem a sério — respondeu-me ele.

— Quem? Os empresários?

— Isso. Os empresários e... — Um instante de hesitação. — A seguradora Lloyd's of London. Tenho um seguro para o meu rosto.

Eu não tinha conseguido conter o riso.

— Claro que tem, Hayes Campbell. Claro que tem.

* * *

De volta ao hotel, porém, com o rosto inchado e cheio de hematomas, ele estava mais melancólico.

— Aquele filho da puta do Oliver… — murmurou pela milésima vez.

— Você *dormiu* com a irmã dele, Hayes. O que achava que ia acontecer?

Ele grunhiu em resposta. Estávamos deitados na cama, a cabeça apoiada em uma pilha de travesseiros, uma luva de látex cheia de gelo pousada sobre o nariz. Por mais ridículo que estivesse, eu ainda o achava lindo.

— Por que ela contou para o Oliver? — perguntei.

— Sei lá. — Ele balançou a cabeça. — Talvez tenha achado que, como já fazia muito tempo, ele não ia mais se importar. Ou talvez estivesse com raiva de mim e resolveu se vingar… Sei lá.

— Sinto muito.

Ele deu um apertãozinho na minha mão.

— Por que você não me contou que ainda estava rolando algo entre vocês?

— Porque *não* está.

— Você dormiu com ela no ano retrasado.

— Foi antes de você. Faz diferença?

— Do jeito que você disse, parecia que não acontecia havia anos…

Ele suspirou profundamente.

— Aconteceu uma vez no ano retrasado, Solène. Uma vez. Durante as festas de fim de ano. Antes mesmo de eu conhecer você. E, pelo jeito, "não foi nada de mais". Eu não uso seu passado contra você, uso? Nada do que você fez antes de me conhecer… Nem todos os paus que chupou nos anos 1990…

— Não foram tantos paus assim…

— Não importa. Aconteceu *antes* de você me conhecer. Eu não ligo. Por isso, você também não deveria ligar para o que aconteceu com Penelope.

Ele fechou os olhos, e passamos um tempo em silêncio. Fiquei deitada, ouvindo o ruído do ar-condicionado. Uma sirene tocou ao longe, um som desconhecido… um lembrete de que eu estava em outro país, bem longe de casa.

— O que aconteceu entre vocês dois, Hayes?

— Você já sabe tudo, Solène. Não tenho mais nada para contar.

— Não estou falando de Penelope. De Oliver.

Ele abriu os olhos e se esforçou para me encarar.

— Nada.

— Não vou julgar.

Hayes passou um bom tempo em silêncio antes de repetir:

— Nada.

Eu queria poder acreditar nele.

— Tudo bem. — Assenti com a cabeça. — Tudo bem.

— Uma vez você me perguntou qual era o meu maior segredo — começou ele, a voz baixinha. — E eu lhe contei. Mas os segredos dos outros... Isso não cabe a mim contar.

De manhã, pegamos um voo para o Rio. O rosto de Hayes estava tomado por tons inspiradores de roxo e azul. E, enquanto os outros membros da banda foram conferir alguns dos pontos turísticos da cidade, eu e Hayes ficamos de molho no hotel.

Na terça-feira, a banda fez um show para quarenta mil pessoas no Parque dos Atletas. Petra deu um jeito de esconder os hematomas esverdeados sob os olhos de Hayes, e o show correu sem nenhum contratempo. Os fãs e o resto da banda — incluindo Oliver — estavam felizes por tê-lo de volta. Naquele último instante antes de subirem ao palco, todos eles se amontoaram como de costume, e vi Oliver dar um tapinha nas costas de Hayes e cochichar algo em seu ouvido. Hayes abriu um sorriso e apertou o ombro de Ollie, e eles pareciam bem para o resto do mundo. Por ora, talvez isso bastasse. Aquela fachada. E talvez eu jamais descobrisse o que acontecera entre eles. E, talvez, parte de mim nem quisesse saber.

Na quarta-feira, peguei um avião para Nova York, e os garotos se espalharam pelos quatro cantos do mundo. Teriam cinco dias inteiros de descanso antes de irem para a Austrália para a próxima etapa da turnê.

Japão

ACHEI QUE ME sentiria mais feliz ao desembarcar do avião sem alvoroço. Achei que tinha passado a apreciar mais a capacidade de ir e vir quando bem entendesse, sem ser reconhecida, desfrutando do anonimato que eu tinha dado como garantido. Achei que seria invadida por uma sensação de liberdade revigorante. Mas não foi isso que aconteceu. E talvez ainda estivesse com os ânimos elevados por conta da turnê, mas tudo me parecia lúgubre, dicromático, intransponível... como uma pintura de Andrew Wyeth.

Talvez fosse culpa da longa viagem ou da privação de sono, mas Nova York me parecia triste. Cheguei à Exposição Internacional de Arte Moderna na quinta-feira de manhã, depois de um voo de dez horas e uma chuveirada rápida no Crosby Street Hotel. E nada parecia certo. Matt e Josephine tinham chegado no começo da semana para ajudar Anders a montar nosso estande no Pier 94. Lulit chegara um dia antes de mim. As obras de cinco de nossos artistas estavam expostas na feira. Já tínhamos vendido mais do que o esperado, mas eu não conseguia manter o foco. Parecia que estava vagando por um nevoeiro, como se uma parte muito importante de mim não estivesse mais lá. E não conseguia parar de pensar em Hayes.

No dia anterior, tinha acordado no Rio, e Hayes me abraçava com tanta força que eu mal conseguia respirar. E eu sabia que, mesmo dormindo, ele sentia que aquilo estava chegando ao fim, e não queria me soltar. Acho que tinha receio de que, se eu fosse embora do Brasil, iria embora de vez. Era um medo que acometia nós dois.

Eu me desvencilhara e o beijara e acariciara seu rosto machucado, sussurrando mil vezes que o amava. Que iria encontrá-lo no Japão. Prometi que iria. Jurei.

E ter sido arrancada de lá para passar o dia vendendo arte em Manhattan me parecia errado. No fundo, eu tinha medo de que algo estivesse morrendo.

Naquela noite, retornei ao hotel, lar do nosso primeiro encontro, e tudo voltou à tona quando me deitei na cama. Como ele ainda me parecia um estranho àquela época. O meu nervosismo. A forma como ele me tocara e me desabrochara e me presenteara com seu relógio. "Obrigado por ter me concedido esse prazer", disse-me ele. Como se tivesse sido o único a desfrutar daquele encontro. Como se eu tivesse feito um favor a ele.

Na sexta-feira, recebemos a notícia de que Anya Pashkov teria a oportunidade de expor seu trabalho no Museu Whitney. Comemorei com o resto da equipe e saí para brindar com eles no fim do dia, mas estava lá só de corpo, não de alma.

No trajeto de táxi de volta ao Soho, meu coração quase saiu pela boca quando passamos pela Times Square. Ali, a vários andares de altura, estava um outdoor com a nova campanha da TAG Heuer. Uma foto de Hayes em preto e branco. Olhar expressivo, lábios carnudos, deslumbrante. Era uma representação tão perfeita dele que comecei a chorar.

Naquela primeira semana de março, a campanha foi veiculada em uma porção de revistas: *Esquire*, GQ, *Vogue* e *Vanity Fair*. Havia três anúncios diferentes, uma foto mais espetacular que a outra. E, de uma hora para outra, Hayes Campbell conseguira desvincular sua imagem da *boy band*. Ele se redefinira.

— As fotos estão perfeitas — comentei com ele ao telefone naquela noite.

— Você só está dizendo isso porque é minha namorada.

— Aposto que consigo encontrar vinte e dois milhões de pessoas no Twitter que pensam o mesmo que eu.

Ele riu, a voz abafada. Mais cedo naquele dia, tinha sido operado por um cirurgião plástico renomado em Beverly Hills. Era um procedimento ambulatorial, e Raj estava encarregado de acompanhá-lo durante o pós-operatório enquanto Hayes convalescia no Hotel Bel-Air. Eu odiava saber que ele estava em Los Angeles sem mim.

— Eu amo você — declarei. — Queria que você estivesse aqui comigo.

— Mas eu estou — respondeu ele. — Dentro do seu coração.

No sábado, Lulit e eu fomos jantar com Cecilia Chen, nossa cliente em potencial que não tínhamos podido encontrar no dia em que a galeria foi vandalizada. Ela estava em Nova York para a exposição de arte, então nos encontramos no restaurante Boulud Sud perto do Lincoln Center. Eu gostava dela. Muito mesmo. Cecilia tinha morado tanto tempo em Paris que estava impregnada de todas as coisas boas de lá. Seus acessórios, seu jeito descontraído, a forma como sacudia o pulso. Depois do jantar, estávamos tomando cappuccinos e conversando sobre a obra do diretor franco-tunisiano Abdellatif Kechiche quando um homem corpulento de meia-idade se aproximou da mesa. A princípio, achei que fosse algum conhecido de Cecilia, ou talvez até de Lulit, mas, conforme ele caminhava, avistei duas meninas adolescentes com celulares em riste atrás dele. Foi aí que me dei conta.

— Com licença — pediu ele. — Você é Solène Marchand?

Assenti, ainda que relutante.

— Desculpe interromper, mas somos de Chicago e estamos aqui a passeio, e minhas filhas iam amar tirar uma foto com você.

Não me lembro de ter concordado, mas sei que o fiz. Lembro-me, porém, da expressão no rosto de Lulit: perplexa, censuradora, dividida. Cecilia parecia não estar entendendo nada.

— Você é ainda mais bonita pessoalmente — elogiaram as meninas. — Por favor, diga ao Hayes que a gente o ama.

Quando foram embora, tentei retomar a conversa como se nada tivesse acontecido, da mesma forma que vira Hayes fazer tantas vezes. Mas Cecilia não quis nem saber.

— O que aconteceu? Desde quando meninas de dez anos de Chicago são tão fãs de arte?

— O namorado dela é músico — apressou-se Lulit antes que eu tivesse chance de responder. — Ele tem alguns fãs.

Músico. Muito diplomático da parte dela.

Não era a primeira vez que aquilo me acontecia naquela semana. Nada menos que meia dúzia de adolescentes tinha me abordado nas ruas. Pessoas entravam aleatoriamente no estande e fingiam contemplar as obras de arte. Eu sentia os olhares para onde quer que fosse. Fiz de tudo para ignorá-los e esperava que isso não afetasse meu trabalho. Era justamente o que eu estava tentando fazer naquele momento.

Retomamos a conversa sobre cinema francês contemporâneo e não se falou mais nada sobre meu namorado. Mas eu tinha visto a expressão no semblante de Cecilia, aquele olhar de desdém tão tipicamente parisiense. E eu sabia que aquele momento tinha mudado tudo.

No domingo de manhãzinha, o dia em que eu iria embora, saí para tomar café da manhã com Amara. Fomos ao Balthazar, um bistrô francês localizado a um quarteirão do meu hotel, e barulhento o suficiente para que eu não tivesse que me preocupar com pessoas bisbilhotando nossa conversa. Porque tinha passado a ficar cada vez mais preocupada com isto: minha privacidade.

Amara estava me contando as novidades. Tinha conhecido um cara no Tinder, com quem estava saindo havia três meses. Ela estava cautelosamente otimista.

— Ele é mais novo — comentou ela, sorrindo.

— Mais novo quanto?

— Tem trinta e cinco…

Dei risada.

— É praticamente um idoso perto do meu.

— E ele não quer ter filhos. — Amara tomou um gole de seu café com leite. — Sorte a minha, né?

— Sorte a sua.

— Hayes quer ter filhos?

Era uma pergunta inocente, mas parecia tão absurda que fiquei perplexa. Larguei os talheres sobre a mesa e comecei a rir.

— Que merda eu estou fazendo? Nem acredito que você me perguntou uma coisa dessas. E não foi uma brincadeira. Ele tem vinte e um anos. Ele não sabe o que quer. Assim, ele diz que quer ter filhos, mas... Ai, meu Deus, o que é que eu estou fazendo?

Amara não disse nada por um instante e limitou-se a me encarar. Fiquei imaginando o que ela via quando olhava para mim: uma mulher prestes a perder a cabeça.

— O que foi? Em que você está pensando? — perguntou ela um tempo depois.

— Passei dez dias com ele durante a turnê pela América do Sul, seguindo-o para onde quer que fosse. De cidade em cidade. Do hotel ao estádio e de volta ao hotel. Há multidões de garotas estridentes por todo canto, e estamos sempre cercados de seguranças. Eles patrulham nosso corredor no hotel. Não podemos ir a lugar nenhum sozinhos. Não podemos fazer passeios turísticos. Não podemos sair para jantar em um restaurante qualquer. Não podemos dar uma volta. Não podemos fazer nada sem estar acompanhados de uma comitiva e guarda-costas, e essa é a vida que ele leva durante meses todo ano. Durante *meses*. Eu não consigo viver assim.

Ela assentiu.

— Você o ama?

Droga! Eu ia começar a chorar. Bem ali, no Balthazar. Sob as luzes douradas e os enormes espelhos franceses. Minha torrada de abacate com ovo pochê estava esfriando.

— Amo.

— Então pronto.

— Mas eu não sei se isso basta. Acho que Isabelle está sofrendo demais. Ela já não é mais a mesma. Os fãs dele estão me perseguindo. Picharam minha galeria, ameaçaram-me de morte e enviaram um vibrador para minha casa. Isso sem contar o assédio que sofro nas redes sociais. Não sei se consigo viver assim…

— Do que você mais tem medo?

— De tudo. — Sorri, mas parecia forçado. — Tenho medo de Isabelle passar por um colapso nervoso. Por minha culpa. Medo de ficar mais velha. De ficar velha. Meus seios, meus antebraços, minha bunda. Tudo isso. Cedo ou tarde, Hayes vai dar uma boa olhada em mim e dizer: "Eita! Você tem quarenta anos!".

Amara começou a rir.

— Seu sotaque britânico é muito bom.

— Obrigada. — Meus pensamentos foram abafados pelos ruídos do bistrô. Risos, o tilintar dos talheres, o arrastar das cadeiras no piso de azulejo. — Mas mesmo que tudo fosse perfeito… mesmo que o assédio acabasse e que Isabelle ficasse bem com tudo isso… como seriam as coisas? A gente faz o quê? Vamos morar juntos, temos um filho, nos casamos? Ele sai em turnê, eu cuido da galeria? Isso parece loucura demais!

Amara encolheu os ombros.

— Acho que não existe resposta certa. Acho que você simplesmente vai em frente e… faz acontecer.

Suspirei, empurrando o prato para longe. Depois de sete mordidas, meu apetite tinha ido para o saco.

— Sabe o que mais me assusta? Eu vejo Daniel e Eva tendo um bebê e penso que não posso dar isso a Hayes. Já estou velha. Quando ele estiver pronto para ter filhos, já estarei velha demais para isso. Mas o que é que eu estou falando? Ele tem vinte e um anos. E faz parte de uma *boy band*. Eu não posso ter um filho com um cara de uma *boy band*. Isso seria insano demais!

— Não é só "um cara de uma *boy band*" — respondeu Amara. — É *Hayes*. Seu Hayes. E você o ama.

Meu coração ficou entalado na garganta. Senti que as lágrimas ameaçavam vir à tona.

— E ele é *maluco* por você…

— Eu sei disso… Mas isso está fadado a acabar um dia, não está? Um dia ele vai acordar e perceber que tenho o dobro da idade dele, e aí vai surtar e me dar um pé na bunda.

Amara esticou o braço para segurar minha mão por sobre a mesa. Passou um bom tempo em silêncio antes de dizer:

— Talvez ele não faça isso.

— Talvez não — admiti. — Mas talvez faça.

Cheguei a Los Angeles no fim daquele dia, apenas algumas horas depois de Hayes ter embarcado para a Austrália. E, no entanto, talvez tenha sido melhor assim, porque tudo o que eu queria fazer era abraçar minha filha e ouvir o que ela tinha a me contar. Isabelle não estava com seu jeito animado de sempre, mas me contou as novidades da escola, da esgrima, do musical de que faria parte e de Avi, o jogador de futebol de que ela gostava. ("Será que ele vai me dar bola agora que tirei o aparelho?" "Claro que vai!") Ela parecia estar bem, normal. Como uma adolescente do oitavo ano.

Por isso, tentei não me abalar com o resto das coisas. Peguei a pilha de correspondências que recebi, todas sem endereço de remetente ou com endereços que não reconhecia — cartas, cartões e pacotes — e coloquei todas essas coisas, ainda intactas, dentro de uma caixa. Tinha sido uma recomendação do policial que estava cuidando do meu caso depois do vandalismo na galeria. Estavam monitorando minha correspondência para ver se havia algum padrão de ameaças evidente. Precisavam disso para estabelecer legalmente que se tratava mesmo de um crime de perseguição. Pelo jeito, receber um vibrador por correio não bastava.

Na terça-feira, recebemos uma notícia de Paris: Cecilia Chen tinha decidido firmar contrato com outra galeria. Alegou que Cherry & Martin, outra respeitável galeria de porte médio, fazia mais o seu estilo. "Eles são um pouco menos chamativos", disse ela. "E isso me agrada."

Marchand Raphel podia ser muitas coisas, mas "chamativa" não era uma delas. Por isso, tive certeza de que ela havia procurado meu nome e o de Hayes no Google e tomado sua decisão com base nisso.

* * *

— Solène… — Lulit me encurralou quando eu estava saindo do escritório no fim do dia.

— Eu sei o que você vai dizer — respondi. — E eu sinto muito, mas…

— Não sabe, não — cortou-me ela. — O que quero dizer é: eu gosto da Cecilia. Muito. E acho que ela teria sido perfeita para nós. E que teríamos sido perfeitas para ela. Mas eu gosto mais de você. E quero que você seja feliz.

Seu tom de voz, sua expressão e suas palavras eram tão sinceros que, naquele instante, me lembrei de todas as coisas que eu amava na minha melhor amiga e irrompi em lágrimas.

— Está me dilacerando por dentro. Eu o amo tanto… E isso está me dilacerando por dentro.

— Eu sei — respondeu ela, puxando-me para um abraço. — Eu sei que está. Mas vai ficar tudo bem. Nós vamos dar um jeito. Vamos fazer dar certo.

Mais uma vez, porém, eu nem conseguia imaginar como isso poderia acontecer.

Eu ainda estava sofrendo quando fui buscar Isabelle na escola depois do ensaio daquela noite. Não queria que ela percebesse, então fingi que estava tudo bem, como sempre fazia, e abri um sorriso quando entrei na área de embarque e desembarque.

Ela estava parada a alguns metros de distância do carro e, do outro lado da entrada, avistei um grupinho de garotas mais velhas, rindo e digitando alguma coisa no celular. Fiquei feliz por Isabelle não estar perto delas.

Izz entrou e bateu a porta com o carro ainda em movimento.

— Vamos embora.

— Oi, filha. Como foi seu dia?

— Vamos embora, mãe. Comece a dirigir.

— Hum, tá bom… Não vai nem me dar "oi"? O que aconteceu? — Olhei mais uma vez para as alunas mais velhas antes de nos afastarmos. — Você conhece aquelas meninas?

— *Agora* conheço.

— O que aconteceu, Izz?

— Nada, mãe. Só um bando de garotas do ensino médio que me pediram para perguntar se você podia arranjar uma foto do pênis do Hayes Campbell para elas. Você sabe, essas coisas normais de adolescente.

Senti o estômago embrulhar.

— Elas disseram isso?

— Não, na verdade disseram "pau", mas achei melhor mudar para soar menos grosseiro.

Parei o carro, em frangalhos.

— Ah, docinho, eu sinto muito.

— Mas desde que você esteja feliz… — Ela começou a chorar.

— Ah, Izz…

— Por favor, vamos embora. Por favor, não estacione aqui. Por favor, só pare de dirigir quando chegarmos em casa.

— Tudo bem — respondi. — Tudo bem.

Foi só quando entramos na Décima Avenida que ela acrescentou:

— Ah, e sabe aquele carinha, Avi, que eu acho bem bonitinho? Bem, ele finalmente puxou assunto comigo hoje…

Assenti, a cabeça em outro lugar.

— Ele veio falar comigo no corredor quando eu estava entrando na aula e disse: "Avise sua mãe que eu faço dezoito anos no mês que vem". Então, esse foi meu dia.

— Izz… — Eu nem sabia o que dizer. — Eu sinto tanto por isso…

Ela estava tremendo, as lágrimas escorrendo pelo rosto. Liberando tudo que vinha guardando havia muito tempo.

— Podemos conversar com a diretora da escola.

— E dizer o quê? O que você vai dizer? O que ela vai fazer? Enviar um e-mail para todos os alunos falando para pararem de pegar no pé de Isabelle Ford por causa do comportamento de sua mãe? O que a diretora vai fazer, mãe?

Senti que ia vomitar. Bem ali, no carro. Senti a bile subir, o nó dos dedos brancos de segurar o volante. Comecei a transpirar. Não tinha lugar para parar o carro.

— Faz quanto tempo que isso está acontecendo, Izz? Por que você não me disse nada?

— Desde janeiro. Desde aquelas malditas fotos de Anguilla. Mas eu sei que você está feliz e sei que o ama. E ele é muito legal, e você merece ser feliz. Porque o papai está feliz. E eu não quero que você fique sozinha.

—Ah, Isabelle… — Meu coração estava em frangalhos. Eram esses os pensamentos que atormentavam minha filha. — Podemos mudar você de escola — sugeri. — Você não precisa voltar para lá.

— Mas eu *gosto* da minha escola — respondeu ela, aos prantos. — Eu gosto da minha escola. E *para onde* eu iria? Existe alguma escola em que meninas de treze anos *não saibam* quem é Hayes Campbell? Só se for no Zimbábue.

O trânsito estava parado na PCH por conta de uma obra. O sol estava se pondo sobre o oceano Pacífico, roxo e perfeito. E mais uma vez amaldiçoei a Califórnia por ter um clima que não refletia meu estado de espírito.

Inclinei-me em direção ao banco ao lado para abraçá-la, vertendo minhas próprias lágrimas.

— Sinto muito, Izz. Eu sinto muito.

— Eu sei que você disse para só ignorar, e eu juro que tento, mas não consigo. Eu não consigo, mamãe. Não consigo.

Eu a abracei, sentindo o cheiro de seu cabelo, e choramos juntas até o trânsito começar a avançar. E eu sabia.

Simplesmente sabia.

E nada mais importava.

Naquela noite, preparei uma xícara de chocolate quente para Isabelle e, quando ela já tinha se acalmado o suficiente para cair no sono, liguei para Hayes. Eram três da tarde na Austrália, e eles tinham acabado de chegar a Adelaide. Assim que ouvi o som rouco e familiar de sua voz, irrompi em lágrimas.

— O que aconteceu? — perguntou ele.

— Eu não posso fazer isso. Não posso fazer isso com ela.

— *O que aconteceu?*

Contei tudo a ele. Primeiro sobre Cecilia, depois sobre Isabelle. Hayes passou um bom tempo em silêncio.

— Você ainda está aí?

— Estou.

— Sinto muito — declarei. — Sinto muito.

Sua respiração estava pesada.

— Podemos deixar para falar sobre isso em outro momento? Será que podemos... Será que podemos evitar tomar qualquer decisão agora? Será que não podemos lidar com isso quando estivermos no Japão?

— Você não está me ouvindo? Você não ouviu tudo que eu disse?

— Ouvi, sim. O que você quer que eu fale? "Ah, tudo bem, então vamos pôr um fim no nosso relacionamento?" Não vou dizer isso. Eu amo você, Solène. Não vou desistir de você sem lutar.

Fiquei em silêncio.

— E eu estou a mais de dez mil quilômetros de distância. E não posso resolver nada daqui. Simplesmente não posso... Porra. *Porra!* Você prometeu que me encontraria no Japão.

— Eu sei que prometi.

— Você *prometeu*. — Sua voz estava trêmula.

— Eu sei.

— Por favor, me encontra no Japão. Vamos dar um jeito juntos. Por favor. Por favor.

As duas semanas de férias de primavera da escola Windwood começariam no fim de março. A família de Georgia convidou Isabelle para ir com eles a Deer Valley, onde iam esquiar todo ano. Eu a deixei ir. O fato de ter coincidido com a turnê no Japão fez maravilhas para aliviar minha culpa.

No sábado à tarde, depois que Isabelle já tinha partido em segurança, Daniel deu uma passada em casa para assinar o contrato de matrícula da escola. Ele não tocou no assunto de Hayes, e conseguimos passar aquele tempinho sem discutir.

— Não se esqueça de me enviar seu itinerário por e-mail — disse ele.

Estávamos do lado de fora. Ele apoiado contra o carro enquanto eu pegava as correspondências na caixa de correio.

— Pode deixar. Assim que... — Fiquei paralisada. Havia um grande envelope nas minhas mãos. Sem endereço do remetente. Selo postal: Texas.

Deixei-o cair, trêmula.

— O que aconteceu? O que foi, Solène?

Eu tinha perdido a fala.

— O que é isto? — Daniel apanhou o envelope no chão.

Vi o contorno fálico do objeto contra o papel, zombando de mim.

— Não abra.

— O que é isto, Solène? — Ele rasgou o envelope e espiou lá dentro. — Você comprou isso?

— Ah, sim. Comprei, sim. Vivo comprando vibradores e depois começo a chorar assim que eles chegam.

Seu semblante mudou, a ficha caindo.

— Alguém mandou isso para você? Mas que diabos é isso? Solène? Alguém mandou isso para você?

Não respondi. Ele enfiou a mão no envelope, pegou o bilhete e leu.

— Que porra é essa? Solène, quem mandou isso para você?

— Um fã.

— Um *fã*? Que tipo de fã manda essas coisas, *porra*? Achei que eram todas menininhas fofas tipo Isabelle.

— A maioria é assim mesmo. Mas alguns não.

— Há quanto tempo isso está acontecendo?

Contei a ele.

Seu semblante se entristeceu.

— Por que você não disse nada? Por que não me contou?

— Eu não queria incomodá-lo. Não queria que você me julgasse. Está tudo bem. Já estou tomando as devidas providências.

— Você não queria que eu a *julgasse*? Solène, eu me *importo* com você. Sempre vou me importar com você. Quando uma coisa séria dessas acontece, você precisa me contar. Foda-se o meu julgamento.

Fiquei ali, enxugando as lágrimas com o dorso da mão. Não queria que ele me visse daquele jeito. Fiquei esperando o "Eu bem que avisei", mas, em vez disso, Daniel passou os braços ao meu redor e me abraçou. Já fazia tanto tempo... De repente, me vi buscando algo familiar.

— Eu sinto muito por isso — disse ele. — Sinto muito.

Ele se afastou e ainda segurava o envelope quando entrou na BMW.

— Preciso entregar isso ao policial — avisei.

— Vou guardar até lá. Não quero que você fique com esse lembrete em casa. É perturbador pra caralho.

E, com isso, ele jogou o envelope no banco de trás e deu partida no carro.

Cheguei a Osaka na noite de segunda-feira. Meu único plano era dar todo o meu amor a Hayes. E depois deixá-lo ir. Parecia-me a única opção possível.

Naquela primeira noite, estávamos deitados na nossa suíte no Imperial Hotel. Agarrados um ao outro depois de transar, meus dedos acariciando seu rosto. Não tocamos no assunto. Não falamos sobre nós.

— Ah, então esse é o nariz novo...

— É o mesmo nariz de antes. Mas na versão 2.0. — Ele sorriu.

Segurei-lhe o queixo, virando seu rosto de um lado para outro.

— E aí?

— Está perfeitinho.

— Botticelli?

— Botticelli — concordei, sorrindo.

— Na verdade, o cirurgião deixou um por cento mais simétrico do que era antes. Poderia ter deixado uns três por cento, mas não sabíamos se isso ia afetar demais a simetria do restante do rosto.

— Você percebe como essa conversa é ridícula, não é?

Ele sorriu, os lábios se curvando, as mãos puxando-me pela cintura, pondo-me em seu colo.

— Está dizendo que é ridículo termos essa conversa enquanto ainda há meninas desaparecidas na Nigéria? Sei disso. Mas, bem, você mesma disse que meu nariz era uma obra de arte, então...

Dei um beijinho delicado na ponta de seu nariz.

— E é mesmo. Você todo é uma obra de arte.

— É por isso que você me ama — declarou ele, baixinho. Como se estivesse me lembrando disso.

— É por isso que eu amo você.

Na terça-feira à tarde, depois da passagem de som no Osaka Kyocera Dome, Hayes e eu escapulimos por uma portinha de serviço nos fundos do hotel com Desmond a reboque e demos uma volta pelo parque Kema Sakuranomiya, que ficava bem ao lado. A pessoa responsável por definir as datas da turnê de *Wise or Naked* tinha sido genial, pois calhou de a banda ir para o Japão bem na época das cerejeiras em flor. E, por sorte, nosso hotel ficava bem coladinho ao rio Okawa e à alameda repleta de cerejeiras que o ladeava.

Andamos de mãos dadas, com Desmond alguns passos à frente. Fingindo que éramos pessoas normais. Hayes usava um chapéu fedora cinza e óculos Wayfarer, quase irreconhecível.

— Então… alguns produtores bem importantes demonstraram interesse em conversar comigo — contou-me ele depois de vários minutos de caminhada, enquanto apreciávamos a paisagem e as copas rosadas das cerejeiras. — Querem discutir possíveis colaborações. Em parte, por causa da indicação ao Grammy, mas a campanha da TAG Heuer também teve bastante influência nisso.

— Mas que coisa boa! Quais produtores?

— Jim Abbiss, que trabalhou em um montão de coisas incríveis. Paul Epworth, que é gigantesco no ramo. Os dois já trabalharam com Adele. E Pharrell…

— *É sério?* Isso é *maravilhoso*. Por que você só está me contando agora?

— Bem, eles não disseram que queriam conversar com a August Moon. Só comigo. O que é um pouco estranho.

— Hayes… — Interrompi os passos. — Essa é uma oportunidade surreal.

— Eu sei disso — respondeu ele. Dava para ver a empolgação estampada em seus olhos.

— Esses caras são menos pop?

Ele abriu um sorriso radiante.

— Eles são uma opção menos *segura*.

* * *

Na quarta-feira de manhã, depois que os meninos saíram para gravar um programa de rádio, aproveitei para fazer uma longa corrida ao redor do rio. Voltei para o hotel pela entrada lateral e, quando estava a caminho dos elevadores, topei com Oliver no saguão arejado. Pelo jeito, a entrevista tinha terminado cedo. Ele estava sentado a uma mesa ao lado da parede de vidro, de costas para mim, entretido em uma conversa com uma mulher que eu não conhecia: japonesa, com trinta e poucos anos, refinada e vestida com elegância. Por sua linguagem corporal, ela parecia um pouco tensa, mas Oliver parecia à vontade demais para seus padrões. Quando passei por eles, virei-me para olhar seu rosto. Ele parecia muito feliz.

Na quinta-feira, fomos para Tóquio e nos hospedamos no Ritz-Carlton. Assisti à coletiva de imprensa da banda nos fundos do cômodo, que estava apinhado de gente. Ávida para ver Hayes como o resto do mundo o via. Além do agente da banda, a quem eu tinha sido apresentada rapidamente nos bastidores em Osaka, eles estavam acompanhados por mais duas mulheres, com roupas pretas elegantes da cabeça aos pés, agarradas a suas anotações e a seus microfones. Quando as perguntas começaram, me dei conta de duas coisas: aquelas eram as intérpretes da August Moon, e uma delas era a mulher que eu tinha visto no saguão do Imperial Hotel.

Eu sentia uma espécie de orgulho ao assisti-los em ação. Apesar de toda a competividade infantil que rolava nos bastidores e de todas as palhaçadas e brincadeiras que aconteciam no palco, eles sabiam se portar muito bem. Eram sagazes, charmosos e graciosos. Tentei recordar a primeira impressão que tive deles quando os conheci no *meet & greet*. Como eram bons em manter os fãs engajados. Como pareciam à vontade na própria pele. E era impossível não gostar deles. Nenhuma dessas coisas se perdeu na tradução.

Entre os *"konnichiwas"* e os *"ogenki desu kas"* e os *"arigatos"*, havia um flexível *"ganbatte"*, de que Hayes e Rory pareciam gostar muito. Logo descobri que o termo traduzia o sentimento de "dê o seu melhor, se esforce, boa sorte". Uma saudação bastante encorajadora, se é que já existiu alguma.

* * *

No fim da tarde, Hayes e eu escapulimos para visitar o Museu de Arte Mori e explorar o distrito de Roppongi sob a supervisão de Desmond e conseguimos retornar ao hotel ilesos. Foi uma bênção.

No saguão intermediário do hotel, no quadragésimo quinto andar, topamos com Oliver e Reiko, a intérprete. Não estava claro se tinham acabado de tomar uns drinques juntos ou de se encontrar. O que estava claro, porém, é que os dois estavam saindo lado a lado na mesma hora. Ficamos perto do elevador, batendo um papo com os dois. Não sei por que achei que eles iam descer, mas, quando o elevador chegou, os dois entraram atrás de nós. Hayes e eu trocamos um olhar empolgado, como dois adolescentes que tivessem acabado de descobrir uma fofoca das boas. Permanecemos em silêncio enquanto o elevador subia e, quando estava quase no quinquagésimo andar, onde ficava o quarto de Oliver, Hayes chegou o corpo para a frente, pousou a mão no braço de Ollie e disse alto o bastante para que todos ouvissem:

— *Ganbatte*.

Começamos a rir assim que as portas tornaram a se fechar.

— Nossa! Será que está rolando alguma coisa?

— Bem, se não está rolando agora, vai começar *já, já*.

— Você já sabia disso? Faz quanto tempo que isso está acontecendo?

— Na cabeça de Ollie, uns três anos. Mas essa é a primeira vez que ela corresponde.

Achei graça. Bom para Oliver.

— Seu amigo é… bem, bem complexo.

— Não. — Hayes sorriu. — Ele é complicado.

Chegamos ao quinquagésimo primeiro andar e avistamos a equipe de segurança conforme seguíamos para nossa suíte. Hayes estava remexendo o cartão magnético.

— Você está nervoso?

Ele sorriu, me puxando para si e me pressionando contra a porta.

— E agora? Pareço nervoso para você?

Ele me beijou e, em seguida, ficou sério.

— Você não pode me abandonar. Porra, Solène, você não pode me abandonar.

Fiquei em choque ao perceber que, por baixo daquela fachada, ele tinha carregado aquele fardo durante todo o tempo. Por baixo de todo aquele charme e carisma de astro do pop, ele estava sofrendo.

— Venha, vamos entrar — sugeri.

Mas as coisas não melhoraram depois que entramos. Mesmo com nossa vista de tirar o fôlego, as luzes se acendendo por toda a cidade de Tóquio, o monte Fuji assomando ao longe, estávamos aprisionados em um mundo surreal em que, embora tudo parecesse perfeito, não podíamos fazer as coisas darem certo entre nós.

— Não quero que isso acabe — declarou ele.

— Eu também não quero que acabe.

— Você os está deixando levar a melhor. Você está deixando que eles acabem com o que existe entre nós.

Não respondi.

— Eu prometi a mim mesmo que nunca permitiria que eles fizessem isso comigo. Que nunca deixaria que eles ditassem minha felicidade. Mas você está permitindo que eles façam isso com a gente…

— Hayes, isso não tem mais a ver só com a gente…

— Eu sei. Eu sei… Tem Isabelle também. Eu sinto muito. — As lágrimas começaram a escorrer, e ele enxugou o rosto. — Porra, estou chorando feito uma garotinha. Pronto. Eu vou ficar bem. Vou tomar um banho. E você vai entrar no chuveiro comigo. E nós vamos transar. E aí vou ficar bem.

Abri um sorriso. Mesmo em meio a tantas lágrimas, eu sorri.

— Tudo bem.

Na sexta-feira à noite, a August Moon lotou a Saitama Super Arena para o primeiro show dos quatro que fariam por lá. Trinta mil fãs compareceram, e parecia não haver limites para o quanto estavam dispostos a desembolsar suas mesadas e o dinheiro que ganhavam trabalhando como babás e de presente de bat-mitzvá para assistir a mais um show da banda. Certa vez,

Hayes me dissera que os ingressos da pista muitas vezes chegavam a custar quinhentos dólares. Isso não entrava na minha cabeça.

Depois do show, fomos embora como de costume, seguindo a passos apressados para entrar nas vans ou nos ônibus e dar o fora do estacionamento antes que as fãs saíssem do estádio. As garotas continuavam a cantar "That's What She Said" ou "Tip of My Tongue", uma das músicas do bis, mesmo depois de a banda ter saído do palco. Suas vozes viajavam pela noite, radiantes, maravilhadas. Era um poder imensurável. Tentei imaginar o que seria preciso para abrir mão de algo assim. Mas não tive coragem de perguntar a Hayes.

Mais tarde naquele sábado, depois do show, todos nos reunimos no saguão do Ritz. Os rapazes queriam sair para alguma balada, acompanhados de um terço de sua comitiva. Era um grupo grande e ruidoso e, enquanto Raj combinava tudo com os motoristas e a equipe de segurança, Hayes e eu decidimos ficar para trás.

Quando eles saíram, Hayes foi até o piano que ficava no cantinho do bar. Fui atrás dele e me acomodei ao seu lado no banco estreito.

Ele começou a tocar, os dedos deslizando sobre as teclas em movimentos fluidos. Uma melodia que eu nunca tinha escutado. Era ao mesmo tempo delicada e marcante, crua. Quase que de imediato, senti minhas entranhas se contorcendo. Era algo pessoal.

— É uma composição sua?

Hayes não disse nada por um instante, e então respondeu:

— Algo que estou compondo.

— E como se chama?

— "S". — Disse isso sem rodeios, sem olhar nos meus olhos, sem parar de tocar.

— Só "S"? Você também compôs uma letra?

— Nenhuma que eu esteja pronto para compartilhar.

Fiquei ali, entorpecida enquanto ele tocava por mais um minuto, ainda em silêncio.

Até que, de súbito, parou.

— Acho que é melhor a gente ir para o quarto.

— Eu também acho.

Conforme os dias passavam, foi ficando cada vez mais evidente o quanto nossas emoções estavam instáveis. Íamos do riso ao choro e de volta ao riso com tanta frequência que se tornou parte da rotina. No domingo à tarde, fomos fazer compras na região de Omotesandō-Aoyama. Fomos primeiro à Céline, onde vi uma bolsa cinza clássica de que gostei. Decidi me dar de presente e, quando pedi à vendedora que passasse no caixa, Hayes estendeu seu cartão de crédito.

— O que você está fazendo? — perguntei.

— Eu vou pagar para você.

— Não vai, não.

Ele arqueou uma sobrancelha.

— Deixe de bobeira.

— Hayes, você não vai pagar.

— Você não vai mesmo me deixar comprar a bolsa para você?

— Não vou.

Ele passou um bom tempo ali, olhando para mim, uma expressão aturdida no rosto.

— Hum, tudo bem — respondeu, por fim.

A vendedora pôs a bolsa em uma caixa e arrematou o embrulho com um laço. Quando me virei para Hayes, seus olhos estavam cheios de lágrimas.

— O que foi?

— É que é muito difícil não amar você. Você torna isso praticamente impossível — declarou ele, baixinho.

Levantou a gola da camiseta para enxugar o rosto, e parecia um gesto típico de um garotinho. Seu abdômen ficou à mostra por uma fração de segundo: a linha fraquinha de pelos descendo abaixo do umbigo, a parte vincada que seguia até a virilha. Eu conhecia cada pedacinho de seu corpo, algo que me deixava aliviada e arrasada ao mesmo tempo.

Enlacei sua cintura com ambos os braços e o puxei para perto de mim.

— Também é muito difícil não amar você.

Seguimos Desmond até a Alexander McQueen, a alguns metros de distância. Embora estivesse usando óculos escuros, Hayes saíra sem chapéu, e muitas pessoas tinham se virado para olhá-lo, mas só duas o abordaram pedindo fotos.

Perambulei pela loja atrás dele, um ambiente luxuoso e novinho em folha, repleto de mármore branco imaculado e brilhante. Hayes escolheu duas echarpes e uma camisa e, quando estávamos na seção masculina, que ficava na parte de trás do andar superior, Desmond veio na nossa direção.

— Temos um probleminha.

Não me lembrava de já ter escutado Desmond dizer algo assim, então fiquei alarmada. Ele nos acompanhou até a frente da loja, onde janelas que iam do chão até o teto nos revelaram um grupo de garotas que se reunira logo abaixo. Havia pelo menos cinquenta delas. Assim que avistaram Hayes, seus gritos perfuraram o ar.

— Merda! De onde foi que elas surgiram?

— Não faço ideia. Vou pedir ao motorista que dê a volta, mas não para de chegar gente.

Ouvi uma comoção vinda do andar de baixo e temi que algumas já tivessem conseguido forçar a entrada, como uma nuvem de gafanhotos.

— Fiquem longe das janelas — alertou Desmond. — Vou conversar com os seguranças e pedir que tranquem as portas.

Havia mais alguns clientes no andar superior, e senti seus olhares sobre nós, curiosos. Uma vendedora, talvez percebendo quem era Hayes, aproximou-se e fez uma reverência.

— Hum, acho que vou ter que ir embora bem depressa — disse Hayes a ela, com doçura. — Será que você pode passar essas coisas no caixa para mim, por favor? *Onegai shimasu.*

— *Hai.* — Ela fez outra reverência e pegou o cartão de crédito dele.

— É como se um ônibus de turismo simplesmente as tivesse largado aqui, do nada. Você está surtando? Não precisa surtar. — Hayes afastou uma mecha do meu cabelo e a prendeu atrás da orelha. — Estamos seguros aqui dentro.

No instante em que Hayes disse isso, uma dúzia de garotas subiu a escadaria de mármore na maior correria, celulares em riste, gritando o nome dele. O comportamento delas era muito diferente do das garotas do Ocidente. Ninguém o agarrou nem o arranhou, coisas que eu já tinha visto muitas vezes em outros lugares. Limitavam-se a dar pulinhos empolgados, sempre respeitando o espaço dele. Não precisavam tocar em Hayes; estar perto dele já bastava.

Desmond tinha chamado reforços, e tivemos que esperar mais uns vinte minutos antes que Fergus aparecesse com mais dois seguranças.

O caos reinava do lado de fora. A multidão havia adquirido proporções assustadoras. Garotas usando roupas Harajuku variadas, lacinhos de Minnie Mouse e meias de colegial. Garotos com cabelos tingidos de roxo. Eu não fazia ideia de como íamos conseguir chegar até o carro sem sermos pisoteados. Mas os seguranças nos rodearam bem de perto e avançamos pela multidão como salmões nadando rio acima. Talvez fosse porque eu não entendia uma palavra do que diziam além de "HayesHayesHayesHayesHayes", mas suas vozes eram tão estridentes e cacofônicas que mais pareciam miados de um gato. Como gatas no cio, esganiçadas, ensurdecedoras. Aquele som continuou me perseguindo em pesadelos durante muito tempo.

— Não caia — disse-me Hayes, como se eu estivesse planejando tropeçar de propósito ali no meio.

Houve empurrões e puxões e corre-corre e parecia que o mundo estava se fechando ao meu redor, tentando me sufocar. Enfim entramos no carro, mas ainda não me sentia segura.

— *Sagattute! Sagattute!* Saiam da frente! — gritava nosso motorista, mas os fãs não paravam de bater com força nas janelas.

Hayes me abraçou apertado e aninhou meu rosto em seu peito.

— Você está bem — sussurrou ele. — Nós estamos bem.

Mas eu não estava nada bem.

Não tocamos no assunto quando retornamos ao hotel. Deitamos lado a lado em nossa suíte com vista para o monte Fuji e não fizemos nada além de abraçar um ao outro.

* * *

Na manhã de segunda-feira, dia em que aconteceria o último show da banda em Tóquio, um dia antes de eu ir embora, Hayes foi praticar exercícios com Joss, seu preparador físico. Quando voltou, eu estava respondendo e-mails na sala de estar, fazendo os últimos preparativos para a Frieze de Nova York. Sem dizer uma palavra, Hayes tomou banho, trocou de roupa e sentou-se à minha frente.

— Eu não sei como dizer isso — sussurrou, bem baixinho. — Nem sei por onde começar. Mas eu a amo tanto, tanto, e a ideia de você ir embora está partindo meu coração. E eu sei… Eu entendo todos os seus motivos, mas ainda não entra na minha cabeça. Não entra na minha cabeça que a gente não consiga encontrar uma forma de fazer isso dar certo.

— Hayes… Eu sinto muito…

Ele começou a chorar.

— Por quê? Por que não pode dar certo? E se não falarmos mais sobre isso? E se simplesmente pararmos de falar sobre isso?

— Nós nunca falamos sobre isso — respondi. — Nós nunca falamos sobre isso, e olhe o que fizeram com a gente. Eu não quero ficar me escondendo, Hayes. Não quero sentir que tenho que fazer tudo em segredo. Eu só quero viver minha vida. E, neste momento, não tenho como fazer isso ao seu lado sem que Isabelle não saia machucada.

— Você disse que não iria embora, Solène. Você disse que não iria embora.

— Quando? Quando foi que eu disse isso?

— No Bestia. Quando saímos para jantar no meu aniversário…

Eu estava quebrando a cabeça tentando lembrar. Céus, ele não esquecia nada.

— E se eu largar a banda?

— Você não vai largar a banda, Hayes. É uma parte muito importante de quem você é. Bem lá no fundo. E é uma parte extraordinária. É uma *dádiva*. E você é bom nisso, você ama fazer isso. As pessoas passam a vida inteira buscando algo assim… Você tem que fazer as coisas por si mesmo. Não pode tomar essa decisão por minha causa. Ou então ela vai começar a corroê-lo por dentro, a destruí-lo, e você vai acabar se *ressentindo* de mim. E acho que nem eu nem você queremos isso.

Seus olhos estavam fixos em mim, arregalados, mas eu não sabia se ele estava registrando alguma coisa.

— E isso não vai durar para sempre. *Boy bands* não duram para sempre, então aproveite enquanto pode. Porque, cedo ou tarde, isso vai ficar para trás. Você vai seguir em frente. E alguém vai desistir. E alguém vai engravidar outra pessoa. E alguém vai seguir carreira solo. E alguém vai se assumir. E alguém vai se casar com uma loura questionável e virar estrela de seu próprio reality show. E vai acabar. E você nunca terá como voltar ao que era. Por isso, *aproveite* enquanto pode.

Hayes passou um minuto em silêncio, as lágrimas vertendo pelo rosto, o nariz escorrendo.

— Então é isso mesmo... Você nem vai lutar por nós... Vai simplesmente desistir...

— Eu não estou desistindo, Hayes. Mas... estamos em fases muito diferentes da vida. E eu não posso fazer isso. Não posso fazer isso com Isabelle. Não posso fazer isso comigo mesma. Não posso seguir você mundo afora. Não tenho vinte anos. Eu tenho uma carreira e uma filha e minhas próprias responsabilidades. E tem outras pessoas que precisam de mim...

— *Eu preciso de você.* — O desespero em sua voz me assustou. — Eu preciso de você, Solène. *Eu preciso de você.*

Nesse momento, pude sentir seu coração se partindo. E algo dentro de mim se estilhaçou inesperadamente. Algo que eu nem sabia que estava lá. E não tinha como dizer o que doía mais: meu próprio sofrimento ou saber que eu infligira o mesmo a ele.

— Você não pode ir embora, porra — disse ele, aos prantos. — Você não pode ir embora.

Cheguei mais perto e o puxei para junto de mim, abraçando-o com toda a minha força, por muito, muito tempo.

Quando ele parou de chorar, enxuguei seu rosto e afastei as mechas de cabelo de sua testa. De sua linda testa. Não havia nem um pedacinho dele que eu não amasse.

— Você vai ficar bem — declarei. — Eu sei que está doendo, mas você vai ficar bem. Você precisa estar ciente disso. Você precisa *acreditar* nisso. Eu não sou a única pessoa que você vai amar.

Ele assentiu devagar. Os olhos inchados, vermelhos. Que estrago eu tinha causado...

— Como viemos parar aqui? — perguntei de repente. — Era para ser só um almoço, lembra? Era para ser só um almoço e nada mais.

— Você — disse ele, a voz estremecida, diferente.

— Eu?

— Você. Você permitiu que eu a fizesse desabrochar.

LAR

DOEU.

Doeu naquelas primeiras semanas, quando estava tentando aguentar firme e ocupar meu tempo e minha cabeça e me convencer de que tudo ia voltar ao normal. Mas não voltou. E essa percepção me invadia do nada, em momentos aleatórios: de carro na La Cienega Boulevard, ou comprando anticoncepcional na farmácia, ou tendo dificuldade para encaixar o pé nos pedais durante a aula de spinning. A falta dele me atingia em cheio, bem lá no fundo, e eu irrompia em lágrimas.

Quando ele parou de me ligar e de enviar várias mensagens ao longo do dia, achei que tinha seguido em frente. Que estava se divertindo aos montes em Bali ou em Jacarta ou onde quer que estivesse. Que estava curtindo a vida e aproveitando a juventude, como eu lhe dissera para fazer. E a única culpada era eu mesma. Foi aí que senti minhas entranhas se desfazendo em pedaços.

No último sábado de abril, faltei ao evento beneficente da escola de Isabelle a que eu comparecia todos os anos. Mas eu não conseguiria sair e socializar e fingir que estava tudo bem quando meu coração estava em frangalhos. Menti para Isabelle, dizendo que estava me sentindo um pouco doente, e fui para a cama bem cedo. No meio da noite, porém, quando achei que ela já estava dormindo, Isabelle entrou no meu quarto e se enfiou debaixo das cobertas. Envolveu-me com um dos braços, a respiração cálida na minha nuca.

— Mamãe? Você está chorando?

Eu estava.

— É por causa de Hayes?

Assenti com a cabeça.

— Eu sinto muito. Sinto muito mesmo.

Ela me abraçou e me deixou chorar até que as lágrimas tivessem se esgotado. E fiquei perplexa com a situação, ao perceber que tínhamos trocado de lugar.

Quando estava um pouco mais calma, rolei para ficar de frente para ela, e seu rosto me revelou o caco que eu devia estar. Rosto encovado, inchado, pálido. Não parecendo em nada com sua mãe. Ela nunca tinha me visto daquele jeito. Nem mesmo durante as piores fases com Daniel. Sempre fui muito boa em esconder.

Ela estava em silêncio, o dedo tracejando a lateral do meu rosto; provavelmente seguindo a trilha deixada por vasinhos capilares estourados.

— Sinto muito que você esteja sofrendo.

— Está tudo bem, Izz. Eu estou bem.

Ela assentiu. E então, com a mesma rapidez, balançou a cabeça e se pôs a chorar.

— Mas você *não* está bem. Eu sei que não está.

Foi uma declaração inesperada.

— Mas *vou ficar*.

— Eu sinto muito por não ter conseguido ignorar — continuou ela, a voz trêmula. — Sinto muito por não ter sido forte o suficiente... Por *você*. Por *ele*.

—Ah, Isabelle! — Segurei sua mão e entrelacei meus dedos com os dela. — Você não tem culpa. Nada disso é sua culpa. Existem mil motivos para as coisas não terem dado certo entre nós...

Ela ficou mais calma, mordeu o lábio. Aquela boca tão francesa que tinha.

— Hayes sabia disso?

— Acho que sabia, sim. No fundo, devia saber.

— Você acha que ele também está sofrendo tanto assim?

Assenti.

— Sim… Acho que está. Mas ele vai ficar bem. O amor é uma coisa muito preciosa, Izz. É uma coisa preciosa e mágica. Mas não é *finita*. Não existe uma quantidade limitada de amor no mundo. Para encontrá-lo, basta estar aberta para recebê-lo. Basta estar aberta para deixar acontecer.

Eu não sabia se acreditava mesmo nisso, mas queria muito que *ela* acreditasse.

— E, por muito tempo, me fechei para o amor, porque era mais fácil, mais seguro… Mas não estava exatamente feliz… E Hayes é jovem. Ainda tem muitos, muitos anos pela frente. E ele vai se apaixonar de novo. E de novo. Mesmo que ele não perceba isso agora, continua sendo verdade. Hayes vai ficar bem. Eu prometo.

Ela passou um bom tempo em silêncio, a respiração profunda, compassada.

— E você?

Consegui esboçar um sorriso. Apesar das lágrimas, do latejar na cabeça e do aperto no peito, consegui esboçar um sorriso.

— Eu também vou ficar bem.

Já era tarde da noite da quinta-feira seguinte quando tive notícias de Hayes. Inesperadamente, pouco depois da meia-noite, ele me enviou uma mensagem.

> Abra a porta.

Achei que fosse só uma pegadinha. Até onde eu sabia, a banda estava na Europa. Mas lá estava Hayes, parado na minha soleira. Os olhos estavam tão inchados que logo pensei que tinha se metido em outra briga com Oliver. Mas então percebi que estavam inchados de tanto chorar.

— O que você está fazendo aqui? O que você está fazendo aqui, Hayes?

— Eu precisava ver você. — Sua voz rouca e profunda trouxe de volta todas aquelas lembranças doces. Minha felicidade, meu amor.

— E a turnê? Você simplesmente virou as costas e veio embora?

Ele estava olhando por cima do meu ombro, para o interior da casa. Parecia perdido.

— Temos três dias de folga.

— E você pegou um avião para cá? Hayes, eu não posso... Você não devia estar aqui.

— Por favor, me deixe entrar. Por favor, Solène.

Seus olhos estavam marejados. Parecia jovem e velho ao mesmo tempo. Seu rosto atormentado era um lembrete cruel de que eu tinha nos destruído. Aquilo era obra *minha*. Só *minha*.

Dei um passo para o lado e fechei a porta depois que ele entrou.

— Isabelle está no quarto dela. Dormindo.

— Eu não vou acordá-la. Prometo.

— Hayes, não podemos fazer isso...

Ele nem me ouviu. Suas mãos acariciavam meu cabelo, meu pescoço... Depois acariciaram as laterais do meu rosto enquanto ele sentia meu cheiro e me beijava. Um beijo apaixonado, completo, intenso.

— O que você está fazendo? A gente não pode fazer isso.

Por mais que dissesse isso, estava ciente de que meu corpo respondia de outra forma. Derretia-se nele. A mão de Hayes debaixo da minha camiseta. A sensação de sua pele contra a minha. A boca dele. Hayes Campbell. Viciante como uma droga.

— Eu amo você. Porra, eu amo tanto você... Você não pode ir embora — sussurrou ele. — Diga para mim que você não sente o mesmo, Solène. Diga que você não quer isso...

Levei o dedo aos seus lábios e o calei.

— Você vai acordar Isabelle.

Ele se deteve, os olhos fixos nos meus à meia-luz. Suplicantes. E, antes mesmo de me dar conta do que estava fazendo, peguei a mão dele e o conduzi pelo corredor.

* * *

Foi bem rápido na primeira vez.

Não me arrependi nem um pouco. Não me arrependi de sentir seu corpo sobre o meu, seus quadris entre minhas coxas, seu cheiro... tão familiar. A boca colada à minha, os dedos agarrando meu cabelo, o pau... me preenchendo. Por completo.

Gozamos rápido, sincronizados. E talvez estivéssemos rindo e chorando ao mesmo tempo quando declarei:

— Isso não vai se repetir.

— Não vai. — Ele sorriu, balançando a cabeça.

— É sério, Hayes. A gente não pode fazer isso de novo...

— Podemos, sim, daqui a uns dois minutos. — Ele se aninhou ao meu lado, a cabeça apoiada no meu peito, os dedos entrelaçados com os meus. Algo invadiu meu peito: felicidade. — Eu estava com tanta, tanta saudade de você... — declarou ele, baixinho.

— Eu também estava. Mas é sério: não podemos fazer disso um hábito. Não me importa quantas horas você passou em um avião, nem quanto tempo faz que não nos vemos... A gente não pode fazer isso de novo. Você entendeu?

Ele não disse nada.

— Hayes, você me ouviu?

— Ouvi.

Acariciei aquele cabelo tão cobiçado.

— Se você continuar vindo para cá assim, nunca vai seguir em frente. E você *precisa* seguir em frente.

Ficamos em silêncio. O celular dele vibrou na mesinha de cabeceira, mas Hayes ignorou.

Apoiou-se em um dos cotovelos, olhou para mim, os dedos tracejando minhas sobrancelhas, meu rosto.

— Por quê? Por que eu preciso seguir em frente?

— Porque eu não posso ser sua namorada. E não vou ser uma das amigas com quem você trepa...

— Você acha mesmo que eu conseguiria vê-la dessa forma?

— Sei lá.

Contornou meus lábios com a ponta dos dedos, depois desceu pelo queixo, pelo pescoço.

— Eu jamais veria você dessa forma, Solène. Eu não a via assim no início e, definitivamente, não a vejo assim agora.

Permaneci calada. O celular dele tornou a vibrar e foi mais uma vez ignorado. Ele deslizou a mão por meus ombros, pelo meu peito. A ponta de um dos dedos fazendo movimentos circulares ao redor do meu mamilo.

— O que você está fazendo?

— Quero passar mais uns minutos a amando antes de você me pôr para fora. — A voz de Hayes falhou, e percebi que ele estava chorando. De novo.

— Não vou pôr você para fora agora, Hayes.

Ele assentiu. Uma lágrima caiu na lateral do meu rosto, e ele o beijou.

— Desculpe.

O celular vibrou mais uma vez, e ele esticou a mão para colocar no modo silencioso.

— Você está bem requisitado hoje.

Não sei se chegou a ouvir o que eu disse, porque não respondeu. Os dedos voltaram a acariciar meu peito, descendo, deslizando pela barriga até chegar ao umbigo antes de tornarem a subir.

Pousei a mão sobre a dele e, sem dizer nada, guiei-a até o meio das minhas coxas.

Por um instante, ele resistiu.

— Você disse que não queria.

— Mas agora eu quero.

— Você é muito confusa. Sabe disso, não sabe?

Assenti com a cabeça. Céus, os dedos dele…

— Você já está aqui mesmo.

— Então, desde que eu esteja aqui, não tem problema. Mas, se eu for embora, não posso voltar?

— Exatamente.

— Ora, então é só eu não sair daqui…

* * *

Na segunda vez, seus movimentos foram controlados, focados, intensos. Estava estranhamente calado, e tive a impressão de que tudo o que fazia era uma tentativa de me reconquistar. As entradas e saídas lentas e profundas, nossas mãos entrelaçadas em cima da minha cabeça, seu olhar fixo no meu, sem nunca se desviar. Ele queria que eu sentisse tudo, tudo mesmo. E que me lembrasse. E foi justamente o que fiz.

— Olhe para mim — pediu ele quando eu estava quase gozando. — Olhe para mim, Solène.

Foi um momento tão carregado de emoções que irrompi em lágrimas.

Depois que terminamos, ele me aninhou em seus braços, o corpo colado ao meu, ainda ignorando o celular, que continuava aceso na mesinha de cabeceira.

— Quem é que não para de ligar? — perguntei assim que recuperei a fala.

— Jane — respondeu ele, baixinho. — Eu larguei a banda.

— Quê?! — Eu devia ter entendido errado. — Você fez o quê?!

— Eu larguei a banda.

Empertiguei-me, alarmada.

— Como assim você largou a banda? Por que você faria uma coisa dessas?

Ele olhou para mim, ainda deitado, uma expressão confusa no rosto.

— Porque — respondeu — era a única coisa que nos impedia de ficar juntos.

Era curioso como eu havia passado meses ansiando por isso e, quando finalmente aconteceu, foi o oposto do que eu esperava. Não tinha nada de bom nessa decisão.

— Ah, não. Não, não, não, não, não. — Peguei minha camiseta, que estava do outro lado da cama, e a vesti. — Você não vai fazer isso. Está cometendo um erro.

— Não é um erro — respondeu ele, sentando-se na cama. — O que você está fazendo?

— Você precisa ir embora.

— Eu não vou.

— Vai, sim. Eu vou ao banheiro e, quando voltar, você vai embora.

* * *

Quando saí, Hayes ainda estava sentado na minha cama, completamente nu. Uma expressão perdida no rosto.

— Você está surtando. Por que está surtando assim?

— Você não pode largar a banda, Hayes.

— Eu fiz isso por nós dois.

— Eu entendo seus motivos, mas você simplesmente não pode fazer isso. Não quero que você faça isso por nós. Você não pode sair da banda. Olhe só, quero que pegue seu celular agora e ligue para Jane e diga que vai voltar. Diga que cometeu um erro e que já está a caminho.

— Eu não vou voltar para a banda.

— Vai, sim. Eu não vou permitir que você desperdice essa oportunidade, essa dádiva, em troca de quê? De sexo?

Ele me lançou um olhar chocado.

— O que temos não se resume a sexo, Solène. Eu *amo* você.

— Eu sei que ama.

— Achei que você também me amasse.

— Isso não vem ao caso. Não importa.

— É claro que importa.

Minha cabeça estava a mil. Meu coração batia acelerado. Tudo parecia confuso.

— O que você acha que vai acontecer, Hayes? O que acha que vai acontecer entre nós? Acha que vamos morar juntos? Que vamos nos casar? Ter filhos? Que você vai ser padrasto? Que vai levar Isabelle para a aula de esgrima e visitá-la no acampamento de verão no Maine? Pense um pouco, Hayes. *Pense um pouco.*

— Eu *já pensei* bastante.

— Então deve ter percebido como isso é insano. Nada no nosso relacionamento faz sentido.

— Não diga isso. — Seus olhos estavam se enchendo de lágrimas. Droga.

— Você é muito novo, ainda tem a vida toda pela frente…

— Pare de dizer isso.

408 *Robinne Lee*

— Mas é *verdade*. Você acha que sabe o que quer, mas vai mudar de ideia um milhão de vezes antes de chegar aos trinta. Daqui a dez anos, não vai mais ser a mesma pessoa que é hoje. Nem daqui a cinco anos. Não vai.

— Pare com isso — pediu ele.

— Eu não vou deixar você fazer isso. Não vou permitir que você jogue sua carreira no lixo por algo que acha que quer. Eu não vou ser a porra da Yoko Ono da August Moon. — Eu estava chorando. Não sabia em que momento as lágrimas haviam brotado, mas estavam lá. — Não quero lidar com a ira de seus fãs. Não quero viver com a pressão de fazer nosso relacionamento dar certo. Eu não quero me sentir culpada se não conseguirmos. Você precisa ligar para Jane e dizer que vai voltar para a banda. *Agora*.

Ouvi um baque na parede oposta e fiquei com medo de que tivéssemos acordado Isabelle.

— Merda! Vista suas roupas. Você precisa ir embora.

Ele continuou sentado, parecendo atordoado demais para se mexer.

— Agora. — Recolhi sua cueca no chão. A calça jeans preta, a camiseta. As botas. — Agora.

— Eu não acredito que você está fazendo isso.

Eu me detive por um segundo, olhando no fundo dos seus olhos, angustiada.

— Isso nunca ia durar para sempre, Hayes… Você precisa seguir em frente.

Ele segurou meus braços.

— *Eu nunca vou deixar de amar você, Solène. Eu nunca vou deixar de amar você.*

— É uma escolha. Você pode fazer uma escolha.

— Você não acredita mesmo nisso, acredita?

— Vista suas roupas. Você precisa ir embora.

Fiquei observando enquanto ele se vestia. Aos prantos.

— Por que você está fazendo isso? Por que está me afastando?

Eu não conseguia falar. Meu peito estava destruído. Meu coração, esmigalhado. De repente, me ocorreu que essa deveria ser a sensação de se afogar.

Acompanhei-o de volta ao corredor. Passamos pelo quarto de Isabelle, pelas minhas fotos de grávida, pelas minhas fotos fazendo balé, por minha foto aos dezessete anos, tentando descobrir quem eu deveria me tornar. Até que, enfim, saímos para o ar noturno.

— Você me ama — declarou ele. — Você me amava. Você disse que me amava. Por que está fazendo isso?

E foi então que me dei conta de que só havia uma maneira de deixá-lo ir de verdade.

— Talvez nunca tenha sido você — respondi. — Talvez tenha sido apenas a ideia que eu tinha de você.

Hayes passou um minuto me encarando fixamente, em silêncio, os olhos vermelhos e arregalados. Quando enfim se pronunciou, parecia destruído.

— Você está mentindo — disse. — Você está mentindo para mim. Está tentando me mandar embora. Mais uma vez. E não sei se você está tentando convencer a mim ou a si mesma. De um jeito ou de outro, eu sei que você está mentindo.

— Você precisa ir embora, Hayes.

As lágrimas se derramavam sem esforço, escorrendo pelo rosto.

— Diga. Diga que está mentindo, Solène.

— Você precisa ir embora.

— *Diga que está mentindo*.

— Por favor, vá embora.

— Porra! Eu amo você. Não faça isso com a gente.

— Sinto muito — declarei. Então, voltei para dentro de casa e fechei a porta.

Ele voltou para a banda. E, até onde vi, não saiu nem uma notinha na imprensa sobre ele ter largado a August Moon por aquele breve período. Tinha perdido um show na Suécia porque estava "gripado", de acordo com os assessores, mas eu sabia a verdade.

Ele me ligava. No começo, ligava todos os dias. Várias vezes ao dia. Mas eu nunca atendia. E mandava mensagens. Com frequência a princípio, depois começaram a rarear. Isso se estendeu por meses. Mensagens que me deixavam completamente paralisada. E às quais eu jamais respondia. Porque eu tinha feito uma escolha.

Eu estou com saudade.

Estou pensando em você.

Ainda amo você.

Até que, um dia, elas pararam de chegar.
Muito, muito antes de eu ter parado de amá-lo.

Agradecimentos

Sou extremamente grata às inúmeras pessoas que me acompanharam durante esta jornada.

Meu agente, Richard Pine, que se apaixonou por esta história assim que bateu os olhos nela e que foi muito generoso ao compartilhar sua genialidade e sua experiência comigo. Nem sei dizer como me sinto sortuda de contar com o apoio de uma sumidade tão entusiasmada! Também agradeço à inestimável Eliza Rothstein, assistente de Pine, por suas contribuições tão perspicazes, e a toda a equipe da InkWell Management.

Sou grata à minha editora Elizabeth Beier, de talento incomparável, que acreditou na magia de Solène e Hayes e abriu caminho para que esta história fosse compartilhada com o mundo. A Mary Beth Constant, minha editora de texto, de cujos olhos atentos nenhum detalhe escapa. A Danielle Fiorella, que criou uma capa arrebatadora. A Nicole Williams, por manter tudo em ordem. A Brittani Hilles, Marissa Sangiacomo, Jordan Hanley e a toda a equipe espetacular da St. Martin's Press.

Minha equipe de leitores beta: minha irmã, Kelley, por ser sempre a primeira pessoa a ler meus escritos, e também a que mais os aprecia; Colette Sartor, Lisanne Sartor, Laura Brennan, Aimee Liu, Gloria Loya e as mulheres incrivelmente talentosas do Yale Women L. A. Writing Group, que tanto me apoiaram; Monica Nordhaus, por insistir que eu a acompanhasse ao

American Music Awards e por todas as portas que abriu para mim; Hope Mineo, Colleen Cassidy Hart, M. Catherine OliverSmith e Dawn Cotton Fuge (minha especialista em tudo relacionado à Grã-Bretanha), por lerem, me escutarem e estarem presentes quando precisei chorar; e Mary Leigh Cherry, cuja experiência no mundo artístico foi imprescindível para a criação do universo de Solène.

Minha rede de apoio: as amigas que foram meu porto seguro e me incentivaram a contar esta história: Louise Santacruz, Emily Murdock, Carrie Knoblock, Michelle Jenab, Julie Simon, Kate Seton, Mia Ammer e Meghan Wald; minhas parceiras do Clube da Felicidade e da Sorte, em especial Denise Malausséna, por aprimorar meu francês; Bestie Row, por aturar minha maluquice, e um agradecimento mais que especial a Amanda Schuon, pelo telefonema; minhas colegas escritoras engajadas em seus respectivos trabalhos: Jennifer Maisel e Dedi Feldman; minha família do Facebook, por responder a tantas perguntas aleatórias, sobre assuntos que vão de uísque a hidroaviões e tudo que você puder imaginar. Quando somam forças, conseguem ser melhores até que o Google.

Meus amores, Alexander e Arabelle, que me permitiram ter tempo e liberdade para escrever em meio à loucura de suas agendas lotadas e que nunca perderam a paciência comigo.

Meu pai e minha mãe, que sempre foram os maiores fãs de tudo que escrevo.

E, principalmente, ao meu extraordinário marido, Eric. Quando eu disse, brincando, que estava pensando em trocá-lo por um cara de uma banda, ele respondeu: "Isso daria um ótimo livro". E, com isso, acabou me dando um presente que vai durar a vida inteira. (Obrigada, meu amor.)

Por último, agradeço àquele que me inspirou. É bem possível que eu ainda tivesse escrito esta história se nunca tivesse visto o rosto dele, mas duvido que teria sido tão legal assim.

Com amor,

Robinne.